HEYNE BÜCHER

W0415860

SCIENCE FICTION

Herausgegeben
von Dr. Herbert W. Franke
und Wolfgang Jeschke

Vom gleichen Autor erschienen außerdem
als Heyne-Taschenbücher

Die Duplikate · Band 3294
Jetzt ist die Ewigkeit · Band 3300
Camp Concentration · Band 3405
Die Feuerteufel · Band 3457

THOMAS M. DISCH

ANGOULÊME

Science Fiction-Roman

Deutsche Erstveröffentlichung

WILHELM HEYNE VERLAG
MÜNCHEN

HEYNE-BUCH Nr. 3560
im Wilhelm Heyne Verlag, München

Titel der amerikanischen Originalausgabe
334
Deutsche Übersetzung von Walter Brumm

Redaktion: Wolfgang Jeschke

Printed in Germany 1977
Umschlagbild: Karel Thole
Umschlaggestaltung: Atelier Heinrichs, München
Gesamtherstellung Mohndruck Reinhard Mohn OHG, Gütersloh

ISBN 3-453-30454-3

INHALT

Im April 1524
entdeckte der aus Florenz gebürtige Seefahrer
Verrazzano,
der die französische Karavelle ›La Dauphine‹ führte,
diese Bucht, die heute den Hafen von New York bildet,
und nannte diese Küsten ›Angoulême‹,
zu Ehren Franz I., König von Frankreich

1. Buch

DER TOD DES SOKRATES

1

Da war ein dumpfer Schmerz, eine Art Hohlheit in der Gegend seiner Leber, die nach der Seelenkunde des Aristoteles Sitz der Intelligenz war – ein Gefühl, daß in seiner Brust jemand einen Ballon aufblase oder daß sein Körper dieser Ballon sei, festgebunden an dieser Schulbank hier. Es war wie eine wunde Stelle am Gaumen, die er immer wieder mit Zunge oder Finger befühlen mußte. Dabei war es nicht eigentlich das gleiche wie Krankheit oder Übelkeit. Es gab keinen Namen dafür.

Professor Ohrengold erzählte ihnen von Dante. Bla, bla, bla, geboren 1265. 1265 schrieb er in sein Heft.

Seine Beine schmerzten vom ewigen Sitzen in dieser Bank; aber das war wenigstens etwas Bestimmtes. Und Milly – das war vielleicht noch bestimmter. Kann sein, daß ich sterbe, dachte er (obwohl man es nicht wirklich denken nennen konnte), kann sein, daß ich an gebrochenem Herzen sterben werde.

Professor Ohrengold wurde zu einem unordentlich hingeschmierten Gemälde. Birdie streckte die Beine von sich und spannte die Muskeln. Er gähnte. Pocahontas warf ihm einen schmutzigen Blick zu. Er lächelte.

Und da war wieder Professor Ohrengold mit: »Quassel, Quassel Rauschenberg und Blabla, die Hölle, die Dante beschreibt, ist zeitlos. Es ist die Hölle, die jeder von uns in sich trägt.«

So ein Scheiß, dachte Birdie.

Es war alles ein Haufen Scheiße. Er schrieb Scheiße in sein

Heft, dann gab er den Buchstaben ein dreidimensionales Aussehen und schraffierte sorgfältig die Flanken. Das alles hatte nichts mit richtiger Ausbildung zu tun. Das Fach ›humanistische Bildung‹ war für die meisten Collegestudenten ein Witz. Milly sagte es auch. Zucker auf die bittere Pille von diesem oder jenem. Scheiße mit Schokoladenguß.

Nun erzählte Ohrengold von Florenz und den Päpsten und solchem Zeug, und dann verschwand er. »Also, was ist Simonie?« fragte der Aufsichtführende. Niemand meldete sich. Der Aufsichtführende zuckte die Achseln und schaltete die Vorlesung wieder ein. Man sah ein Bild von jemand, dessen Füße brannten.

Birdie hörte zu, aber es ergab keinen Sinn. In Wirklichkeit hörte er auch nicht zu. Er versuchte, Millys Gesicht in sein Heft zu zeichnen, bloß konnte er nicht sehr gut zeichnen. Außer Totenschädeln. Er konnte sehr überzeugende Totenschädel, Schlangen, Adler und Nazi-Flugzeuge zeichnen. Vielleicht hätte er auf die Kunstakademie gehen sollen. Er machte Millys Gesicht zu einem Totenschädel mit langem blondem Haar. Ihm war übel.

Ihm war richtiggehend schlecht. Vielleicht lag es an dem gefüllten Schokoladenriegel, den er anstelle eines warmen Mittagessens verzehrt hatte. Seine Ernährung war nicht ausgewogen. Ein Fehler. Seit Jahren aß er in Schnellimbißlokalen und schlief in Studentenwohnheimen. Es war kein Leben. Er brauchte ein Heim, regelmäßige Mahlzeiten. Er brauchte eine Frau. Wenn er Milly heiratete, würden sie ein Doppelbett haben, eine eigene Zweizimmerwohnung, und ein Raum wäre nur Schlafzimmer. Er stellte sich Milly in ihrer feschen kleinen Hostessenuniform vor. Dann schloß er die Augen und begann, sie in Gedanken zu entkleiden. Zuerst die kleine blaue Jacke mit dem Pan-Am-Abzeichen auf der rechten Brustseite. Dann knackte er den Druckknopf an der Taille und öffnete den Reißverschluß. Der Rock glitt über das seidig-glatte Gewebe des Slips abwärts. Rosa. Nein – schwarz, mit Spitzensaum. Oho! Ihre Bluse war von der altmodischen Sorte, mit vielen Knöpfen. Er versuchte sich vorzustellen, wie er sie einen nach dem anderen aufknöpfte, genüßlich, aber Ohrengold mußte gerade in diesem Moment einen seiner dummen Witze reißen. Haha. Er schaute hin, und da war Liz Taylor, wie er sie vom letzten Jahr aus dem Kurs über die Geschichte des Films kannte, mit mordsmäßigen rosa Titten und blauschwarzem Strähnenhaar.

»Kleopatra«, sagte Ohrengold, »und Francesca da Rimini sind hier, weil ihre Sünde die geringste war.«

Rimini war eine Stadt irgenwo in Italien, also wurde wieder die Karte von Italien gezeigt.

Italien – Fäkalien.

Warum zum Teufel sollte er sich überhaupt mit diesem Scheiß abgeben? Wen kümmerte es, wann Dante geboren wurde? Vielleicht war er nie geboren worden. Welchen Unterschied machte es für ihn, Birdie Ludd?

Keinen.

Er sollte offen damit herauskommen und Ohrengold diese Frage stellen, ganz ohne Umschweife. Aber zu einem Fernsehbild kann man nicht sprechen, und das war alles, was Ohrengold war, ein Geflimmer von elektronischen Punkten und Linien. Er war nicht mal mehr am Leben, hatte der Aufsichtführende gesagt. Wieder so ein Skelett, eingesargt in einer Kassette.

Es war lächerlich: Dante, Florenz, ›symbolische Strafen‹ (das schrieb die redliche alte Pocahontas gerade in ihr redliches altes Heft). Dies war schließlich nicht das verdammte Mittelalter. Dies war das verdammte einundzwanzigste Jahrhundert, und er war Birdie Ludd, und er war verliebt und einsam und arbeitslos (und wahrscheinlich nicht vermittelbar), und es gab nichts, was er hätte tun können, absolut nichts. Nicht eine einzige Zuflucht im ganzen verfaulten Land.

Wie, wenn Milly ihn nicht mehr brauchte?

Das hohle Gefühl in seiner Brust verstärkte sich. Er suchte es zu verdrängen, indem er wieder an die Knöpfe der imaginären Bluse dachte, an den warmen Körper darunter, der seiner Milly gehörte. Ihm war wirklich schlecht. Er riß die Seite mit dem Totenschädel aus seinem Heft, faltete sie in der Mitte und zerriß sie in zwei Stücke. Dies wiederholte er, bis die Stücke zum Zerreißen zu klein waren, dann steckte er sie in die Brusttasche.

Pocahontas beobachtete ihn mit einem schmutzigen Lächeln, worin das gleiche wie auf dem Plakat an der Wand zu lesen war: Papier ist wertvoll. Verschwendet es nicht! Pocahontas' Lieblingsfach war Ökologie, und Birdie zählte darauf, daß sie ihn beim Abschlußexamen würde abschreiben lassen, darum lächelte er ihr entschuldigend zu. Er hatte ein sehr nettes Lächeln. Alle wiesen ständig darauf hin, was für ein sonniges, warmes Lächeln er habe. Sein einziges echtes Problem war seine Nase, die zu kurz geraten war.

Ohrengold wurde von der Symbolfigur des Kurses abgelöst – einem nackten Mann in einem Viereck und einem Kreis, und der Aufsichtführende, dem das Ganze offensichtlich gleichgültig war, fragte, ob es Fragen gebe. Zu jedermanns Überraschung stand Pocahontas auf und stotterte irgend etwas über was? Über Juden, wie es schien. Birdie mochte Juden nicht.

»Könnten Sie Ihre Frage wiederholen?« sagte der Aufsichtführende. »Einige in den hinteren Reihen konnten sie nicht verstehen.«

»Also, wenn ich Doktor Ohrengold richtig verstanden habe, sagte er, daß der erste Kreis für Ungetaufte bestimmt sei. Diese Leute hatten nichts Schlechtes getan; sie waren einfach zu früh auf die Welt gekommen.«

»Das ist richtig.«

»Nun, das kommt mir nicht gerecht vor.«

»Ja?«

»Ich meine, ich bin auch nicht getauft.«

»Ich auch nicht«, sagte der Aufsichtführende.

»Dann würden wir nach Dante beide in der Hölle landen.«

»Ja, das stimmt.«

»Also, das finde ich nicht gerecht!« Ihre winselnde Stimme hob sich zu einem Quietschen. Manche lachten, andere wollten aufstehen und gehen. Der Aufsichtführende hob die Hand. »Es gibt noch eine kleine Probe.«

Birdie ächzte.

»Wenn jemanden eine Schuld daran trifft, daß Leute wie Sie und ich ungetauft geblieben sind«, fuhr Pocahontas beharrlich fort, »dann Gott selbst, nicht wahr?«

»Das ist eine gute Überlegung«, sagte der Aufsichtführende. »Ich weiß nicht, ob es eine Antwort darauf gibt. Bitte setzen Sie sich. Wir werden jetzt einen kurzen Verständnistest veranstalten.«

Zwei alte Aufpasser begannen, Formblätter für die Antworten zu verteilen. Birdies ungute Gefühle verstärkten sich, und es half wenig, daß er für sein Elend einen Grund hatte, den er mit allen anderen teilen konnte.

Die Beleuchtung wurde schummrig, und die erste Frage erschien auf dem Bildschirm: 1. Dante Alighieri wurde (a) 1300 (b) 1265 (c) 1625 (d) in einem unbekannten Jahr geboren.

Pocahontas verdeckte ihre Antworten, die Schlampe. Also, wann wurde der verdammte Dante geboren? Er erinnerte sich, daß er das Datum in sein Heft geschrieben hatte, wußte aber nicht mehr, was für eins es gewesen war. Er blickte wieder zu den vier Alternativen, aber inzwischen war bereits die zweite Frage auf dem Bildschirm. Er kreuzte das Feld hinter (c) an, dann löschte er es wieder, weil ihm bei der Wahl irgendwie nicht wohl war, aber zu guter Letzt blieb er doch dabei.

Die vierte Frage flimmerte auf dem Bildschirm. Die Antworten, unter denen er zu wählen hatte, waren Namen, die er nie gesehen oder gehört hatte, und die Frage ergab keinerlei Sinn. Angewidert kreuzte er zu jeder Frage das Feld (c) an und trug sein Blatt zu dem Aufpasser an der Tür, der ihn jedoch nicht hinauslassen wollte, bevor der Test beendet wäre. So stand er mißmutig da und betrachtete finster alle die anderen dummen Arschlöcher, wie sie ihre falschen Antworten auf die Formblätter kritzelten. Die Glocke schrillte. Alle atmeten erleichtert auf.

Nr. 334 in der 11. Straße war eine von zwanzig Wohneinheiten, die in den reichen 80er Jahren im Rahmen des ersten bundeseinheitlichen Sozialbauprogramms errichtet worden waren. Ein Fahnenmast aus Aluminium und ein Betonrelief mit der Hausnummer schmückten den Haupteingang an der First Avenue; sonst war das Gebäude schmucklos. Vor vielen Jahren war es dem Mieterrat eines Abends in einer Art Protestaktion gelungen, ein Stück von der monolithischen 4 abzuschlagen, aber wenn man davon ausging, daß die Bäume und die eleganten Schaufensterfronten von Anfang an nicht mehr als höfliche Fiktionen gewesen waren, ließ sich die Ähnlichkeit mit den seinerzeit in der New York Times veröffentlichten Architekturskizzen nicht bestreiten. Was die Architektur anging, so war 334 den Pyramiden ebenbürtig – wie sie wirkte es kaum unmodern und war nur wenig gealtert.

Unter seiner Haut aus Glas und gelben Ziegeln bewohnte eine Bevölkerung von rund dreitausend Personen die 812 Wohnungen (40 auf jedem Stockwerk, dazu 12 im Erdgeschoß hinter den Ladengeschäften), was wenig mehr als 30% über der vom Wohnungsamt ursprünglich als Optimum bezeichneten Planung von 2250 lag. Also konnte man es auch in dieser Hinsicht als einen Erfolg betrachten. Zweifellos gab es schlechtere Behausungen, in denen zu leben Menschen bereit waren, besonders wenn sie, wie Birdie Ludd, als Alleinstehende keinen Anspruch auf eine eigene Wohnung hatten und sich als Untermieter durchschlagen mußten.

An diesem Donnerstagabend um halb acht wartete Birdie auf dem Treppenabsatz des sechzehnten Stockwerks, zwei Etagen unter der Wohnung der Holts. Millys Vater war nicht zu Haus, aber er hätte ihn sowieso nicht eingelassen, und so stand Birdie im Treppenhaus, fror sich den Arsch ab und lauschte, wie irgendwelche Leute sich wegen Geld oder Sex anschrien. (›Geld oder Sex‹ war eine stehende Redensart aus irgendeiner Lustspielrevue, die Milly immer vorspielte. ›Geld oder Sex – darauf läuft alles hinaus.‹ Hoho!) Jemand anders kam hinzu und sagte ihnen, sie sollten still sein, und weiter entfernt schrie ein Säugling wie am Spieß. ›Hier ist meine Liebe‹, sang ein Radio, ›hier ist meine Liebe. Nimm sie, oder ich sterbe, sterbe an gebrochenem Herzen‹. Nummer drei auf der Hitliste. Die Melodie ging Birdie schon den ganzen Tag, die ganze Woche durch den Kopf. Ehe er Milly kennengelernt hatte, war ihm nie in den Sinn gekommen, daß Liebe etwas Komplizierteres oder Schrecklicheres als das Annehmen von Süßigkeiten sein könne. Selbst die ersten paar Monate mit ihr waren nur die üblichen Süßigkeiten mit einer Zugabe gewesen. Aber jetzt konnte ihn jeder blödsinnige Schlager im Radio in Stücke reißen, manchmal sogar die Werbesendungen.

Das Lied verstummte, die Leute beruhigten sich, und Birdie hörte unten auf der Treppe langsame Schritte, die sich näherten. Das mußte Milly sein. Die Geräusche der Schritte sagten ihm, daß sie von Frauenschuhen mit halbhohen Absätzen stammten, und in seiner Kehle begann sich ein Klumpen zu bilden – von Liebe, von Angst, von Schmerz, von allem, nur nicht von Glück. Wenn es Milly wäre, was sollte er ihr sagen? Aber wenn sie es nicht wäre . . .

Er schlug sein Lehrbuch auf und beschmierte die Seite mit dem Schmutz, den er bei dem Versuch, das Fenster zum Lichtschacht zu öffnen, an die Hand gebracht hatte. Er wischte den Rest an der Hose ab und tat, als sei er in die Lektüre vertieft.

Es war nicht Milly. Eine alte Frau, die eine Einkaufstasche schleppte. Sie blieb eine halbe Treppe unter ihm auf dem Absatz stehen, stellte schnaufend die Tasche ab und lehnte sich gegen das Geländer. Im Mundwinkel hatte sie eine Stange Oralin, deren Banderole eine Trickmandala trug, die wie eine verrückt gewordene Uhr zu rotieren schien, wenn die Alte sich bewegte. Sie sah Birdie an, und er blickte finster auf die schlechte Reproduktion von Davids ›*Der Tod des Sokrates*‹ in seinem Buch. Die schlaffen Lippen formten ein Lächeln.

»Beim Lernen?« fragte sie.

»Ja, ich lerne«, murmelte er.

»Das ist gut.« Sie nahm die blaßgrüne Stange aus dem Mund und hielt sie wie ein Thermometer, um zu sehen, was verbraucht war und wieviel ihr noch verblieb. Ihr Lächeln zog sich enger zusammen, als beschäftige sie sich mit einer scherzhaften Bemerkung, der sie den letzten Schliff geben wollte. »Es ist gut«, sagte sie schließlich, fast schmunzelnd, »daß ein junger Mann sich bemüht, etwas zu lernen.«

Das Radio kam mit der neuen Ford-Werbung dazwischen. Es war eine von Birdies Lieblingssendungen, so frisch und unbekümmert und zugleich gediegen. Er wünschte, die alte Hexe würde den Mund halten, damit er besser hören könne.

»Heutzutage kann man es ohne Lernen zu nichts bringen.«

Birdie sagte nichts.

Sie unternahm einen neuen Versuch. »Diese Treppen!« sagte sie seufzend.

Birdie blickte verdrießlich auf. »Was ist mit ihnen?«

»Was soll schon sein? Seit Wochen sind die Aufzüge außer Betrieb. Das ist mit ihnen! Seit Wochen!«

»Und?«

»Und! Warum bringen sie die Aufzüge nicht in Ordnung? Aber gehen Sie mal hin und reden mit der Verwaltung! Und sehen Sie dann, was passiert. Nichts passiert, das ist es.«

Er wollte ihr sagen, sie solle sich das Haar waschen. Sie redete, als ob sie ihr Leben in einer Eigentumswohnung oder was verbracht hätte, statt in dem schäbigen, von der Sozialfürsorge subventionierten Slum. Laut Milly war es Jahre und nicht Wochen her, seit die Aufzüge in einem dieser Gebäude funktioniert hatten.

Mit angewidertem Blick drängte er sich an die Wand, um die alte Frau vorbeizulassen. Sie kam drei Stufen herauf, bis ihr Gesicht mit seinem in einer Höhe war. Sie roch nach Bier und Alter. Er haßte alte Leute. Er haßte ihre runzligen Gesichter und die Berührung ihrer kalten, trockenen Haut. Weil es so viele alte Leute gab, konnte Birdie Ludd nicht heiraten und eine eigene Familie gründen. Es war eine verdammte Ungerechtigkeit.

»Was studieren Sie?«

Birdie blickte auf die Gemäldereproduktion in seinem Buch. Er las die Bildunterschrift, die er vorher nicht gelesen hatte. »Das ist Sokrates«, sagte er und erinnerte sich deutlich an einiges von dem, was er letztes Jahr im Kurs Kulturgeschichte über Sokrates gehört hatte. »Es ist ein Gemälde«, erläuterte er. »Ein griechisches Gemälde.«

»Wollen Sie Künstler werden? Oder was?«

»Was«, versetzte Birdie.

»Sie sind Milly Holts Freund, nicht wahr?« Er antwortete nicht. »Warten Sie hier unten, daß sie nach Haus kommt?«

»Ist es verboten, auf jemand zu warten?«

Die alte Frau lachte ihm ins Gesicht, und es war, als steckte man die Nase in einen verwesenden Kadaver. Dann schleppte sie sich Stufe um Stufe hinauf zum nächsten Absatz. Birdie versuchte, ihr nicht nachzublicken, konnte sich aber nicht enthalten. Ihre Blicke begegneten einander, und sie lachte wieder. Schließlich mußte er sie fragen, worüber sie lache. »Ist es verboten zu lachen?« fragte sie zurück. Dann löste ihr Lachen sich in einem Gehuste auf, das direkt aus irgendeinem alten Film der Gesundheitsbehörde über die Gefahren des Rauchens hätte sein können. Er fragte sich, ob sie vielleicht süchtig sei. Alt genug war sie. Birdies Vater, der zehn Jahre jünger als sie sein mußte, rauchte Tabak, wann immer er welchen kriegen konnte. Birdie hielt das Rauchen für eine Geldverschwendung, fand es aber nicht direkt abstoßend. Milly dagegen verabscheute es, besonders bei Frauen.

Irgendwo splitterte Glas, und irgendwo schossen Kinder aufeinander – *Pam! Pam! Pam! Pof!* – und ließen sich aufschreiend fallen. Birdie spähte in den Abgrund des Treppenhauses hinab. Weit unten berührte eine Hand das Treppengeländer, verweilte einen Augenblick, hob sich und faßte ein Stück weiter wieder zu. Die Finger waren schmal (wie Millys Finger), und die Nägel schienen golden lackiert zu sein. Im trüben Licht und auf diese Entfernung war es schwer zu sagen. Ein plötzliches Aufbranden ungläubiger Hoffnung ließ ihn das Lachen der alten Frau, den Gestank, das Geschrei vergessen; das Treppenhaus wurde zu einem romantischen Hintergrund, einer dunstverschleierten Szene in Zeitlupe. Die Hand umfaßte das Treppengeländer, verharrte einen Moment und bewegte sich weiter.

Als er Milly das erste Mal in ihre Wohnung begleitet hatte, war er hinter ihr diese Treppen hinaufgestiegen und hatte ihren strammen kleinen Hintern beobachtet, wie er sich nach rechts, nach links und wieder nach rechts gedreht hatte und wie die metallisch schimmernden Fransen an ihren Straßenshorts hin und her geschwungen und wie die Schaufensterdekoration eines

Schnapsladens gefunkelt hatten. Den ganzen Weg hinauf hatte sie sich nicht ein einziges Mal nach ihm umgesehen.

Im elften oder zwölften Stock verließ die Hand das Treppengeländer und kam nicht wieder zum Vorschein. Also war es doch nicht Milly gewesen. Er blickte auf seine Armbanduhr. Punkt acht. Er konnte es sich leisten, weitere zwei Stunden zu warten. Dann, wenn er nicht den vollen Fahrpreis für die U-Bahn bezahlen wollte, könnte er zu Fuß in vierzig Minuten zum Wohnheim zurückgehen. Wäre er nicht wegen schlechter Leistungen auf Bewährung gewesen, hätte er die ganze Nacht ausbleiben und hier auf Milly warten können.

Er setzte sich auf eine Treppenstufe, um in seinem Buch zu blättern. Im schlechten Licht starrte er auf die Abbildung. In einer Hand hielt Sokrates einen großen Becher; die andere hob einen mahnenden Zeigefinger. Er schien überhaupt nicht zu sterben. Morgen nachmittag um zwei begannen die Zwischenprüfungen. Er mußte sich wirklich an die Arbeit machen. Angestrengter als zuvor starrte er das Bild an. Warum malten die Leute überhaupt Bilder? Er starrte, bis ihm die Augen schmerzten.

Der Säugling fing wieder an zu schreien. Einige indonesische Nationalisten kamen mit Gekreisch die Treppe heruntergestürmt, und gleich darauf kam eine zweite Bande von Kindern in schwarzen Masken – US-Gorillas – in wilder Verfolgung hinterher, Drohungen und Obszönitäten schreiend.

Er begann leise zu weinen. Obwohl er es sich noch nicht eingestehen mochte, war er überzeugt, daß Milly ihn betrog. Er liebte sie so sehr, und sie war so schön. Als er sie das letzte Mal gesehen hatte, hatte sie ihn blöd genannt. »Du bist so blöd, Birdie Ludd«, hatte sie gesagt. »Manchmal machst du mich ganz krank.« Aber sie war so schön. Und er liebte sie.

Eine Träne fiel auf die Abbildung und wurde vom billigen Papier aufgesogen. Erst jetzt wurde ihm klar, daß er weinte. In seinem ganzen Erwachsenenleben hatte er noch nie geweint. Sein Herz war gebrochen.

2

Birdie war nicht immer ein solcher Kopfhänger gewesen. Ganz im Gegenteil – er war freundlich wie eine Blume gewesen, leichtlebig, klaglos und lustig. Er fing nicht gleich einen Wettkampf an, wenn er jemand begegnete, und wenn ein Wettkampf unvermeidlich war, verstand er mit Anstand zu verlieren. In der Grundschule Nr. 141 hatte man das Wettbewerbsdenken nicht betont, und in dem Kinderheim, wohin man ihn nach der Scheidung seiner Eltern gebracht hatte, noch weniger. Ein netter Junge, mit dem gut auszukommen war, das war Birdie.

Dann, im Sommer nach seinem Abgang von der höheren Schule, gerade als die Sache mit Milly sich zu einem ernsthaften Verhältnis entwickelte, war er in Mr. Macks Büro gerufen worden, und der Boden war aus seinem Leben herausgefallen. Norman Mack war ein schmächtiger Mann mittleren Alters, nahezu kahl, mit einem Spitzbauch und einer jüdischen Nase, obgleich Birdie über die Frage, ob er Jude war oder nicht, nur Vermutungen anstellen konnte. Abgesehen von der Nase hielt Birdie ihn vor allem deshalb für einen Juden, weil er bei jedem Gespräch das Gefühl hatte, Mr. Mack spiele mit ihm und sein glattes, professionelles Wohlwollen sei eine Tarnung, hinter der sich grenzenlose Verachtung verbarg, und alle seine vernünftigen Ratschläge seien in Wirklichkeit eine Falle. Dieses Gefühl überkam ihn meistens, wenn er mit Juden zu tun hatte. Das Dumme an der Sache war, daß Birdie keine andere Wahl hatte, als in die Falle hineinzutappen. Es war Mr. Macks Spiel und mußte nach seinen Regeln gespielt werden.

»Setzen Sie sich, Mr. Ludd.«

Birdie hatte sich gesetzt, und Mr. Mack hatte erläutert, daß er vom Amt für Bevölkerungsplanung und Statistik einen Brief erhalten habe – er reichte Birdie einen großen grauen Umschlag, aus dem Birdie eine Menge Papiere und Formulare zog –, und der Kern der Sache war, daß Birdie neu eingestuft worden war.

»Aber ich habe die Tests gemacht, Mr. Mack! Vor vier Jahren. Und ich bin durchgekommen.«

»Ich habe eigens in Albany angerufen, um mich zu vergewissern, daß es sich nicht etwa um ein Versehen handelt. Aber es war kein Versehen. Im Brief . . .«

»Sehen Sie!« Birdie zog die Brieftasche hervor, nahm die Karte heraus und hielt sie hoch. »Sehen Sie, da steht es, schwarz auf weiß: siebenundzwanzig Punkte.«

Mr. Mack nahm ihm die fettige Karte mit den Knickspuren aus der Hand und schnalzte mitleidig. »Nun, junger Freund, es tut mir sehr leid, aber Ihre neue Karte weist vierundzwanzig Punkte aus.«

»Einen Punkt unter der Grenze? Wegen eines Punktes wollen Sie . . .« Er brachte es nicht über sich, auch nur daran zu denken, was geschehen würde. »Also, Mr. Mack . . .!«

»Ich weiß, Ludd. Glauben Sie mir, ich bedaure das genauso wie Sie selbst.«

»Ich habe alle Tests mitgemacht und bin durchgekommen!«

»Wie Sie wissen, mein Freund, müssen neben den Testergebnissen andere Faktoren berücksichtigt werden, und einer von diesen hat sich geändert. Tja. Wie sich inzwischen herausstellte, ist Ihr Vater Diabetiker.«

»Das ist das erste Wort, das ich darüber höre.«

Mr. Mack zuckte die Achseln. »Das ist durchaus möglich. Die Krankenhäuser und Ärzte stehen im automatischen Datenverbund mit dem Amt für Bevölkerungsplanung und Statistik, das Ihnen aufgrund der veränderten Sachlage diesen Brief zusandte.«

»Aber was hat mein Vater mit meiner Punktzahl zu tun?«

Mit den Jahren war Birdies Beziehung zu seinem Vater zu einer Stimme am Telefon an Feiertagen und vierteljährlich interesselosen Besuchen im städtischen Männerasyl in der sechzehnten Straße verkümmert, bei welchen Gelegenheiten der alte Mr. Ludd Essengutscheine für ein beliebiges Restaurant der dritten Kategorie erhielt. Familienleben war in jeder Gesellschaft die einzige starke bindende Kraft, und so waren die Sozialbehörden nolens volens bestrebt, die Familien zusammenzuhalten, selbst so dürftige wie einen Vater und einen Sohn, die alle drei Monate in einem italienischen Lokal gemeinsam Lasagne aßen. Sein Vater? Birdie mußte beinahe lachen.

Mr. Mack erläuterte ihm, daß es keinen Grund gebe, sich zu schämen. Volle zweieinhalb Prozent der Bevölkerung lägen unter dem Grenzwert von fünfundzwanzig Punkten, und das seien immerhin mehr als zwölf Millionen Menschen. Eine niedrige Punktzahl mache Birdie Ludd keineswegs zu einem Monstrum, sie nehme ihm nicht einmal seine bürgerlichen Rechte, sondern bedeute lediglich, wie er natürlich wisse, daß er keine Erlaubnis erhalte, Kinder zu zeugen, weder direkt durch eine Eheschließung noch indirekt durch künstliche Befruchtung. Er wolle ganz sicher gehen, daß Mr. Ludd dies verstehe. Ob Mr. Ludd das verstehe?

Ja. Er verstand.

Mr. Macks Miene hellte sich auf, und er wies darauf hin, daß es noch immer durchaus möglich sei – sogar wahrscheinlich, ziehe man in Betracht, daß er unmittelbar an der Grenze liege –, eine Neueinstufung zu erreichen: diesmal nach oben. Geduldig ging er Punkt für Punkt Birdies Einstufungsergebnis durch und machte ihn auf Möglichkeiten aufmerksam, seine Punktzahl zu verbessern.

Diabetes sei eine erblich bedingte Krankheit. Die Behandlung sei kostspielig und ziehe sich nicht selten über Jahre und Jahrzehnte hin. Aus diesen Gründen habe man Diabetes im ersten Gesetzentwurf sogar mit Hämophilie und der Chromosomenkombination XYY gleichstellen wollen. Das sei ziemlich drakonisch gewesen, darum auch nicht durchgegangen, aber sicherlich könne Mr. Ludd verstehen, warum dem genetischen Trend zur Ausbreitung der Diabetes entgegengewirkt werden müsse.

Sicherlich. Das konnte er verstehen.

Dann gebe es die andere unglückliche Angelegenheit, seinen Vater betreffend – nämlich, daß er während der letzten Dekade weniger als fünzig Prozent der Zeit beschäftigt gewesen sei und die übrige Zeit von Arbeitslosenunterstützung gelebt habe. Auf den ersten Blick möge es ungerecht erscheinen, den Sohn für seines Vaters sorglosen Lebensstil zu bestrafen, aber die Statistik zeige, daß dieser Charakterzug ebenso erblich sei wie etwa die Intelligenz.

Da sei sie wieder, die alte Streitfrage, ob der Mensch mehr durch Erbfaktoren oder mehr durch Umwelteinflüsse geprägt würde! Doch ehe Mr. Ludd allzu energisch protestiere, möge er sich den nächsten Punkt auf seinem Bogen ansehen. Mr. Mack tippte mit dem Bleistift darauf. Hier habe man ein interessantes Beispiel für die Wirkungsweise der Geschichte. Die Novelle zum Gesetz über den genetischen Test als Folge des sogenannten Minderheiten-Kompromisses sei im Jahre 2011 endlich vom Senat verabschiedet worden, und hier schlage dieser Kompromiß ganz unmittelbar für Mr. Ludd zu Buche, denn die fünf Punkte, die ihm durch seines Vaters Arbeitslosigkeitsindex verlorengegangen seien, habe er durch den Umstand, daß er Neger sei, wieder zurückgewonnen!

Auf der physischen Skala hatte Birdie neun Punkte erreicht, was ihn an die Spitze der normalen Kurve brachte. Mr. Mack machte einen kleinen Scherz auf eigene Kosten, der die Punktzahl betraf, die er selbst bei einem physischen Test wahrscheinlich erzielen würde. Dann klärte er Birdie auf, daß er einen neuen physischen Test beantragen könne, doch sei es selten, daß jemand sich in diesem Bereich verbesserte, während nur zu häufig ein Absinken der Punktzahl zu beobachten sei. Zum Beispiel reiche in Birdies Fall jetzt, nachdem sein Vater als Diabetiker festgestellt sei, schon die geringste Tendenz zu Hypoglykämie aus, um ihn ganz aus dem Rennen zu werfen. Ob es unter diesen Umständen nicht das beste sei, die Finger davon zu lassen?

Es schien tatsächlich das beste zu sein.

Hoffnungsvoller zeigte sich Mr. Mack in bezug auf die beiden anderen Tests, den Stanford-Binet (Kurzform) und den Skinner-Waxman. Birdie hatte bei diesen nicht schlecht abgeschnitten (7 und 6 Punkte), aber das Ergebnis war auch nicht gerade glänzend gewesen. Mr. Mack meinte, daß die Leute sich beim zweiten Mal häufig zu wesentlich besseren Leistungen steigerten. Kopfschmerzen, Lampenfieber oder auch Gleichgültigkeit – es gebe so viele Faktoren, welche die geistige Leistungsfähigkeit negativ beeinflussen könnten. Vier Jahre seien eine lange Zeit, aber habe Mr. Ludd Grund zu der Annahme, seine Leistung sei damals weniger gut gewesen, als sie hätte sein können?

Und ob! Er entsann sich, daß er eine Eingabe hatte machen wollen, dann aber darauf verzichtet hatte, als er auch so auf die nötige Punktzahl gekommen war. Am Prüfungstag hatte sich ein Sperling in den Saal verirrt und war verzweifelt von einem versiegelten Fenster zum anderen geflattert. Wer konnte sich unter solchen Umständen konzentrieren?

Sie entschieden, daß Birdie eine Wiederholung des Stanford-Binet- und des Skinner-Waxmann-Tests beantragen würde. Sollte er sich an dem vom Amt für Bevölkerungsplanung und Statistik zugewiesenen Prüfungstermin aus irgendeinem Grund nicht in Form fühlen, so könne er ohne Schwierigkeiten einen Aufschub erreichen. Mr. Mack war überzeugt, daß Birdie bei allen Stellen auf Hilfsbereitschaft und Entgegenkommen stoßen würde.

Das Problem schien gelöst, und Birdie wollte gehen, doch war Mr. Mack der Form halber verpflichtet, ein paar weitere Details durchzugehen. Neben den Erbfaktoren und den Tests, die das Potential zu messen hätten, gebe es noch andere Wege, um auf die benötigte Punktzahl zu kommen. Jedes besondere Verdienst um Vaterland oder Wirtschaft bringe automatisch fünfundzwanzig Punkte, aber die Bedingungen seien nicht ganz einfach zu erfüllen. Gleiches gelte für den Nachweis außergewöhnlicher körperlicher, intellektueller oder schöpferischer Fähigkeiten . . .

Birdie meinte, sie könnten auch diesen Punkt überspringen.

Aber hier sei etwas, was sie in Erwägung ziehen sollten – die Ausbildung. Birdie habe bereits fünf Punkte, weil er die höhere Schule mit Erfolg absolviert habe. Wenn er nun ein College besuchte ...

Ausgeschlossen. Birdie war nicht der Typ des Studenten. Er war kein Dummkopf, aber er war auch kein Einstein.

Mr. Mack wußte den Realismus einer solchen Entscheidung zu würdigen, aber unter den gegenwärtigen Umständen sei es besser, keine Brücken abzubrechen. Jeder hinreichend qualifizierte Bürger der Stadt New York habe ein Recht darauf, ein staatliches College zu besuchen. Birdie tue gut daran, diese Chance nicht leichtfertig in den Wind zu schlagen. Die ganze Angelegenheit sei ihm, Mr. Mack, sehr unangenehm. Er hoffe, Birdie werde lernen, seine Neueinstufung als einen vorübergehenden Rückschlag und nicht als endgültige Niederlage anzusehen. Es sei ganz unsinnig, in der Rückstufung ein Versagen zu erblicken.

Birdie stimmte ihm zu, doch auch dies reichte noch nicht aus, um seine Entlassung zu erreichen. Mr. Mack drängte ihn, sich die Probleme der Geburtenkontrolle und der genetischen Gesundheit im allgemeinen zu vergegenwärtigen. Es gebe bereits zu viele Menschen für die vorhandenen Ressourcen; ohne ein System freiwilliger Einschränkung würden es bald noch mehr sein, und eine Übervölkerungskatastrophe wäre unvermeidbar. Kein einsichtiger Bürger könne sich der Erkenntnis verschließen, daß das gegenwärtige System der Bevölkerungsplanung bei all seinen Nachteilen wünschenswert und notwendig sei.

Birdie versprach, sich zu bemühen und die Dinge so zu sehen, und dann durfte er endlich gehen.

Unter den Papieren im grauen Umschlag war eine Informationsschrift vom Nationalen Erziehungsrat, in der zu lesen war, daß eine zuversichtliche und ausgeglichene Geistesverfassung die beste Vorbereitung für den Wiederholungstest sei. Einen Monat später erschien Birdie zum vorgegebenen Termin in zuversichtlicher und ausgeglichener Geistesverfassung in der Centre Street. Erst hinterher, als er auf dem Platz beim Brunnen saß und mit seinen Schicksalsgenossen die Tests diskutierte, wurde ihm klar, daß es Freitag, der 13. Juli war. Ein Unglückstag! Er brauchte nicht auf den eingeschriebenen Brief zu warten, um zu wissen, daß er schlecht abgeschnitten hatte. Aber auch so war der Brief eine Bombe. Beim Intelligenztest hatte er einen Punkt verloren, und auf der Skinner-Waxman-Kreativitätsskala war er auf vier Punkte abgesunken, was dem Niveau eines Schwachsinnigen entsprach. Seine neue Gesamtzahl war 21.

Die vier Punkte ärgerten ihn. Der erste Teil des Skinner-Waxman-Tests hatte darin bestanden, unter sechzehn Möglichkeiten die beste Pointe für das Ende einer Geschichte auszuwählen und Reime auf verschiedene Endungen zu bilden. Soviel erinnerte er von früher, aber dann führten sie ihn in einen unheimlichen leeren Raum. Von der Decke hingen zwei Seile, und Birdie erhielt eine Zange und wurde aufgefordert, die beiden Seilenden zusammenzubinden. Man durfte die Seile nicht von ihren Haken an der Decke ziehen.

Es war unmöglich. Wenn man ein Seilende in die Hand nahm, konnte man das andere nicht errechen, nicht einmal mit dem ausgestreckten Fuß. Die wenigen Zentimeter, die einem die Zange einbrachten, waren keine Hilfe. Als die zugestandenen zehn Minuten sich ihrem Ende näherten, war er einem Nervenzusammenbruch nahe. Es gab drei weitere unlösbare Probleme, doch inzwischen hatte er resigniert, und seine Lösungsversuche blieben mechanisch und halbherzig.

Als sie am Brunnen saßen, erklärte irgendein jugendliches Genie, was sie alle hätten tun sollen: Die Zange an ein Seilende binden und es wie ein Pendel schwingen lassen; dann das andere Ende ergreifen . . .

»Weißt du, was ich am liebsten an ein Seilende binden und wie ein Pendel von der Decke schwingen lassen würde?« unterbrach Birdie den anderen. »Hm, Klugscheißer? Dich!«

Alle fanden, daß dies eine bessere Pointe sei als alle die anderen, unter denen sie die Wahl gehabt hätten.

Erst nachdem er bei den Tests durchgefallen war, erzählte er Milly von seiner Neueinstufung. Eine gewisse Kühle war zu der Zeit über ihr Liebesverhältnis gekommen, nur eine Wolke vor der Sonne, aber Birdie war nichtsdestoweniger in Sorge gewesen, welches ihre Reaktion sein mochte und welche Namen sie ihm geben würde. Wie sich herausstellte, war Milly heroisch, ganz Zärtlichkeit, Sorge und beherzte Entschlossenheit. Sie habe bisher nicht erkannt, sagte sie, wie sehr sie Birdie liebe und brauche. Sie liebe ihn jetzt nur noch mehr, weil – aber das brauche sie nicht zu erklären. Sie werde ihm beistehen, bis die ganze Geschichte zu einem guten Ende gebracht sei. Diabetes! Und nicht mal seine eigene Diabetes! Je mehr sie darüber nachdachte, desto zorniger wurde sie, desto entschlossener, niemals zuzulassen, daß irgendein bürokratischer Moloch mit ihr und Birdie Gott spiele. (Moloch?) Wenn Birdie das College besuchen wolle, sei sie bereit, so lange wie nötig auf ihn zu warten.

Wie sich zeigte, waren es vier Jahre. Das Punktsystem war so ausgeklügelt, daß jedes Jahr bis zum Schlußexamen nur einen halben Punkt zählte, die Graduierung aber vier Punkte brachte. Hätte Birdie sich mit der ersten Herabstufung zufriedengegeben, so hätte er sich in zwei Jahren wieder auf fünfundzwanzig Punkte hocharbeiten können. Jetzt mußte er das Schlußexamen bestehen, wenn er sein Ziel erreichen wollte.

Aber er liebte Milly und wollte sie heiraten, und die Leute mochten reden, was sie wollten, eine Ehe ist erst eine Ehe, wenn man Kinder haben kann.

Er besuchte das College. Es gab keine andere Wahl.

3

Am Morgen nach der Probearbeit über Humanismus und Kunstgeschichte lag Birdie im leeren Studentenschlafsaal im Bett und dachte schläfrig an die Liebe. Er konnte nicht wieder einschlafen, aber er wollte auch noch nicht aufstehen. Er fühlte sich bis zum Überfließen voll Energie, doch war es nicht jene Art von Energie, die man zum Aufstehen und Zähneputzen brauchte. Außerdem war es zum Frühstück sowieso zu spät, und er war zufrieden, wo er war.

Sonnenlicht fiel durch die Fenster der Südseite herein. Ein Luftzug raschelte mit den veralteten Bekanntmachungen am Schwarzen Brett, drehte ein Hemd herum, das an einer Vorhangstange hing, und berührte mit kühlem Hauch Birdies Handrücken, wo eine verblassende Kugelschreibertätowierung prangte: Millys Name in einem Herzen. Birdie lächelte selbstzufrieden und wälzte sich träge auf die linke Seite. Das Fenster rahmte ein tiefblaues Himmelsrechteck ein. Es war März, aber es hätte genausogut April oder Mai sein können, so schön ließ der Tag sich an. Es würde ein herrlicher Tag sein, ein wunderbarer Frühling. Er konnte ihn in den Brust- und Bauchmuskeln fühlen, wenn er einatmete.

Frühling! Dann Sommer. Laue Abendbrisen. Hemdsärmel.

Letzten Sommer draußen am Meer, der heiße Sand, der Seewind in Millys Haar. Er sah noch die Handbewegung, mit der sie es wie einen Schleier zurückstrich. Worüber hatten sie diesen ganzen Tag gesprochen? Über alles. Über die Zukunft. Über ihren ekelhaften Vater. Milly war verzweifelt bemüht, von Nr. 334 wegzukommen und ihr eigenes Leben zu leben. Jetzt, seit sie bei der Fluglinie arbeitete, hatte sie ein Anrecht auf einen Platz im Ledigenwohnheim, doch anders als Birdie war sie das Leben im Kollektiv nicht gewohnt, und es fiel ihr schwer, sich zu entscheiden. Nun, bald würde das alles anders sein, besser . . .

Der Sommer! Hand in Hand mit ihr dahinschlendern, sich durchschlängeln zwischen den am Strand aufgereihten Körpern, den Gestaden aus sonnengeröstetem Fleisch. Sie mit Sonnenöl einreiben. Sommermagie, seine über ihren Körper gleitende Hand, die Luft voll von Musik und Stimmen, hundert zur gleichen Zeit. Und Milly war sein! In solchen Augenblicken wußte er, wie es sein mußte, ein Komponist oder ein großer Musiker zu sein. Er wurde ein Riese, von Größe geschwellt. Eine Zeitbombe. O Milly! Deine Augen! Ich liebe dich, Milly, so sehr! Verlaß mich nicht, Milly.

Die Wanduhr zeigte 11:07. Heute ist mein Glückstag, sagte er sich, und es war ein Versprechen. Er sprang aus dem Bett und machte zehn Liegestütze auf dem Fliesenboden, dann, nach kurzer Pause, zehn weitere. Er wickelte sein Waschzeug in ein Handtuch und ging in den Waschraum, der früher einmal, als das Gebäude die Verwaltung einer Versicherungsgesellschaft beherbergt hatte, den Bewohnern der Direktionsetage vorbehalten gewesen war. Als er die Tür öffnete, fing die Musik an:

Krach, bumm!
Warum bin ich so froh?
Zu dumm,
Ich weiß es nicht; nur so.

Er beschloß, den weißen Pullover mit der weißen Levis und Tennisschuhe anzuziehen. Er bürstete Schlämmkreide in sein Haar, dann betrachtete er sich im Badezimmerspiegel. Er lächelte. Das Übertragungssystem brachte die Ford-Werbung, die er am liebsten hatte. Allein in dem leeren Raum vor den Urinierbecken, tanzte er selbstvergessen und sang die Worte des Werbetextes mit.

Zur südlichen Fährstation fuhr er fünfzehn Minuten mit der U-Bahn. Im Fährgebäude war ein Pan-Am-Restaurant, wo die Bedienungen die gleichen Uniformen wie Milly trugen. Obwohl er es sich nicht leisten konnte, aß er dort zu Mittag, genau das gleiche Essen, das Milly in diesem Augenblick in dreitausend Metern Höhe servieren mochte. Er gab fünfundzwanzig Cents Trinkgeld. Bis auf die Wertmarke für die U-Bahn, die er für die Rückfahrt zum Studentenwohnheim brauchte, war er jetzt blank.

Er ging die Reihen der Bänke entlang, wo die alten Leute jeden Tag saßen und auf die See hinausblickten, während sie auf den Tod warteten. An diesem Morgen waren die Alten ihm nicht so verhaßt wie am Abend zuvor. Aufgereiht in der Sonne, wirkten sie irgendwie hilflos und fern, stellten keine Bedrohung dar, spielten keine Rolle.

Der Seewind von der Mündung des Hudson roch nach Salz, Öl und Fäulnis. Es war kein übler Geruch. Erfrischend. Wenn er statt in dieser Zeit vor Jahrhunderten gelebt hätte, wäre er vielleicht Seemann geworden. Flüchtige Bilder aus Filmen über Schiffe gingen ihm durch den Sinn. Er stieß eine leere Plastikflasche unter dem Geländer durch und sah zu, wie sie im schwarzgrünen Wasser auf und ab tanzte.

Der ganze Himmel brüllte von Düsenflugzeugen, die in alle Richtungen flogen. In jeder dieser Maschinen konnte Milly sein. Was hatte sie erst vor einer Woche gesagt? ›Ich werde dich immer lieben.‹ Hätte er ein Messer bei sich gehabt, so hätte er die Worte irgendwo einritzen können.

Er fühlte sich einfach großartig. Ganz entschieden.

Ein alter Mann in abgetragenem Anzug schlurfte daher, eine Hand am Eisengeländer der Seepromenade. Ein dichter, weißgekräuselter Bart bedeckte die untere Hälfte seines Gesichts, aber sein Schädel war kahl wie ein Polizeihelm. Birdie trat vom Geländer zurück, um ihn vorbeizulassen.

Der Alte hielt Birdie die Hand unter die Nase und sagte: »Also wie wär's, junger Mann?«

Birdie rümpfte die Nase. »Tut mir leid.«

»Ich brauch ein paar Groschen.« Ein ausländischer Akzent. Spanisch? Nein. Er erinnerte Birdie an etwas, an jemand.

»Ich auch.«

Der weißbärtige Alte drohte ihm mit dem Finger, und auf einmal erinnerte Birdie sich, wem er ähnlich sah. Sokrates!

Er wollte einen Blick auf die Armbanduhr werfen, aber er hatte sie im Spind gelassen, weil sie nicht zu seinem weißen Aufzug gepaßt hatte. Er wandte sich um. Die gigantische Werbeuhr an der Fassade der First National Citybank zeigte 2:15 an. Das war nicht möglich. Birdie fragte zwei von den alten Leuten auf den Bänken, ob das die richtige Zeit sei. Ihre Uhren bestätigten es.

Es hatte keinen Sinn, sich jetzt noch abzuhetzen; er konnte nicht mehr rechtzeitig im Hörsaal sein. Birdie lächelte, ohne recht zu wissen, warum. Mit einem Seufzer der Erleichterung setzte er sich, um das Meer zu betrachten.

Im Juni fand das übliche Familientreffen im Restaurant ›Zur Sizilianischen Vesper‹ statt. Birdie leerte seinen Teller, ohne dem Essen oder der langatmigen Geschichte, mit der sein Vater sich abmühte, allzuviel Aufmerksamkeit zu schenken. Anscheinend ging es um einen Bewohner des Asyls, der für Zimmer 7 optiert hatte, worauf entdeckt wurde, daß er ein katholischer Priester gewesen war. Mr. Ludd schien außer Fassung. Birdie vermochte nicht zu sagen, ob es die Sache mit Zimmer 7 oder der Gedanke war, wegen der Diabetes Diät halten zu müssen. Schließlich, um dem alten Mann eine Chance mit den Nudeln zu geben, erzählte Birdie ihm von dem Projekt mit dem Essay, das Mr. Mack arrangiert hatte. Es würde Birdies letzte Chance sein, aber wenn er sie nutzte, könnte doch noch alles gut werden. Und er sei entschlossen, sie zu nutzen.

»Und nun willst du also ein Buch schreiben?«

»Verdammt noch mal, Vater, kannst du nicht zuhören?«

Mr. Ludd zuckte die Achseln, wickelte die Nudeln um seine Gabel und hörte zu.

Was Birdie tun mußte, um wieder auf fünfundzwanzig Punkte zu kommen, war eine Demonstration von Fähigkeiten, die deutlich über denjenigen lagen, welche er an jenem Freitag, dem 13., gezeigt hatte. Mr. Mack hatte mit ihm die verschiedenen Aspekte seines Profils durchgesprochen, und da Birdie mit Redegewandheit die meisten Punkte erzielt hatte, waren sie übereingekommen, daß er am besten beraten wäre, wenn er etwas schriebe. Als Birdie gefragt hatte, was er schreiben solle, hatte Mr. Mack ihm ein Exemplar des Buches *Bei den eigenen Haaren* geschenkt.

Birdie nahm das Buch vom unbesetzten Nachbarstuhl, wo er es abgelegt hatte, und hielt es in die Höhe, daß sein Vater es sehe: *Bei den eigenen Haaren.* Herausgegeben und mit einer Einleitung (ermutigend, aber nicht allzu klar) von Lucille Mortimer Randolph-Clapp. Lucille Mortimer Randolph-Clapp gehörte zu den Schöpfern des gegenwärtigen Systems der Bevölkerungsplanung.

Der letzte Strang Spaghetti war aufgewickelt und verzehrt. Ehrfürchtig berührte Mr. Ludd mit der Spitze des Dessertlöffels die Schlagsahne auf der Schaumspeise. Ehe er sich dem Genuß hingab, fragte er: »Und sie wollen dir Geld bezahlen, nur um . . .?«

»Fünfhundert Dollar. Nicht übel, was? Sie nennen es ein Stipendium. Ich soll drei Monate damit auskommen, aber ich weiß nicht, ob das klappt. Meine Miete in der Mott Street macht nicht viel aus, aber die anderen Dinge.«

»Die Leute sind verrückt.«

»Es ist das System, das sie haben. Verstehst du, ich brauche Zeit, um meine Ideen zu entwickeln.«

»Das ganze System ist verrückt. Schreiben! Du kannst doch kein Buch schreiben.«

»Kein Buch. Bloß eine Geschichte, einen Essay, so was. Es brauchen nur ein paar Seiten zu sein. In dem Buch steht, die besten Sachen seien meistens sehr . . . Ich habe das genaue Wort vergessen, aber es bedeutet kurz. Du solltest mal was von dem Scheiß lesen, der angenommen wurde. Poesie und Zeug, wo jedes zweite Wort was Unanständiges ist. Ich meine, richtig schmutzig. Aber es gibt auch ein paar Sachen, die in Ordnung sind. Einer, der nicht mal den Volksschulabschluß geschafft hatte, schrieb eine Geschichte über die Arbeit in einem Schutzgebiet für Alligatoren. In Florida, weißt du. Und Sachen über Philosophie. Da war dieses eine Mädchen, das blind und verkrüppelt war. Ich werde es dir zeigen.« Birdie fand die Stelle, wo er aufgehört hatte: *Meine Philosophie* von Delia Hunt. Er las den ersten Absatz laut vor:

»Manchmal möchte ich gern eine riesige Philosophie sein, und manchmal möchte ich mit einer großen Axt daherkommen und mich selbst umhauen. Wenn ich jemand ›Hilfe, Hilfe!‹ schreien hörte, könnte ich einfach auf dem Baumstamm sitzenbleiben und denken: Ich glaube, da ist jemand in Schwierigkeiten. Aber nicht ich, denn ich sitze hier und sehe den Kaninchen zu, wie sie laufen und springen. Ich glaube, sie versuchen vor dem Rauch zu fliehen. Aber ich würde da einfach auf meiner Philosophie sitzenbleiben und denken: Nun, wie es scheint, steht der Wald jetzt richtig in Flammen.«

Mr. Ludd, in den Genuß seiner Spumone vertieft, nickte nur

freundlich. Er war fest entschlossen, sich durch nichts, was er hörte, verwirren zu lassen, und nicht zu protestieren oder zu verstehen suchen, warum die Dinge sich nie so entwickelten, wie er geplant hatte. Wenn die Leute wollten, daß er dies oder jenes machte, dann machte er es. Wenn sie wollten, daß er etwas anderes machte, tat er auch das. Es lohnte sich nicht, nach den Gründen zu fragen. *La vida,* wie Delia Hunt auch bemerkt hatte, *es un sueño.*

Später, als sie zum Asyl in die 16. Straße zurückgingen, sagte sein Vater: »Du weißt, was du zu tun hast, nicht wahr?«

»Was?«

»Du nimmst einen Teil von diesem Geld, das sie dir gegeben haben, und besorgst dir jemanden, der wirklich klug ist und dieses Ding für dich schreiben kann.«

»Das geht nicht. Sie haben Computer, die es merken, wenn man einen solchen Schwindel versucht.«

»Wirklich?« Mr. Ludd seufzte.

Ein paar Blocks weiter haute er Birdie um zehn Dollar an, um sich einen Rausch zu kaufen. Das war ein traditioneller Teil ihrer Treffen, und aus Tradition würde Birdie nein gesagt haben, doch nachdem er gerade mit seinem Stipendium geprahlt hatte, mußte er das Geld herausrücken.

»Ich hoffe, du wirst ein besserer Vater sein können, als ich es gewesen bin«, sagte Mr. Ludd, als er die gefaltete Banknote in seine Brieftasche steckte.

»Ja. Ja, das hoffe ich auch.«

Das reichte beiden für ein Schmunzeln.

Am nächsten Morgen folgte er dem einzigen Ratschlag, den er aus dem Berater hatte herausbringen können, dem er dafür fünfundzwanzig Dollar bezahlt hatte, und machte seinen ersten Besuch in der Nationalbibliothek. Die Zweigstelle war in einem alten, von oben bis unten verglasten Gebäude westlich von der mittleren Wall Street untergebracht. Das ganze Haus war wie eine Bienenwabe mit muffigen Kabinen vollgestopft, nur das oberste der 28 Stockwerke war für den Besucherverkehr gesperrt. Dort war die Übertragungsstation mit der Schaltstelle für die Kabel, durch welche die Filiale mit der Zentralbibliothek und über sie mit jeder anderen größeren Bibliothek außerhalb von Frankreich, Japan und Südamerika verbunden war. Ein Page, der nicht viel älter als

Birdie gewesen sein mochte, zeigte ihm, wie man das Wählsystem bediente. Als er gegangen war, starrte Birdie trübsinnig auf den leeren Bildschirm. Der einzige Gedanke in seinem Kopf war, daß er die Mattscheibe am liebsten mit der Faust eingeschlagen hätte.

Nach einem warmen Mittagsmahl in der Kellerkantine der Bibliothek war ihm wohler. Er erinnerte sich an Sokrates, wie er mit den Armen in der Luft gefuchtelt hatte, und den philosophischen Essay des blinden Mädchens. Er vertiefte sich in die Knöpfe und Wählscheiben und forderte schließlich die fünf besten allgemeinverständlichen Bücher über Sokrates an. Dann begann er wahllos in ihnen zu lesen.

Es war Abend, als er jenes Kapitel in Platons *Der Staat* beendete, das die berühmte Parabel mit der Höhle enthält. Benommen und geblendet, wanderte er zwischen den Leuten, die zur Nachtschicht gingen oder von der Spätschicht kamen, durch die vielfarbige Helligkeit der Wall Street. Selbst nach Mitternacht wimmelten Straßen und Plätze von Menschen. Er fand sich in einer Passage voll von Verkaufsautomaten, einen Pappbecher mit heißem Kaffee in der Hand, in die Gesichter ringsum starrend und von der Frage bedrängt, ob jemand unter ihnen – die in die New York Times vertiefte Frau oder die alten, miteinander schwatzenden Boten – die Wahrheit ahnte. Oder standen sie, wie die armen Gefangenen in der Höhle, mit den Gesichtern zur Felswand, beobachteten die Schatten und kamen nie auf den Gedanken, daß irgendwo dort draußen eine Sonne war, ein Himmel, eine ganze Welt von überwältigender Schönheit.

Er hatte vorher nie verstanden, was Schönheit war – daß sie mehr war als ein Lufthauch, der durch das Fenster kam, oder die Rundung von Millys Brüsten. Sie hatte nichts damit zu tun, wie er, Birdie Ludd, fühlte oder was er wollte. Die Schönheit war im Innern der Dinge verborgen, vielleicht sogar in diesen dummen Verkaufsautomaten, in den blinden Gesichtern.

Er erinnerte sich an das Votum des Senats von Athen, Sokrates zum Tode zu bringen. Jugendverderber, ha! Er haßte den athenischen Senat, doch es war ein anderer Haß als der, den er gewohnt war. Er haßte den athenischen Senat aus einem Grund: Gerechtigkeit!

Schönheit. Gerechtigkeit. Wahrheit. Auch Liebe, wahrscheinlich. Irgendwo gab es für alles eine Erklärung. Eine Bedeutung.

Alles ergab einen Sinn. Es war nicht bloß eine Menge Geschwafel.

Er ging hinaus. Neue Empfindungen durchzogen ihn rascher, als er sie zu ordnen vermochte, wie riesige beschleunigte Wolken. Einen Augenblick lang, als er sein Gesicht im dunklen Schaufenster eines Feinkostladens gespiegelt sah, wollte er laut herauslachen. Im nächsten Augenblick fiel ihm die junge Prostituierte ein, die unter dem Zimmer lebte, in dem er jetzt wohnte, wie sie in einem Kleid mit Lochstickerei auf ihrem schäbigen Bett lag, und ihm war zum Weinen zumute. Er glaubte, den Schmerz und die Hoffnungslosigkeit ihres ganzen Lebens so klar zu sehen, als ob ihre Vergangenheit und Zukunft ein fester Gegenstand vor ihm wären, wie eine Statue im Park.

Er stand allein am Geländer der Seepromenade im Battery Park. Dunkle Wellen klatschten ans Betonufer. Signallichter blinkten, rot und grün, weiß und weiß, als sie in Richtung auf den Central Park an den Sternen vorbeizogen.

Schönheit? Die Idee erschien ihm jetzt zu gering. Etwas über Schönheit Hinausgehendes war in alledem verborgen. Etwas, das ihn in unerklärlicher Weise frösteln machte. Aber er war auch begeistert, durchdrungen von einem Hochgefühl. Seine neu erwachte Seele suchte zu verhindern, daß ihm dieses Gefühl, dieses Lebensprinzip, unbenannt entglitt. Doch jedes Mal entzog es sich ihm immer dann, wenn er es zu haben meinte. Gegen Morgen ging er endlich nach Haus, einstweilen geschlagen.

Als er die Treppe hinaufstieg, kam ein Gorilla aus Frances Schaaps Zimmer – nicht in Uniform, aber dennoch als Gorilla kenntlich, mit dem auf die Stirn tätowierten Sternenbanner. Birdie verspürte ein kurzes Aufflackern von Haß, gefolgt von einer Welle des Mitleids mit dem Mädchen. Aber heute nacht hatte er keine Zeit, ihr zu helfen, wenn sie seine Hilfe überhaupt wollte.

Er schlief unruhig, wie ein Toter, der im Wasser versinkt und wieder an die Oberfläche steigt. Gegen Mittag erwachte er von einem Traum, der gerade im Begriff gewesen war, in einen Alptraum umzuschlagen. Er war in einem Raum mit einer Balkendecke gewesen. Zwei Seile hingen von den Deckenbalken. Er stand zwischen ihnen und versuchte, das eine oder das andere zu fassen, doch wenn er glaubte, er habe ein Seilende erwischt, schwang es wild in die andere Richtung.

Er wußte, was der Traum bedeutete. Die Seile waren ein Test seiner Kreativität. Das war das Prinzip, das er vergangene Nacht am Wasser zu bestimmen versucht hatte. Kreativität war der Schlüssel zu all seinen Problemen. Wenn es ihm gelänge, mehr darüber zu erfahren und es zu analysieren, würde er imstande sein, seine Probleme zu lösen.

Die Idee war noch nicht klar ausgeformt, doch er wußte, daß er auf dem richtigen Weg war. Er machte sich ein paar weichgekochte Eier und eine Tasse Kaffee zum Frühstück, dann kehrte er zu weiterem Studium in die Bibliothek zurück. Die tiefe Erregung des vergangenen Abends war gewichen. Gebäude waren bloß Gebäude, und die Leute schienen sich ein wenig schneller als gewöhnlich zu bewegen, aber das war alles. Trotzdem fühlte er sich großartig. In seinem ganzen Leben hatte er sich nie so wohl gefühlt wie heute. Er war frei. Oder war es was anderes? Eins aber war gewiß: nichts in der Vergangenheit war einen Scheiß wert, aber die Zukunft, ah! Die Zukunft war eine einzige Verheißung.

4

Aus: PROBLEME DER KREATIVITÄT
von Berthold Anthony Ludd

Zusammenfassung

Von den alten Zeiten bis heute haben wir gesehen, daß es mehr als ein Kriterium gibt, nach dem der Kritiker die Erzeugnisse der Kreativität beurteilt. Können wir wissen, welche von diesen Maßstäben anzulegen sind? Sollen wir uns direkt mit dem Gegenstand befassen? Oder indirekt?

Eine weitere Quelle zum Studium der Kreativität finden wir in dem großen Drama des Philosophen Wolfgang Goethe, genannt *Der Faust.* Niemand kann leugnen, daß dieser unbestreitbare literarische Gipfelpunkt ein ›Meisterwerk‹ ist. Doch welche Motivation kann ihn veranlaßt haben, Himmel und Hölle in dieser seltsamen Weise zu beschreiben? Wer ist der Faust, wenn nicht wir selbst? Zeigt dies nicht ein echtes Bedürfnis nach Kommunikation? Unsere Antwort kann nur ja sein.

So werden wir wieder zu dem Problem der Kreativität geführt. Alle Schönheit hat drei Bedingungen: 1. Der Gegenstand muß von literarischem Format sein. 2. Alle Teile sind im Ganzen enthalten. Und 3. Die Bedeutung ist leuchtend klar. Wahre Kreativität ist nur gegenwärtig, wenn sie im Kunstwerk betrachtet werden kann. Auch dies ist die Philosophie von Aristoteles, die heute gültig ist.

Nein, die Kriterien der Kreativität liegen nicht allein auf dem Gebiet der ›Sprache‹. Haben der Wissenschaftler, der Prophet, der Maler nicht ihre jeweils eigenen Kriterien, nach denen sie das gleiche allgemeine Ziel beurteilen? Welchen Weg sollen wir wählen, wenn es sich so verhält? Oder ist es wahr, daß ›alle Wege nach Rom führen‹? Mehr denn je leben wir in einer Zeit, da es wichtig ist, die Verantwortlichkeiten eines jeden Bürgers zu bestimmen.

Ein weiteres Kriterium der Kreativität wurde von Sokrates genannt, der von seinem eigenen Volk so grausam zu Tode gebracht wurde, und ich zitiere: ›Nichts zu wissen, ist die erste Bedingung alles Wissens.‹ Können wir nicht aus der Weisheit dieses großen griechischen Philosophen unsere eigenen Schlußfolgerungen hinsichtlich dieser Probleme ziehen? Kreativität ist die Fähigkeit, Beziehungen zu sehen, wo keine existieren.

5

Während Birdie im Bett blieb und seine Zehennägel säuberte, ging Frances hinunter zum Briefkasten. Birdie wohnte mehr oder weniger in ihrem Zimmer, außer wenn sie bei der Arbeit war, denn sein eigenes war während der Zeit, als er an seinem Essay schrieb, irgendwie seinen Händen entglitten. Sein Leben mit Frances war kein sexuelles Verhältnis, obgleich sie ihm einige Male aus reiner Freundlichkeit eine Nummer angeboten hatte, die von Birdie auch angenommen worden war. Aber es war für beide mehr eine Arbeit als ein Vergnügen gewesen.

Was sie neben praktischen Erwägungen der Mietersparnis zusammenbrachte, war die traurige, unabänderliche Tatsache, daß Frances' amtliche Einstufung zwanzig Punkte betrug. Wegen irgendeiner Krankheit, die sie hatte. Abgesehen von einem Kind in der Grundschule Nr. 141, das eine Art Zwerg und beinahe ein Idiot gewesen war, war Frances seine erste persönliche Bekanntschaft, die eine niedrigere Punktzahl hatte als er. Ihre zwanzig Punkte störten sie nicht, oder sie war klug genug, sich davon nicht entmutigen zu lassen, aber während der zwei Monate, die Birdie an seinem Essay *Probleme der Kreativität* arbeitete, hörte sie sich geduldig jeden Entwurf jedes einzelnen Paragraphen an. Hätte sie ihn nicht ständig gelobt und angespornt und zum Weitermachen gedrängt, wann immer er deprimiert und hoffnungslos war, er wäre nie am anderen Ende herausgekommen. In gewisser Weise schien es unfair, daß er jetzt, nachdem er fertig war, zu Milly zurückkehren würde, aber Frances hatte gesagt, das mache ihr nichts aus. Birdie hatte nie jemanden gekannt, der so völlig uneigennützig war, aber sie sagte nein, das sei es nicht. Daß sie ihm geholfen habe, sei ihre Methode gewesen, das System zu bekämpfen. »Na?« fragte er, als sie zurückkam.

»Nichts. Bloß dies hier.« Sie warf eine Postkarte aufs Bett. Ein Sonnenuntergang irgendwo, mit Palmen. Für sie.

»Hätte nicht gedacht, daß sie schreiben können, diese Kerle.«

»Jock? Ach, der schickt mir immer was. Dies hier . . .« – sie ergriff eine Handvoll von ihrem schweren, glitzernden Morgenmantel – »hat er mir aus Japan geschickt.«

Birdie schnaubte. Er hatte selbst ein Geschenk für Frances kaufen wollen, um ihr seinen Dank und seine Anerkennung zu zeigen, aber sein Geld war alle. Bis sein Bescheid käme, mußte er von dem leben, was er von ihr borgen konnte. »Viel hat er nicht zu sagen.«

»Nein, anscheinend nicht.« Sie schien niedergeschlagen. Bevor sie hinuntergegangen war, die Post zu holen, war sie ganz anders gewesen, lustig und fröhlich. Die Postkarte mußte ihr mehr bedeuten, als sie sich anmerken ließ. Vielleicht liebte sie diesen Jock. Andererseits hatte sie ihm damals im Juni, am Abend ihres ersten gemeinsamen Besäufnisses, nachdem er ihr von Milly erzählt hatte, erklärt, daß sie noch immer auf den Richtigen warte.

Was immer es war, er war entschlossen, sich nicht auch davon unterkriegen zu lassen. Er spielte mit dem Gedanken, sich anzuziehen. Er würde seine himmelblaue Hose und ein passendes Hemd mit grünem Halstuch anziehen, und dann würde er mit den sauberen bloßen Füßen zum Fluß schlendern. Dann nordwärts bis zur 11. Straße. Nein. Es war Donnerstag, und donnerstagnachmittags pflegte Milly nicht zu Haus zu sein. Außerdem wollte er sie erst sehen, wenn er ihr die Geschichte seines Erfolgs unter die hübsche Nase reiben konnte.

»Morgen muß der Bescheid kommen.«

»Sicherlich.« Frances saß mit gekreuzten Beinen am Boden und kämmte ihr strähniges braunes Haar aus.

»Zwei Wochen ist es jetzt her. Beinahe.«

»Birdie?«

»Was ist?«

»Gestern, als ich auf dem Stuyvesant Square war, wo der Markt ist, weißt du?« Sie fand den Scheitel und zog die Hälfte des Haarvorhangs auf eine Seite. »Kaufte ich zwei Pillen.«

»Großartig.«

»Nein, nicht was du denkst. Die Pillen, die man nimmt, um ... Weißt du, damit man wieder Kinder bekommen kann. Sie neutralisieren das Zeug, das im Trinkwasser ist. Ich dachte, wenn wir vielleicht jeder eine nähmen ...«

»Du kannst nicht einfach hingehen und so was machen, Frances. Um Himmels willen! Sie würden dir eine Abtreibung verpassen, bevor du Lucille Mortimer Randolph-Clapp sagen könntest.«

Das war ihr Lieblingsscherz, den sie selbst erfunden hatte, aber Frances lächelte nicht einmal. »Niemand brauchte davon zu wissen. Ich meine, bis es zu spät wäre.«

»Du weißt genau, was mit Leuten geschieht, die versuchen, eine solche Nummer abzuziehen. Mit dem Mann genauso wie mit der Frau.«

»Mir ist es gleich.«

»Nun, mir nicht.« Dann, um die Diskussion zu beenden: »Heiliger Strohsack!«

Sie faßte das Haar am Hinterkopf zusammen und fummelte einen Knoten in ihr gelbes Band. »Wir könnten nach Mexiko gehen«, sagte sie, als sei es ein spontaner Einfall gewesen.

»Mexiko! Zum Teufel, liest du nichts als Comic-Hefte?« Birdies Entrüstung war um so heftiger, als er Milly vor nicht langer Zeit den gleichen Vorschlag gemacht hatte. »Mexiko! Junge Junge!«

Frances ging verletzt an den Spiegel und fing mit dem Schönheitswasser an. Birdie hatte erlebt, daß sie einen halben Tag vor dem Spiegel gesessen und geschabt und getupft und gerieben hatte. Das Ergebnis war immer das gleiche schuppige, welke Gesicht. Frances war siebzehn.

Ihre Blicke begegneten einander im Spiegel. Frances blickte weg. Er begriff, daß sein Bescheid gekommen war. Daß sie ihn gelesen hatte. Daß sie Bescheid wußte.

Er ging zu ihr und packte von hinten die dünnen Oberarme in den weiten Ärmeln des Morgenmantels. »Wo ist er, Frances?«

»Wo ist was?« Aber sie wußte, was er meinte, wußte es nur zu gut.

Er bog die Arme wie ein Trainingsgerät hinter ihrem Rücken zusammen.

»Ich – ich hab' ihn weggeworfen.«

»Du hast ihn weggeworfen? Meinen Brief?«

»Es tut mir leid. Ich hätte es nicht tun sollen. Ich wollte, daß du . . . ich wollte einfach noch so einen Tag wie die letzten.«

»Was stand darin?«

»Hör auf, Birdie!«

»Was darin stand, will ich wissen!«

»Drei Punkte. Du hast drei Punkte bekommen.«

Er ließ sie los. »Das ist alles? Mehr stand nicht drin?«

Sie rieb sich die Arme, wo er sie gepackt hatte. »Sie sagen, du hättest allen Grund, stolz zu sein. Drei Punkte seien ein gutes Ergebnis. Der Ausschuß, der deinen Essay beurteilte, wußte nicht, wieviele Punkte du brauchtest. Wenn du mir nicht glaubst, lies es selbst. Der Brief ist hier.« Sie öffnete eine Schublade, und tatsächlich, da war der gelbe Umschlag mit dem Stempel Albany und der brennenden Fackel des Wissens in der anderen Ecke.

»Willst du ihn nicht lesen?«

»Ich glaube dir.«

»Darin steht, wenn du diesen einen zusätzlichen Punkt willst, könntest du ihn kriegen, indem du dich zum Militärdienst meldest.«

»Wie dein alter Freund Jock, hm?«

»Es tut mir leid, Birdie.«

»Mir auch.«

»Vielleicht wirst du es dir jetzt anders überlegen.«

»Was?«

»Mit den Pillen, die ich gekauft habe.«

»Laß mich gefälligst mit diesen Pillen in Ruhe!«

»Ich werde niemals sagen, wer der Vater ist. Ich verspreche es. Birdie, sieh mich an. Ich verspreche es dir.«

Er sah sie an, sah die trüben schwarzen Augen, die fettige, schuppige Haut, die harten kleinen Lippen, die niemals weit genug lächelten, daß man die Zähne sehen konnte. »Lieber würde ich in die Toilette wichsen als es dir geben. Weißt du, was du bist? Du bist eine Schwachsinnige.«

»Es ist mir gleich, wie du mich nennst, Birdie.«

»Du bist eine gottverdammte Abnormität.«

»Ich liebe dich.«

Er wußte, was er zu tun hatte. Er hatte das Ding letzte Woche gesehen, als er ihre Schubladen durchstöbert hatte. Keine Peitsche, aber er wußte nicht, wie er es sonst nennen sollte. Er fand es unter der Wäsche.

»Was sagtest du eben?« Er hielt ihr das Ding vors Gesicht.

»Ich liebe dich, Birdie. Wirklich. Und ich glaube, ich bin so ziemlich der einzige Mensch, der das tut.«

»Und nun will ich dir zeigen, was ich für dich übrig habe.«

Er packte den Kragen des Morgenmantels und zog ihn von ihren Schultern. Sie hatte sich niemals nackt vor ihm gezeigt, und nun begriff er, warum. Schwielen und Blutergüsse bedeckten ihren Körper. Ihr Hintern war vom Ausgepeitschtwerden wie eine einzige offene Wunde. Dies also war es, wofür sie bezahlt wurde, nicht für die Nummern. Dies.

Er drosch mit aller Kraft auf sie ein, und er hörte erst auf, als es keine Rolle mehr spielte, als alles Gefühl in ihm erloschen war.

Noch am gleichen Nachmittag, ohne sich auch nur einen Rausch anzutrinken, ging er zum Times Square und meldete sich als Freiwilliger zum US Marine Corps, um in Indonesien Freiheit und Demokratie zu verteidigen. Acht andere wurden mit ihm vereidigt. Jeder hob die Rechte, trat einen Schritt vor und rasselte den Treueeid oder was immer herunter. Dann kam der Sergeant und zog die schwarze Maske des Marinekorps über Birdies mißmutiges Gesicht. Seine neue Personalnummer war in weißen Zahlen auf den Stirnteil der Maske gestempelt: USMC 100 – 7011 – DO7. Und damit hatte es sich, sie waren Gorillas.

2. Buch

LEICHEN

1

»Nimm eine Fabrik«, sagte Ab. »Das ist genau das gleiche.«

Was für eine Fabrik, wollte Chapel wissen.

Ab kippte seinen Stuhl zurück und machte es sich in der Theorie bequem, als ob sie ein warmes Massagebad in der Hydrotherapie wäre. Er hatte zwei Portionen Mittagessen verzehrt, die Chapel heruntergebracht hatte, und war voll von Empfingungen des Wohlwollens, der Verständigkeit und Gelassenheit. »Jede. Hast du schon mal in einer Fabrik gearbeitet?«

Natürlich hatte er nicht. Chapel? Chapel konnte von Glück sagen, daß er einen Karren schieben durfte. Also wartete Ab die Antwort nicht ab und fuhr fort: »Zum Beispiel – nimm eine Fabrik für elektronische Anlagen. Ich habe mal in einer gearbeitet, am Fließband.«

»Und da hast du irgendwelche Geräte gemacht?«

»Falsch, ich habe Teile zusammengesetzt. Du solltest für eine Minute deinen großen Mund und die Ohren aufmachen, dann wirst du verstehen. Also, zuerst kommt dieser Kasten daher, und ich stecke so was wie einen roten Pappdeckel hinein und ziehe zwei Muttern fest. Den ganzen Tag das gleiche, einfach wie das ABC. Selbst du könntest das, Chapel.« Er lachte.

Chapel lachte mit.

»Nun, was tat ich wirklich? Ich nahm Teile von hier und tat sie nach dort.« Er führte die Pantomime aus. Der kleine Finger seiner linken Hand endete am ersten Knöchel. Das hatte er selbst getan, bei seiner Initiation in den Orden der ›Ritter Christi‹ vor zwanzig Jahren (vor fünfundzwanzig, genau genommen), ein einziger Hieb mit dem alten Hackmesser, aber wenn Leute ihn danach fragten, sagte er, was sei ein Arbeitsunfall gewesen, und daran könne man sehen, wie das verdammte System einen zerstöre. Doch die meisten Leute waren zu diskret, um zu fragen.

»Aber *gemacht*, richtig *gemacht*, habe ich überhaupt nichts, verstehst du? Und genauso ist es in jeder anderen Fabrik – du bewegst Dinge von einer Stelle zur anderen, oder du setzt sie zusammen, was kaum einen Unterschied macht.«

Chapel merkte, daß er am Verlieren war. Ab redete schneller und lauter, und seine eigenen Worte kamen stockend und leise heraus. Er hatte von Anfang an nicht diskutieren sollen, aber Ab hatte ihn darein verstrickt, ohne daß Chapel wußte, wie es geschehen war. »Aber etwas, ich weiß nicht, wie du es nennst, ist . . . Aber was ich meine, ist – du mußt auch gesunden Menschenverstand haben.«

»Nein, das ist Wissenschaft.«

Was den Ausdruck einer so völligen Kapitulation in die Augen des alten Mannes brachte, daß es war, als habe Ab eine Bombe mitten in seinen unglücklichen schwarzen Kopf geworfen, *boff*! Denn wer kann gegen die Wissenschaft argumentieren? Chapel jedenfalls nicht, soviel war klar.

Und doch rappelte er sich aus den Trümmern auf und verteidigte den gesunden Menschenverstand. »Aber Dinge werden gemacht – wie erklärst du das?«

»Dinge werden gemacht, Dinge werden gemacht«, äffte Ab ihn in fistelndem Tonfall nach, obgleich Chapel die tiefere Stimme der beiden hatte. »Was für Dinge?«

Chapel blickte suchend in der Leichenhalle umher. Alles war so vertraut, daß man es kaum noch sah – die Aufbahrungstische, die Transportwagen, die aufgestapelten Laken, der Schrank mit seinem Vorrat von Konservierungsflüssigkeit und Utensilien, der Schreibtisch . . . Er hob ein leeres Identitätsarmband aus dem Durcheinander auf dem Schreibtisch. »Nun, wie Plastik, zum Beispiel.«

»Plastik?« sagte Ab in angewidertem Ton. »Das zeigt bloß, wieviel du weißt, Chapel. Plastik!« Ab schüttelte den Kopf.

»Plastik«, beharrte Chapel. »Warum nicht!«

»Plastik ist einfach das Zusammenmischen von Chemikalien, du Analphabet.«

»Ja, aber . . .« Er kniff ein Auge zu und brachte damit den Gedanken in den Brennpunkt. »Aber um Plastik zu machen, muß man es . . . erhitzen. Oder was.«

»Richtig! Und was ist Hitze?« fragte Ab und faltete siegesgewiß die Hände über dem Bauch. »Hitze ist kinetische Energie.«

»Scheiße«, sagte Chapel. Er massierte seine stoppelbedeckte braune Kopfhaut. Wieder eine Diskussion verloren. Er konnte nie verstehen, wie es passierte.

»Molekühle in Bewegung«, faßte Ab zusammen. »Darauf läuft

alles hinaus. Es ist alles Physik, ein Gesetz.« Er ließ einen Furz und zeigte gerade rechtzeitig mit dem Finger auf Chapels Bauch.

Chapel lächelte in Anerkennung von Abs Triumph. Es war wirklich Wissenschaft. Wenn man der Wissenschaft ihren Lauf ließ, unterwarf sie jeden. Es war wie der Versuch, mit der Atmosphäre des Jupiter zu diskutieren oder mit Lampenfassungen oder den Steroidtabletten, die er jetzt nehmen mußte. Solche Dinge kamen jeden Tag vor und ergaben nie einen Sinn und würden niemals einen ergeben.

Blöder Nigger, dachte Ab mit Gefühlen, deren Freundlichkeit proportional mit Chapels Verblüffung zunahm. Er wünschte, er hätte ihn eine Weile länger in der Diskussion gehalten. Es gab immer noch Religion, Pädagogik, Psychologie, viele Möglichkeiten. Ab besaß Argumente, mit denen er beweisen konnte, daß selbst diese Dinge, die, oberflächlich betrachtet, so geistig und abstrakt aussahen, in Wirklichkeit allesamt Formen von kinetischer Energie waren.

Kinetische Energie: sobald man die Bedeutung kinetischer Energie verstand, begann einem alles andere klarzuwerden.

»Du solltest das Buch lesen«, sagte Ab.

»Mm«, sagte Chapel.

»Da ist es in allen Einzelheiten erklärt.« Ab hatte das Buch selbst nicht gelesen, nur Teile einer Kurzfassung, doch hatte er den Kern der Sache verstanden.

Aber Chapel hatte keine Zeit für Bücher. Schließlich sei er kein Intellektueller wie Ab, erklärte er.

War Ab ein Intellektueller? Darüber mußte er eine Weile nachdenken. Es war, als trage er einen extravaganten Anzug und betrachte sich im Spiegel der Umkleidekabine, wissend, daß er ihn nie kaufen und nicht einmal wagen würde, in den Verkaufsraum hinauszugehen, aber über die Maßen angetan von Schnitt und Sitz: ein Intellektueller. Ja, in einer anderen Inkarnation war Ab möglicherweise ein Intellektueller gewesen, aber es war trotzdem eine bekloppte Idee.

Um zwei Minuten nach eins riefen sie von der Chirurgie an. Im Operationssaal A war ein Leichnam abzuholen.

Er trug den Namen ins Eingangsbuch ein. Er hatte versäumt, eine neue Seite anzufangen, und der Bote war noch nicht gekommen, um die Durchschrift vom vergangenen Tag abzuholen, also trug er den Zeitpunkt des Todes mit 11:58 ein und schrieb den Namen mit sauberen Blockbuchstaben: NEWMAN, BOBBI.

»Wann können Sie sie abholen?« fragte die Krankenschwester, für die ein Leichnam noch immer ein Geschlecht hatte.

»Ich bin schon da«, versprach Ab.

Er fragte sich, welches Alter es sein würde. ›BOBBI‹ war ein Name, der zu einem älteren Typ paßte, aber es gab immer Ausnahmen.

Er warf Chapel hinaus, sperrte zu und machte sich mit dem Transportwagen auf den Weg zum Operationssaal A. An der Ecke des Korridors sagte er dem neuen Mädchen am Schreibtisch, es solle seine Anrufe entgegennehmen. Die Kleine wackelte mit ihrem dürftigen Hintern und machte einen dummen Witz. Ab lachte. Er fühlte sich in Hochform, und er hatte das Gefühl, daß es ein guter Abend würde.

Chapel tat allein Dienst, und Mrs. Steinberg, die an diesem Abend die Leitung hatte, obwohl sie eigentlich nicht seine Vorgesetzte war, sagte: »Chapel, Allgemeine Abteilung Männer, Station B«, und reichte ihm den Zettel.

»Und ein bißchen schnell«, fügte sie ungeniert hinzu, wie eine andere Frau an ihrer Stelle »Gott mit Ihnen« oder »Seien Sie vorsichtig« gesagt haben würde.

Chapel kannte jedoch nur eine Geschwindigkeit. Befürchtungen beschleunigten ihn so wenig, wie Schwierigkeiten ihn hemmten. Hätte es ständig auf ihn gerichtete Überwachungskameras gegeben, Beobachter, die jede seiner Bewegungen studierten, so wären sie bei Chapel nicht auf ihre Kosten gekommen. Ob beladen oder leer, er schob seinen Karren und Transportwagen stets im gleichen Schritt durch die Korridore, in dem er nach der Arbeit zu seiner Unterkunft in der 65. Straße ging, gleichmäßig wie eine Uhr.

Bei den Aufzügen vor der Männerabteilung im vierten Stock stand ein blonder junger Mann, preßte sich einen Urinkolben gegen den Leib und versuchte stöhnend, sich zu entleeren. Sein Bademantel hing offen, und Chapel bemerkte, daß man ihm die Schamhaare abrasiert hatte. Das bedeutete gewöhnlich Hämorrhoiden.

»Wie geht's?« fragte Chapel. Seine Interesse an den Leidensgeschichten der Patienten, besonders jenen aus den Abteilungen Chirurgie und innere Krankheiten, war völlig aufrichtig.

Der blonde junge Mann machte ein gequältes Gesicht und fragte Chapel, ob er Geld bei sich habe.

»Tut mir leid.«

»Oder eine Zigarette?«

»Bin Nichtraucher. Außerdem ist es nicht erlaubt, wissen Sie.«

Der junge Mann trat von einem Bein aufs andere und machte eine Schau aus seinen Schmerzen und seiner Erniedrigung. Nur die älteren Patienten versuchten, wenigstens eine Zeitlang, ihre Schmerzen zu verbergen. Die Jungen gaben sich ihren Leiden hin, angefangen mit dem Augenblick, wo sie das erste Mal vom Assistenzarzt untersucht wurden.

Während die Verlegungspapiere ausgefüllt wurden, ging Chapel hinüber zu dem anderen Transportwagen. Auf ihm lag, noch immer ohnmächtig, der Junge, den er früher am Tag von der Notaufnahme heraufgebracht hatte. Sein Gesicht hatte wie rohes Rindsgulasch ausgesehen; jetzt war es ein ordentlicher weißer Ball aus Verbänden. Aus den Kleidern und der muskulösen Bräune der bloßen Arme (auf einem Bizeps bezeugten zwei verschwommene blaue Hände ewige Freundschaft mit ›Larry‹, schloß Chapel, daß er ein gutaussehendes Gesicht gehabt haben mußte. Aber jetzt? Nein. Vielleicht, wenn er das Geld für eine private Zusatzversicherung gehabt hätte. Aber im Bellevue gab es weder das Personal noch die Einrichtungen für kosmetische Chirurgie. Natürlich würde der Junge Augen, Nase, Mund und so weiter haben, alles in der richtigen Größe und am rechten Platz, aber insgesamt würde es nur eine Einheits-Gesichtsplastik sein.

So jung – Chapel hob das schlaffe linke Handgelenk und überprüfte das Alter am Identitätsarmband – und schon für das Leben gezeichnet. Ach ja, darin steckte eine Lektion.

»Der arme Mann«, sagte die Stationsschwester, aber sie meinte nicht den Jungen, sondern den anderen, der verlegt werden sollte. Sie reichte Chapel das Formular.

»Wieso?« sagte Chapel, als er die Sperre an den Rädern löste.

Sie ging um den Wagen herum. »Eine Magenoperation«, erklärte sie. »Drei Viertel des Magens weg. Und . . .«

Der Wagen stieß sanft gegen den Türrahmen. Die Flasche mit der intravenösen Nahrung schaukelte an der Stange. Der alte Mann versuchte, die Hände zu heben, aber sie waren zu beiden Seiten angeschnallt. Er ballte die Fäuste.

»Und?«

»Die Leber hat es nicht vertragen«, erläuterte sie in einem weithin hörbaren Flüsterton.

Chapel nickte düster. Er hatte geahnt, daß es etwas Schlimmes sein mußte, weil der Patient in den Himmel gebracht werden mußte, wie das achtzehnte Stockwerk genannt wurde. Manchmal schien Chapel, daß er dem Krankenhaus eine Menge unnötige Mühe ersparen könnte, wenn er solche Fälle gleich zu Ab Holt brächte, statt in die achtzehnte Etage.

Im Aufzug blätterte Chapel die Akte des Patienten durch. WANDTKE, JWRZY. Die Personalunterlagen, das Verlegungsformular, die Mitteilung für die Krankenkasse, das Identitätsarmband – alle stimmten überein: JWRZY. Er versuchte, den Namen laut zu buchstabieren.

Der Aufzug hielt, die Türen glitten zurück. Wandtkes Augen öffneten sich ein wenig.

»Wie geht's?« fragte Chapel. »Fühlen Sie sich gut? Hm?«

Wandtke begann zu lachen, ganz leise. Sein Brustkorb zitterte unter dem grünen Laken.

»Wir fahren zu Ihrem neuen Krankenzimmer«, sagte Chapel. »Es wird dort viel hübscher sein, Sie werden sehen. Alles wird in Ordnung kommen . . .« Er dachte an den unaussprechlichen Vornamen des Alten und verstummte. Könnte es sich trotz aller Formulare um einen Fehler handeln?

Nun, es hatte sowieso nicht viel Sinn, mit diesem hier zu reden. Wenn sie aus der Chirurgie kamen, waren sie gewöhnlich bis zum Rand voll von was immer es war, und wenn sie was sagten, war es hirnloses Gebabbel. Manche kicherten bloß, oder rollten die Augen wie dieser Wandtke. Und in zwei Wochen – Asche in einem Verbrennungsofen.

In Chapels Schulter begann sich ein Ziehen bemerkbar zu machen. Das Ziehen wurde zum Schmerz, und der Schmerz verstärkte sich und hüllte ihn momentan ein. Dann löste die Wolke sich auf und verschwand. Alles das auf einer Strecke von hundert Schritten in der Abteilung K und ohne daß er seine Bewegungen verlangsamt hätte oder gar stehengeblieben wäre.

Es hatte nichts mit Gelenkrheumatismus oder Gicht zu tun, soviel schien gewiß. Es kam und ging, nicht blitzartig, sondern wie Musik, ein allmähliches An- und Abschwellen. Die Ärzte sagten, sie verstünden es nicht. Nach einer Weile verging der Schmerz, und Chapel sagte sich, daß er keinen Grund habe, sich zu beklagen. Daß es viel schlimmer sein könnte, wurde ihm die ganze Zeit vor Augen geführt. Zum Beispiel der Junge von heute abend, mit dem zusammengeflickten Gesicht, das bei kaltem Wetter immer schmerzen würde, oder dieser Wandtke, kichernd, als ob er von irgendeiner verdammten Geburtstagsfeier käme, und dabei war seine Leber ruiniert, vielleicht auch schon vom Krebs befallen. Das waren die Menschen, für die man Mitleid empfinden mußte, und Chapel empfand mit einigem Vergnügen Mitleid für sie. Im Vergleich mit diesen elenden, dem Untergang geweihten Geschöpfen hatte er, Chapel, es ziemlich gut getroffen. In jeder Schicht hatte er mit Dutzenden von ihnen zu tun, Männern und Frauen, alten und jungen, fuhr sie hierhin und dorthin, aufwärts und abwärts, und sobald die Ärzte ihre Arbeit getan hatten, gab es nicht einen unter diesen Unglücklichen, der nicht mit Freuden seinen Platz mit dem kleinen mageren, zerbrechlichen alten Neger getauscht hätte, der sie durch diese meilenlangen schäbigen Korridore schob, nicht einen.

Miß Mackey hatte in der Männerabteilung Dienst. Sie unterschrieb für Wandtke. Chapel fragte sie, wie er einen solchen Namen, Jwrzy, aussprechen solle, und Miß Mackey meinte, sie wisse es auch nicht. Es sei wahrscheinlich sowieso ein polnischer Name. Wandtke – sehe das nicht polnisch aus?

Gemeinsam schoben sie Wandtke in seine Intensiveinheit. Chapel machte die Anschlüsse des Wagens fest, und die leise schnurrende Einheit nahm den alten Mann behutsam vom Wagen, hob ihn und blieb plötzlich stehen. Der Mechanismus schaltete sich selbsttätig aus. Es dauerte einen Moment, ehe Chapel und Miß Mackey merkten, woran es lag. Dann schnallten sie die welken Handgelenke vom Wagen los. Diesmal machte die Intensiveinheit keine Schwierigkeiten.

»Nun«, sagte Miß Mackey, »ich kenne zwei Leute, die einen Ruhetag brauchen.«

5:45 Uhr. So kurz vor Schichtende wollte Chapel nicht ins Dienstzimmer zurückkehren und in letzter Minute noch einen Auftrag riskieren. »Sind noch Abendessen übrig?« fragte er die Schwester.

»Hier ist es zu spät, die Reste wurden alle abgeholt. Versuchen Sie es in der Frauenabteilung.«

In der Frauenabteilung brachte Havelock, die ältliche Stationsschwester, eine Portion zum Vorschein, die für eine inzwischen verstorbene Patientin bestimmt gewesen war. Chapel bekam die Mahlzeit für fünfundzwanzig Cents, nachdem er Schwester Havelock auf das in die Folie geprägte Haltbarkeitsdatum hingewiesen hatte. Das Klebeetikett trug die Aufschrift: NEWMAN, B.

Die würde jetzt bei Ab sein. Chapel versuchte, sich zu erinnern, in welchem Zimmer sie gelegen hatte. Das blonde Mädchen in der Ecke, das kein Sonnenlicht vertragen konnte? Oder die Kolotomie, die immer Witze erzählte? Nein, die hieß Harrison.

Chapel zog die Abdeckfolie von der unterteilten Platte und schob sie in den Wärmer, dann trug er einen der Besucherstühle ans Fenster und wartete. Als das Essen warm war, löffelte er die Fächer nacheinander leer, zuerst die Kartoffeln, dann ein paar dampfende, weiche Fleischwürfel; schließlich, pflichtbewußt, einen Klumpen Spinat. Zum Schluß trank er einen Pappbecher Kaffe, und als er fertig war, trug er die Platte selbst zum Geschirrwagen.

Schwester Havelock war in ihrer Station und telefonierte.

Die Krankenstation war ein Labyrinth aus blauen Vorhängen, Schichten aus Durchsichtigkeit und überlappenden Schatten. Am anderen Ende des Raums war ein Dreieck aus Sonnenlicht über den roten Fliesenboden gebreitet: der Morgen.

Zimmer 7 stand offen. Chapel kannte die Patientin darin gut; er mußte sie schon in alle Abteilungen des Krankenhauses gefahren haben: SCHAAP, FRANCES. 3.3.04. Das machte sie knapp achtzehn. Ihr Gesicht und Hals waren mit spinnenartigen scharlachroten Flecken übersät, jedoch erinnerte Chapel sich an eine Zeit, als es ein hübsches Gesicht gewesen war. Lupus.

Eine kleine graue Maschine neben dem Bett erfüllte mehr schlecht als recht die Funktionen ihrer entzündeten Leber. In unregelmäßigen Abständen blinkte ein rotes Licht auf, um rasch wieder zu erlöschen, winzige Warnungen, die niemand mehr beachtete.

Chapel lächelte. Sie starben; er war am Leben. Er hatte überlebt, und sie waren Leichen. Der Frühlingssonnenschein verlieh dem Hier und Jetzt eine zusätzliche frohe und heitere Note.

In einer Stunde würde er zu Hause sein. Er würde ein paar Stunden schlafen und dann den Fernseher einschalten. Er freute sich schon darauf.

Als er durch die First Avenue heimwärts wanderte, pfiff Ab ein paar Takte aus einer Schnulze, die sich seit vier Tagen in seinem Kopf eingenistet hatte, etwas über eine neue Pille, mit dem Refrain: ›Hopp, und schon wird dir wohler‹, und ihm ging es auch so.

Die fünfzig Dollar, die er für den Leichnam der Newman bekommen hatte, brachten seine Wocheneinnahmen auf die hübsche Summe von 115. Sobald er gesehen hatte, was Ab anzubieten hatte, war White nicht mehr zu halten gewesen und hatte sogar das Feilschen vergessen. Ohne selbst nekrophile Neigungen zu haben (für Ab war ein Leichnam nichts weiter als ein Stück Arbeit, eine Last, die er aus den Krankenstationen holte und verbrannte oder – wenn genug Geld da war – einem Tiefkühlunternehmen zur Einlagerung übergab), kannte Ab den Markt gut genug, um zu wissen, daß Bobbi Newman von einer besonderen Qualität war, die von Experten als ideal geschätzt wurde. Sie war noch jung, und während der Krebs innerhalb kurzer Zeit verschiedene innere Organe zerstört hatte, war die feine glatte Haut wie durch ein Wunder unversehrt geblieben. Gewiß, Gesicht und Glieder waren abgemagert, aber das konnte einem Nekrophilen schließlich nur recht sein. Ihm, Ab Holt, der die Frauen gern fett, weich und lebendig hatte, war all dieses Aufhebens um Leichen ziemlich fremd, doch verfuhr er nach dem Motto *chacun à son goût*, wenn auch nicht mit so vielen Worten. Natürlich gab es Grenzen. Zum Beispiel würde er bereitwillig bei der Kastration eines jeden Schwulen in der Stadt mitgewirkt haben, und seine Abneigung gegen politische Extremisten war beinahe ebenso leidenschaftlich. Aber er besaß die grundsätzliche urbane Toleranz gegenüber jeder menschlichen Eigenheit, die sich möglicherweise zu Geld machen ließ.

Ab betrachtete seine Provisionen von den Erwerbern als Geschenke des Himmels, die mit der gleichen Freizügigkeit ausgegeben werden sollten, mit der das Glück sie auf ihn herabregnen ließ. Und überhaupt, wenn man die verschiedenen Sozialleistungen und Vergünstigungen zusammenrechnete, die den Holts wegen Abs Einkommen verwehrt blieben, so lag dieses (ohne die gelegentlichen Nebeneinnahmen) nicht weit über dem Satz, den der Staat ihm als Sozialhilfeempfänger bezahlt haben würde. Gewöhnlich gelang es Ab, der logischen Folgerung auszuweichen: daß diese Nebeneinnahmen sein eigentlicher Lohn waren, der ihn in seinem eigenen Bewußtsein zu einem freien Mann machte, ebenbürtig jedem Ingenieur, Ladenbesitzer oder Kriminellen in der Stadt. Ab war ein Mann, der das Recht des Menschen beanspruchte, sich innerhalb gewisser Grenzen alles zu kaufen, was er wollte.

An diesem Aprilmorgen, bei so geringem Verkehr, daß man die Luft wie Brauselimonade trinken konnte, bei Sonnenschein und der Aussicht auf einen freien Tag ohne besondere Verpflichtungen bis zehn Uhr abends und mit $ 115 steuerfreiem Einkommen kam Ab sich wie in einem alten Film vor, voller Schlager und Gewalttätigkeit und flotter Regie. *Boff, patsch, wumm,* so war Ab zumute, und als das andere Geschlecht aus der anderen Richtung auf ihn zukam, fühlte er die abschätzenden, bewundernden, spekulativen Blicke auf sich.

Eine, sehr jung und sehr schwarz, in silbrigen Straßenshorts, starrte und starrte auf Abs linke Hand, als ob sie eine Tarantel wäre, die sich anschickte, an ihrem Bein hinaufzukriechen. (Ab war überall sehr haarig.) Als Kind war Milly ähnlich gewesen, wenn es um den fehlenden Finger an der Hand ihres Vater gegangen war, ganz Albernheit und Neugierde. Verstümmelungen galten heutzutage als passé, aber Ab wußte es besser. Mädchen machten sich noch immer naß, wenn sie einen vernarbten Fingerstumpf befühlten, aber die jungen Burschen waren heutzutage einfach zu feige, um sich einen Finger abzuhacken. Wer ein Macho sein wollte, trug einen goldenen Ohrring, um Christi willen – als ob es nie ein zwanzigstes Jahrhundert gegeben hätte.

Ab zwinkerte ihr zu, und sie blickte weg, aber mit einem Lächeln. Nicht übel, nicht übel . . .

Wenn ihm am Gefühl völliger Zufriedenheit dennoch etwas fehlte, dann war es die Tatsache, daß die Geldrolle in seiner Tasche (zwei Zwanziger, sieben Zehner, ein Fünfer) so klein war, daß man sie kaum fühlte. Vor der Währungsreform hätte eine Drei-Leichen-Woche wie diese seine Brusttasche ausgebeult. Einmal war er tatsächlich Millionär gewesen – für fünf Tage im Juli 2008, die einzige echte Glückssträhne seines Lebens. In heutigem Geld waren das fünf-, sechstausend – nichts. Einige von den Farotischen in den Spiellokalen der Nachbarschaft verwendeten noch immer die alten Dollarscheine, aber es war wie eine Ehe, der die Romantik verlorengegangen ist: man sagt die Worte, aber die Bedeutung ist aus ihnen geschwunden. So sah man sich das Bild von Benjamin Franklin an und dachte, dies ist ein Bild von Benjamin Franklin. Wogegen die $ 100 auf den neuen Scheinen für Schönheit, Wahrheit, Macht und Liebe standen.

Als ob seine Banknotenrolle eine Art Magnet wäre, der ihn hinzog, bog Ab bei der 18. Straße zum Stuyvesant-Komplex ab. Die vier Spielplätze in der Mitte des Komplexes waren der wichtigste Schwarze Markt von ganz New York. In den Medien verwendeten sie Euphemismen wie ›Flohmarkt‹ oder ›Straßenbasar‹, denn die offene Bezeichnung als Schwarzer Markt wäre gleichbedeutend mit dem Eingeständis gewesen, daß der Ort ein Anhängsel der Polizeidirektion und der Gerichte war.

Der Schwarze Markt war ebenso sehr ein Teil von New York (oder jeder anderen Stadt) und für ihre Existenz ebenso wichtig wie die Zahlen von eins bis zehn. Wo hätte man sonst etwas kaufen können, ohne daß die Ausgabe in die Computer der staatlichen Einkommen- und Ausgabenkontrolle eingespeist worden wäre? Nirgendwo, und das bedeutete, daß Ab, wenn er bei Kasse war, drei Optionen hatte: den Schwarzen Markt, die Klubs und die Bäder.

Gebrauchte Kleidung baumelte schlaff von den Gestellen, soweit das Auge reichte. Ab konnte nie an diesen Ständen vorbeigehen, ohne zu fühlen, daß Leda irgendwo in der Nähe sei, verborgen hinter diesen verschlissenen Bannern der großen geschlagenen Armee der zweiten Wahl, daß sie ihm noch immer still widerstand, noch immer versuchte, ihn durch Anstarren zum Wegblikken zu zwingen, noch immer beharrte, wenn auch inzwischen so leise, daß nur er es hören konnte: »Verdammt noch mal, Ab, kannst du es nicht in deinen dicken Schädel hineinbringen, daß wir arm sind, *arm*!« Es war der größte Streit in ihrem gemeinsamen Leben gewesen und der entscheidende. Er konnte sich noch genau an die Stelle erinnern, gleich hier, unter einer Platane, wo sie gestanden und einander angefaucht hatten, Leda zischend und spuckend wie ein Teekessel, wie von Sinnen. Es war kurz nach der Geburt der Zwillinge gewesen, und Leda hatte gesagt, es sei nicht zu ändern, sie müßten eben tragen, was sie kriegen könnten. Ab sagte: Unsinn nein, keines seiner Kinder werde anderer Leute Lumpen tragen, eher würden sie nackt zu Hause bleiben. Ab war lauter und stärker und weniger ängstlich und gewann in dem Streit, aber Leda rächte sich, indem sie ihre Niederlage in ein Martyrium verwandelte. Nie wieder stellte sie sich gegen ihn. Statt dessen wurde sie eine Invalidin, weinerlich und triefnasig und von entschlossener Hilflosigkeit.

Ab hörte, wie jemand ihn beim Namen rief. Er blickte umher, aber wer konnte so früh am Tag hier sein, wenn nicht die Leute aus den Sozialblocks, alte Männer und Frauen mit ihren Radios, Kinder, die andere Kinder anschrien, plärrende Säuglinge, keifende Mütter. Viele Verkäufer hatten noch nicht einmal ihre Stände aufgebaut.

»Ab Holt – hierher!« Es war die alte Mrs. Galban. Sie klapste einladend neben sich auf die grüne Bank. Es blieb ihm nichts übrig, als der Aufforderung zu folgen. »Hallo, Viola, wie geht's? Sie sehen großartig aus!«

Mrs. Galban lächelte ein süßes, gebrechliches Lächeln. Ja, sagte sie selbstzufrieden, sie fühle sich wirklich gut, und dafür danke sie Gott jeden Tag. Sie bemerkte, daß das Wetter für April ungewöhnlich schön und warm sei. Auch Ab sehe übrigens nicht übel aus (vielleicht ein wenig schwerer), und wieviele Jahre sei es jetzt her.

»Zwölf, glaube ich«, sagte Ab auf gut Glück.

»Zwölf Jahre? Es kommt mir länger vor. Und wie geht es diesem gutaussehenden Doktor Mencken in der dermatologischen Abteilung?«

»Dem geht's gut. Er ist jetzt Oberarzt und leitet die Abteilung, wissen Sie.«

»Ja, das hörte ich.«

»Als ich ihm neulich vor der Klinik begegnete, erkundigte er sich nach Ihnen. Er sagte, haben Sie in letzter Zeit die alte Mrs. Galban gesehen?« Eine höfliche Lüge.

Sie nickte in höflicher Bereitschaft, ihm zu glauben. Dann brachte sie vorsichtig zur Sprache, was für sie die Frage auf der Tagesordnung war. »Und Leda, wie geht es ihr, dem armen Geschöpf?«

»Leda geht's gut, Viola.«

»Dann geht sie also aus dem Haus?«

»Nun, das nicht, nicht oft. Manchmal bringen wir sie auf das Dach, damit sie ein wenig an die Luft kommt. Es ist näher als die Straße.«

»Ach, die Schmerzen!« murmelte Mrs. Galban mit dem stets einsatzbereiten professionellen Mitleid, das die Jahre nicht hatten abstumpfen können. Wahrscheinlich war es jetzt sogar noch besser eingeübt als zu der Zeit, da sie im Bellevue-Krankenhaus gearbeitet hatte. »Sie brauchen mir nichts zu erklären – ich weiß, wie furchtbar so etwas sein kann. Schmerzen dieser Art sind immer schlimm, und man kann so wenig dagegen tun. Aber . . .«, fügte sie hinzu, ehe Ab den Stich abwehren konnte, »wir müssen tun, was wir können.«

»Es ist nicht mehr so schlimm wie früher«, verteidigte sich Ab.

Mrs. Galbans Blick sollte als in einer traurigen, hilflosen Weise vorwurfsvoll verstanden werden, aber selbst Ab fühlte die Spekulationen, die hinter den braunen, vom grauen Star befallenen

Augen vorgingen. Lohnte es sich, weiterzubohren? fragte sie sich. Würde Ab anbeißen?

In den ersten Jahren von Ledas Invalidität hatte Ab von Mrs. Galban, die mit Analgetika Bescheid wußte, des öfteren Dilaudin-Zäpfchen ohne Rezept besorgt. Mrs. Galbans andere Kunden waren überwiegend alte Frauen, die sie im Wartezimmer der Krankenhausambulanz kennenlernte. Ab hatte das Dilaudin mehr aus Gefälligkeit als aus einem Bedürfnis heraus abgenommen, denn er konnte alles Morphium, was Leda brauchte, für beinahe nichts von den Internisten bekommen.

»Es ist schrecklich«, lamentierte Mrs. Galban leise, während sie in ihren achtundsiebzigjährigen Schoß starrte. »Eine schlimme Geschichte.«

Was, zum Teufel, dachte Ab. Schließlich war es nicht so, als ob er pleite wäre.

»Sagen Sie, Viola, Sie haben nicht zufällig etwas von diesem Zeug, was ich früher immer für Leda besorgte? Diese, wie heißen sie doch gleich . . .?«

»Nun, Ab, da Sie schon danach fragen . . .«

Ab bekam eine Schachtel mit fünf Zäpfchen für neun Dollar, was das Doppelte des derzeitigen Preises war, selbst hier auf dem Schwarzen Markt. Mrs. Galban hielt Ab offensichtlich für einen Dummkopf.

Sobald er ihr das Geld gegeben hatte, fühlte er sich in einer angenehmen Weise seiner Verpflichtung ledig. Im Weggehen konnte er sie mit übermütigem Zorn verwünschen. Die alte Schachtel würde verdammt lange leben müssen, wenn sie ihm wieder welche von ihren Stöpseln verkaufen wollte.

Gewöhnlich gab es für Ab keinen Zusammenhang zwischen den beiden Welten, die er bewohnte, dieser hier draußen und der Leichenhalle im Bellevue, doch nun, nachdem er Pest und Tod auf Viola Galban herabgewünscht hatte, fiel ihm ein, daß wahrscheinlich er derjenige sein würde, der sie eines Tages in den Verbrennungsofen schieben würde. Der Tod von jemandem, den man lebendig gekannt hatte, war immer deprimierend, und er schüttelte den Gedanken ab. Am Rande seines Bewußtseins sah er für einen kurzen Augenblick Bobbi Newmans junges, hübsches Gesicht.

Das Bedürfnis, etwas zu kaufen, wurde plötzlich zu einer körperlichen Notwendigkeit, und er kaufte ein Zitroneneis, das erste in diesem Jahr, und schlenderte zwischen den Verkaufsständen herum, berührte die Waren mit dicken, klebrigen Fingern, erkundigte sich nach Preisen und scherzte. Überall begrüßten die Verkäufer ihn mit seinem Namen, wenn sie ihn kommen sahen. Wie die Gerüchte wissen wollten, gab es nichts, das zu kaufen Ab Holt nicht überredet werden konnte.

2

Durch die Türöffnung betrachtete Ab Holt seine Zweihundertvierzehn-Pfund-Frau. Zerknitterte und zerwühlte blaue Laken waren um ihre Beine und den Leib gewickelt, aber ihre Brüste hingen lose. Die sind immer noch Preisträger, dachte Ab zärtlich. Was er noch für Leda empfand, war dort konzentriert, wie auch alle Lustgefühle, die sie hatte, wenn er auf ihr war, die vom Quetschen seiner Hände und dem Beißen seiner Zähne herrührten. Wo die Laken um sie gewickelt waren, konnte sie jedoch nichts fühlen – außer gelegentlichen Schmerzen.

Nach einer Weile erwachte sie unter Abs Aufmerksamkeit wie ein welkes Blatt, das unter dem gebündelten Lichtstrahl eines Brennglases zu schwelen beginnt.

Er warf die Schachtel mit den Zäpfchen aufs Bett. »Das ist für dich.«

»Oh.« Leda öffnete die Packung und schnüffelte mißtrauisch an einem der Wachszylinder. »Oh?«

»Es ist Dilaudin. Auf dem Markt traf ich diese Mrs. Galban. Sie ließ nicht locker, bis ich ihr was abkaufte.«

»Ich fürchtete schon, du hättest es meinetwegen gekauft. Danke. Was ist in der anderen Tüte, eine Klistierspritze zu unserem Hochzeitstag?«

Ab zeigte ihr die Perücke, die er für Beth gekauft hatte. Es war eine alberne, verkitschte Imitation des ägyptischen Stils, der durch eine inzwischen längst verstorbene Fernsehserie zu vorübergehender Beliebtheit gekommen war. Für Leda nahm es sich wie etwas aus, was man am Boden eines Geschenkkartons zu finden pflegt, und sie war überzeugt, daß ihre Tochter es genauso sehen werde.

»Mein Gott«, sagte sie.

»Nun, es ist, was die jungen Leute heute tragen«, sagte Ab zweifelnd. Die Perücke kam ihm nicht mehr genauso vor wie auf dem Schwarzen Markt, wo er sie gekauft hatte. Er trug sie hinüber in den Keil aus Sonnenlicht beim offenen Schlafzimmerfenster und versuchte das Glitzern durch Schütteln zu beleben. Die metallischen Fäden rieben sich aneinander und verursachten leise quietschende Geräusche.

»Mein Gott«, sagte sie wieder. In ihrer Verdrießlichkeit ließ sie sich beinahe hinreißen, ihn zu fragen, was er dafür bezahlt habe. Seit jenem epochalen Streit unter der Platane diskutierte sie mit Ab niemals Geldangelegenheiten. Sie wollte nicht hören, wie er sein Geld ausgab oder wie er es verdiente. Vor allem wollte sie nicht wissen, wie er es verdiente, denn sie hatte ziemlich wirklichkeitsnahe Vermutungen.

Sie begnügte sich mit einer Beleidigung. »Du hast das Unterscheidungsvermögen eines Mülleimers, und wenn du denkst, Beth werde sich mit diesem lächerlichen Schund auf der Straße blicken lassen, nun . . .!« Sie stemmte sich von der Matratze hoch, bis sie beinahe aufrecht saß. Leda und das Bett ächzten beide unter der Anstrengung.

»Woher willst du wissen, was die Leute außerhalb dieser Wohnung tragen? Auf dem Markt gab es Hunderte von den verdammten Dingern. Die jungen Leute tragen das eben heutzutage. Und was ist schon dabei?«

»Es ist häßlich. Du hast deiner Tochter eine häßliche Perücke gekauft. Na ja, wie solltest du auch etwas anderes mitbringen!«

»Häßlich? Sagtest du das nicht auch über alles, was Milly trug? Alle diese Sachen mit Knöpfen. Und die Hüte! Es ist ein Stadium, das sie durchmachen müssen. In deiner Jugend warst du wahrscheinlich genauso, bloß ist es so lange her, daß du dich nicht mehr erinnerst.«

»Milly – ach du liebe Zeit! Ständig redest du von Milly, als ob sie eine Art Beispiel gewesen wäre! Milly hatte nie eine Ahnung, wie . . .« Leda keuchte. Ihr Schmerz. Sie preßte die rechte Hand gegen die Fettrolle an der Seite ihrer rechten Brust, wo, wie sie meinte, ihre Leber sein mochte. Sie schloß die Augen und versuchte, den Schmerz zu lokalisieren, doch er war schon wieder vergangen.

Ab wartete, bis Leda ihm wieder ihre Aufmerksamkeit zuwandte. Dann warf er die Flitterperücke mit einer herausfordernden Gebärde aus dem offenen Fenster. Dreißig Dollar, dachte er. Einfach so.

Das Herstelleretikett klatterte auf den Boden, ein rosa Oval mit Kursivbuchstaben: Nefertiti – Kreationen.

Mit einem unartikulierten Aufschrei drehte Leda sich im Bett zur Seite, bis ihre Füße den Boden berührten. Sie stand auf. Sie tat zwei Schritte und streckte den rechten Arm haltsuchend zum Fensterrahmen aus.

Die Perücke lag achtzehn Stockwerke unter ihnen mitten auf der Straße. Auf dem grauen Beton sah sie schimmernd und wertvoll aus. Der Lieferwagen einer Brotfabrik wendete und überrollte sie.

Da sie ihm keinen Vorwurf machen konnte, ohne ihn der Geldvergeudung zu bezichtigen, sagte sie nichts. Die unausgesprochenen Worte wirbelten in ihr herum, ein seuchenträchtiger Wind, der die schlaffen Muskeln und Hautfalten ihrer Beine und ihres Rückens wie zerfetzte Fahnen schüttelte. Dann erstarb der Wind, und sie stand einen Augenblick lang schwankend, bevor sie sich langsam zum Bett neigte.

Ab stand hinter ihr bereit. Er fing sie auf, als sie fiel, und legte sie wieder aufs Bett, ohne eine überflüssige Bewegung, geschmeidig wie ein geübter Tangotänzer. Es schien beinahe zufällig, daß seine Hände unter ihren Brüsten waren. Sie öffnete den Mund, und er verschloß ihn mit dem seinen und sog ihr den Atem aus den Lungen.

Ärger war ihr Aphrodisiakum. Mit den Jahren war der Abstand zwischen Streit und Beischlaf immer kürzer geworden. Sie machten sich kaum noch die Mühe, zwischen beiden zu differenzieren. Schon begann sie mit ihrem schnaufenden Protest gegen die Lust oder den Schmerz, was immer es war. Während er mit der Linken den warmen Teig ihrer Brüste knetete, zog er sich mit der Rechten Schuhe und Hose aus. Die Jahre der Invalidität hatten ihrem schlaffen Fleisch eine eigenartige jungfräuliche Qualität zurückgegeben, so daß er sie jedesmal wie aus einem verzauberten, unschuldigen Schlaf zu wecken schien. Auch war ein saurer Geruch an ihr, der nur bei solchen Gelegenheiten aus ihren Poren sickerte, ähnlich wie der Ahorn nur im Winter Saft gibt. Nach und nach lernte er den Geruch schätzen.

Zwischen ihren Körpern sammelte sich eine Menge Schweiß, und seine Bewegungen erzeugten eine gleichmäßige Folge schmatzender, klatschender und furzender Geräusche. Dies war für Leda der schlimmste Teil seiner sexuellen Überfälle, besonders wenn sie wußte, daß die Kinder zu Haus waren. Sie stellte sich vor, wie Beno, ihr Jüngster und ihr Liebling, vor der Tür stand und trotz des Schreckens, den es ihm verursachen mußte, nicht umhin konnte, an das zu denken, was mit ihr geschah. Manchmal war es nur der Konzentration auf den Gedanken an Beno zu verdanken, daß sie nicht laut aufschrie.

Abs Bewegungen wurden schneller. Leda erreichte die Schwelle zwischen Selbstbeherrschung und Automatismus und versuchte, sich ihm zu entziehen, doch seine Hände packten ihre Hüften und zwangen sie, ihn zu nehmen. Sie brach in Tränen aus, und Ab kam.

Er wälzte sich von ihr, und die Matratze gab ein letztes erschöpftes Seufzen von sich.

»Papa?«

Es war Beno, der in der Schule hätte sein sollen. Die Schlafzimmertür war halb offen. Niemals, dachte Leda in einer Panik von Erniedrigung, niemals hatte sie einen so schrecklichen Augenblick erlebt. Neue, frische Schmerzen jagten wie Antilopenrudel durch ihre Eingeweide.

»Papa«, fing Beno wieder an. »Schläfst du?«

»Ich würde, wenn du den Mund halten und mich lassen würdest.«

»Unten ist jemand am Telefon, vom Krankenhaus. Dieser Juan. Er sagte, es sei dringend, und wir sollten dich wecken, wenn nötig.«

»Sag Martinez, er soll sich zum Teufel scheren.«

»Er sagte«, sagte Beno in einem Tonfall gequälter Geduld, den er von seiner Mutter übernommen hatte, »es sei völlig unwichtig, was du sagst, und wenn er dir erst alles erklärt habe, würdest du ihm noch dafür danken. Das sagte er.«

»Sagte er auch, worum es geht?«

»Um irgendeinen Kerl, den sie suchen. Bob Soundso.«

»Ich weiß nicht, wen sie wollen, und in jedem Fall . . .« Dann begann es ihm zu dämmern: die Möglichkeit des furchtbaren Blitzschlags, dem er niemals würde ausweichen können. »Bobbi Newman, war das der Name des Burschen, den sie suchen?«

»Ja, das war er. Kann ich reinkommen?«

»Ja, ja.« Ab zog das schweißfeuchte Laken über Ledas Körper, der sich nicht geregt hatte, seit er heruntergerollt war. Er zog die Hose an. »Wer hat den Anruf entgegengenommen, Beno?«

»Williken.« Beno kam ins Schlafzimmer. Er hatte die Wichtigkeit der Botschaft gefühlt und war entschlossen, ein Maximum von Spannung herauszumelken. Es war beinahe so, als wüßte er, was auf dem Spiel stand.

»Hör zu, lauf runter und sag Williken, er solle Juan am Apparat warten lassen, bis ich ...«

Einer seiner Schuhe fehlte.

»Williken ist weggegangen, Papa. Ich sagte ihm, du dürftest nicht gestört werden. Er war wie verärgert und sagte, er wünschte, du würdest den Leuten nicht mehr seine Nummer geben.«

»Dann scheiß auf Williken.«

Der Schuh war ein ganzes Stück unter dem Bett. Wie hatte er ihn bloß dahin gebracht?

»Wie war die genaue Botschaft, die er dir gab? Sagte er, wer diesen Newman sucht?«

»Williken schrieb es auf einen Zettel, aber ich kann seine Schrift nicht lesen. Sieht wie Margy aus.«

Dann war es also passiert, der Weltuntergang. Irgendwie hatte die Aufnahme einen Fehler gemacht, indem sie Bobbi Newman für eine gewöhnliche Einäscherung eingetragen hatte. Das Mädchen hatte eine Police bei Macy.

Und wenn Ab den Leichnam nicht wieder herbeischaffte, den er White verkauft hatte ... »Mein Gott«, wisperte er in den Staub unter dem Bett.

»Jedenfalls sollst du sofort zurückrufen. Aber Williken sagt, nicht von seinem Telefon, weil er ausgegangen ist.«

Vielleicht reichte die Zeit noch, mit knapper Not und viel Glück. White hatte die Leichenhalle erst nach drei Uhr früh verlassen. Es war noch nicht zwölf. Er mußte den Leichnam zurückkaufen, selbst wenn es bedeutete, daß er White eine Extraentschädigung für die Enttäuschung zahlte. Schließlich brauchte White ihn genauso, wie er White brauchte.

»Wiedersehen, Papa«, sagte Beno, ohne die Stimme zu heben, denn inzwischen war Ab schon draußen im Treppenhaus und einen Absatz tiefer.

Beno ging zum Fußende des Bettes hinüber. Seine Mutter hatte noch immer keinen Muskel bewegt. Er hatte sie die ganze Zeit beobachtet, und es war, als ob sie tot wäre. Sie war immer so, nachdem Vater sie gefickt hatte, aber meistens dauerte es nicht so lange. In der Schule sagten sie, daß so etwas sehr gesund sei, aber irgendwie schien es ihr nicht gutzutun. Er berührte ihre rechte Fußsohle. Sie war weich und rosig wie der Fuß eines Säuglings, weil sie nie irgendwohin ging.

Leda zog den Fuß weg. Sie öffnete die Augen.

Whites Etablissement war ein gutes Stück stadteinwärts, um die Ecke vom Demokratischen Nationalkonvent. Hier, im Herzen eines Vergnügungsviertels, das von den New Yorkern ›Boston‹ genannt wurde, fristeten allerlei zwielichtige und ungesetzliche Unternehmen ihr unnatürliches Leben.

Nach langem Klopfen kam ein junges Mädchen an die Tür, vermutlich dasselbe, das zuvor am Telefon gewesen war, obwohl es sich jetzt stumm stellte. Es konnte nicht viel älter als Beno sein, höchstens zwölf, bewegte sich jedoch mit der lustlosen, gezwungenen Art einer entmutigten Hausfrau.

Ab betrat den dämmerigen Vorraum und schloß die Tür gegen den kaum wahrnehmbaren Widerstand des Mädchens. Er war noch nie in Whites Etablissement gewesen und hätte nicht einmal die Adresse gewußt, wenn er nicht bei einer Gelegenheit, als White stockbesoffen in die Leichenhalle gekommen war, den Lieferwagen für ihn gefahren hätte. Dies also war der Markt, für den er seine »Ware« exportierte. Es war alles andere als elegant.

»Ich möchte Mr. White sprechen«, sagte Ab zu dem Mädchen. Er fragte sich, ob die Kleine Whites Nebenbeschäftigung darstellte.

Sie hob die Hand mit einer kleinen, unglücklichen Geste zum Mund.

Über ihren Köpfen entstand ein Geklapper und Gepolter, und eine Zeitungsseite schwebte durch das Zwielicht des Treppenhauses herab. Whites Stimme kam hinterher: »Sind Sie es, Holt?«

»Und ob ich es bin!« Ab wollte die Treppe hinauf, aber White, leicht im Kopf und schwerfällig zu Fuß, kam schon heruntergekracht, ihn zu empfangen. Er legte die Hand auf Abs Schulter, womit er sich der Gegenwart des Besuchers vergewisserte und sich zugleich auf den Beinen hielt. Er hatte die Werbung ›für die schönsten Stunden unseres Lebens‹ zu wörtlich genommen und war momentan nicht ganz da.

»Ich muß sie wieder mitnehmen«, sagte Ab. »Ich hab' es dem Mädchen schon am Telefon gesagt. Es ist mir egal, wieviel Sie dadurch verlieren, ich muß sie haben.«

White nahm die Hand vorsichtig von Abs Schulter und legte sie auf das Treppengeländer. »Ja. Gut. Es ist nicht möglich. Nein.«

»Ich *muß* sie haben!«

»Melissa«, sagte White. »Es wäre . . . Wenn du nun bitte . . . Wir sehen uns später, mein Liebes.«

Das Mädchen ging zögernd die Treppe hinauf, und als es an ihnen vorbeiging, sagte White mit einem traurigen Lächeln: »Meine Tochter.« Er streckte die Hand aus, um ihr über den Kopf zu fahren, verfehlte ihn aber um mehrere Zoll.

»Wir werden dies in meinem Büro besprechen, nicht wahr?«

Ab half ihm durch den Vorraum. White ging zu der Tür auf der anderen Seite und blieb stehen. »Ob sie verschlossen ist?« überlegte er laut.

Ab drückte die Klinke. Sie war nicht verschlossen.

»Ich hatte meditiert«, sagte White gedankenverloren, noch immer vor der Tür stehend und Ab den Weg versperrend, »als Sie vorhin anriefen. In all dem Trubel und Durcheinander muß man sich manchmal die Zeit nehmen und . . .«

Whites Büro sah wie das eines Anwalts aus, in das Ab vor vielen Jahren bei einem Aufruhr eingedrungen war. Er war damals über die Entdeckung bestürzt gewesen, daß gewöhnliche Unordnung und Dürftigkeit mehr bewirkt hatten, als er in seinem jugendlichen Zerstörungsdrang zuwegebringen konnte.

»Das ist die Sachlage«, sagte Ab, der sich vor White aufgepflanzt hatte und mit lauter Stimme sprach, um jedes Mißverständnis auszuschließen. »Wie sich herausstellte, war die Person, die Sie letzte Nacht abholten, ohne ihr Wissen versichert. Ihre Eltern in Arizona hatten den Vertrag für sie abgeschlossen. In den Personalunterlagen des Krankenhauses war nichts darüber vermerkt, aber die verschiedenen Kliniken sind ebenso wie die Versicherungsgesellschaften an das Computernetz angeschlossen, und auf die Todesmeldung kam heute vormittag die Antwort. Sie riefen in der Leichenhalle an.«

White zupfte verdrießlich an einer seiner spärlichen, mausgrauen Haarsträhnen. »Nun, sagen Sie ihnen eben . . . sagen Sie ihnen einfach, der Leichnam sei schon eingeäschert worden.«

»Das ist ausgeschlossen. Wir sind verpflichtet, die Leichen vierundzwanzig Stunden aufzubewahren, für den Fall, daß so etwas passiert. Bloß kommt es praktisch nie vor. Wer hätte das gedacht? Ich meine, es ist so unwahrscheinlich, nicht wahr? Jedenfalls ist die Sache die, daß ich den Leichnam zurückbringen muß. Jetzt.«

»Das geht nicht.«

»Hat schon jemand . . .?«

White nickte.

»Können wir die Leiche nicht wieder in Ordnung bringen? Ich meine, wie schlimm ... äh ...«

»Nein. Nein, das wird nicht gehen. Ausgeschlossen.«

»Hören Sie, White, wenn ich wegen dieser Geschichte hochgehe, werde ich nicht der einzige bleiben. Sie verstehen, was ich sagen will. Es wird Verhöre geben.«

White nickte geistesabwesend. Nach einer Weile sagte er: »Also, dann sehen Sie selbst.« Er gab Ab einen altmodischen Messingschlüssel. An der Schlüsselkette hing ein Yin-Yang-Symbol aus Plastik. Er zeigte auf ein metallenes Wandregal mit Ordnern und Büchern. »Da durch.«

Das Regal wollte sich nicht zur Seite schieben lassen, bis Ab sich nach einiger Überlegung bückte und den Sperrhaken für die Räder fand. Die Tür hinter dem Regal hatte weder Klinke noch Drehknopf, nur ein rundes Schloß mit der Aufschrift ›Chikago‹. Der Schlüssel paßte locker, und Ab mußte herumfummeln, ehe der Mechanismus in Bewegung kam.

Der Leichnam war über das geflickte Linoleum verstreut. Ein schwerer, rosenähnlicher Duft überlagerte den Gestank der von Krebs zerfressenen, in Verwesung übergehenden Organe. Nein, das konnte man nicht als das Ergebnis eines chirurgischen Eingriffs ausgeben, und außerdem schien der Kopf zu fehlen.

Er hatte eine Stunde verschwendet.

White stand in der Türöffnung und ignorierte aus Mitgefühl mit Ab die Existenz des zerstückelten und ausgeweideten Leichnams. »Er wartete hier, als ich zum Krankenhaus fuhr, verstehen Sie? Ein Auswärtiger und einer meiner besten ... Ich lasse sie gewöhnlich mitnehmen, was sie wollen. Tut mir leid.«

Als White wieder zusperrte, erinnerte sich Ab an den einen Gegenstand, den er in jedem Fall brauchte, gleichgültig, was mit dem Körper geschah. Er hoffte, Whites Kunde hatte das Ding nicht zusammen mit dem Kopf fortgeschleppt.

Sie fanden den linken Arm in dem Sarg aus Fichtenholzimitation, und das Identitätsarmband war noch daran. Ab versuchte, sich einzureden, daß er, solange er dieses Armband hatte, vielleicht irgend etwas finden würde, woran er es hängen konnte.

White fühlte Abs wiederauflebende Hoffnung und ermutigte ihn, ohne sie zu teilen: »Es könnte schlimmer sein.«

Ab runzelte die Stirn. Seine Hoffnung war noch zu zerbrechlich, um ausgesprochen zu werden.

Aber White begann schon wieder, in andere Gefilde zu entschweben. »Sagen Sie, Ab, haben Sie sich schon mal mit Yoga beschäftigt?«

Ab lachte rauh. »Nein. Was soll der Scheiß?«

»Sie sollten es tun. Sie würden sich wundern, was es für Sie tun kann. Ich betreibe Yoga nicht so intensiv, wie ich sollte, und das ist natürlich mein eigener Fehler, aber es bringt einen in Berührung mit . . . Nun, es ist schwierig zu erklären.«

White entdeckte, daß er allein im Büro war. »Wohin gehen Sie?« fragte er.

Das Gebäude 65. Straße Nr. 420 hatte als eine Bienenwabe mit ›Luxus-Eigentumswohnungen‹ das Licht der Welt erblickt, war aber wie die meisten seiner Art um die Jahrhundertwende in eine Anzahl kleiner Hotels unterteilt worden, zwei bis drei auf einer Etage. Diese Hotels vermieteten Zimmer oder Anteile von Zimmern auf Wochenbasis an Alleinstehende, die entweder das Hotelleben bevorzugten oder als Auswärtige keinen Anspruch auf Unterbringung in den Wohnheimen der Sozialbehörden hatten. Chapel teilte sein Zimmer im Colton (benannt nach der Schauspielerin, der in den 80er und 90er Jahren die gesamten zwölf Räume des Hotels gehört haben sollten) mit einem anderen ehemaligen Strafgefangenen, aber weil Lucey früh am Morgen zu seiner Arbeit in eine Wiedergewinnungsanlage ging und nach Feierabend auf Mädchen und kostenlose Mahlzeiten Jagd machte, begegneten die beiden Männer einander selten, was ihnen nur recht war. Es war nicht billig, aber wo sonst hätten sie eine Unterkunft finden können, die derjenigen, die sie in Sing-Sing gehabt hatten, so beruhigend ähnlich war: so klein, so kahl, so dunkel?

Wenn Chapel von der Arbeit im Krankenhaus kam, empfing ihn eine prachtvolle Abwesenheit: die Wände, ein Fenster, verdeckt von einem heruntergelassenen Papierrollo, die Decke mit der einzigen, eingelassenen Lichtquelle, das gewachste Holz des Fußbodens. Der Wandschmuck bestand aus einem umlaufenden friesartigen Ornament unter der Decke.

Er war zu Hause, und hier neben der Tür, an die Wand geschraubt, erwartete ihn still und wundervoll sein 70-cm-Yamaha of America, kein Besserer zu seinem Preis. (Chapel bezahlte die Miete und alle Gebühren selbst, weil Lucey kein Fernsehen mochte.)

Chapel sah sich nicht wahllos alles an. Er sparte sich das Vergnügen für die Programme auf, in denen er sich kompetent fühlte. Da die ersten von diesen nicht vor 10:30 begannen, verbrachte er die Zwischenzeit mit Staubwischen und dem Wachsen und Polieren des Bodens, ähnlich wie er neunzehn Jahre lang jeden Morgen und Abend den Betonboden seiner Zelle gescheuert hatte. Er arbeitete mit dem mechanischen und gesegneten Pflichtbewußtsein eines Priesters, der die Messe liest. Anschließend klappte er sein Schrankbett heraus und legte sich im zufriedenen Bewußtsein geleisteter Arbeit nieder, bereit zu empfangen. Sein Körper schien zu verschwinden.

Sobald der Kasten lief, wurde Chapel ein anderer Mensch. Um 10:30 wurde er Eric Laver, der idealistische junge Anwalt mit seinen idealistischen Vorstellungen von Recht und Unrecht, die von keinen noch so schmerzlichen Erfahrungen – einschließlich zweier katastrophaler Ehen und der drohenden Möglichkeit einer dritten – zerstört werden konnten. In letzter Zeit allerdings, seit er den Fall Forrest angenommen hatte . . . Das war ›*Die ganze Wahrheit*‹.

Um 11:30, während der üblichen Unterbrechung durch Nachrichten, Sport und Wetter, pflegte Chapel sich zu entleeren.

Dann folgte ›*Wie die Welt sich dreht*‹, eine Fernsehserie von epischer Breite, die dem Betrachter an verschiedenen Tagen verschiedene Identitäten bot. Heute machte Chapel sich als Bill Harper Sorgen um Moira, seine schwierige vierzehnjährige Stieftochter, die ihm erst vergangenen Mittwoch während eines stürmischen Auftritts beim Frühstück eröffnet hatte, daß sie eine Lesbierin sei. Als ob dies noch nicht reichte, erklärte ihm seine Frau, als er ihr erzählte, was Moira ihm gesagt hatte, daß auch sie vor vielen Jahren eine andere Frau geliebt habe. Wer diese andere Frau gewesen war, begann er inzwischen zu ahnen.

Es waren weniger die Geschichten, die ihn so fesselten, es waren die Gesichter der Schauspieler, ihre Stimmen, ihre Gesten, die geschmeidige, gekonnte Art, wie sie sich bewegten. Solange sie selbst im Bann ihrer imaginären Probleme zu stehen schienen, war Chapel zufrieden. Was er brauchte, war das Schauspiel authentischer Gefühle – weinende Augen, zitternde Hände, bebende Stimmen, Lippen, die lachten oder küßten oder sich in ängstlicher Erwartung spannten.

Er pflegte auf der Matratze zu sitzen, Kopf und Schultern von zwei Kissen gestützt, nur von einem kurzen, schnellen Atmen bewegt, völlig den flimmernden Bildern und Geräuschen der Maschine hingegeben, die mehr als seine eigenen Handlungen sein Leben waren, die zentrale Tatsache seines Bewußtseins, die einzige Quelle irgendeines Glücks, das Chapel kannte oder dessen er sich erinnern konnte.

Ein Fernseher hatte Chapel das Lesen gelehrt. Es hatte seine Gesichtsmuskeln gelehrt zu lachen, Schmerz, Angst, Zorn und Freude auszudrücken. Vom Fernsehen hatte er die Wörter gelernt, die er in den verwirrenden Umständen seines anderen, äußerlichen Lebens verwenden mußte. Und obgleich er nichts so gut machte wie seine Vorbilder auf dem Bildschirm, hatten sie ihn doch gut genug durchgebracht, sonst würde er nicht hier sitzen und sich an der Quelle erfrischen und erneuern.

Was er hier suchte und fand, war viel mehr als Kunst, von der er in den Abendstunden zuweilen gekostet und für die er wenig Verwendung hatte. Es war das Erlebnis, nach den Anstrengungen des Tages zu einem Gesicht zurückzukehren, das er wiedererkennen und lieben konnte, sein eigenes oder das eines anderen. Oder wenn es nicht Liebe war, dann ein ebenso starkes, verwandtes Gefühl: die Gewißheit, daß er diese gleichen Empfindungen auch morgen und am übernächsten Tag würde genießen können. In anderen Zeitaltern hatte die Religion diesen Dienst geleistet und den Menschen die Geschichte ihres Lebens erzählt und immer wieder erzählt.

Einmal hatte eine Serie, die Chapel im CBS-Programm verfolgt hatte, sechs Monate hindurch so miserable Einschaltquoten gehabt, daß sie abgesetzt worden war. Ein zwangsweise zu einer neuen Religion bekehrter Heide hätte den Verlust nicht schmerzlicher empfinden und keine brennendere Sehnsucht verspüren können als Chapel, wenn er die fremden Gesichter betrachtete, die jeden Nachmittag eine Stunde lang den Bildschirm bewohnten. Es war, als blicke er in einen Spiegel und könne sich darin nicht wiederfinden. Einen Monat lang war der Schmerz in seiner Schulter so schlimm geworden, daß er kaum noch imstande gewesen war, seine Arbeit zu tun. Dann begann er allmählich die Elemente seiner eigenen Identität in der Person des jungen Dr. Landry wiederzuentdecken.

Um 14:45, während einer Werbeeinblendung für Eierspeisen, kam Ab und hämmerte und brüllte an der Tür. Maud war gerade gekommen, um das Kind ihrer Schwiegertochter im Krankenhaus zu besuchen. Sie wußte noch nicht, daß Dr. Landry den Jungen behandelte.

»Chapel«, schrie Ab, »ich weiß, daß du da bist, also mach auf, verdammt noch mal. Wenn du nicht aufmachst, renne ich die Tür ein!«

Die nächste Szene spielte in Landrys Büro. Er versuchte, Mrs. Hanson, die schon letzte Woche vorgekommen war, verständlich zu machen, daß ein großer Teil der Probleme ihrer Tochter von ihrer eigenen selbstsüchtigen Einstellung herrühre. Aber Mrs. Hanson war schwarz, und Chapel hegte nur begrenzte Sympathie für die Schwarzen, deren dramatische Funktion vorwiegend darin bestand, die Zuschauer an die andere Welt zu erinnern, diejenige, die sie bewohnten und in der sie unglücklich waren.

Maud klopfte an Landrys Tür: eine Großaufnahme behandschuhter Finger, die nervös gegen die Plastikoberfläche pochten.

Chapel stand auf und ließ Ab ein. Eine Viertelstunde später hatte er sich, obschon verdrießlich, bereit erklärt, Ab bei der Suche nach einem Ersatz für den verlorengegangenen Leichnam zu helfen.

3

Martinez hatte Dienst getan, als der Anruf von Macy kam, verbunden mit der Anweisung, den Newman-Leichnam in der Tiefkühlung zu verwahren, bis der Fahrer zur Abholung käme. Obwohl er wußte, daß der Kühlraum außer drei männlichen geriatrischen Nummern nichts enthielt, machte er sanfte Ja-Geräusche und begann, die nötigen Papiere auszufüllen. Er rief Williken an und hinterließ eine Nachricht für Ab, dann (nach dem Prinzip, daß, wenn die Sache in die Hose ging, Ab derjenige sein sollte, der die Scheiße ausputzte oder auslöffelte, je nachdem) verständigte er seinen Cousin, daß er sich für die Spätschicht (14-22 Uhr) krankmelden solle. Als Ab zurückrief, gab sich Martinez kurz angebunden und unheilvoll: »Komm her und bring du weißt schon was. Oder es gibt Stunk.«

Macys Fahrer traf noch vor Ab ein. Martinez war nahe daran, die Nerven zu verlieren und ihm zu sagen, daß er niemanden namens Newman, Bobbi auf Lager habe, aber es sah Martinez nicht ähnlich, ehrlich zu sein, wenn eine Lüge zweckdienlich sein mochte, besonders in einem Fall, wo sein eigener Lebensunterhalt und der seiner Vettern in Gefahr war. Also machte er in Gedanken das Kreuzzeichen und fuhr eine von den geriatrischen Nummern aus dem Kühlraum; und der Fahrer, mit einer gesunden Gleichgültigkeit gegenüber bürokratischen Prozeduren, fuhr ihn hinaus zu seinem Lieferwagen, ohne unter das Laken zu schauen und den Namen NORRIS, THOMAS auf dem Plastikarmband zu kontrollieren.

Es war eine geniale Improvisation. Da der Fahrer genauso schuldig war wie die Leute in der Leichenhalle, konnte Macy wegen der Verzögerung kein großes Gezeter machen. Rasches Einfrieren der Verstorbenen war das von der Werbung groß herausgestellte Prinzip der kryonischen Industrie, und es zahlte sich nicht aus, von gewissen Ausnahmen ein Aufhebens zu machen.

Ab kam kurz vor vier. Als erstes überprüfte er das Buch, in dem Ein- und Ausgänge festgehalten wurden. Die Seite für den 14. April war leer. Ein unglaubliches Pech, aber er war nicht überrascht.

»Ist irgendwas angekündigt?«

»Nichts.«

»Das ist unmöglich«, sagte Ab und wünschte, es wäre so.

Das Telefon läutete.

»Das wird Macy sein«, sagte Martinez gleichmütig, während er sich umzog.

»Willst du nicht abnehmen?«

»Jetzt ist es dein Baby.« Martinez blitzte ihm ein breites Siegerlächeln zu. Sie hatten beide gespielt, aber Ab hatte verloren. Während das Telefon weiterläutete, erklärte er den Notbehelf, mit dem er Ab gerettet hatte.

Als Ab den Hörer aufnahm, war kein Geringerer als der Direktor von Macy am anderen Ende der Leitung und so erfüllt von seinem rechtschaffenen Zorn, daß Ab unmöglich hätte verstehen können, was er kreischte, wenn er es nicht schon gewußt hätte. Ab war angemessen zerknirscht und ungläubig und erklärte, daß der Mann, dem die Verwechslung unterlaufen sei (und wie es hatte passieren können, sei ihm noch immer ein Rätsel), schon nach Hause gegangen sei. Er versicherte dem Direktor, daß der Betreffende nicht mit einem Anpfiff davonkommen werde und mit seiner Entlassung oder Schlimmerem rechnen müsse. Andererseits sehe er keinen Grund, die Angelegenheit der Verwaltung vorzutragen, die den Versuch machen könnte, einen Teil der Schuld auf den Fahrer von Macy abzuwälzen. Der Direktor meinte auch, daß dies unangebracht sei.

»Und wenn Ihr Fahrer kommt, wird Miß Newman schon bereitstehen. Ich werde persönlich dafür sorgen. Und dann können wir die ganze Geschichte vergessen, nicht wahr?«

»Ja.«

Als Ab das Büro verließ, holte er tief Atem und nahm die Schultern zurück. Er hatte ein Problem. Es gibt nur eine Art und Weise, ein Problem zu lösen: indem man es bewältigt. Mit allen verfügbaren Mitteln.

Ab wußte, daß ihm zu diesem Zeitpunkt nur noch ein Mittel zur Verfügung stand.

Chapel wartete draußen auf der Rampe, wo Ab ihn zurückgelassen hatte, damit er die 29. Straße im Auge behalte.

»Es muß getan werden«, sagte Ab.

Chapel, der ein vitales Interesse daran hatte, Abs Zorn nicht ein weiteres Mal auf sich zu ziehen (er war einmal fast zu Tode gewürgt worden), fühlte sich dennoch verpflichtet, einen letzten symbolischen Protest vorzubringen. »Ich werd's schon machen«, wisperte er, »aber es ist Mord.«

»Ach wo«, erwiderte Ab zuversichtlich, denn in diesem Punkt war er ganz gelassen. »Das Leiden eines Sterbenden abzukürzen, ist nicht Mord.«

Am 2. April 1956 registrierte das Bellevue-Krankenhaus keinen einzigen Todesfall, ein statistisch so seltenes Ereignis, daß sämtliche Zeitungen der Stadt – und damals gab es eine beträchtliche Anzahl – es der Erwähnung würdig befanden. In den seither vergangenen sechsundsechzig Jahren kam es zu keiner Wiederholung, obwohl man zweimal nahe daran gewesen war.

Am Nachmittag des 14. April 2022 gab der Computeranschluß in der Redaktion der New York Times die Mitteilung aus, daß über die Zweigleitung vom Bellevue-Krankenhaus bis zur Stunde noch kein Todesfall gemeldet worden sei. Ein Nachdruck der alten Geschichte begleitete die Nachricht.

Joel Beck las die Meldung und überdachte die Möglichkeiten dieses Nichtereignisses. Sie hatte vor vier Stunden ihren Dienst in der Lokalredaktion angetreten, und dies war die erste Nachricht, die einer Veröffentlichung würdig sein mochte. Aber bis Mitternacht konnte leicht noch jemand sterben und alles, was sie jetzt darüber schriebe, in Makulatur verwandeln. Trotzdem, vor die Wahl gestellt, ob sie einen Lückenfüller über Gertrude Stein und ihre Beziehungen zu New York oder eine Reportage über die

Realität der Leichenhalle im Bellevue schreiben solle, entschied sie sich für das letztere.

In der ersten Dekade des einundzwanzigsten Jahrhunderts hatte Lupus erythematosis (SLE) die Krebserkrankungen als hauptsächliche Todesursache bei Frauen zwischen zwanzig und fünfundfünfzig Jahren abgelöst. Diese Krankheit befällt alle wichtigen Organe des Körpers, aufeinanderfolgend oder gleichzeitig. Pathologisch betrachtet, stellt sie geradezu eine Sammlung alles dessen dar, was mit dem menschlichen Körper schiefgehen kann. Bis zur Vervollkommnung des Morgan-Imamura-Tests im Jahre 2007 waren Fälle von Lupus häufig als Meningitis, Epilepsie, Burcellose, Nephritis, Syphilis und Kolitis diagnostiziert worden. Die Liste ließe sich verlängern.

Das Krankheitsbild bei Lupus ist außerordentlich komplex und Gegenstand endloser Fachdiskussionen gewesen, doch stimmen alle Gelehrten dem Postulat zu, das Muller und Umamura in der Studie aufstellten, die ihnen den Nobelpreis eintrug: SLE – die Ökologische Krankheit. Danach stellt Lupus die Selbstvergiftung der menschlichen Rasse in einer Umwelt dar, die infolge weitgehender Zerstörung immer weniger imstande ist, Leben hervorzubringen und zu erhalten. Eine Minderheit von Spezialisten vertrat allerdings die Ansicht, die Hauptursache für die Ausbreitung der Krankheit sei im parallel verlaufenden Wachstum der modernen Pharmachemie zu suchen. Nach dieser Theorie war Lupus der Preis, den die Menscheit für die Heilung ihrer anderen Leiden zu zahlen habe. Zu den führenden Vertretern der sogenannten Untergangstheorie gehörte Dr. E. Kitaj, Direktor der Forschungsabteilung des Bellevue-Krankenhauses, der jetzt (während Chapel sich im Fernsehraum die Zeit vertrieb) den Internisten der Abteilung bestimmte einzigartige Wesenszüge des Krankheitsverlaufs im Fall der Patientin in Zimmer 7 erläuterte. Während alle klinischen Tests eine Diagnose auf SLE bestätigten, sei die Degeneration der Leberfunktionen in einer Weise fortgeschritten, die eher für lupoide Hepatitis charakteristisch sei. Wegen des besonderen Interesses, das der Fall verdiente, hatte Dr. Kitaj für Miß Schaap eine Lebermaschine aufstellen lassen, die sonst nur bei Transplantationen Verwendung fand. Das Leben der Patientin war nun ebenso sehr ein mechanischer wie ein biologischer Prozeß. In den Bundesstaaten Alabama, New Mexico und Utah würde jeder Gerichtshof Frances Schaap für tot erklärt haben.

Chapel war am Einnicken. Der Nachmittagsfilm, ein Drama aus dem Zirkusleben, tat wenig, um ihn wachzuhalten, denn er konnte sich niemals auf ein Programm konzentrieren, solange er die Darsteller nicht kannte. Nur der Gedanke an Ab und die Drohungen, die er ausgestoßen hatte, sowie an sein im Jähzorn dunkel angelaufenes Gesicht, ließ den alten Mann immer wieder aufschrecken und verhinderte ein sorgloses Einschlummern.

In der Krankenstation waren die Ärzte weitergegangen und hörten sich in Zimmer 6 mit nachsichtigem Lächeln Mrs. Harrisons Scherze über ihre Kolotomie an.

Die neue Ford-Werbung kam wie ein alter Freund, der Chapel beim Namen rief. Ein Mädchen in einem Empire-Coupé fuhr durch endlose Weizenfelder. Ab, der so oft etwas nur um des Schocks willen sagte, hatte erkärt, daß die Werbefilme oftmals besser seien als die Programme.

Endlich gingen die Ärzte hinaus und durch das Treppenhaus zur Männerabteilung. Nachdem er sich vergewissert hatte, daß niemand in Sicht war, betrat Chapel Zimmer 7. Frances Schaap schlief. Das kleine rote Licht an der Maschine blinkte, an und aus, an und aus, wie ein Flugzeug, das nachts die Stadt überflog.

Mit Hilfe des Diagramms, das Ab auf die Rückseite eines Verlegungsformulars gekritzelt hatte, fand Chapel den Druckregler für die Pfortader. Er drehte ihn bis zum Anschlag nach links. Der Pfeil auf der Skala darunter, der die Bezeichnung P/P trug, wanderte langsam von 35 auf 40, dann auf 50 und 60.

Auf 65.

Er drehte den Regler auf die vorherige Einstellung zurück. Der Zeiger zitterte: es gab eine Hämorrhagie.

Frances Schaap erwachte. Verblüfft hob sie eine schmale Hand an die Lippen: sie lächelte! »Doktor«, sagte sie erfreut. »Oh, ich fühle mich . . .« Die Hand fiel zurück auf die Decke.

Chapel blickte von ihrem Gesicht weg. Er drehte den Einstellknopf, der sich kaum von denen an seinem Fernseher unterschied, wieder nach links, und der Zeiger wanderte langsam über die Skala: 50. 55.

» . . . jetzt so viel besser.«

60. 65.

»Danke.«

70.

»Ich hoffe, Mr. Holt, Sie lassen sich durch mich nicht von Ihrer Arbeit abhalten«, sagte Joel Beck mit offener Unaufrichtigkeit. «Ich fürchte, ich habe Sie bereits gestört.«

Ab überlegte zweimal, ehe er dem zustimmte. Zuerst war er überzeugt gewesen, daß sie eine Untersucherin sei, die von Macy beauftragt worden war, ihn festzunageln, aber ihre Geschichte über die Computerverbindung und alles andere war nicht von der Art, wie man sie hätte erfinden können. Es war schlimm genug, daß sie von der New York Times war. Vielleicht schlimmer.

»Störe ich Sie?« fragte sie.

Wenn er jetzt sagte, ja, er habe Arbeit zu tun, würde sie ihn fragen, ob sie mitkommen und zusehen dürfe. Wenn er sagte, nein, sie störe ihn überhaupt nicht, würde sie mit ihren verdammten Fragen weitermachen. Hätte nicht die Gefahr bestanden, daß sie sich über ihn beschwerte (er hatte gleich gesehen, daß sie der Typ war), hätte er ihr gesagt, sie solle sich wegscheißen.

»Ach, ich weiß nicht«, antwortete er vorsichtig. »Bin nicht vielleicht ich derjenige, der Sie von der Arbeit abhält.«

»Wieso?«

»Wie ich schon sagte, haben wir oben im achtzehnten Stock eine Frau, mit der es jede Minute zu Ende gehen kann. Ich warte eigentlich nur noch auf den Anruf.«

»Vor einer halben Stunde sagten Sie, es werde keine fünfzehn Minuten mehr dauern, und Sie warten immer noch. Vielleicht haben die Ärzte sie durchgebracht. Wäre das nicht wundervoll?«

»Bis zwölf stirbt bestimmt noch jemand.«

»Nach der gleichen Logik hätte in den Stunden bis jetzt jemand sterben müssen – und es ist nicht geschehn.«

Ab konnte die Anstrengung der Diplomatie nicht länger ertragen. »Sehen Sie, meine Dame, Sie vergeuden bloß Ihre Zeit – das ist alles.«

»Es wäre nicht das erste Mal«, erwiderte Joel Beck selbstzufrieden. »Man könnte fast sagen, daß ich dafür bezahlt werde.« Sie ließ den Tragegurt ihres Kassettenrecorders von der Schulter gleiten und zog das Mikrofon aus der Halterung. »Wenn Sie mir jetzt noch ein paar Fragen beantworten und Einzelheiten über Ihre Arbeit geben, bekommen wir vielleicht den Stoff für eine mehr allgemeine Reportage zusammen. Selbst wenn dieser Anruf kommt, könnte ich dann mit Ihnen hinaufgehen und Ihnen über die Schulter schauen.«

»Wen würde das interessieren?« Mit wachsender Verblüffung

erkannte Ab, daß sie seine Argumente unterlief, indem sie sie einfach ignorierte.

Während Joel Beck die tiefe Faszination schilderte, die der Tod für die Leser der New York Times besitze (keine morbide Faszination, sondern die natürliche menschliche Reaktion auf eine fundamentale Tatsache der menschlichen Existenz), kam der Anruf von Chapel.

Er hatte getan, was Ab von ihm verlangt hatte.

»Ja, und?«

Es war alles glatt gelaufen.

»Ist es schon offiziell?«

Das war es nicht. Niemand war in der Station.

»Könntest du die Sache nicht – ah – bei jemanden erwähnen, der sie offiziell machen kann?«

Die Frau von der Times stöberte in der Leichenhalle herum, befingerte Sachen und gab vor, nicht zu lauschen. Ab hatte das ungute Gefühl, daß sie seine Gemeinplätze entschlüsseln konnte. Seine erste Beichte war die gleiche Art von Alptraum gewesen, Ab im Beichtstuhl und fest davon überzeugt, daß seine in Reih und Glied wartenden Klassenkameraden die Sünden mithörten, die der Priester aus ihm herausquetschte. Wäre diese Ziege nicht so neugierig, könnte er Chapel jetzt unter Druck setzen . . .

Er hatte aufgelegt. Auch gut.

»War das der Anruf?« fragte sie.

»Nein. Was anderes, eine Privatangelegenheit.«

Also belästigte sie ihn mit weiteren Fragen über die Verbrennungsöfen und ob jemals Verwandte kämen, um zuzusehen, und wie lange es dauere, bis der Pförtner anrief und sagte, es sei ein Fahrer von Macy da und versuche, einen Toten ins Krankenhaus zu bringen und ob er eingelassen werden dürfe?

»Behalten Sie ihn dort. Ich komme gleich hin.«

»Ah, das war der Anruf«, sagte Joel Beck mit ungespielter Enttäuschung.

»Mm. Bin gleich wieder da.«

Der Fahrer, aufgeregt und nervös, fing mit irgendeiner Geschichte an, warum er sich verspätet habe.

»Das ist dein Bier, nicht meins. Und jetzt ist es sowieso unwichtig. Bei mir ist eine Reporterin von der Times . . .«

»Ich wußte es doch«, sagte der Fahrer. »Nicht nur, daß sie mich rausschmeißen, jetzt wollt ihr mich noch . . .«

»Hör zu, Arschloch. Das hat nichts mit der Newman-Verwechslung zu tun, und wenn du den Kopf nicht verlierst, braucht sie es nie zu erfahren.« Er erklärte dem Mann, warum sie gekommen war. »Es kommt bloß darauf an, daß wir sie nicht auf komische Gedanken kommen lassen, klar? Und das könnte natürlich passieren, wenn sie sieht, wie du einen Leichnam reinschleppst und mit einem anderen abziehst.«

»Ja, aber . . .« Der Fahrer griff nach seinem Ziel wie nach einem Hut, den ihm ein Sturmwind vom Kopf wehte. »Aber wenn ich die Leiche von dieser Newman nicht mitbringe, reißen die bei Macy mich in Stücke! Ich habe mich sowieso schon verspätet, wegen der verdammten . . .«

»Du kriegst die Leiche, keine Angst. In spätestens fünfzehn Minuten kannst du sie mitnehmen, aber im Moment kommt es darauf an . . .«

Er fühlte ihre Hand auf dem Unterarm, weich wie ein Lächeln.

»Ich dachte mir, daß Sie nicht weit sein konnten. Da ist ein Anruf für Sie, und ich fürchte, Sie hatten recht: Miß Schaap ist gestorben. Das ist diejenige, von welcher Sie sprachen, nicht wahr?«

Von welcher! dachte Ab in einer jähen Aufwallung von Haß auf die New York Times und ihre Pseudointellektuellen. Von welcher!

Der Fahrer entfernte sich zu seinem Wagen.

In diesem Augenblick kam Ab die rettende Idee, der erlösende Plan, klar und vollständig, wie ein Meisterwerk in der Eingebung eines großen Künstlers erscheint.

»Bob!« rief er. »Warte einen Augenblick!«

Der Fahrer wandte sich halb nach ihm um, den Kopf auf die Seite gelegt, eine Braue hochgezogen: wer, *ich*?

»Bob, ich möchte dich mit, äh . . .«

»Joel, ich meine, Miß Beck, dies ist Bob, ah, Bob Newman.« Der Fahrer hieß in Wirklichkeit Samuel Blake. Ab hatte ein schlechtes Namengedächtnis.

Samuel Blake und Joel Beck schüttelten einander die Hände.

»Bob fährt für die Macy-Klinik.« Er legte eine Hand auf Blakes, die andere auf Miß Becks Schulter. Erst jetzt schien sie seinen Fingerstumpf zu bemerken und zuckte ein wenig zusammen. »Wissen Sie etwas über die kryologische Technik, Miß – ah?«

»Beck. Nein, sehr wenig.«

»Nun, die Macy-Klinik wurde von einem gewissen Steven Jay Mandell gestiftet, der sich als der erste New Yorker einfrieren ließ.

Bob kann Ihnen alles darüber erzählen, eine fantastische Geschichte!« Er steuerte die beiden zurück in den Korridor und zur Leichenhalle.

»Bob ist gerade hier, um die Leiche zu holen, die gerade – äh.« Zu spät fiel ihm ein, daß man sie vor Fremden nicht Leichen nennen durfte. »Das heißt, um Miß Schaap zu holen. Welche«, fügte er mit boshafter Betonung hinzu, »bei Bobs Klinik versichert war.« Ab drückte die Schulter des Fahrers, um nicht auffällig zwinkern zu müssen.

»Sie sehen, wann immer es möglich ist, verständigen wir die Leute der Macy-Klinik so frühzeitig, daß sie unmittelbar nach dem Tod eines ihrer Klienten hier sein können. Auf die Weise geht keine Minute verloren. Stimmt's, Bob?«

Der Fahrer nickte, während er sich langsam auf die Idee zutastete, die Ab für ihn vorbereitet hatte.

Ab öffnete die Tür zu seinem Büro und ließ die beiden vorausgehen. »Während ich oben bin, Miß Beck, könnten Sie sich ein wenig mit Bob unterhalten. Bob hat Dutzende unglaublicher Geschichten auf Lager, die er Ihnen erzählen kann, aber Sie werden sich beeilen müssen. Denn wenn ich seinen Leichnam erst hier unten habe . . .« – Ab warf dem Fahrer einen bedeutsamen Blick zu –, »wird Bob gleich fahren müssen.«

Es lief wie geschmiert. Die beiden Leute, deren Neugierde beziehungsweise Ungeduld die Unterschiebung noch immer hätten verpfuschen können, waren nun miteinander verklammert.

Er hatte die Situation an den Aufzügen nicht in Betracht gezogen. Während seiner eigenen Schicht kam es selten zu Stauungen, aber wenn es welche gab, mußten Wagen für die Leichenhalle bis zuletzt warten. Um 18:15, als die Schaap ihm endlich übergeben wurde, war jeder Aufzug, der im achtzehnten Stock eintraf, voller Leute und Wagen, die unfreiwillig heraufgekommen waren und nach unten wollten. Unterdessen stauten sich Wagen und Personal vor den Eingängen. Es konnte leicht eine Stunde vergehen, ehe Ab und sein Wagen Platz finden würden, und der Fahrer von Macy würde gewiß nicht so lange stillsitzen.

Er fuhr den Wagen zum Treppenhaus, wartete, bis niemand in der Nähe war, und hob die Tote vom Transportwagen. Sie wog nicht mehr als sein eigener Beno, aber auch so begann er kurzatmig zu werden, als er den zwölften Stock passierte. Zwischen dem fünften und vierten gaben seine Knie nach. (Sie hatten ihn frühzeitig gewarnt, aber er hatte nicht glauben wollen, daß er so schlapp geworden sein könne.) Er fiel mehrere Stufen hinunter, den Körper noch immer in den Armen.

Ein blonder junger Mann in einem zu kleinen gestreiften Bademantel half ihm auf die Füße. Als Ab sich am Treppengeländer hochzog, ließ der freundliche Helfer ihn los und versuchte, Frances Schaap aufzuhelfen. Ab, noch etwas benommen, erklärte, daß es bloß ein Leichnam sei.

»Nicht möglich, für einen Augenblick dachte ich doch wirklich . . .« Er lachte verlegen über das, was er gedacht hatte.

Ab befühlte den Leichnam hier und da und bewegte die Arme und Beine, um etwaige Beschädigungen festzustellen. Ohne die Tote auszukleiden, war es nicht einfach.

»Was ist mit Ihnen?« fragte der junge Mann, sobald er die Zigarette geholt hatte, die er qualmend auf einer der unteren Stufen zurückgelassen hatte.

»Mir fehlt nichts.« Er brachte das Laken in Ordnung, hob den Leichnam wieder auf und setzte den Abstig fort. Erst im dritten Stock dachte er daran, dem jungen Mann, der ihm geholfen hatte, ein Dankeswort hinaufzurufen.

Später, während der Besuchszeit, sagte Ray zu seinem Freund Charlie, der aus dem Laden, wo er arbeitete, neue Kassetten mitgebracht hatte: »Manches, was man in diesem Krankenhaus so erlebt, ist ganz unglaublich.«

»Zum Beispiel?«

»Also, wenn ich es dir sagte, du würdest es nicht glauben.« Dann verpfuschte er die ganze Schau, indem er sich im Bett seitwärts herumdrehte. Er hatte vergessen, daß er das nicht konnte.

»Wie fühlst du dich?« fragte Charlie, als Ray aufgehört hatte zu stöhnen. »Ich meine, im allgemeinen.«

»Besser, sagt der Arzt, aber ich kann noch immer nicht allein pinkeln.« Er beschrieb die Funktionsweise des Katheters, und sein Selbstmitleid ließ ihn Ab Holt vergessen, doch später, als er allein war und nicht schlafen konnte (denn der Mann im Bett nebenan machte blubbernde Geräusche), konnte er nicht aufhören, an das tote Mädchen zu denken, und wie er es von den Treppenstufen aufgehoben hatte, an das zerstörte Gesicht und die zerbrechlichen, schlaffen Hände, und wie der fette Wärter aus der Leichenhalle nacheinander die dünnen Arme und Beine untersucht und bewegt hatte, um zu sehen, ob er ihr etwas gebrochen habe.

Nun, da der Tag doch noch ein Opfer gefordert und das Nichtereignis hinfällig gemacht hatte, fand Joel Beck, daß es in der Leichenhalle nichts mehr zu holen gab. Sie rief in der Redaktion an, doch weder ihr diensttuender Kollege noch der Computer hatten irgendwelche Anregungen auf Lager.

Sie fragte sich, wie lange es noch dauern würde, bis man sie feuerte. Vielleicht dachte der Chefredakteur, der Bereitschaftsdienst werde sie so demoralisieren, daß sie von selbst gehen werde.

Geschichten von allgemein menschlichem Interesse! Sicherlich gab es irgendwo in jedem weitläufigen Labyrinth eine Geschichte, die sich für eine Reportage eignete. Doch wohin sie auch blickte, überall begegneten ihr glatte, nichtssagende Oberflächen: sechs identische Rollstühle in einer Reihe. Der Name eines Arztes an einer Tür. Die schundmäßige Holzimitation des Mobiliars und der Türen, die Gerüche. In den besseren Krankenhäusern, wo ihre Familie hingegangen wäre, wurde die harte Tatsache menschlicher Schwäche und Zerbrechlichkeit mit Geld kaschiert. Wann immer sie wie hier mit der unverhüllten blutenden Nacktheit konfrontiert wurde, war ihr erster Impuls, die Augen abzuwenden, während ein echter Journalist näher herangehen und sogar den Finger hineinstecken würde. Wirklich, sie hatten allen Grund, ihr den Laufpaß zu geben.

In einem Korridor des Labyrinths entragten gebogene eiserne Rohre in gleichmäßigen Abständen der Wand. Die Arme von Gaslampen? Ja, denn ihre Endstücke, verhüllt von zahlreichen Schichten weißer Farbe, waren düsenförmig. Sie und dieser Teil des Gebäudes mußten demnach aus dem neunzehnten Jahrhundert stammen. Sie fühlte sich von einem leichten Prickeln überlaufen.

Aber nein, das war kein Aufhänger für eine Geschichte. Es war eines jener dekorativen Details, die man sieht, wenn man die Augen von den eigentlichen Ereignissen abwendet.

Sie kam an eine Tür mit der Aufschrift ›Freiwillige‹. Neugierig geworden, blieb sie stehen und klopfte. Es gab keine Antwort, und die Tür war unverschlossen. Sie betrat einen kleinen, trostlosen Raum, dessen einziges Mobiliar ein metallener Ablageschrank war. Der Schrank enthielt ein Durcheinander von vergilbenden Formularen aus einer Vervielfältigungsmaschine, eine Kochplatte und Geschirr zum Kaffeemachen.

Sie zog an der Kordel des Vorhangs. Die staubigen Stores öffneten sich widerstrebend. Ein Dutzend Schritte vor dem Fenster jagten Wagen auf der oberen Ebene der East-Side-Schnellstraße vorbei. Das kurze, sich ständig erneuernde Rauschen und Sausen der Fahrzeuge bildete einen scharf empfundenen Gegensatz zu dem undeutlichen und gleichmäßigen Summen, welches das ganze Krankenhaus zu erfüllen schien. Oder war es nur in ihren Ohren?

Unter der Fahrbahn dunkelte ein Streifen öligen Wassers unter dem dämmerigen Frühlingshimmel, und wieder ein Stück tiefer bewegte sich ein zweiter Verkehrsstrom südwärts.

Sie löste die Verriegelung und fand, daß das Fenster sich leicht öffnen ließ. Eine Brise bewegte die Enden ihres zusammengeknoteten Halstuchs, als sie sich hinausbeugte.

Dort, keine zehn Meter unter ihr, war ihre Geschichte, genau das Richtige: in einem Dreieck, das von einer Zufahrtsrampe zur Schnellstraße, dem Gebäude, in dem sie war, und einem neueren Gebäude im knochigen Fertigteilstil der 70er Jahre gebildet wurde, war der lieblichste Flecken unbebauter Ödnis, den sie je gesehen hatte, ein vollkommener kleiner Garten aus kniehohem Unkraut. Es war ein Symbol des Lebens, das sich aus der Wüste der modernen Zivilisationswelt emporkämpfte, ein Symbol der Hoffnung . . .

Nein, das war zu einfach. Aber aus der kleinen Staudenwildnis (sie überlegte, wie die Pflanzen alle heißen mochten; in der Bibliothek gab es wahrscheinlich ein Buch . . .) schimmerte etwas zu ihr auf, das Wispern einer Bedeutung an der Schwelle der Verständlichkeit. Kühne Wortmontagen wie: *Eine elegante Verwendung von Laub und Anmut und einem kleinen Stück weißen Stoffs und Öl.* Oder, herausfordernder: *Blinde Agitation ist männlich und durchschlagend.*

4

Die gewohnten Zirruswolken am Horizont der Schmerzen hatten sich zu einer Gewitterfront verdichtet. Schlaflos in einem Nebenraum der Notaufnahme, starrte er die rote Glühbirne über der Tür an und versuchte, den Schmerz wegzudenken. Er wollte nicht weichen und wuchs, nicht nur in der Schulter, sondern manchmal auch in den Fingern oder Knien, weniger ein Schmerz als ein Bewußtsein, daß Schmerz möglich war, ein entferntes, beharrliches

Schrillen wie von beharrlichen Telefonanrufen, die seinen Kopf aus irgendeinem verlorenen Kontinent erreichten, einem Südamerika voller schrecklicher Nachrichten.

Es war der Mangel an Schlaf, dachte er, denn es half, eine Erklärung gefunden zu haben. Selbst diese Wachheit wäre erträglich, wenn er seinen Kopf mit etwas anderem als den eigenen Gedanken hätte füllen können – einem Programm, einem Gespräch, dem Job . . .

Dem Job? Es war Zeit, die Karte in die Stechuhr zu stecken. Er ermunterte sich. Da er ein Ziel hatte, brauchte er sich nur noch anzutreiben. Stehen: das konnte er. Zur Tür gehen: auch das war möglich, obgleich er seinen Beinen mißtraute. Sie öffnen: er tat es.

Das grelle Licht der Notaufnahmestation ließ jeden vertrauten und gewohnten Einrichtungsgegenstand mit einer jähen, grausamen Klarheit hervortreten, als ob er alles roh und nackt sähe, abgehäutet, um Muskeln und Sehnen zu zeigen. Er wollte in die Dunkelheit zurückkehren und durch die Tür wieder in die durchschnittliche Alltäglichkeit hinauskommen, an die er sich erinnerte.

Auf halbem Weg zur nächsten Tür mußte er zwei leblosen Gestalten auf Transportwagen ausweichen, anonym und geschlechtslos unter ihren Laken. Die Notaufnahme erhielt natürlich mehr Tote als echte Patienten, alles zerfetzte und zerschmetterte Fleisch der großen Stadt. Erinnerungen an die Toten lebten ungefähr so lange wie ein gutes Hemd von der Sorte, die er sich gekauft hatte, bevor er ins Gefängnis übersiedelt war.

Ein Schmerz bildete sich im Kreuz, nahm den Aufzug durch das Rückgrat und stieg aus. Eingekeilt im Türrahmen (Schweiß sammelte sich auf seiner rasierten Kopfhaut und rann ihm den Nacken hinab), wartete er auf die Rückkehr des Schmerzes, aber da war nichts als das weit entfernte Schrillen, das er nicht beantworten konnte.

Er eilte zum Dienstraum, bevor etwas anderes geschehen konnte. Sobald er seine Karte in den Schlitz gesteckt und die Zeit gestempelt hatte, fühlte er sich geschützt. Er schwang sogar den linken Arm einmal herum, wie um den Dämon seines üblichen Schmerzes anzurufen.

Mrs. Steinberg blickte von ihrem Kreuzworträtsel auf. »Fehlt Ihnen was?«

Chapel erstarrte. Abgesehen von den täglichen Grobheiten, die eine gehobene Position verlangt, sprach Mrs. Steinberg niemals zu ihren Untergebenen. Ihre Schüchternheit, nannte sie es. »Sie sehen nicht gut aus.«

Chapel studierte das wortlose Kreuzworträtsel des Fliesenbodens und wiederholte, allerdings nicht laut, seine Erklärung: daß er nicht geschlafen hatte. In ihm summte und schwirrte eine winzige Mücke von Aufsässigkeit gegen diese Frau, die ihn anstarrte, obwohl sie kein Recht dazu hatte, weil sie nicht wirklich seine Chefin war. Starrte sie immer noch? Er mochte nicht aufblikken.

Seine Füße standen Seite an Seite auf den Fliesen, verkrampft und eingezwängt in Sechsdollarschuhen, deformiert, leblos. Einmal war er mit einer Frau am Strand gewesen und barfuß durch den heißen glitzernden Staub gegangen. Ihre Füße waren so häßlich gewesen wie seine, aber . . . Er preßte die Knie zusammen und bedeckte sie mit den Händen, versuchte die Erinnerung auszulöschen, aber sie sickerte in warnenden kleinen Schmerztropfen aus verborgenen Winkeln seines Innern.

Mrs. Steinberg gab ihm einen Verlegungsschein. Jemand aus der Männerabteilung war in die Chirurgie im fünften Stock zu bringen. »Aber ein bißchen dalli!« rief sie ihm nach.

Hinter seinem Transportwagen hergehend, hatte er kein Gefühl für Geschwindigkeit und wußte nicht, ob er schnell oder langsam war. Es verdroß ihn, wie jetzt dieser, dann jener Muskel sich dehnte und zusammenzog, wie der rechte und dann der linke Oberschenkel aufwärtsstieß, wie die Füße in ihren schweren Schuhen sich auf die harten Böden senkten, steif wie Schlittschuhkufen.

Am liebsten hätte er ihr den Kopf abgehackt. Er hatte im Fernsehen oft verfolgt, wie es gemacht wurde. Er pflegte Nacht um Nacht neben ihr zu liegen, beide schlaflos, aber stumm, und an die riesige Stahlklinge zu denken, wie sie aus der Höhe herabsauste und den Kopf glatt und säuberlich vom Rumpf trennte, bis das Geräusch dieses unaufhörlich vorgestellten Niedersausens mit dem ständigen Rauschen und Pfeifen der Fahrzeuge verschmolz, die unten auf der Schnellstraße vorbeirasten, und er endlich einschlief.

Der Junge in der Männerabteilung kletterte aus eigener Kraft auf den Transportwagen. Er war ein fahlbrauner Farbiger, ganz Muskeln und sportliche Schwungkraft und nervöses, redseliges

Entsetzen. Chapel hatte für diesen Typ seine besonderen Routinesprüche auf Lager.

»Du bist aber ein Großer«, fing er an.

»Nein, umgekehrt – dein Wagen ist zu kurz.«

»Wie groß bist du überhaupt? Einsneunzig?«

»Einssechsundneunzig.«

Chapel lachte. »Ha, ha, die sechs Zentimeter könnte ich für mich brauchen!« (Chapel war einsfünfundsechzig groß.)

Gewöhnlich stimmten sie in sein Lachen mit ein, aber dieser hatte eine schlagfertige Antwort. »Nun, sag es denen da oben, vielleicht können sie dich bedienen.«

»Wer?«

»Die Chirurgen – die sind dafür zuständig.« Der Junge lachte über den Witz, der nun seiner war, während Chapel in ein verletztes Stillschweigen versank. Er schob den Wagen in den Aufzug, und drinnen wiederholte der Junge seinen Scherz vor einer jungen Krankenschwester.

Über der Aufzugstür leuchtete die Nummer 5 auf, und als die Tür zurückrollte, schob Chapel den Wagen hinaus. Wohin jetzt, rechts oder links? Er konnte sich nicht erinnern.

Er bekam keine Luft.

»He, was ist los?« sagte der Junge.

»Ich brauche . . .« Er hob die Linke an den Mund. Alles was er ansah, schien im rechten Winkel zu allem anderen zu stehen, wie das Innere einer gigantischen Maschine. Er ließ den Wagen los.

»Fehlt dir was?« Der Junge setzte sich aufrecht und schwang die Beine über die Seite.

Chapel wankte den Korridor entlang. Jedesmal, wenn er einatmete, fühlte er Hunderte winziger Nadeln in seine Brust eindringen und seine Lunge durchbohren.

»Heh!« rief der Junge. *»He!«*

Um die Ecke, und da war schon die Personaltoilette. Beruhigendes blaues Licht erfüllte den länglichen Raum.

Er taumelte ins Waschabteil und zog die Tür hinter sich zu, eine alte Tür aus dunklem Holz. Er ließ Wasser ins Becken laufen und stand vornübergebeugt, die Hände auf den Beckenrand gestützt. Dann tauchte er sein Gesicht ins kühle Wasser und verharrte einen Augenblick lang. Alles fiel von ihm ab – Zorn, Schmerz, Mitleid, jede denkbare Empfindung, von der er je gehört oder die er dargestellt gesehen hatte. Er hatte immer eine mögliche Vergeltung erwartet und war auf sie gefaßt gewesen, eine Art Schrotladung am Ende des langen weißen Korridors, der sein Leben war. Es war eine große Erleichterung zu wissen, daß er sich geirrt hatte.

Ein Arzt (oder war es der Junge, den er in die Chirurgie bringen sollte?) war in die Toilette gekommen und klopfte an die Tür. Als ob es sein Stichwort gewesen wäre, übergab er sich. Mit dem halbverdauten Essen kamen lange Blutfäden heraus.

Er richtete sich auf, spülte das Becken und öffnete die Tür. Es war der Junge, kein Arzt. »Jetzt ist es besser«, sagte er.

»Bist du sicher?«

»Ich fühle mich wieder gut.«

Sie gingen in den Korridor hinaus, und der Junge legte sich wieder auf den Wagen, den er selbst bis vor die Toilette geschoben hatte, und Chapel fuhr ihn um die Ecke und den Korridor entlang zur Chirurgie.

Ab hatte es in den Armen und Händen gefühlt, eine Kraft des Glücks, als könnten seine Finger, wenn er sich vorbeugte, um die Karten umzudrehen, durch das Plastikmaterial lesen und feststellen, ob es die Karokarte war, die er für seine Flöte brauchte.

Sie war es nicht.

Sie war es nicht.

Sie war es nicht.

Wie sich herausstellte, hätte er sich die Mühe ersparen können. Martinez gewann Spiel und Einsatz.

Er hatte soviel Blut verloren, wie er gerade noch verkraften konnte, also setzte er die nächsten Runden aus, kaute Erdnußkerne und schwatzte mit der Bardekoration, die auch Croupier war. Es hieß, sie sei mit einem Drittel am Klub beteiligt, aber wie konnte sie, bei ihrer Dummheit? Sie war eine Jasagerin und stimmte allem zu, was Ab zu sagen hatte. Aber hübsche Brüste, immer wie feucht und an den Blusen klebend.

Nach dem dritten Spiel hörte Martinez auf und gesellte sich zu Ab. »Wie hast du es bloß geschafft, Glückspilz?« höhnte er.

»Scheiß dich weg. Am Anfang stand ich nicht schlecht da.«

»Eine alte Geschichte.«

»Was hast du – Sorgen, ich würde es nicht bezahlen?«

»Da mach' ich mir keine Sorgen, überhaupt keine.« Er warf einen Fünfer auf die Theke und bestellte Sangria, einen für den Gewinner, einen für den Verlierer und einen für die schönste und erfolgreichste Geschäftsfrau in der Houston Street. Dann hinaus in die Hitze und den Gestank.

»Ein Stück Arsch?« fragte Martinez.

»Womit?« wollte Ab wissen.

»Sei mein Gast. Wenn ich verloren hätte, was du verloren hast, würdest du das gleiche für mich tun.«

Das war doppelt ärgerlich: erstens, weil Martinez, der ein langweiliges, vorsichtiges Spiel mit plötzlichen Einschüben wahnsinnigen Bluffens spielte, noch nie wirklich verloren hatte, und zweitens, weil es nicht stimmte – Ab hätte das gleiche weder für ihn noch einen anderen getan. Auf der anderen Seite gelüstete es ihn nach mehr als dem, was er zu Haus im Kühlschrank finden würde.

»Klar. In Ordnung.«

»Wollen wir zu Fuß gehen?«

Sieben Uhr, der letzte Mittwoch im Mai. Es war Martinez' freier Tag, während Ab seinen Dienst noch vor sich hatte.

Jedesmal, wenn sie eine der Querstraßen kreuzten (die hier unten statt Nummern Namen hatten), war das blasse runde Sonnenauge dem graublauen Dunst über Jersey ein kleines Stück weiter entgegengesunken. In der unterirdischen Ladenzeile bei der U-Bahn-Station kehrten sie auf ein Bier ein. Der Ärger über die Verluste des Tages verrauchte, und der Mond des nächsten Mals erhob sich am Himmel. Als sie wieder hinaufkamen, war es das violette Zwielicht vor der Nacht, und der echte Mond war da und blinzelte ihnen zu.

Ein Flugzeug rauschte über sie weg, hatte das Fahrwerk zur Landung ausgefahren und blinkte rot, rot, grün, rot mit Schwanz und Tragflächen. Ab überlegte, ob Milly an Bord sein mochte. War sie heute abend fällig?

»Du mußt es so sehen, Ab«, sagte Martinez. »Du zahlst immer noch für das Schwein, das du letzten Monat hattest.«

Er mußte nachdenken, und dann mußte er fragen: »Was für ein Schwein im letzten Monat?«

»Die Vertauschung, natürlich. Mann, ich glaubte nicht, daß wir da rauskommen würden, ohne uns die Finger zu verbrennen.«

»Ach, das.« Er ging vorsichtig an die Erinnerung heran, ungewiß, ob das Narbengewebe schon fest genug sei. »Ja, das war knapp.« Ein halbherziges Lachen. Die Narbe war verheilt; er fuhr fort: »Dabei gab es zum Schluß noch einen Augenblick, da dachte ich, die ganze Sache wäre im Arsch. Weißt du, ich hatte das Armband mit dem Namen der ersten Leiche, dieser – wie hieß sie noch gleich? Es war das einzige Stück, was ich von diesem Arschloch White kriegen konnte.«

»Dieser verdammte White«, pflichtete Martinez ihm bei.

»Ja. Aber nach dem Sturz auf der Treppe war ich so in Panik, daß ich vergaß, die beiden Armbänder auszutauschen, verstehst du? Ich schickte die Leiche von dieser Schaap los, so wie sie war.«

»Heilige Mutter Gottes, das wäre der Ruin gewesen!«

»Zum Glück fiel es mir ein, bevor der Fahrer weg war. Also rannte ich mit dem Newman-Armband hinaus und erzählte ihm irgendeine Geschichte: daß diejenigen, die wir zum Einfrieren fortschicken, andere Armbänder kriegen als die anderen, die in den Ofen kommen.«

»Hat er das geglaubt?«

Ab zuckte die Achseln. »Er sagte jedenfalls nichts.«

»Meinst du, daß er inzwischen herausgekriegt haben könnte, was damals passiert ist?«

»Der? Der ist genauso blöd wie Chapel.«

»Ja, was ist mit Chapel?« Wenn irgendwo, dachte Martinez, dann hatte Ab sich dort bloßgestellt.

»Was soll mit ihm sein?«

»Du sagtest, daß du ihm Geld geben wolltest. Hast du?«

Ab lutschte auf der Zunge, um Spucke zu finden. »Ich hab' ihm was gegeben.« Dann, als er die Spucke nicht zusammenbrachte: »Jesus!«

Martinez wartete.

»Ich bot ihm hundert Dollar. Einhundert Eier. Weißt du, was der dumme Bastard wollte?«

»Fünfhundert?«

»Nichts! Überhaupt nichts. Er redete hin und her, wollte sich die Hände nicht schmutzig machen, nehme ich an. Mein Geld war ihm nicht gut genug.«

»Und?«

»Wir schlossen einen Kompromiß. Er nahm fünfzig.« Er machte eine komische Grimasse.

Martinez lachte. »Du hast verdammtes Glück gehabt, mehr will ich dazu nicht sagen, Ab. Verdammtes Glück.«

Sie schwiegen, während sie an der alten Polizeiwache vorbeigingen. Trotz der grünen Pillen, die Ab zur Besserung seiner

Stimmungslage genommen hatte, fühlte er, daß es langsam wieder abwärts ging. Er geriet in die rosa Wolkenbänke allgemeiner Lebensphilosophie.

»Sag mal, Martinez, hast du schon mal über diese ganze Sache nachgedacht? Das Einfrieren und alles das?«

»Klar habe ich darüber nachgedacht. Ich finde, es ist großer Mist.«

»Dann meinst du, es gebe keine Chance, daß jemand von diesen Leuten irgendwann wieder zum Leben erweckt wird?«

»Natürlich nicht. Hast du nicht diesen Dokumentarfilm gesehen, um den ein solches Aufhebens gemacht wurde? Die Tiefkühlunternehmer verklagten sogar den Sender. Nein, dieses Einfrieren verhindert überhaupt nichts, es verlangsamt bloß. Von diesen eingefrorenen Toten wird kein einziger wieder lebendig, das kannst du mir glauben. Genausogut könnte man versuchen, sie aus dem Rauch vom Krematorium zurückzuholen.«

»Aber wenn die Wissenschaft Mittel und Wege finden könnte . . . Ach, ich weiß nicht. Die Sache wird durch vieles kompliziert.«

»Hast du etwa daran gedacht, Geld in eine von diesen verdammten Versicherungspolicen zu stecken, Ab? Ich muß sagen, ich hätte dir mehr Verstand zugetraut. Kürzlich fing Lottie auch davon an, aber das Geld, das sie dafür verlangen . . .« Er rollte die Augen. »Das ist nichts für unsereinen, glaub mir.«

»Daran hatte ich überhaupt nicht gedacht.«

»Nein? An was dann? Ich bin kein Gedankenleser.«

»Ich dachte, wenn sie eines Tages Krankheiten wie Lupus und Krebs und alles das heilen können und doch noch eine Möglichkeit finden, die Leute wiederzubeleben, was wäre, wenn sie dieses Mädchen wiedererweckten?«

»Die Schaap?«

»Ja. Wäre das nicht verrückt? Was sie wohl denken würde?«

»Ja, das wäre ein Witz.«

»Nein, ich meine, im Ernst.«

»Wie meinst du das, im Ernst?«

Ab versuchte, es zu erklären, aber er hatte die Pointe inzwischen selbst aus den Augen verloren. Dabei konnte er sich die Szene so deutlich vorstellen: das Mädchen, die Haut wieder makellos glatt, wie es auf einem weißen Steintisch lag und atmete, aber so schwach, daß nur der über es gebeugte Arzt Gewißheit hatte. Wie er dann das Gesicht des Mädchens berührte, und wie es die Augen aufschlug und ein Ausdruck ungläubiger Verblüffung in sein Gesicht kam.

»Was mich betrifft«, sagte Martinez in einem halb ärgerlichen Ton, denn er hatte es nicht gern, wenn jemand an etwas glaubte, an das er selbst nicht glauben konnte, »ist es einfach eine Art Religion.«

Da Ab sich erinnern konnte, beinahe das gleiche zu Leda gesagt zu haben, konnte er zustimmen. Sie waren inzwischen nur noch ein paar Blocks von den Bädern entfernt, und da gab es bessere Anwendungsmöglichkeiten für die Fantasie. Doch bevor die Reste der Wolkenbank sich auflösten, legte er ein letztes Wort für die Philosophie ein: »So oder so, Martinez, das Leben geht weiter. Sag was du willst, es geht weiter.«

3. Buch

ALLTAGSLEBEN IM SPÄTRÖMISCHEN REICH

1

Sie saßen zu dritt in der Laube und betrachteten den Sonnenuntergang hinter den Melonenfeldern – Alexa, ihr Nachbar Arcadius und die hübsche hebräische Braut, die er aus Theben mitgebracht hatte. Arcadius beschrieb zum wiederholten Male seine jüngsten geheimnisvollen Erlebnisse in Ägypten, wo ihm in einem verfallenen Tempel der unsterbliche Plato erschienen war, ihn auf griechisch angeredet und ihm verschiedene Hausiererwaren und Wunderdinge gezeigt hatte: einen Phönix, dann eine Gruppe blinder Kinder, die in vollkommenem Gesang und Gegengesang den Weltuntergang prophezeit hatten, und schließlich (Arcadius zog dieses Wunder aus der Tunika und legte es auf die Sonnenuhr) ein Stück Holz, das zu Stein geworden war.

Alexa nahm es in die Hand. Ein ähnliches, aber viel größeres Stück versteinerten Holzes zierte G's Arbeitstisch: rotbraune Riefen, die in wolkige Flecken von Hellviolett, Gelb und Zinnober übergingen. Das Prachtstück stammte aus einem traurigen und längst verschwundenen Raritätenladen in der 8. Straße. Der erste Jahrestag ihrer Hochzeit.

Sie legte die Versteinerung in die ausgestreckte Hand des Alten zurück. »Es ist schön.« Mehr sagte sie nicht.

Seine Finger umschlossen das Stück. Dunkle Adern wanden sich unter weißer Haut. Alexa blickte weg (die entferntesten Wolken waren jetzt von der Farbe, die Fleisch haben sollte), aber nicht, ehe sie sich Arcadius tot und von Würmern überwimmelt vorgestellt hatte.

Nein, die historische Alexa würde nicht auf etwas so Organisch-Mittelalterliches verfallen sein. Sie hätte höchstens an Asche gedacht.

Er warf den Stein in das vom letzten Regen noch dampfende Feld.

Miriam sprang auf, den Arm protestierend ausgestreckt. Wer war dieses fremde Mädchen, dieser Wisch von einer Frau? War es bloß ein neues Spiegelbild ihrer selbst? Oder stellte es etwas Abstrakteres dar? Ihre Augen begegneten einander. In Miriams war Vorwurf; in Alexas stritt ein entspechendes Schuldgefühl gegen ihren Alltagsskeptizismus. Es lief darauf hinaus, daß Arcadius – und auch Miriam, auf eine subtilere Weise – von ihr erwartete, sie solle diesen Steinbrocken als einen Beweis dafür anerkennen, daß in Syrien Verrückte gestorben und dann aus ihren Gräbern auferstanden seien.

Eine unmögliche Situation.

»Es wird kühl«, verkündete sie, obgleich es eine genauso offenkundige Einbildung war wie manches von dem, was Arcadius vom Nil mitgebracht hatte.

Der Heimweg führte abwärts und am noch nicht ganz fertiggestellten Wasserbecken vorbei. Eine kleine braune Kröte kauerte auf dem Brustkorb des stattlichen Ringers, den Gargilius aus dem Süden hatte kommen lassen. Seit zwei Jahren wartete der Athlet in Schlamm und Staub, daß das Becken vollendet und er auf seinen Sockel gehoben werde. Jetzt hatte sich der Mamor verfärbt.

Miriam sagte: »Oh, sieh mal!« Die Kröte sprang davon. (Habe ich jemals eine lebendige Kröte gesehen oder nur Bilder von Kröten in der ›*Welt der Natur*‹? Hatte es in diesem Sommer in Augusta Kröten gegeben? Oder auf den Bermudas? In Spanien?) Aus dem langen Gras kam ein tiefes Rülpsen. Gleich darauf wiederholte es sich.

Der Zeitauslöser am Backofen?

Nein, es war immer noch – sie sah auf die Uhr – eine Viertelstunde, bevor Willas Kuchen fertig wären und ihr eigenes Gemansche hineinkäme.

Miriam verblaßte zu einem Gaffen. Abgenutztes Ahornparkett ersetzte das feuchte Gras, und die Kröte . . .

Es war der Müllschlucker. Sie stand auf und ging um die Biegung des Korridors in die Küche, als die Müllbeutel von 7 und 8 mit dumpfen Gepolter herunterkamen, um tief unten in den Aufnahmebehälter zu krachen. Ihr eigener Müll wartete noch immer im Kübel, unsortiert und unverpackt.

Laß nur, dachte sie. Sie versuchte mit aller Willenskraft, zum römischen Landhaus zurückzukehren, schloß die Augen und griff nach dem talismanischen Vorstellungsbild, das sie hinbringen würde: einem Keil Sonnenlicht, einem Fenster, Himmel und dem leichten Schwanken der Zypresse.

Alexa ruhte auf dem Doppelbett. Vor ihr kniete Timarchus mit geneigtem Kopf (er war ein neuer Junge, Sarmate, und ziemlich scheu) und bot seiner Herrin einen kleinen, mit Pinienkernen bedeckten Kuchen auf einem elegant ausgebogten Tablett. (Sie war wirklich hungrig.)

Zu Timarchus sagte sie: »Wenn der Verwalter dich nicht braucht, mein Junge, dann geh heute nachmittag mit einem Lumpen zum Wasserbecken hinunter und reib die Statue ab, wo sie sich verfärbt hat. Aber ganz behutsam, weißt du, als ob es Haut wäre. Es wird Tage kosten, aber . . .«

Sie fühlte, daß mit dem Jungen etwas nicht stimmte.

Ein Lächeln. »Timarchus?«

Er hob den Kopf. Wo die Augen sein sollten, bildete die olivenfarbene Haut zwei kleine, glatte Aushöhlungen.

Es hatte keinen Zweck. Inzwischen sollte sie es besser wissen, statt sich nach dem Abreißen der Verbindung noch mal mit Gewalt hineinzudrängen. Das Ergebnis waren unausweichlich Alpträume und Albernheiten.

Sie machte sich an die Arbeit. Es war sowieso bald drei Uhr. Sie breitete eine Seite der New York Times auf der Anrichte aus und entleerte den Mülleimer darauf. Eine Meldung in der zweiten Spalte erregte ihre Aufmerksamkeit: bei der Flugzeugschau in Highland Falls war eine Militärmaschine gestohlen worden. Anscheinend waren die Diebe damit weggeflogen. Aber warum? Um die Antwort zu erfahren, hätte sie ein Durcheinander von Eierschalen, Wursthäuten, Papier, Kehricht und eine Wochenladung Scheiße, Sand und Hülsen aus Emilys Käfig beiseite schieben müssen. So neugierig war sie nun wieder nicht. Sie machte ein ordentliches Bündel, faltete die Zeitungsseite nach oben und unten, einmal herum und wieder nach unten, die einzige Fertigkeit, die von ihrer kurzlebigen Begeisterung für Origami vor zwanzig Jahren geblieben war. Ihr japanischer Lehrer, für den sie sich auch begeistert hatte, hatte sich einer Vasektomie unterziehen müssen, um die Einreiseerlaubnis zu erhalten. Es war nur eine winzige Narbe zu sehen gewesen. Er hatte Sebastian geheißen, Sebastian . . . Seinen Nachnamen hatte sie vergessen.

Sie steckte das Bündel in den Müllschlucker.

Sie blieb im Flur stehen, um ihre verkrampften Hals- und Schultermuskeln zu entspannen. Dann vier tiefe Atemzüge. Geräusche sickerten in die kurze Stille: der Kühlschrank, das höhergestimmte Schnurren des Luftfilters und, immer wieder aussetzend, ein schleifendes Winseln, das sie nie verstanden hatte. Es schien aus der Wohnung über ihr zu kommen, aber sie dachte nie daran zu fragen, was es sein könnte.

Hatte sie irgendwohin gehen sollen?

Diesmal war es der Zeitauslöser. Willas Kuchen hatte eine feine Glasur. Alexa hatte eins von ihren mitgebrachten echten Eiern verwendet, um die Kruste einzupinseln, eine Freundlichkeit, die Willa wahrscheinlich verborgen bleiben würde, weil sie nur der gröbsten gastronomischen Unterscheidung fähig war, wie etwa zwischen Rindfleisch und Speiseeis. Die Kuchenform stand eingezwängt neben dem Reispudding, den sie für Larry und Tom buk. Die beiden hatten keinen eigenen Backofen und bezahlten für die Verwendung von Alexas mit Opernkarten aus ihrem Abonnement, eine zwanglose Vereinbarung, die schon viele Jahre überdauert hatte. Sie stellte den Zeitauslöser auf null, spulte die Instruktionskassette zurück und zog den Stecker heraus.

Und das war's, abgesehen von der Post.

Der Schlüssel lag auf dem Büffet, und der Aufzug war Gott sei Dank lebendig und gesund und nur ein Stockwerk entfernt. Während sie sich vornahm, ihnen beim Hinauffahren durch das Lesen ihrer Post zu entgehen, las sie die Sgraffiti in der Aufzugskabine: Obszönitäten, die Namen von Politikern und allgegenwärtig sogar an der Decke das Wort ›Liebe‹, das irgendein geduldiger Zyniker überall, wo es in die Farbschicht gekratzt worden war, in ›Lieber nicht‹ umgeändert hatte. Die liebenswerte Theorie des Verwalters lautete, daß dies alles das Werk des Lumpenproletariats von Lieferanten sei, da die Bewohner des Hauses zu wohlerzogen und statusbewußt seien, um ihre eigenen Wände zu beschmutzen. Alexa hatte ihre Zweifel daran, seit sie letztes Jahr betrunken von der Weihnachtsfeier nach Haus gekommen war und ihr eigenes winziges ›Scheiße‹ hinzugefügt hatte. Da war es, direkt unter der wolkigen Plastikhülle der Inspektionsbescheinigung, jetzt genauso humorlos und nichtssagend wie alles andere. Die Türen gingen auf, klemmten, strengten sich an und gingen ganz auf.

Der Postbote war gerade dabei, die Briefkästen vollzustopfen, also sagte sie: »Hallo, Mr. Phillips«, und stellte die höflichen ein bis zwei Fragen aus ihrem Standardrepertoire von Familie, Wetter, Fernsehen. Dann ging sie auf die Straße und schnupperte die Luft. Sie war angenehm, aber noch etwas anderes schien plötzlich wundervoll richtig.

Ein Himmel mit geronnenen Wolken, eine leichte Brise, die mit dem Saum der Markise spielte. Der Beton saubergefegt und eine aufatmende Expansion des Geistes. Und?

Erst als es ihr genommen wurde, begriff sie, von welcher Natur das Wunder gewesen war: aus dem dritten Backsteinhaus in der Reihe auf der anderen Seite der Staße schob eine Frau einen Kinderwagen. Sie war allein gewesen.

Der Kinderwagen wurde über die Eingangsstufen herabgelassen und kam unbeirrbar auf Alexa zu. Die Frau (deren Hut von genau dem trostlosen Braun war wie das Innere des Aufzugs) sagte: »Hallo, Mrs. Miller.«

Alexa lächelte.

Sie sprachen über Säuglinge. Mr. Phillips, der mit den Briefkästen fertig war, erzählte ihnen von der Frühreife seiner zwei Sprößlinge: »Ich fragte sie, was zum Henker es sei, ein leckes Sieb oder was . . .«

Plötzlich fiel Alexa ein, wo sie hingehen sollte. Gestern abend, als sie im Halbschlaf gewesen war, hatte Loretta angerufen, und sie hatte es nicht notiert. (Lorettas erster Nachname war Dickens, und sie behauptete, in irgendeiner komplizierten Art und Weise von dem berühmten gleichnamigen Autor abzustammen.) Die Verabredung war für ein Uhr, und die Lowen-Schule war am anderen Ende der Stadt. Panik wallte auf. Sie sagte sich, daß es nicht mehr zu schaffen sei, und die Panik ließ nach.

»Und wissen Sie, als was es sich schließlich herausstellte?« fragte Mr. Phillips nachdrücklich.

»Nein, als was?«

»Ein Planetarium.«

Sie versuchte zu überlegen, was das bedeuten mochte. »Das ist erstaunlich«, sagte sie, und die Frau, die ihren Namen gewußt hatte, pflichtete ihr bei.

»Genau das sagte ich zu meiner Frau – erstaunlich.«

»Ein Planetarium«, sagte Alexa, als sie sich zu den Hausbriefkästen zurückzog. »Soso.«

In ihrem Fach war die um eine Jahreszeit verspätete Winternummer der ›Zeitschrift für klassische Sprachen‹; ein Brief mit dem Poststempel Barley, Idaho (von Ihrer Schwester Ruth); zwei Briefe für G, einer von der Gesellschaft für Erhaltung, der wahrscheinlich eine Bitte um Spenden war (was mit gleicher Wahrscheinlichkeit auch für Ruths Brief galt); und der entscheidende Brief von der Stuyvesant-Oberschule.

Tankred war angenommen. Er hatte kein Stipendium, aber das war, zog man G's Einkommen in Betracht, zu erwarten gewesen.

Ihre erste Reaktion war Enttäuschung. Sie hatte von der Entscheidung befreit sein wollen, und nun stand sie wieder vor ihr. Dann, als ihr klarwurde, daß sie auf eine Ablehnung der Stuyvesant-Oberschule gehofft hatte, gesellte sich Schuldgefühl zu ihrer Niedergeschlagenheit.

Noch im Aufzug hörte sie das Telefon läuten. Sie wußte, daß es Loretta Couplard sein würde, die wissen wollte, warum sie die Verabredung nicht eingehalten hatte. Sie versuchte, das obere Schloß mit dem falschen Schlüssel zu öffnen. Meine Wohnung brennt, dachte sie, und meine Kinder sind darin. (Und als eine Art Anhang zu diesen Gedanken: habe ich jemals einen lebendigen Marienkäfer gesehen? Oder nur Abbildungen davon auf Kassetten mit Kinderreimen?)

Es war eine Fehlverbindung.

Sie machte es sich mit der ›Zeitschrift für klassische Sprachen‹ bequem und durchblätterte sie vorsichtig, denn heutzutage wurde alles auf einer Art Toilettenpapier gedruckt. Ein Artikel über die Sibylle im ›Satyrikon‹; eine Abhandlung über die Bezüge in Aristoteles' *Poetik*; eine neue Methode zur Datierung der Briefe des Cicero. Nichts, was sie als Therapie verwenden konnte.

Dann, nachdem sie sich geistig gegen die abwegigen Forderungen ihrer Schwester gestählt hatte, öffnete sie den Brief und las:

29. März 2025

Liebe Alexa,
sei bedankt, und Gott segne dich für das Paket mit guten Dingen. Sie scheinen so gut wie neu zu sein, also sollte ich auch Tankred für seine Freundlichkeit danken. Danke, Tank! Remus und die anderen Kinder können ganz gewiß Kleider gebrauchen, besonders jetzt. Es war der bisher härteste Winter für uns – es heißt, seit fünfundzwanzig Jahren sei es nicht mehr so kalt gewesen –, aber wir haben uns gut eingegraben und hausen gemütlich wie die Mäuse.

Meine Neuigkeiten? Nun, seit ich dir das letzte Mal schrieb, habe ich mit dem Korbflechten angefangen! Es löst das Problem dieser langen Winterabende. Harvey, der in fast allem unser großer Experte ist – er ist 84, würdest du das glauben? –, lehrte es mich und Bonnie, obwohl sie sich inzwischen entschlossen hat, ins gute alte Sodom und Gonorrhoe (Witz) zurückzukehren. Das war, als die Kälte am größten war, aber nun steigen die Säfte, und die Vögel singen, und es ist so schön, Alexa, daß ich wünschte, du könntest hier sein und es mit uns teilen. Manchmal werde ich furchtbar unruhig, wenn ich so vor meinem Haufen von Weidengerten sitze, aber es scheint, daß ich den Job nicht mehr loswerde, weil er nun, nachdem wir das Eingemachte verkauft haben, unsere Haupteinnahmequelle ist. (Hast du die zwei Gläser mit Eingemachtem bekommen, die ich dir zu Weihnachten schickte?)

Ich wünschte, du würdest häufiger schreiben, weil du so gut darin bist. Ich bin immer so glücklich, von dir zu hören, Alexa, besonders, wie es diesem Alter ego von dir ergeht. Manchmal möchte ich gern in das dritte Jahrhundert – oder wann immer es ist – zurückkehren und versuchen, dieses andere ›du‹ zur Vernunft zu bringen. Es scheint so viel empfänglicher und offener zu sein, obwohl ich glaube, daß wir es in unseren Köpfen alle sind und die Schwierigkeit darin besteht, diese Gefühle nach außen wirken zu lassen!

Aber ich will dir nicht predigen, das war immer mein größter Fehler – selbst hier! Tank und du, ihr seid wieder eingeladen, uns zu besuchen, so lange ihr wollt. Ich würde auch Gene einladen, wenn ich glaubte, daß er kommen würde, aber ich weiß, wie er über das Dorf denkt . . .

Ich versuchte, das Buch zu lesen, das du mit dem Paket geschickt hast, von diesem Heiligen. Nach dem Titel dachte ich, es würde richtig schundig und aufregend sein, aber ich schaffte nur zehn Seiten davon. Ich gab es dem älteren Warren zu lesen, und er sagt, es sei ein großartiges Buch, bloß sei er ganz und gar nicht damit einverstanden und würde dich gern kennenlernen und mit dir über die frühchristlichen Gemeinden reden. Inzwischen habe ich mich so an unsere Lebensweise gewöhnt, daß ich wahrscheinlich nie mehr in den Osten zurückkommen werde. Es mag also sein, daß wir uns nicht wiedersehen werden, wenn du uns nicht besuchen kommst. Ich weiß dein Angebot, den Flugpreis für mich und Remus zu bezahlen, wohl zu schätzen, aber die Dorfältesten werden nicht zulassen, daß ich Geld für einen so leichtfertigen Zweck annehme, solange wir so viele wichtigere Dinge entbehren müssen. Ich liebe dich – du mußt das wissen – und bete immer für dich und Tankred und auch für Gene.

Deine Schwester Ruth

PS: Bitte, Alexa – nicht Stuyvesant! Es ist nicht leicht zu erklären, warum ich so entschieden dagegen bin, ohne G zu belei-

digen, aber muß ich es wirklich erklären? Gebt meinem Neffen wenigstens eine halbe Chance, ein menschenwürdiges Leben zu führen!

Die Depression senkte sich wie Augustsmog auf sie herab, dick und schmerzend. Ruths utopische Ergüsse, so albern oder auch unheimlich sie manchmal sein konnten, ließen das eigene Leben stets als mühsam, vergeblich und unwürdig erscheinen. Was hatte sie für alle ihre Anstrengungen vorzuzeigen? Sie hatte diese Inventur schon so oft gemacht, daß es wie das Ausfüllen ihres Wochenberichts für das Hauptbüro in Washington war. Sie hatte: einen Ehemann, einen Sohn, einen Wellensittich, einen Psychotherapeuten, einen Rentenanspruch auf 64 % ihres Endgehalts – und ein starkes Gefühl von Vergeblichkeit.

Es war keine faire Aufrechnung. Sie liebte G mit der traurigen, verwickelten Liebe einer Vierundvierzigjährigen, und sie vergötterte Tankred. Ihre Empfindungen für Emily, den Wellensittich, waren von sentimentaler Zärtlichkeit geprägt. Es war nicht gerecht und nicht vernünftig, daß Ruths Briefe so auf sie wirkten, aber das Ankämpfen gegen ihre Stimmung erwies sich als nutzlos.

Bernies Rat für solche unheilvollen Gemütslagen war, sich einfach dem Gefühl hinzugeben und weiterzuquälen, während man in einem Zustand entschlossener Untätigkeit verharrte. Schließlich werde die Langeweile schlimmer als der Schmerz. In die Vergangenheit zu entschwinden, war bestenfalls Eskapismus und konnte zu einem üblen Fall von Dichronologie führen. Also setzte sie sich auf das abgewetzte Sofa in der Wandnische des Korridors, bedachte alle Aspekte, unter denen ihr Leben durch und durch vermurkst und saumäßig war, bis Willa um Viertel vor vier kam, ihren Kuchen zu holen.

Willas Mann arbeitete wie Alexas auf dem Gebiet der Energieeinsparung und Abwärmeverwertung, das als Spezialität noch immer selten genug war, um eine lockere Freundschaft zwischen ihnen unausweichlich zu machen, obwohl sie beide die natürliche Abneigung des New Yorkers teilten, sich mit irgendwem aus demselben Haus einzulassen, in dem man wohnt. Energieeinsparung im Miniaturmaßstab der Backofenmitbenützung war im Grunde alles, was auch Alexa und Willa vereinte, aber als Gesprächsstoff diente sie ihnen nicht so gut wie ihren Ehemännern. Willa, die behauptete, in ihrer Studentenzeit an der Staatsuniversität von New York vor einer Kommission für den öffentlichen Unterricht einen ungeheuren Intelligenzquotienten von 167 erzielt zu haben, war ein Musterexemplar jener neufranzösischen Frau, wie sie in allen französischen Filmen gefeiert wird. Sie tat nichts und kümmerte sich um nichts und verwendete die kleinen grünen und rosa Plus- und Minusdragees aus den Laboratorien von Pfizer mit feinem Gespür für die dazu erforderliche Mathematik, um ihr seelisches Gleichgewicht ständig auf null zu halten. Durch dieses unablässige Bemühen hatte sie erreicht, daß sie hübsch wie ein Chevrolet und geistlos wie ein Blumenkohl war. Nach fünfminütigem Gespräch mit ihr hatte Alexa ihre gewohnte Selbstachtung wiedergewonnen.

Danach rollte der Nachmittag in vorhersehbaren Gleisen auf den Abend zu, mit kurzen Aufenthalten an allen Lokalstationen. Das Eintopfgericht in der Kasserolle kam appetitlich und duftend aus dem Backofen und sah genauso großartig aus wie das letzte Standfoto aus der Rezeptkassette. Schließlich rief Loretta doch noch an, und sie trafen eine neue Verabredung für Donnerstag. Tankred kam eine Stunde verspätet nach Hause, weil er sich im Park herumgetrieben hatte. Sie wußte Bescheid; er wußte, daß sie Bescheid wußte; aber seine moralische Erziehung verpflichtete ihn, eine erfreuliche, nicht nachprüfbare Geschichte zu erfinden (eine Schachpartie mit Dicky Myers). Dann, kurz vor den Nachrichten, rief das Büro an und brachte sie um den Samstag – eine Enttäuschung, die ihr so geläufig war wie Regen oder in öffentlichen Fernsprechern verlorengegangene Münzen.

G traf nicht mehr als eine halbe Stunde verspätet ein.

Die Kasserolle war eine religiöse Erfahrung.

»Ist es echt?« fragte er. »Ich kann es nicht unterscheiden.«

»Das Fleisch ist nicht echt, aber ich habe echtes Schweinefett verwendet.«

»Es ist unglaublich.«

»Ja.«

»Ist noch mehr da?« fragte er.

Sie gab ihm, was übrig war (Tankred bekam die Soße) und sah mit grenzenloser Nachsicht zu, wie Mann und Sohn ihr Mittagessen vom nächsten Tag verzehrten.

Nach dem Abendessen stieg G in die Badewanne und meditierte. Sobald er sich tief in den Alpharhythmus versenkt hatte, kam Alexa herein, blieb neben der Toilette stehen und sah ihn an. (Er hatte es nicht gern, wenn man ihn ansah; einmal hatte er im

Park beinahe einen Jungen verprügelt, der nicht aufhören wollte, ihn anzustarren.) Der zu haarige Körper, die hängenden, schnekkenförmigen Ohrläppchen und der muskulöse Nacken, die tausend Formen und Schattierungen der Hautoberfläche lösten in ihr die gleiche Mischung von Bewunderung und Staunen aus, die Echo beim Anblick des Narkissos empfunden haben mußte. Mit jedem Jahr ihrer Ehe war er ihr fremder geworden. Zuweilen – und bei solchen Gelegenheiten liebte sie ihn am meisten – schien er kaum menschlich. Nicht daß sie seinen Fehlern gegenüber blind gewesen wäre (er hatte, wie jeder andere, mehr als genug davon); das Ungewöhnliche war, daß der Kern seines Wesens weder Angst noch Sorge oder Zweifel zu kennen schien, ja, nicht einmal Schmerz. Er besaß eine heitere Ruhe, die seine Lebensumstände nicht rechtfertigten, und das schloß sie aus. Doch immer dann, wenn ihr seine Selbstgenügsamkeit am vollkommensten und grausamsten erschien, pflegte er sich auf eine unpassende Art und Weise zärtlich und sogar verwundbar zu zeigen, bis sie sich fragte, ob es bloß ihre eigene Kälte und Gemeinheit sei, die sie fünfundzwanzig Tage im Monat so weit voneinander trennte.

Seine Konzentration versagte (hatte sie ein Geräusch gemacht, als sie sich gegen das Waschbecken gelehnt hatte?), und er blickte lächelnd zu ihr auf.

»Was denkst du, A?«

»Ich dachte . . .« Sie überlegte. »Ich dachte, wie wunderbar Computer sind.«

»Sie sind großartig, das ist richtig. Hattest du einen besonderen Grund?«

»Nun, ich dachte an meine erste Ehe, bei der ich mich auf mein eigenes Urteil verließ. Diesmal . . .«

Er lachte. »In Wirklichkeit, gib es zu, wolltest du mich bloß aus der Badewanne haben, damit du das Geschirr spülen kannst.«

»Nein, das war es nicht.« (Obgleich ihr im selben Augenblick bewußt wurde, daß sie die Plastikflasche mit Desinfektionslösung in der Hand hielt.)

»Ich bin sowieso fertig. Nein, ich werde das Wasser in die Küche tragen und das Geschirr aufwaschen. Schließlich haben wir eine Partnerschaft, nicht wahr?«

An diesem Abend, als sie nebeneinander im Bett lagen und jeder des anderen Wärme teilte, ihn aber nicht berührte, versank sie in eine halb gewollte, halb ungewollte alptraumhafte Landschaft. Die Villa war ihres Mobiliars beraubt. Rauch und das andauernde *tscheng-tscheng* der Zimbeln erfüllte die Luft. Als sie auf dem Weg in die Stadt den Broadway entlangstolperten, vorüber an Bergen von rostenden Schrottautos, sangen sie mit dünnen, entsetzten Stimmen Lobpreisungen Gottes – Alexa voran, dann die Träger des Gottes und der Kiste mit den Gerätschaften des heiligen Mysteriums, der Rinderhirte und der Wächter der Höhle und dann die ganze Rotte der Bacchanten und Statisten. Ihr faunisches Fellgewand rutschte immer wieder zwischen den Beinen und brachte sie beinahe zu Fall. An den Kreuzungen der 93. und 87. Straße moderten Dutzende ungewollter Kinder auf Komposthaufen: es war einer der Skandale der gegenwärtigen Verwaltung, daß man diese kleinen Leichen einfach verwesen ließ, wo jeder Passant sie sehen konnte.

Endlich kamen sie zur Met (also konnte es doch nicht der Broadway gewesen sein), und sie stieg mit Würde die steinernen Stufen hinauf. Eine gewaltige Menge hatte sich versammelt, darunter viele der Christen, die lärmend die Zerstörung der Tempel und ihrer Götterbilder verlangt hatten. Einmal im Inneren, verschwanden der Lärm und der Gestank, als ob ein zuvorkommender Diener einen durchnäßten und schlammbespritzten Umhang von ihren Schultern genommen hätte. Sie saß im Halbdunkel der großen Halle neben ihrem alten Lieblingsgegenstand, einem spätrömischen Sarkophag aus Tarsus. Steinerne Girlanden verbanden die Säulen, die die Seitenwände gliederten, und unter den Traufen spielten geflügelte Eroten. Deckplatte und Rückseite waren unvollendet, die Fläche für die Inschrift leer. (Sie hatte sie immer mit ihrem eigenen Namen und einem von Synesius entliehenen Epitaph ausgefüllt, worin er zum Lobpreis der Frau des Marc Aurel gesagt hatte: »Die bedeutendste Tugend einer Frau sollte sein, daß weder ihr Körper noch ihr Name jemals über die Türschwelle hinausgelangten.«)

Die anderen Priester waren bei den ersten Gerüchten von der Annäherung der Barbaren aus der Stadt geflohen, und jetzt war nur noch Alexa übrig – Alexa mit einem Tamburin und seidenen Bändern. Alles um sie her brach zusammen – Zivilisationen, Städte, Geister, während sie gezwungen war, das Ende in dieser trübseligen Gruft abzuwarten (denn die Metropolitan Opera ist tatsächlich mehr Beinhaus als Tempel), ohne Freunde, ohne Glauben und Trost und um der draußen wartenden Menge willen an Opfern darzubringen, was immer ihre Angst verlangte.

2

Der Lehrassistent, ein forscher, muskulöser Bursche in engen Hosen und mit einem Cowboyhut, ließ Alexa in einem Büro zurück, das nicht größer war als das sogenannte Kinderzimmer einer Sozialwohnung. Sie vermutete, daß Loretta sie wegen ihres Ausbleibens vorgestern bestrafen wollte, und richtete sich auf eine längere Wartezeit ein. Der Assistent hatte ihr zur Unterhaltung ein paar Kassetten hingelegt. Die erste enthielt einen frommen, ziemlich düsteren Bericht über das Genie und die Leiden von Wilhelm Reich, Alexander Lowen und Kate Wilkenson, der Begründerin und Ehrenpräsidentin der Lowen-Schule.

Die zweite Kassette war das Werk der Schüler selbst. Die Aufnahmen waren wackelig, die Gesichter unscharf und kirschrot, die Kinder allzu affektiert und kamerabewußt. All diese scheinbare Offenherzigkeit sollte schlau suggerieren, daß das Lernen (wenigstens hier an der Lowen-Schule) eine Begleiterscheinung der Lebensfreude sei. Die Kinder tanzten, die Kinder schwatzten, die Kinder spielten. Alles war freundlich und unproblematisch. Selbst die Mathematik war, wenn schon nicht ein Gegenstand der Begeisterung, so doch eine Unterhaltung. Hier, zum Beispiel, saß ein kleiner Kerl in Tankreds Alter vor einer Lernmaschine. Auf dem Bildschirm kreischte eine verzweifelt zappelnde Mickymaus, gefangen in der Schlucht einer steilen, glatten Parabel, herzzerreißend um Hilfe: »Hilfe! So helft mir doch! Ich bin gefangen!«

Doktor Schmunzler schmunzelte, und die Parabel begann sich mit Wasser zu füllen. Es stieg der Mickymaus über die Knie und die zwei weißen Hemdknöpfe.

Alexa verspürte eine unbehagliche Gedächtnisregung.

»Y ist gleich x-Quadrat plus 2, nicht wahr?« Der böse Wissenschaftler zuckte und flatterte in seinem Zorn, und man konnte den teuflischen Schädel unter seiner glatten Haut sehen.

»Dann versuch es einmal damit!« mit dem Fingerknochen als Kreide kritzelte er auf die magische Wandtafel (in Wirklichkeit war sie ein Computer):

$$y = x^2 - 2$$

Die Parabel verengte sich. Das Wasser stieg der Mickymaus bis ans Kinn, und als sie den Mund öffnete, verwandelte das eindringende Wasser ihren Schrei in ein albernes Geblubber.

(Es war dreißig Jahre oder länger her. Die Tafel war leergewischt, und Alexa hatte die Tasten für eine letzte Gleichung gedrückt: $x+x^2$, und dann 8, und dann den Operatorschlüssel für Subtraktion. Sie hatte begeistert in die Hände geklatscht, als die arme kleine Mickymaus von der sich verengenden Parabel totgedrückt worden war.)

Wie auch diese Mickymaus im Film jetzt zerquetscht wurde; wie sie seit Jahrzehnten überall auf der Welt zerquetscht wurde. Es war ein ungeheuer erfolgreiches Lehrbuch.

»Daraus kann man lernen«, sagte Loretta Dickens Couplard, kam herein und füllte den Raum aus.

»Aber nicht über Parabeln«, erwiderte Alexa, ehe sie sich umdrehte.

Dann sahen sie einander an.

Der erste, ebenso unerwartete wie unverhohlene Gedanke war: Wie alt sie aussieht! Wie verändert! Die vierundzwanzig Jahre, die Alexa nur beknabbert hatten, hatten sich wie ein Schneesturm auf Loretta Couplard gehäuft. 2002 war sie ein einigermaßen hübsches Mädchen gewesen. Jetzt war sie eine fette alte Henne. Alexa faßte sich, stand auf und beugte sich vor, um heuchlerisch die rosa gepuderte teigige Wange zu küssen (solange der Kuß dauerte, konnte keine die Bestürzung der anderen sehen), aber der Kopfhörer hielt sie kurz vor ihrem Ziel zurück.

Lorette kam ihr das letzte Stück entgegen.

»Also gut . . .« (nach diesem memento mori) » . . . gehen wir in meine Bruchbude, nicht?«

Alexa nahm lächelnd den Kopfhörer ab und folgte ihr.

»Wir müssen hinaus und um eine Ecke«, sagte Loretta. »Die Schule ist über vier Gebäude verteilt.« Sie ging voran, watschelte schwerfällig durch den dunklen Korridor und redete von Architektur. Als sie die Tür zur Straße öffnete, fuhr der Wind unter ihr Kleid und machte es zu einem Segel. Sie schien genug orangefarbene Angora-Gesundheitswäsche an sich zu haben, um eine Jolle damit zu takeln.

Die 77. Straße war bis auf einen schmalen, wenig befahrenen Radweg frei von allem Verkehr. Gingkobäume in Töpfen sprenkelten den Beton, und aus den Rissen und Spalten drängte echtes Gras üppig ans Licht. Die Stadt gewährte selten die Freude von Ruinen, und Alexa genoß es.

(Irgendwo hatte sie einmal eine Mauer gesehen, errichtet aus massiven Steinquadern. In den Fugen, aus denen der Mörtel gefallen war, hatten Vögel genistet und auf sie herabgeblickt. Es war die Unterseite einer Brücke gewesen – einer Brücke, die ihren Fluß verloren hatte.)

»Was für ein Wetter«, sagte sie und zögerte neben einer der Bänke.

»Ja, April.« Loretta, die immer noch mit dem Wind in ihren Kleidern zu kämpfen hatte, nahm die Andeutung widerwillig auf.

»Es ist die einzige Zeit, außer vielleicht eine Woche im Oktober, in der man es in New York aushalten kann.«

»Mmh. Warum unterhalten wir uns dann nicht hier draußen? Wenigstens bis die Kinder die Straße in Beschlag nehmen.« Als sie sich auf die Bank plumpsen ließen, sagte sie: »Weißt du, manchmal hätte ich gern wieder Verkehr auf der Straße. Autos machen so ein beruhigendes Geräusch. Gar nicht zu reden von den Schmiergeldern, die ich zahlen muß.« Sie machte ein trompetendes Geräusch durch die Nase.

»Schmiergelder?« fragte Alexa ohne wirkliches Interesse.

»Es erscheint im Budget unter ›Instandhaltung‹.«

Sie betrachtete den windigen Monat April. Das junge Gras flatterte. Strähnen roten Haares peitschten Lorettas Gesicht. Sie versuchte, eine Hand auf den Kopf gelegt, die Auflösung ihrer Frisur zu verhindern.

»Kannst du dir vorstellen, was es kostet, diesen Betrieb für die Dauer eines Schuljahres in Gang zu halten – wieviel würdest du schätzen?«

»Keine Ahnung . . . ich hab' nie . . .«

»Eineinhalb Millionen. Nur ein klein wenig darunter.«

»Kaum zu glauben«, sagte Alexa. Es hätte sie nicht weniger interessieren können.

»Es wäre noch viel teurer, wenn die Hälfte von uns, darunter auch ich, nicht direkt von Albany bezahlt würden«, fuhr Loretta fort. Bekümmert, aber sichtlich mit Genuß, begann sie, Alexa eine Übersicht über die finanziellen Umstände der Schule zu geben, die jedem Rechnungshof zur Freude gereicht hätte. Alexa hätte es kaum peinlicher finden können, wenn Loretta angefangen hätte, unziemliche Einzelheiten ihres Privatlebens preiszugeben. Unter alten Schulfreundinnen wäre eine augenzwinkernd erzählte Anekdote sogar geeignet gewesen, eine abgestorbene Vertraulichkeit wiederzubeleben. In den alten Tagen war Alexa einmal im selben Raum gewesen, während Loretta vom Assistenten des Geologielabors aufs Kreuz gelegt worden war. Oder war es umgekehrt gewesen? Jedenfalls hatte es zwischen ihnen kaum Geheimnisse gegeben. Aber ein Thema wie das eigene Einkommen auf diese Weise breitzutreten – es war schockierend. Alexa war entsetzt.

Bald aber wurde in der Richtung von Lorettas Indiskretionen Absicht erkennbar. Die Schule wurde von der Ballanchine-Stiftung am Leben erhalten. Neben einer jährlichen Pauschalsumme von vierzigtausend Dollar gewährte die Stiftung zweiunddreißig neu eintretenden Schülern Stipendien. Jedes Jahr mußte die Schule eine neue Herde qualifizierter Kandidaten zusammenbringen, denn die Gewährung der Stipendien war mit der Bedingung verknüpft, daß zwischen zahlenden Schülern und Stipendiaten ein Verhältnis von sechzig zu vierzig gewahrt blieb.

»Daran kannst du sehen«, sagte Loretta, nervös mit ihrem großen Reißverschluß spielend, »warum dein Anruf eine solche Wohltat war.«

»Wieso, ich sehe das wirklich nicht.« Angelte sie, Gott bewahre, nach einer Schenkung? Alexa überlegte fieberhaft, was sie am Telefon gesagt haben mochte, das Loretta einen so falschen Eindruck von G's Einkommen vermittelt haben könnte. Ihre Adresse konnte ganz gewiß nicht zu diesem Irrtum geführt haben: die 87. Straße war entschieden kleinbürgerlich und bescheiden.

»Du sprachst davon, daß du für das Sozialamt arbeitest«, sagte Loretta in einem Ton, als habe sie all ihre Karten auf den Tisch gelegt. Der Reißverschluß hatte das obere Ende erreicht und begann wieder abwärtszugleiten. Alexa starrte ihn verständnislos an.

»Siehst du denn nicht, Alexa? Du kannst sie für uns ausfindig machen.«

»Sicherlich werdet ihr keine Schwierigkeiten haben, in einer Stadt wie New York zweiunddreißig Kandidaten zu finden. Sagtest du mir nicht sogar, daß es eine Warteliste gebe?«

»Für solche, deren Eltern bezahlen können. Die Schwierigkeit besteht darin, Stipendiaten zu bekommen, die den körperlichen Anforderungen gewachsen sind. Es gibt genug intelligente Kinder in den Slums, besonders wenn man weiß, mit welchen Tests man sie aussieben kann, aber mit zehn oder elf Jahren sind sie alle körperliche Wracks. Es ist die Verbindung von billiger synthetischer Ernährung, Bewegungsmangel und Haltungsschäden.« Der Reißverschluß, in der Nähe des Tiefpunkts angelangt, verfing sich in orangefarbener Wolle. »Die Gelder sind von der Ballanchine-Stiftung – o je, was habe ich bloß gemacht –, so daß zumindest der Anschein gewahrt bleiben muß, daß aus diesen Kindern Ballettänzer werden. Das Potential muß vorhanden sein, verstehst du.«

Der Reißverschluß saß fest. Die angestrengten Bewegungen ihrer Schultern zogen langsam den oberen Teil des Kleids auseinander und schufen ein ungeheures Dekolleté.

»Ich werde die Augen offenhalten«, versprach Alexa.

Loretta machte einen letzten Versuch. Irgendwo riß etwas. Sie erhob sich von der Bank und zwang sich zu einem opernhaften Lachen. »Laß uns hineingehen, ja?«

Unterwegs zum Büro stellte Loretta alle die Fragen, die sie bislang vernachlässigt hatte – welche Sportarten Tankred ausübte, welche Fernsehprogramme er bevorzugte, in welchen Fächern er gut war und welche Pläne er für die Zukunft hatte, wenn überhaupt.

»Gegenwärtig schwärmt er vom Walfang. Im allgemeinen haben wir versucht, ihn nicht in irgendeine Richtung zu drängen.«

»War es dann seine eigene Idee, hierherzukommen?«

»O nein, Tank weiß nicht einmal, daß wir seine Aufnahme beantragt haben. G und ich – das heißt, Gene, mein Mann, wir nennen einander bei unseren Initialen –, wir dachten, es wäre am besten, wenn wir ihn das Schuljahr in Ruhe beenden ließen, wo er ist.«

»Städtische Grundschule 155«, sagte Loretta, nur um zu beweisen, daß sie den Aufnahmeantrag gelesen hatte.

»Es ist eine gut Schule für die ersten Jahre, aber danach . . .«

»Natürlich. Demokratie kann zu weit getrieben werden.«

Alexa nickte. Sie hatten die ›Bruchbude‹ erreicht, die weder Büro noch Wohnraum war. Loretta umhüllte den oberen Teil ihrer Person mit einer braunen Strickjacke und verbarg die untere, plumpere Hälfte hinter einem eichenen Schreibtisch. Alexa verspürte sofort Gefühle freundlicher Geneigtheit.

»Ich hoffe, du hältst mich nicht für allzu schnüfflerisch?«

»Überhaupt nicht«, sagte Alexa.

»Und Mr. Miller? Was macht er?«

»Er arbeitet mit Systemen zur Abwärmeverwertung.«

»Oh. Nun, die meisten von den Eltern unserer Schüler kommen aus der humanistischen Tradition, weißt du. Wie wir selbst. Sollte Tankred in die Lowen-Schule aufgenommen werden, so ist es nicht sehr wahrscheinlich, daß er jemals in die technologischen Fußstapfen seines Vaters treten wird. Ist dein Mann sich darüber im klaren?«

»Wir haben darüber gesprochen. Es ist komisch, aber genaugenommen ist G derjenige, der mehr dafür war, daß Tank hierher kommt.« Sie lachte einmal ziemlich dürftig durch die Nase. »Ich dagegen dachte zuerst daran, ihn bei der Stuyvesant-Oberschule anzumelden.«

»Hast du dort einen Aufnahmeantrag gestellt?«

»Ja. Ich warte immer noch auf den Bescheid.«

»Dort würde es natürlich billiger sein.«

»Wir haben versucht, uns nicht von dieser Überlegung leiten zu lassen. G ging in die Stuyvesant-Schule, aber er hat ihr kein sehr gutes Andenken bewahrt. Und obwohl die Schule mir eigentlich immer Spaß machte, hat sie mein Leben nicht so sehr viel mehr bereichert als G's, daß ich mich in meiner Nutzlosigkeit gerechtfertigt fühlen könnte.«

»Bist du nutzlos?«

»Ja, verglichen mit einem Ingenieur. Die Geisteswissenschaften! Was haben sie uns beiden genützt, praktisch gesehen? Ich bin Sachbearbeiterin, und du lehrst Kinder die gleichen Sachen, die wir lernten, so daß sie heranwachsen können, um ebenfalls Sachbearbeiter und Lehrer zu werden, wenn sie Glück haben.«

Loretta nickte nachdenklich. Sie schien bemüht, ein Lächeln zu unterdrücken. »Aber dein Mann ist da anderer Meinung?«

»Oh, er hat auch das Gefühl, daß er sein Leben vergeudet.« Diesmal war ihr Lachen echt. Und nach einem Moment unverbindlichen Schweigens fiel Loretta in ihr Lachen ein.

Dann tranken sie Kaffee aus echten Bohnen, die Loretta selbst mahlte, und aßen dazu kleine, harte, mit Pinienkernen bedeckte Kekse. Sie waren aus Südamerika importiert.

3

Am Ende seines Feldzuges gegen die Morkomannen schrieb Kaiser Marc Aurel: »Betrachte die Vergangenheit, die großen Veränderungen so vieler Reiche; daraus kannst du auch die Zukunft vorhersehen; denn sie wird durchaus gleichartig sein dem, was gewesen ist, und kann unmöglich von der Regel der Gegenwart abweichen. Daher ist es auch einerlei, ob du das menschliche Leben vierzig oder zehntausend Jahre hindurch erforschst; denn was würdest du Neues sehen?«

Liebe Ruth,

Alexa schrieb mit dem Kugelschreiber (es war nach elf, G schlief längst) in die leeren hinteren Seiten von Tankreds altem Aufsatzheft. Sie dachte verspätet daran, das Datum einzusetzen: *12. April 2025.* Nun hatte die Seite ein Gleichgewicht. Sie probierte im Kopf verschiedene Eröffnungen aus, aber sie klangen alle steif und formell. Ihre gewohnte Einleitung, eine Entschuldigung für die verspätete Antwort, war diesmal nicht angebracht.

(Was würde Bernie gesagt haben? »Zuerst muß man die Luft reinigen«, hätte er gesagt. »Sagen, was man wirklich *denkt*!«)

Also, um die Luft zu reinigen . . .

Die stumpfe Spitze des Kugelschreibers bewegte sich langsam und formte große, aufrechte Buchstaben.

. . . Ich muß sagen, daß dein PS über Tankred mich mehr als nur ein bißchen vor den Kopf gestoßen hat. Du und deine Art, dich als Hüterin der wahren menschlichen Werte aufzuspielen! Dabei hat es dir noch nie etwas ausgemacht, auf meinen Werten herumzutrampeln.

Was Tank betrifft, so ist über sein Schicksal noch nicht entschieden. Am liebsten würden wir ihn in eine nicht so teure Schule schicken, wo er von jedem Handwerk, jeder Kunst und Wissenschaft etwas mitbekommt und . . .

Die neue Monsato-Werbung heulte durch die Wand: DU SIEHST IN SCHUHEN SO HÜBSCH AUS! DU GEFÄLLST MIR SO GUT IN . . .

»Stell das leiser!« rief sie zu ihrem Sohn hinein, dann schrieb sie weiter:

. . . später, wenn er alt genug ist, selbst entscheiden kann, was ihm am besten »gefällt.« Aber statt ihn zu einer solchen Ausbildung zu verurteilen, kann ich genausogut schon jetzt den Antrag auf Wohlfahrtsunterstützung für ihn ausfüllen. Man muß der Lowen-Schule eins zugutehalten – sie entläßt keine nutzlosen Einfaltspinsel ins Leben! Ich kenne beruflich allzuviele von dieser Sorte, und die Besten von ihnen fegen Trottoirs – illegal!

Vielleicht ist die Stuyvesant-Oberschule so schlecht, wie du sagst, ein eigens für die Opferung meines einzigen Sohnes errichteter Altar. Manchmal denke ich es. Aber die andere Hälfte der Zeit glaube ich auch, daß irgendein solches Opfer notwendig ist.

Du magst G nicht, aber es sind G und seinesgleichen, die unsere technologische Welt zusammenhalten. Wenn ihr Sohn entweder zum Schauspieler oder zum Soldaten ausgebildet werden könnte, welche Wahl würde eine römische Matrone nach deiner Meinung getroffen haben? Das ist ein bißchen zu viel, aber du weißt, was ich meine, nicht wahr?

Sie erkannte, daß Ruth wahrscheinlich nicht wissen würde, was sie meinte. Und sie war nicht ganz sicher, daß sie es meinte.

Zu Beginn des Ersten Weltkriegs, als die Deutschen zur Marne vorstießen und die Österreicher gegen Lemberg und Lublin vorrückten, hatte ein vierunddreißigjähriger ehemaliger Gymnasiallehrer in einem Münchner Mietshaus gerade den ersten Entwurf zu einem Werk vollendet, das 1919 erscheinen und wie kaum ein anderes die Gemüter bewegen sollte. In seiner Einleitung schrieb er:

Wir sind zivilisierte Menschen, nicht Menschen der Gotik und des Rokoko; wir haben mit den harten und kalten Tatsachen eines späten Lebens zu rechnen, dessen Parallele nicht im perikleischen Athen, sondern im cäsarischen Rom liegt. Von einer großen Malerei und Musik wird für den westlichen Menschen nicht mehr die Rede sein. Seine architektonischen Möglichkeiten sind seit hundert Jahren erschöpft. Ihm sind nur extensive Möglichkeiten geblieben. Aber ich sehe den Nachteil nicht, der entstehen könnte, wenn eine tüchtige und von unbegrenzten Hoffnungen geschwellte Generation beizeiten erfährt, daß ein Teil dieser Hoffnungen zu Fehlschlägen führen muß. Mögen es die teuersten sein; wer etwas wert ist, wird das überwinden. Es ist wahr, daß es für einzelne tragisch ausgehen kann, wenn sich ihrer in den entscheidenden Jahren die Gewißheit bemächtigt, daß im Bereich der Architektur, des Dramas, der Malerei für sie nichts mehr zu erobern ist. Mögen sie zugrunde gehen ... Was liegt an denen, die es vorziehen, wenn man ihnen vor einer erschöpften Erzgrube sagt: Hier wird morgen eine neue Ader angeschlagen werden ... statt sie auf das reiche Tonlager zu verweisen, das unerschlossen danebenliegt? – Ich betrachte diese Lehre als eine Wohltat für die kommenden Generationen, weil sie ihnen zeigt, was möglich und also notwendig ist, und was nicht zu den inneren Möglichkeiten dieser Zeit gehört. Es ist bisher eine Unsumme von Geist und Kraft auf falschen Wegen verschwendet worden ... hier endlich hat die Arbeit von Jahrhunderten ihm die Möglichkeit gegeben, die Lage seines Le-

bens im Zusammenhang mit der Gesamtkultur zu übersehen und zu prüfen, was er kann und soll. Wenn unter dem Eindruck dieses Buches sich Menschen der neuen Generation der Technik statt der Lyrik, der Marine statt der Malerei, der Politik statt der Erkenntniskritik zuwenden, so tun sie, was ich wünsche, und man kann ihnen nichts Besseres wünschen.

Liebe Ruth, begann sie wieder, auf einem frischen Blatt.
Jedesmal, wenn ich dir schreibe, bin ich überzeugt, daß du nicht ein Wort verstehst. (Tatsächlich schicke ich meine fertigen Briefe oft gar nicht erst ab.) Das liegt nicht bloß daran, daß ich dich für einfältig halte, sondern vor allem daran, daß du dich so sehr in jener schwierigen Form von Unehrlichkeit vervollkommnet hast, die du ›Glaube‹ nennst, daß du die Welt nicht länger sehen kannst, wie sie ist.
Und doch (bei dir gibt es immer dieses einschränkende ›und doch‹) fahre ich fort, dich zu Mißverständnissen einzuladen, genau wie ich fortfahre, Miriam in die Villa einzuladen. Miriam – habe ich dich schon mit ihr bekanntgemacht? – ist meine neueste Verkörperung von dir. Eine fanatisch christliche, stark auf Männer wirkende Jüdin, die für Häresie so anfällig ist wie andere Frauen für Gladiatorenkämpfe in der Arena. Sie kann so lehrhaft und salbungsvoll sein wie du, aber zu anderen Zeiten bin ich überzeugt, daß sie wirklich in einer anderen Art und Weise erlebt als ich – was immer es ist. Vielleicht ist es ihre »Geistigkeit,« obwohl mir das Wort Unbehagen verursacht. So gehen wir hinaus in den Garten und beobachten Hummeln oder andere Tiere, und Miriam versinkt in ihren eigenen Gedanken, und sie scheinen wie die Flamme in einer Alabasterlampe in ihr zu leuchten.
Dennoch frage ich mich, ob dies nicht doch eine Illusion sein könnte. Irgendwann in seinem Leben lernt jeder Lümmel, seinem Stillschweigen den Anschein bedeutungsschweren Sinnes zu geben. Ein einziges Wort aber kann die leuchtente Flamme der Lampe zum Erlöschen bringen. Diese ihre – und deine – Geistigkeit ist so humorlos!
Trotzdem würde ich nur zu gern – und dies ist ein Geständnis – einen Koffer packen und nach Idaho fliegen und lernen, stillzusitzen und Körbe oder irgend etwas anderes zu machen, und sei es noch so stumpfsinnig, nur um die Last meines Lebens hier abzuwerfen. Frei zu atmen! Manchmal erschreckt mich New York, und gewöhnlich stößt es mich ab, und die Augenblicke, die einem das

Bewußtsein geben, im Mittelpunkt einer großen Zivilisation zu leben und einen damit für die Gefahren und die Schmerzen des Lebens in dieser Stadt entschädigen können, stellen sich immer seltener ein, je älter ich werde. Ja, ich würde mich mit Freuden deiner Lebensweise unterwerfen (ich stelle mir vor, es wäre, als würde man von einem riesigen, stummen und trotz allem sanften Neger vergewaltigt), obgleich ich weiß, daß ich es niemals tun werde. Es ist mir darum wichtig, daß du dort draußen in der Wildnis bist und für meine urbanen Sünden büßt. Wie ein Säulenheiliger. Unterdessen werde ich weiterhin tun, was ich für meine Pflicht halte. (Schließlich sind wir die Töchter eines Admirals!) Die Stadt ist im Untergang begriffen, aber das ist schon lange so. Das Wunder ist, daß sie überhaupt noch funktioniert, daß sie nicht einfach . . .

Die zweite Seite des zweiten Briefs war voll. Nachdem sie den Text überlesen hatte, wurde ihr klar, daß sie den Brief niemals ihrer Schwester schicken konnte. Ihr bereits brüchiges Verhältnis würde das Gewicht von so viel Aufrichtigkeit nicht mehr tragen. Aber sie beendete den Satz trotzdem:

. . . zusammenbricht.

Ein Vierteljahrtausend nach den ›*Selbstbetrachtungen*‹ und fünfzehnhundert Jahre vor dem ›*Untergang des Abendlandes*‹ beschrieb Salvian, ein Priester in Marseille, den Prozeß, wodurch die freien Bürger Roms nach und nach auf die Stufe von Leibeigenen hinabgedrückt wurden. Die herrschende Klasse der Besitzenden hatte die Steuergesetze zu ihrem eigenen Vorteil manipuliert und wendete sie zu ihrem weiteren Vorteil betrügerisch an. Die gesamte Last des Unterhalts der Armee – die römische Armee war ungeheuer groß, ein Staat im Staate – fiel auf die Schultern der Armen. Die Armen wurden ärmer, und als weite Landstriche auf diese Weise völlig verarmten und in bitterste Not gerieten, flohen viele Menschen aus ihren Dörfern, um unter den Barbaren zu leben. Andere, die weit entfernt von den Grenzgebieten lebten, wurden *begaudae*, Landstreicher und Straßenräuber. Die Mehrzahl jedoch, durch Familie und bäuerliches Eigentum mit der Heimat verwurzelt, mußte die Bedingungen der reichen *potentiores* annehmen. Zuerst wurden die Felder verpfändet, dann die Häuser und sonstigen Besitztümer, und schließlich waren die unglücklichen Menschen gezwungen, die Freiheit ihrer eigenen Kinder zu verpfänden. Die Geburtenrate sank. Ganz Italien verwilderte und verödete. Immer häufiger gingen die Kaiser dazu über, Barbarenstämme ins Land zu rufen und sie in den verödeten Gegenden anzusiedeln, damit sie ›kolonisierten‹, was vor wenigen Generationen noch blühendes Bauernland gewesen war.

Der Zustand der Städte war in jener Zeit noch beklagenswerter als der des flachen Landes. Abwechselnd von den Barbaren und den eigenen Truppen (die sich zum größten Teil aus Angehörigen der gleichen Barbarenvölker und Grenzlandstämme rekrutierten) gebrandschatzt und geplündert, sanken sie in Ruinen. »Obgleich niemand zu sterben wünschte«, schreibt Salvian, »tat keiner etwas, um dem Tod zu entgehen«, und er begrüßte die Ankunft der Goten als eine Befreiung vom Despotismus einer völlig korrupten Feudalherrschaft.

Mein lieber Gargilius,
schrieb Alexa.
Es ist einer von jenen Tagen, die seit Wochen unverändert andauern. Regen, Schlamm und Gerüchte von plündernden Banden nördlich der Stadt, westlich der Stadt, östlich der Stadt, überall zugleich. Die Sklaven sind nervös und unruhig, aber bisher sind nur zwei fortgelaufen, um sich den gesetzlosen Haufen anzuschließen. Im ganzen gesehen, sind wir besser dran als unsere Nachbarn. Arcadius hat nur noch diesen Koch, der so irrige Vorstellungen von der Verwendung des Knoblauchs hat (er ist der einzige, der sich den Barbaren hätte zugesellen sollen!), und das ägyptische Mädchen, das Miriam mitgebracht hat. Das arme Ding spricht keine bekannte Sprache, und wahrscheinlich hat ihm niemand gesagt, daß die Welt im Untergang begriffen ist. Was die beiden betrifft, die wir verloren haben, so war Patrobas schon immer ein Unruhestifter, und ich bin froh, daß er fort ist. Ich bedauere, dir berichten zu müssen, daß der andere Timarchus ist, auf den du solche Hoffnungen gesetzt hattest. Er bekam einen seiner Anfälle und zerschlug den linken Arm des Ringers unten am Wasserbecken. Dann blieb ihm keine Wahl als zu gehen. Oder vielleicht war es andersherum – er zerschlug die Statue als Abschiedsgeste. Wie auch immer, Sylvan sagt, der Schaden könne repariert werden, obgleich Spuren immer sichtbar bleiben würden.
Mein Vertrauen in die Armee ist ungemindert, Liebster, aber ich halte es für klug, das Landhaus zu verlassen, bis die Lage übersichtlicher wird und die von Gerüchten erhitzten Gemüter sich be-

ruhigen. Ich werde Sylvanus bitten – wem sonst könnte ich vertrauen? –, daß er mir hilft, das Silber und die Bettpfosten und die drei verbliebenen Krüge mit Falerner irgendwo zu vergraben (wie wir es das letzte Mal besprochen haben). Die Bücher und Dokumente, die wichtig sind, werde ich mitnehmen. Ich wünschte, es gäbe wenigstens eine gute Nachricht. Bis auf die Einsamkeit, die zuweilen bedrückend ist, bin ich bei guter Gesundheit und in zuversichtlicher Stimmung. Ich wollte, du wärst nicht so viele Meilen . . . sie strich »Meilen« durch und schrieb »Stadien« . . . *Stadien entfernt.*

Für die Dauer eines Augenblicks sah Alexa ihr Leben im Spiegel der Kunst von der anderen Seite aus. Statt der modernen Hausfrau, die sich in klassische Landschaften und Posen hineinfantasierte, erhärtete sich die Vergangenheit und wurde Gegenwart, und sie glaubte über die Spanne der ungezählten Jahre hinweg deutlich die andere Alexa sehen zu können, jenes traurige, zeitgenössische Selbst, das sie sonst mit Erfolg zu meiden pflegte, eine schrille Frau in einem albernen Kleid, die weder den geringen Anforderungen ihrer Ehe noch denen ihres Berufs gewachsen gewesen war. Ein Versager oder eine (und das war möglicherweise schlimmer) mittelmäßige Person.

»Und doch«, sagte sie sich.

Und doch: brauchte die Welt nicht gerade solche Leute wie sie, um sich weiterzudrehen?

Es war nur Sache eines Augenblicks gewesen. Die Frage hatte eine tröstliche Perspektive wiederhergestellt, und sie würde ihren Brief an Gargilius mit einer kühlen, zeitgemäßen Liebkosung beschließen. Sie würde schreiben . . .

Aber ihr Kugelschreiber war verschwunden. Er war nicht auf dem Tisch, nicht auf dem Teppich, nicht in ihrer Tasche.

Oben hatten die Geräusche wieder angefangen.

Zwei Minuten vor zwölf. Der Gedanke an eine Beschwerde lag nahe, aber sie wußte nicht, wer in der Wohnung über ihr lebte, sie wußte nicht einmal genau, ob das Geräusch von dort kam. »*Tscheng – tscheng*«, und dann nach einer Pause, »*tscheng – tscheng.*«

»Alexa?« Sie konnte sich nicht besinnen, wem die Stimme gehörte (einer Frau?), die sie rief. Es war niemand im Raum.

»Alexa.«

Tankred stand in der Türöffnung, einen alten Seidenschal um

die Hüften geschlungen, zitronengelb auf Schokolade, ein vollkommener Cupido.

»Hast du mich erschreckt!«

Sie hob die linke Hand mechanisch an die Lippen, und dort war der Kugelschreiber.

»Ich konnte nicht schlafen. Wie spät ist es?« Er kam geräuschlos an den Tisch und blieb stehen, eine Hand auf der Armlehne eines Stuhls, die Schultern auf einer Ebene mit den ihren, der Blick unverwandt wie ein Laserstrahl.

»Mitternacht.«

»Könnten wir eine Partie Karten spielen?«

»Und was ist mit morgen früh?«

»Ach, ich steh' schon auf. Ich verspreche es.« Wenn G um eine Gefälligkeit bat, lächelte er immer; Tankred war ein besserer Taktiker und blieb völlig ernst.

»Also gut, hol die Karten raus. Ein Spiel, dann müssen wir beide ins Bett.«

Während Tankred draußen war, riß Alexa ihre Seiten aus dem Schulheft. Dabei fiel ein aus irgendeiner Zeitung ausgeschnittenes Gesicht heraus und flatterte auf den Teppich. Sie bückte sich und hob es auf.

»Was hast du geschrieben?« fragte Tankred, während er die Karten zu mischen begann.

»Nichts. Ein Gedicht.«

»Ich hab' auch schon eins geschrieben«, gab er zu und entschuldigte so das ihre.

Sie hob ab, und er begann zu geben.

Sie betrachtete das ausgeschnittene Gesicht. Trotz seiner Jahre schien es seltsam unerfahren, wie ein sehr junger Schaupieler, der als ein sehr alter Mann zurechtgemacht ist. Die Augen blickten mit dem Gleichmut eines Stars in die Kamera.

Schließlich mußte sie fragen: »Wer ist das?«

»Der? Du weißt nicht, wer das ist? Rate.«

»Irgendein Sänger?« (Könnte es tatsächlich Don Hershey sein? Schon?)

»Es ist der letzte Astronaut. Du weißt, die ersten drei, die auf dem Mond landeten. Die beiden anderen sind schon tot.« Tankred nahm das Stück Papier an sich und legte es auf sein Heft. »Jetzt ist er auch gestorben, glaube ich. Du fängst an.«

4

Von den Zeiten des Römischen Reiches bis zum Ende des Zwanzigsten Jahrhunderts war die Bucht von Morbihan an der Südküste der Bretagne die Quelle der köstlichsten Austern der Welt. Dann, in den späten achtziger Jahren bemerkten die Austernzüchter von Locmariaquer mit Bestürzung, daß ihre Austernbrut erkrankte, wenn sie umgesetzt wurde, und daß sogar jene, die an ihrem Standort in den Heimatgewässern blieben, unschmackhaft geworden waren. Die vom Departement Morbihan mit Untersuchungen beauftragten Fachleute ermittelten als Infektionsquelle Industrieabwässer, die im Mündungsgebiet der Loire, einige hundert Kilometer südöstlich, ins Meer geleitet wurden. (Die Ironie wollte es, daß das umweltverseuchende Chemiewerk ein Tochterunternehmen des pharmazeutischen Konzerns war, der die Fachleute für die Untersuchung zur Verfügung gestellt hatte.) Zu dem Zeitpunkt, da Ursache und Verursacher des Austernsterbens festgestellt waren, war die Morbihan-Auster bedauerlicherweise ausgestorben. Doch noch im Tode vermachte die Art der Menschheit ihr letztes, unschätzbares Geschenk, eine monomolekulare Perle, Morbehanin.

In seiner von Pfizer synthetisierten Form wurde Morbehanin sehr rasch die beliebteste Droge in allen Ländern, wo sie nicht verboten wurde, gewöhnlich in einer mildernden Verbindung mit traditionellen Erzeugnissen. Kombiniert mit narkotisierenden Drogen, wurde es als Oralin vermarktet; mit Koffein wurde es zu Koffee; mit Beruhigungsmitteln zu Exo. In unvermischter Form wurde es nur von den vielleicht eine halbe Million zählenden Mitgliedern der intellektuellen Elite genommen, die Historische Analyse praktizierten.

Reines Morbehanin verursacht einen Zustand intensiv erlebten »Tagträumens«, in dem die üblichen Beziehungen zwischen Person und Umwelt umgekehrt sind. Während eines gewöhnlichen halluzinogenen Trips bleibt das Selbst eine Konstante, während die Umgebung, wie in Träumen, Veränderungen unterliegt. Bei Morbehanin ist die Landschaft, die man nach der anfänglichen »Fixierungsperiode« bewohnt, genausowenig verformbar wie unsere alltägliche Umwelt, aber man ist sich jeder, auch der geringsten Handlung in dieser Landschaft als einer freien, spontanen und gewollten Aktion bewußt. Mit Morbehanin war es möglich, verantwortlich zu träumen.

Was die Umrisse der Alternativwelt bestimmt, ist das Wissen des Adepten über die Zeit und die Umwelt, auf die zu fixieren er sich wärend seiner ersten Trips entschließt. Ohne ständige Tatsachenforschung lief man Gefahr, ein Fantasieleben zu erschaffen, das genauso monoton war wie die Sexfilme im Abendprogramm des Fernsehens. Die meisten Leute waren so vernünftig, ihre Grenzen zu erkennen, und zogen den milden, multidirektionalen Oralinrausch mit seiner euphorischen Illusion anarchischer Freiheit vor.

Den wenigen jedoch waren die tätigen Vergnügungen des reinen Willens größere Anstrengungen wert. Hundert Jahre früher hätten die gleichen Leute sich mit Doktortiteln in den Geisteswissenschaften geschmückt und Hörsäle bis zum Bersten gefüllt, ohne zu wissen, ob sie die Fülle des gelernten Stoffs später würden verwenden können. Jetzt, mit Morbehanin, gab es einen Verwendungszweck wenigstens für den ganzen unübersehbaren Lehrstoff, mit dem Geschichtsstudenten sich herumschlagen müssen.

Unter Analytikern wurde oft diskutiert, ob die Historische Analyse die beste Methode sei, persönliche Probleme zu lösen, oder die beste Methode, ihnen zu entfliehen. Die Elemente der Psychotherapie und der Unterhaltung waren unentwirrbar miteinander verknüpft. Die Vergangenheit wurde zu etwas wie einem riesenhaften moralischen Trainingszentrum, in dem der eine es vorzog, im Schwerathletikraum der Französischen Revolution oder der Eroberung von Peru zu schwitzen, während der andere lüstern auf dem Trampolin von Casanovas Venedig hopste.

Sobald eine bestimmte Zeitspanne fixiert war, gewöhnlich mit der Hilfe eines Experten dieser Ära, konnte man sie ebensowenig verlassen, wie man aus dem Monat Juni hinausgehen kann. So war Alexa zum Beispiel auf eine Zeitspanne von weniger als achtzig Jahren beschränkt, von ihrer Geburt im Jahre 334 (was auch – und nicht ganz zufällig – die Hausnummer eines der Gebäude in der 11. Straße war, für die sie im Sozialamt zuständig war) bis zu jenem lieblichen rosigen Abend, an dem die zweimal verwitwete Alexa, nach einem Leben in den Provinzen erst vor kurzem in die Hauptstadt zurückgekehrt, wenige Tage vor der Plünderung Roms durch die Goten an einem Herzschlag sterben sollte. Wenn sie versuchte, eine der Barrieren 334 oder 410 zu durchbrechen, erlebte sie nichts als flüchtige, zusammenhanglose Bilder ländlicher Idyllik – Blätter, Wolken, ein undeutliches Wasserglas, Geräusche von unruhigem Atmen, ein Geruch von fauligen Melonen – wie die Testbilder irgendeines immerwährend ausstrahlenden Fernsehnetzes.

Am Freitagmorgen brachte Alexa trotz des Wetters die Post in die Stadt und traf zehn Minuten verfrüht in Bernies Büro ein. Ein großes Loch war durch die Glasfiberplatte der äußeren Tür gestoßen, und das Mobiliar drinnen bot einen chaotischen Anblick. Die Couch war aufgeschlitzt, und ihre Innereien schmückten die Trümmer.

»Aber«, erklärte Bernie munter, während er Matratzenfüllung, Staub und herabgefallene Brocken Wandverputz zusammenkehrte, »sie sind Gott sei Dank nicht bis ins Büro vorgedrungen. Dort hätten sie wirklich Schaden anrichten können.«

»Das ist eine rosige Betrachtungsweise.«

»Nun, wie ich es sehe, ist dies die beste aller möglichen Welten.« Offenbar war er von den Tröstungen der Chemie besänftigt, aber warum nicht, inmitten dieser Ruinen?

»Wissen Sie, wer es getan hat?« Sie nahm einen Brocken Mörtel von der Bank und ließ ihn in seinen Korb fallen.

»Oh, ich kann es mir denken. Ein paar Mädchen, die mir vom Jugendrat aufgehalst wurden, haben seit Monaten gedroht, das Büro zu verwüsten. Ich hoffe jedenfalls, daß sie es waren – dann kann der Jugendrat die Rechnung bezahlen.«

Wie die meisten Psychoanalytiker, lebte Bernie Shaw nicht allein von seinen Honoraren. Anders als die meisten hatte er auch kein Lehramt. Statt dessen erhielt er eine Pauschale vom Jugendrat des Viertels, wofür er die Jugendlichen beriet und ihnen gelegentlich als Vorleser diente. Bernie hatte einen Onkel im Jugendamt.

»Meine Arbeit ist genau das gleiche wie Historische Analyse«, pflegte er auf Parties zu erklären (und dank demselben Onkel wurde er zu einigen sehr guten Parties eingeladen), »außer, daß es nichts mit Geschichte oder Analyse zu tun hat.«

Als der Korb gefüllt war, nahm Bernie eine berufsmäßige Haltung an, und sie gingen in das innere, einbruchsichere Büro. Sein Gesicht gelierte zu einer stattlichen, unbeweglichen Maske. Seine Stimme verstärkte sich zu einem dröhnenden Bariton. Seine Hände erstarrten in einem Klumpen von Nachdenklichkeit, den er in die Mitte des Schreibtischs pflanzte.

Sie blickten einander über diesen Klumpen hinweg an und begannen, Alexas anderes Innenleben zu diskutieren – zuerst Geld, dann Sex, dann alles übrige.

Finanziell stand sie vor der Entscheidung, ob sie Arcadius' seit langem bestehendes Angebot, ihre Melonenfelder zu kaufen, annehmen solle. Sein Preis war verlockend, aber es war hart, den Verkauf des Ackerlands, das ihr väterliches Erbe war, mit einer geheuchelten Vorliebe für republikanische Tugenden zu vereinbaren. Andererseits konnten die fraglichen Felder kaum als Erbe der Väter bezeichnet werden, weil sie erst durch eine der letzten Spekulationen vor seinem Tode in Popilius' Besitz gelangt waren.

(Alexas Vater, Popilius Flaminius – 276–354 – verbrachte die längste Zeit seines Lebens als ein relativ verarmter römischer Senator. Nach jahrelangem Schwanken beschloß er, seinen Wohnsitz von Rom nach Osten in die neue Hauptstadt zu verlegen, und so wurde Alexa, damals zehn Jahre alt, eines schönen Tages mit allerlei Habseligkeiten in einen Ochsenkarren gesetzt und aufgefordert, dem Hausverwalter und seiner Familie zum Abschied zuzuwinken. Die Reise nach Byzanz führte sie zweihundert Stadien weit nach Norden und dann nicht weiter ostwärts, denn Popilius Flaminius hatte entdeckt, daß sein Purpurstreifen, der ihm in Rom so wenig genützt hatte, in den lieblich zwischen fruchtbaren Vorbergen gelegenen Städten des zisalpinen Gallien ein gesellschaftlicher und finanzieller Aktivposten war. So ließ er sich dort nieder, und als Alexa Gargilius heiratete, wurde sie bereits als eine leidlich begehrenswerte Partie angesehen, jedenfalls in der näheren Umgebung.)

Bernie kam auf ihre Rechtsposition zu sprechen, aber sie konnte Domitians Wiederbelebung der julianischen Gesetze über die Besitzrechte verheirateter Frauen zitieren. Nach dem Gesetz gehörten die Felder ihr, und sie hatte das Recht, sie nach Gutdünken zu behalten oder zu verkaufen.

»Also bleibt die Frage. Sollte ich es tun?«

Die Antwort blieb felsenfest nein. Nicht weil sie das Land von ihrem Vater geerbt hatte (der ihr wahrscheinlich geraten haben würde, das Geld zu nehmen und das Weite zu suchen); ihre Pietät hatte einen anderen Maßstab. Rom! Freiheit! Zivilisation! An dieses brennende Schiff war sie durch ihr Pflichtgefühl gekettet. Natürlich wußte sie nicht, daß es brannte. Eines der schwierigsten Probleme in der Historischen Analyse bestand darin, die historische Alexa nicht wissen zu lassen, daß Rom dem Untergang geweiht war und sie für eine verlorene Sache kämpfte. Sie mochte ihre Ahnungen haben – wer hatte sie damals nicht? –, aber das war eher ein Grund zu Entschlossenheit als zu Kleinmut. Solange man an eine verlorene Schlacht glauben konnte, ohne den Fortbestand des Landes selbst in Gefahr zu sehen, gab es keinen Grund zur Verzweiflung. Die Thermopylen waren dafür ein gutes Beispiel.

Die zeitgenössische Umgestaltung dieser Versuchung, ob sie ihre Stellung beim Sozialamt behalten solle, hatte die gleiche hydraköpfige Art, ihre endgültigsten Entscheidungen zu überleben. Von Ausnahmen abgesehen, machte ihr die Arbeit keinen Spaß. Sie hatte oft das Gefühl, daß der riesige Apparat der Sozialhilfe mehr Schaden als Nutzen stiften mochte. Ihr Gehalt reichte kaum aus, die zusätzlichen Ausgaben zu bestreiten, die ihr durch den Job entstanden. Pflicht war unter diesen Umständen ein Glaubensartikel – und eine vage Überzeugung, daß eine Stadt dazu da sei, um darin zu leben –, der ihr half, G's sanftem aber beharrlichem Drängen in die Vororte zu widerstehen.

Sie übergingen Sex im beiderseitigen Einvernehmen, denn in dieser Hinsicht waren die letzten drei oder vier Monate ereignisarm gewesen. Wenn Alexa sich zum Vergnügen Tagträumen hingab, dann hatten sie eher mit Festgelagen als mit Orgien zu tun. Sie konnte sich für ihre Zwangsdiät in der Gegenwart mit exquisiten lukullischen Genüssen in der Vergangenheit entschädigen, Fantasien, die sie als Ganzes von Petronius, Juvenal und dem jüngeren Plinius übernahm: Salat aus Lattich, Lauch und frischer Minze; Käse aus Trebule; Oliven aus Picenum; eingelegte Früchte aus Spanien; gebratenes Lamm; Spargel mit Wachteleiern und dem gewollten Anachronismus einer Sauce Hollandaise; Birnen und Feigen aus Chios und Pflaumen aus Damaskus. Außerdem pflegte Bernie nervös zu werden, wenn unnötig über Sex geredet wurde.

Fünfzehn Minuten lagen noch vor ihnen, und Stille breitete sich aus. Sie durchsuchte die Erinnerungen der Woche nach einer Anekdote zum Überbrücken der Pause. Den Brief, den sie gestern abend an Miriam geschrieben hatte? Nein, Bernie würde sie des Literatentums bezichtigen.

Die Stille wurde fühlbar.

»Montagnacht«, sagte sie, »hatte ich einen Traum.«

»Ja?«

»Ich glaube, daß es einer war. Vielleicht spielte ich ein wenig mit den Vorstellungsbildern, bevor ich ganz eingeschlafen war.«

»Verstehe.«

»Ich tanzte mit vielen anderen Frauen auf der Straße. Es schien sogar, daß ich sie anführte. Es ging den Broadway hinunter, aber ich trug eine Palla.«

»Das ist eine Unstimmigkeit«, sagte Bernie ernst.

»Ja, aber wie ich sagte, es war ein Traum. Dann war ich im Metropolitan-Museum. Zu einem Opfer.«

»Einem Tieropfer? Oder war es ein Menschenopfer?«

»Eins oder das andere. Ich kann mich nicht erinnern.«

»Blutopfer wurden im Jahre 341 verboten.«

»Ja, aber in Kriesenzeiten wurden sie stillschweigend geduldet. Während der Belagerung von Florenz im Jahre 405, also mehrere Jahre nach der Zerstörung der Tempel . . .«

»Schon recht, schon recht«, sagte Bernie und schloß mit Duldermiene die Augen. »Die Barbaren stehen also wieder vor den Toren.« Die Barbaren standen ständig vor Alexas Toren. Nach Bernies Theorie war das so, weil ihr Mann ein Mulatte war. »Was geschah dann?«

»Das ist alles, woran ich mich erinnere. Bis auf ein Detail, das an früherer Stelle im Traum vorkam. Auf den Abfallhaufen am Broadway lagen überall tote Säuglinge.«

»Seit Beginn des dritten Jahrhunderts galt Kindermord als todeswürdiges Verbrechen«, sagte Bernie.

»Wahrscheinlich, weil die Fälle von Kindstötungen überhand nahmen.«

Bernie schloß abermals die Augen. Dann blickte er Alexa fest an und fragte: »Haben Sie jemals eine Abtreibung vornehmen lassen?«

»Einmal, als ich noch in die Schule ging. Aber ich hatte kein Schuldgefühl.«

»Wie empfanden Sie in Ihrem Traum, als Sie die Kinder sahen?«

»Ich ärgerte mich über die Unordnung. Abgesehen davon waren sie einfach eine Tatsache.« Sie blickte auf ihre Hände, die zu groß schienen, besonders die Knöchel. Wieder begann die Stille sich auszubreiten, doch das Gefühl von Peinlichkeit blieb diesmal aus. Sie dachte an den Moment, da sie sich allein auf der Straße gesehen hatte, an den Sonnenschein und an ihre frohe Stimmung. Es schien durchaus vernünftig, daß die Leute ihre Säuglinge zum Sterben aussetzten. Ihr kam in den Sinn, was Loretta gestern gesagt hatte: »Ich hab's aufgegeben.« Aber es ging darüber hinaus. Als ob jedermann eingesehen hätte, daß Rom, daß die Zivilisation, daß die ganze brennende Streitfrage nicht länger der Mühe wert war, nicht ihrer noch der Mühe irgendeines anderen. Jeder Kindermord war die Güte eines Philosophen.

»Pah«, meinte Bernie, als sie dies in verschiedener Form zum Ausdruck gebracht hatte. »Niemand sieht seine eigene Kultur untergehen, bis er an die vierzig ist, und dann tun es alle.«

»Aber es war seit zweihundert Jahren stetig abwärts gegangen.«

»Oder seit drei-, vierhundert Jahren.«

»Ackerland war zu Wildnis geworden. Es war überall sichtbar, sogar in der Kunst. Die Qualität der Malerei verfiel, Plastik und Architektur stagnierten.«

»Im nachhinein war es sichtbar. Aber die Menschen der jeweiligen Zeit waren gewöhnlich so blind, wie ihre Bequemlichkeit es verlangte. Triviale Dichterlinge wie Ausonius wurden mit Vergil, selbst mit Homer gleichgesetzt, und als ihr Glaube 391 zur Staatsreligion wurde, waren die Christen geradezu trunken von Optimismus. Sie erwarteten, die Stadt Gottes wie ein Großprojekt der Bauspekulation aus dem Boden schießen zu sehen.«

»Dann erklären Sie das mit den toten Kindern.«

»Erklären Sie die lebenden Kinder. Das bringt mich auf etwas. Letzte Woche hatten Sie noch immer nicht entschieden, was aus Tankred werden soll.«

»Ich habe heute morgen den Brief abgeschickt, mit einem Scheck.«

»An wen?«

»Stuyvesant.«

Der Klumpen auf dem Schreibtisch spaltete sich und wurde zu zwei Händen. »Nun – da haben Sie es.«

»Was?«

»Eine Interpretation Ihres Traums. Das Blutopfer, das zu bringen Sie bereit waren, um die Stadt zu retten, die Kinder auf den Abfallhaufen – Ihr Sohn.«

Sie leugnete es.

5

An diesem Nachmittag um drei waren die Spitzen der Gebäude von der Straße aus nicht mehr zu sehen. Sie war vom Büro in lauwarmem Nieselregen quer durch die Stadt gegangen und hatte dann die U-Bahn zur 14. Straße genommen. Die ganze Zeit hatte das Gespräch mit Bernie in ihr seinen Fortgang genommen wie ein batteriebetriebenes Spielzeug, eine Puppenneuheit mit eingebautem Endlostonband, das bei jedem Schmatz kräht: »Oh, das darfst du nicht wieder tun! Bitte laß das, ich kann es nicht ertragen!«

Noch ehe sie durch das Drehkreuz kam, konnte sie das Fett aus dem ›Groß-San Juan‹ riechen. Zwiebelkuchen. Als sie die Straße erreichte, wässerte ihr der Mund. Sie hätte etwas gekauft, aber vor dem Ladentresen mit Straßenverkauf standen die Leute in Dreierreihen (hatte die Baseballsaison schon angefangen?), und mitten in der Menge sah sie Lottie Hanson stehen. Zwiebelkuchen oder gebackene Bananen waren das Risiko eines Gesprächs nicht wert. Lotties zerzauster Sex-Appeal stimmte Alexa immer elegisch wie ein Zimmer voll Schnittblumen.

Als sie zwischen der 11. und 12. Straße die Third Avenue überquerte, überfiel sie ein Geräusch, das in einem einzigen Augenblick von einem Summen zu einem Brüllen anschwoll. Sie fuhr herum, spähte im Nebel nach irgendeinem verrückten Lastwagen oder . . . Das Geräusch schwand so plötzlich, wie es gekommen war. Die Straße war leer. Einen Block weiter nördlich schalteten die Ampeln auf Grün. Sie erreichte den Gehsteig, ehe der Verkehr – ein Bus und zwei schrille Yamahas – den zweiten Strich des Fußgängerüberwegs überrollte. Dann, mehrere Herzschläge, nachdem sie die Antwort gefunden hatte, wurde ihr Herz von der blödsinnigen Panik angesteckt.

Es war bestimmt ein Hubschrauber gewesen, aber noch nie hatte sie erlebt, daß einer so niedrig über die Dächer geflogen war. Ihre Knie zitterten so, daß sie sich an einen Hydranten lehnen mußte. Noch lange, nachdem das ferne Knattern im allgemeinen Lärm der Stadt untergegangen war, konnte sie nicht zur Ruhe kommen.

Marylou Levin hatte mit Besen und Kanne den Platz ihrer Mutter an der Ecke eingenommen. Ein schlichtes, langsames, ernsthaftes Mädchen, würde Marylou später einmal als Tagesbetreuerin arbeiten, es sei denn, sie übernähme die Lizenz ihrer Mutter als Straßenfegerin, was für Marylou und die Gesellschaft wahrscheinlich einträglicher sein würde.

Alexa warf einen Penny in die aufgestellte Blechdose. Das Mädchen blickte von seinem Comic-Heft auf und dankte.

»Ich hoffte, ich würde deine Mutter hier antreffen, Marylou.«

»Sie ist zu Haus.«

»Ich habe eine Erklärung, die sie ausfüllen muß. Letztes Mal konnte ich sie ihr nicht geben, und jetzt fängt das Amt an, ungeduldig zu werden.«

»Sie schläft.« Marylou wandte sich wieder dem Comic-Heft zu, einer traurigen Geschichte über Zirkuspferde, dann fiel ihr ein, hinzuzufügen: »Sie löst mich um vier ab.«

Das bedeutete, entweder warten oder zu Fuß in den siebzehnten Stock steigen. Wenn die Erklärung nicht morgen von Blakes Büro abgesegnet würde, liefe Mrs. Levin Gefahr, ihre Wohnung zu verlieren (Blake hatte schon Schlimmeres getan), und es würde Alexas Schuld sein.

Abgesehen von Gestank machte ihr das Treppensteigen im allgemeinen nichts aus, aber das viele Herumlaufen an diesem Tag hatte sie müde gemacht. Ein Druck wie von schweren Einkaufstaschen konzentrierte sich auf ihr Kreuz. Im neunten Stock schaute sie bei Mr. Anderson hinein, um sich anzuhören, wie der arme alte Mann sich weitschweifig über die verschiedenen Undankbarkeiten seiner Adoptivtocher beklagte. (›Kostgängerin‹ hätte diese Beziehung genauer beschrieben.) Katzen und Kätzchen stiegen auf Alexas Füßen herum, rieben sich an ihr, versuchten, mit ihr zu spielen.

Im elften Stock versagten ihre Beine ein zweites Mal. Sie setzte sich auf die oberste Stufe und lauschte den vermischten Botschaften einer Nachrichtensendung von oben und einem Schlager von unten. Ihre Ohren filterten lateinische Wörter aus den spanischen Sätzen.

Man muß sich vorstellen, dachte sie, wirklich hier zu leben. Traf es zu, daß man mit der Zeit abstumpfte? Es mußte wohl so sein.

Auf dem Treppenabsatz unter ihr kam Lottie Hanson in Sicht, schnaufend das Geländer umklammernd. Als sie Alexa erkannte, befühlte sie ihre vom Sprühregen feuchte Perücke und lächelte.

»Sagen Sie selbst, ist es nicht . . .« Sie schnappte nach Luft, schnaufte heftig und fächelte sich mit einer Hand Luft, zu » . . . aufregend?«

Alexa fragte, was gemeint sei.

»Die Bombardierung.«

»Bombardierung?«

»Ach, Sie haben es noch nicht gehört. Sie bombardieren New York. Im Fernsehen haben sie gezeigt, wo es runterkam. Diese

Treppen!« Mit einem gewaltigen *Huff*! ließ sie sich neben Alexa auf die Stufe fallen. Der Geruch, der vor dem ›Groß-San Juan‹ so appetitlich gewesen war, hatte seinen Reiz verloren. »Aber sie konnten nicht zeigen . . .« Sie wedelte mit der Hand, um ihre Atemnot anzuzeigen, und Alexa mußte zugeben, daß es noch immer eine hübsche und anmutige Hand war. »Ich meine, man konnte das Flugzeug selbst nicht sehen. Wegen des Nebels, wissen Sie.«

»Wer bombardiert New York?«

»Die Radikalen, nehme ich an. Es ist eine Art von Protest. Gegen irgendwas.« Lottie Hansons Busen wogte auf und nieder. Die Bedeutung der Neuigkeit, die sie überbrachte, erfüllte sie mit Selbstzufriedenheit. Mit gerötetem Gesicht und wichtiger Miene wartete sie auf die nächste Frage.

Aber Alexa hatte zu rechnen begonnen, ohne weitere Eingaben abzuwarten. Schon bei Lotties ersten Worten war ihr die Idee unausweichlich vorgekommen. Die Stadt verlangte danach, bombardiert zu werden. Das Erstaunliche war, daß bisher niemand daran gedacht hatte.

Als sie Lottie schließlich eine Frage stellte, kam sie aus einer unerwarteten Richtung. »Haben Sie Angst?«

»Nein, kein bißchen. Es ist komisch, wissen Sie, denn gewöhnlich bin ich das reinste Nervenbündel. Haben Sie Angst?«

»Nein. Genau das Gegenteil. Ich habe das Gefühl . . .« Sie mußte abbrechen und überlegen, was für ein Gefühl es war.

Kinder kamen die Treppe heraufgestürmt. Lottie drückte sich mit einem sanften Anruf »Verdammt!« gegen die schmutzverkrustete Wand. Alexa preßte sich gegen das Geländer. Die Kinder rannten durch die so gebildete Schlucht hinunter.

Lottie schrie dem letzten nach: »Amparo!«

Das Mädchen wandte sich auf dem Treppenabsatz um und lächelte. »Oh, hallo, Mrs. Miller.«

»Zum Teufel, Amparo, weißt du nicht, daß sie die Stadt bombardieren?«

»Wir gehen alle runter auf die Straße, um es zu sehen.«

Toll, dachte Alexa. Sie hatte immer eine Schwäche für durchbohrte Ohrläppchen bei Kindern gehabt, war sogar in Versuchung gewesen, Tankred die Ohrläppchen zu durchbohren, als er vier gewesen war, aber G hatte nichts davon wissen wollen.

»Du bringst deinen Arsch wieder rauf und bleibst oben, bis sie dieses verdammte Flugzeug abschießen!«

»Im Fernsehen sagen sie, es spiele überhaupt keine Rolle, wo man ist.«

Lottie war puterrot geworden. »Das ist mir egal. Ich sage . . .«

Aber Amparo war schon davongelaufen, den anderen nach.

»Eines schönen Tages werde ich sie umbringen!«

Alexa lachte nachsichtig.

»Ich werde es tun, warten Sie nur ab.«

»Nicht auf offener Bühne, hoffe ich.«

»Was?«

»Ne pueros roram«, sagte sie, »populo Medea trucidet. Laßt Medea ihre Kinder nicht vor dem Publikum töten. Das ist Horaz.« Sie stand auf und machte eine Verrenkung, um zu sehen, ob sie ihr Kleid beschmutzt habe.

Lottie blieb träge auf der Stufe sitzen. Eine alltägliche Depression begann, die Begeisterung über die Katastrophe abzustumpfen, wie Nebel, der einen Apriltag verdirbt.

Gerüche bedeckten jede Oberfläche wie billige Hautcreme. Alexa mußte aus diesem Treppenhaus heraus, aber Lottie hatte sie irgendwie eingeholt, und sie zappelte im Netz eines undefinierbaren Schuldgefühls.

»Ich glaube, ich werde jetzt zu den Zinnen hinaufsteigen«, sagte sie, »um die Belagerung zu beobachten.«

»Nun, lassen Sie sich nicht aufhalten.«

»Aber später möchte ich noch etwas mit Ihnen reden.«

»In Ordnung. Später.«

Als sie einen Treppenabsatz über der anderen war, rief Lottie ihr nach: »Mrs. Miller?«

»Ja?«

»Die erste Bombe traf das Museum.«

»Ach. Welches Museum?«

»Die Met.«

»Nein! Wirklich?«

»Ich dachte, es würde Sie interessieren.«

»Und ob es mich interessiert. Danke.«

Wie ein Kinosaal kurz vor Beginn der Vorstellung von der Dunkelheit zu bloßer Geometrie reduziert wird, hatte der Nebel alle Einzelheiten und Entfernungen ausgelöscht. Ungewisse Geräusche sickerten durch das Grau – Maschinen, Musik, Frauenstimmen. Sie fühlte mit ihrem ganzen Körper den unmittelbar bevorstehenden Zusammenbruch, und weil sie ihn jetzt fühlen konnte, wirkte er nicht mehr lähmend. Sie rannte über den Kies. Das Dach erstreckte sich vor ihr ohne Perspektive. Als sie die Kante erreichte, bog sie nach rechts und lief weiter.

Weit entfernt hörte sie das gestohlene Flugzeug. Es kam weder näher noch schien es sich zu entfernen, als beschriebe es einen weiten Bogen und suche sie.

Sie stand still und hob die Arme, lud es ein, bot sich diesen Barbaren an, die Finger gespreizt, die Augen fest zugedrückt.

Sie sah unter sich, aber in unverkürzter Perspektive, den gefesselten Ochsen. Sie sah seinen sich hebenden und senkenden Leib, die verzweifelt rollenden Augen. Sie fühlte in ihrer Hand den scharfen Obsidian.

Sie sagte sich, daß es ihre Pflicht sei. Sie tat es nicht für sich selbst. Niemals tat sie etwas für sich selbst, immer nur für die anderen.

Das Blut des Tieres tränkte den Kies. Es sprudelte und spritzte. Der Saum ihrer Palla war besudelt. Sie kniete im Blut und tauchte die Hände in den geöffneten Leib, um die triefenden Eingeweide hoch über den Kopf zu erheben, Schläuche und Kabel in einem Schleim dicken, schwärzlichen Öls. Sie umwickelte sich mit den weichen Schlingen und tanzte wie eine von Dämonen besessene Tempelpriesterin, lachte und riß die Fackeln aus ihren Haltern, zerschmetterte heilige Geräte und verhöhnte die Generale.

Niemand wagte, sich ihr zu nähern. Niemand fragte, welche Weissagungen sie aus den Eingeweiden gelesen hatte.

Das Flugzeug kam näher.

Sie wollte gesehen werden. Sie wollte die Leute im Flugzeug wissen lassen, daß sie Bescheid wußte, daß sie übereinstimmte.

Es erschien ganz plötzlich und nahe, wie Minerva, die erwachsen dem Haupt Jupiters entsprang. Es war wie ein Kreuz geformt.

»So kommt denn«, sagte sie mit bewußter Würde. »Verwüstet die Stadt.«

Aber die Maschine donnerte über sie weg und verschwand im Nebel, aus dem sie gekommen war.

Ein Gefühl von Vergeblichkeit stellte sich ein. Sie hatte sich der Geschichte angeboten, und die Geschichte hatte sie abgewiesen. Sie kam sich albern vor.

Sie fühlte ihre Taschen nach einem Paket Papiertaschentüchern ab, aber sie mußte es im Büro liegenlassen haben. Sie weinte trotzdem.

6

Seit die Armee angefangen hatte, ihren Sieg zu feiern, schien die Stadt nicht länger sicher. Darum machten Miriam und Arcadius sich am nächsten Morgen zu Fuß auf den Heimweg. Während der dunkelsten Augenblicke der Belagerung hatte Arcadius dem Koch und dem thebanischen Mädchen mit der Großzügigkeit der Verzweiflung die Freiheit geschenkt, so daß sie unbeaufsichtigt zur Villa zurückkehrten.

Miriam war schrecklich verkatert. Die Straße war morastig, und als sie zur Abkürzung kamen, bestand Arcadius darauf, den noch schlammigen Weg zu nehmen, der durch Alexas Felder führte. Aber trotz alledem war sie glücklich. Die Sonne schien, und die Felder dampften wie eine riesige Küche voller Suppentöpfe, als wollte die Erde selbst ihre Dankgebete zum Himmel senden.

»Herr«, murmelte sie immer wieder, »Herr.« Sie fühlte sich wie ein neuer Mensch.

»Hast du bemerkt«, sagte Arcadius, nachdem sie ein Stück gegangen waren, »daß nirgendwo eine Spur von ihnen zu sehen ist?«

»Von den Barbaren? Ja, ich habe den Daumen gehalten.«

»Es ist ein Wunder.«

»O ja, es ist Gottes Werk, ohne allen Zweifel.«

»Meinst du, daß sie es wußte?«

»Wer?« fragte sie in abweisendem Ton. Gespräche zerstreuten immer ihre guten Gefühle.

»Alexa. Ich meine, vielleicht bekam sie ein Zeichen. Es wäre schließlich möglich, daß sie zur Danksagung tanzte und nicht, um etwas zu erbitten.«

Miriam preßte die Lippen zusammen und antwortete nicht. Es war ein gotteslästerlicher Gedanke. Gott gab den Dienerinnen der heidnischen Greuel, die er verabscheute und verdammte, keine Zeichen! Und doch . . .

»Rückblickend«, bekräftigte Arcadius, »gibt es wirklich keine andere Erklärung.«

Miriam mußte sich eingestehen, daß etwas daran sein mochte. Alexa hatte einen absolut triumphierenden Eindruck gemacht. Vielleicht – sie hatte diese Ansicht in Alexandria von einem Priester gehört – gab es böse Geister, denen Gott in einem begrenzten Maße erlaubt, in unvollkommenen Umrissen die Gestalt künftiger

Ereignisse zu sehen. Sie sagte: »Ich fand, daß es eine obszöne Schaustellung war.«

Arcadius widersprach ihr nicht.

Später, nachdem sie den Fuß des größeren Hügels umgangen hatten, führte der Pfad aufwärts und wurde trockener. Zur Linken blieben die zertrampelten Flächen verstreut. Miriam verbarg die Augen hinter den Händen, aber es war nicht so leicht, dem Verwesungsgeruch zu entgehen, der sich süß und beinahe angenehm mit dem Duft der zerschmetterten, gärenden Melonen vermischte.

»Verdammt«, sagte Arcadius, als er begriff, daß der Pfad sie gerade durch die Mitte des Blutbads führen würde.

»Nun, es hilft nichts – wir werden es tun müssen«, erwiderte Miriam und hob herausfordernd das Kinn. Sie nahm seine Hand, und die beiden gingen, so schnell sie konnten, durch das Feld der besiegten Barbaren.

Später kam Lottie herauf, um nach ihr zu sehen. »Ich fragte mich, ob Ihnen vielleicht etwas fehlte.«

»Danke. Ich brauchte nur ein wenig frische Luft.«

»Haben Sie gehört, das Flugzeug ist abgestürzt.«

»Nein, ich habe nur gehört, was Sie mir sagten.«

»Ja – es krachte in ein Projekt des sozialen Wohnungsbaus am Ende der Christopher Street. Hundertsechsundsiebzig.«

»Aber das ist ja furchtbar!«

»Nicht so schlimm. Das Haus war noch in Bau. Bis auf ein paar Elektriker kam niemand ums Leben.«

»Das ist ein Wunder.«

»Ich dachte, Sie mögen vielleicht runterkommen und mit uns fernsehen. Meine Mutter macht Koffee.«

»Das würde ich gern tun.«

»Gut.« Lottie hielt ihr die Tür auf. Im Treppenhaus war es schon Abend, einige Stunden eher als draußen. Unterwegs hinunter erwähnte Alexa, daß sie meine, sie könne Amparo ein Stipendium an der Lowen-Schule besorgen.

»Wäre das gut?« fragte Lottie und dann, von der eigenen Frage in Verlegenheit gebracht: »Ich meine – ich hatte bisher nie davon gehört.«

»Ja, ich glaube, es wäre gut für sie. Mein Sohn Tankred wird nächstes Jahr auch dort eingeschult.«

Lottie schien nicht überzeugt.

Vor der Wohnungstür stand Mrs. Hanson und gestikulierte wie wild. »Schnell, schnell! Sie haben die Mutter des Jungen gefunden und wollen sie gerade interviewen.«

»Wir können später noch darüber reden«, sagte Alexa zu Lottie Hanson.

Drinnen, auf dem Bildschirm, erklärte die Mutter des Jungen der Kamera und den Millionen von Zuschauern, was sie nicht verstehen konnte.

4. Buch

EMANZIPATION

1

Wenn die Sommermorgen kamen, pflegte der Balkon sich mit Sonnenschein zu füllen, und Boz klappte den Liegestuhl auseinander und lag träge wie irgendein tropisches Lebewesen in seinem kleinen Becken privater Luft und ultravioletten Lichts, fünfzehn Stockwerke über der Straßenebene. Halbwach beobachtete er die unbestimmte Geometrie der Kondensstreifen, die sich im blassen, dunstigen Blau formten und wieder auflösten. Manchmal konnte man vom Dach die niedlichen Vorschulkinder mit dünnen Stimmen ihre Kindergartenreime aufsagen hören.

Eine Boeing aus dem Westen
bringt den Freund mir, meinen besten,
doch 'ne Boeing aus dem Osten . . .

Nichts weiter als Unsinn, aber es half den Kindern, sich die Himmelsrichtungen einzuprägen. Boz, der keine Geduld mit der Wissenschaft hatte, brachte immer Norden und Süden durcheinander. Das eine war stadtauf, das andere war stadtab – warum nannte man sie nicht einfach so? Von den beiden war stadtauf vorzuziehen. Schließlich, wer will schon Sozialhilfeempfänger sein? Aber es war keine Schande: seine Mutter war Sozialhilfeempfängerin, zum Beispiel. Menschenwürde ist mehr als eine Nummer im Datenverbundsystem, so hieß es jedenfalls.

Die Katze, die Sonnenschein und frische Luft genauso schätzte wie Boz, wanderte zwischen dem Gummibaum und den Geranien hin und her, und gelegentlich strich Boz ihr über den Rücken oder kraulte das seidenweiche Fell ihrer Kehle, und wenn er das tat, mußte er an Milly denken. Die Morgen gefielen Boz am besten.

Aber nachmittags geriet der Balkon in den Schatten des benachbarten Hauses, und obgleich es fast genauso warm blieb, trug der Aufenthalt auf dem Balkon nicht mehr zu seiner Bräunung bei, so daß Boz sich eine andere Beschäftigung suchen mußte.

Einmal hatte er im Fernsehen einen Kochkurs mitgemacht, aber das hatte die Ausgaben für Lebensmittel fast verdoppelt, und Milly schien es ziemlich gleich zu sein, ob ihr Omelette aux fines herbes von Boz oder jemand anderem gemacht wurde; auch mußte er sich selbst eingestehen, daß der Unterschied wirklich nicht so groß war. Trotzdem, das Gewürzregal und die beiden Pfannen mit Kupferböden, die er sich selbst zu Weihnachten geschenkt hatte, machten sich in der Küche ungemein dekorativ. Die hübschen Namen, die die Gewürze hatten – Rosmarin, Thymian, Ingwer, Salbei – wie Märchenfeen in einem Ballett, alles Gazeflügel, Wolken aus Seidenflor und Spitzentanz. Und als Oregano, Königin der Feen, konnte er sich jetzt seine kleine Nichte Amparo Martinez vorstellen. Er selbst aber war Basilikum, ein unglücklicher Liebhaber. Soviel zum Gewürzregal.

Natürlich konnte er immer ein Buch lesen, er mochte Bücher. Sein Lieblingsautor war Norman Mailer, und gleich danach kam Gene Stratton Porter; er hatte alles gelesen, was die beiden je beschrieben hatten. Aber in letzter Zeit bekam er elende Kopfschmerzen, wann immer er länger als ein paar Minuten las, und dann war er unausstehlich und tyrannisch zu Milly, wenn sie von der Arbeit nach Haus kam. Was sie Arbeit nannte.

Um vier Uhr begannen endlich die Pornofilme auf Kanal fünf. Manchmal gebrauchte er die Elektromassage, manchmal einfach die Hände, um die Spannung loszuwerden. Danach pflegte er ausgebreitet auf dem luftgefüllten Plastiksofa zu liegen, das wie aufgequollen aussah, und verdrießlich zu denken: Irgendwas stimmt nicht. Irgendwas fehlt.

In ihrer Ehe war keine Romantik mehr, das war, was fehlte. Sie war langsam daraus gewichen wie Luft aus einem undichten Plastiksessel, und eines schönen Tages würde sie es ernst meinen, wenn sie wieder von Scheidung redete, oder er würde sie mit den bloßen Händen umbringen, oder etwas anderes Schreckliches würde geschehen, er wußte es nicht.

Etwas wirklich Schreckliches.

Abends im Bett hingen ihre Brüste schaukelnd über ihm. Seine Schenkel stützten ihre schwitzenden Hinterbacken. Eine Brust, dann die andere, streifte seine Stirn, und er reckte den Hals, um sie zu küssen, rieb die stopplige Wange an ihnen. Und Milly, ganz weg vor Lust, sagte kehlig: »*Oh,* Birdie! *Nicht*!«

Und er schnaufte: »Scheiße.« Seine Erektion schwand dahin

wie ein Fernsehbild, wenn das Gerät ausgeschaltet wird. Er rutschte unter ihr heraus und stand auf.

Sie wandte sich um, saß aufrecht und wischte sich das Haar aus dem Gesicht. »Oh, Birdie, ich wollte *wirklich* nicht . . .«

»Von wegen.«

»Ehrlich, Boz, das erste Mal wollte ich es wirklich nicht. Es rutschte mir nur so raus.«

»Natürlich rutschte es dir nur so raus. Aber erwartest du vielleicht, daß es mir gefällt?« Er begann, sich anzukleiden.

»Um Himmels willen, ich habe seit Jahren nicht an Birdie Ludd gedacht. Buchstäblich. Für mich ist er längst tot.«

»Das hörte sich eben nicht so an.«

»Du bist bloß verbittert.«

»Ich bin bloß verbittert, ja.«

»Dann mach, was du willst! Ich geh' aus.« Sie begann, auf dem Teppich nach ihrem Slip herumzutasten.

»Vielleicht kannst du deinen Vater dazu bringen, daß er ein paar von seinen Kadavern für dich aufwärmt. Vielleicht hat er Birdie dort auf Eis.«

»Du kannst manchmal wirklich gemein sein. Und du stehst auf meinem Slip. Danke. Wohin gehst du jetzt?«

»Ich gehe um die Trennwand zur anderen Seite des Zimmers.«

Boz ging um die Trennwand zur anderen Seite des Zimmers. Er setzte sich in die Eßecke.

»Was schreibst du da?« fragte sie, als sie den Slip anzog.

»Ein Gedicht. Das ist, woran ich die ganze Zeit dachte.«

»Scheiße.« Sie hatte ihre Bluse mit dem falschen Knopfloch angefangen.

»Was?« Er legte den Bleistift aus der Hand.

»Nichts, meine Knöpfe.«

»Warum hängst du so an den verdammten Knöpfen? Sie sind unpraktisch.«

»Du solltest deine Gedichte an die ›Times‹ schicken.«

»Die ›Times‹ druckt keine Gedichte.«

»Dann schick sie jemandem, der sie druckt. Sie sind sehr hübsch.«

In den meisten Lebenslagen kam Milly mit den drei Adjektiven komisch, hübsch und nett aus. Wollte sie einlenken? Oder eine Falle stellen?

»Hübsche Sachen gibt es das Dutzend für 'nen Groschen.«

»Ich versuchte nur, nett zu sein, Holzkopf.«

»Dann lern, wie. Wohin gehst du?«

»Aus.« Sie blieb an der Tür stehen, stirnrunzelnd. »Ich liebe dich wirklich, weißt du.«

»Klar. Und ich liebe dich.«

»Willst du mitkommen?«

»Ich bin müde. Sag ihnen meine Grüße.«

Sie zuckte die Achseln und ging. Er trat auf den Balkon und beobachtete sie, als sie die Straße hinunterging. Sie blickte nicht ein einziges Mal herauf.

Und das Höllische an der ganzen Sache war, daß sie einander tatsächlich liebten. Warum also mußte es immer so enden, mit Fauchen und Spucken und Zähneknirschen und dem Ergebnis, daß jeder seine eigenen Wege ging?

Fragen, er haßte Fragen. Er ging in die Toilette und schluckte drei Oralintabletten, gerade eine zuviel, und dann machte er es sich bequem und sah die runden Dinger mit den farbigen Rändern durch einen endlosen Neonkorridor gleiten, Raumschiffe und Satelliten. Der Korridor roch halb wie ein Krankenhaus und halb wie der Himmel, und Boz begann zu weinen.

Die Hansons, Boz und Milly, waren seit eineinhalb Jahren glücklich-unglücklich verheiratet. Boz war einundzwanzig, und Milly war sechsundzwanzig. Sie waren im gleichen Sozialblock an den entgegengesetzten Enden eines langen, mit grünen Kacheln verkleideten Korridors aufgewachsen, doch hatten sie einander wegen des Altersunterschieds bis vor drei Jahren kaum bemerkt. Als sie dann aufeinander aufmerksam geworden waren, war es jedoch Liebe auf den ersten Blick gewesen, denn sie waren beide, Boz ebenso sehr wie Milly, von dem Typ, der auf den ersten Blick entzücken kann; Formen von jener idealen klassischen Prallheit und getönt mit jenem Porzellanrosa, das wir am göttlichen Guido bewundern können; kastanienbraunes Haar, das leicht gelockt auf die runden Schultern fällt; und die von beiden so frühzeitig, daß man sie beinahe natürlich nennen konnte, angenommene Gewohnheit, eindrucksvoll überflüssige Posen einzunehmen, wie etwa, wenn sie sich zum Abendessen an den Tisch setzten und Boz plötzlich den Kopf zurückwarf, daß die braunen Locken flogen, die vollen Lippen ein wenig geöffnet, wie ein Heiliger in Ekstase – Theresa, Franziskus, Ganymed – oder wie, was beinahe das gleiche war, ein Sänger.

Drei Jahre, und Boz hing an Milly wie in den ersten Wochen

ihrer Bekanntschaft, und wenn das nicht Liebe war, dann wußte er nicht, was Liebe bedeutete.

Natürlich war es nicht bloß Sex, denn Sex bedeutete Milly nicht so viel, da er Teil ihrer regulären Arbeit war. Sie hatten auch ein sehr intensives geistiges Verhältnis. Boz war im Grunde ein geistiger Typ. Beim Skinner-Waxman-CP-Test hatte er eine enorm hohe Punktzahl erreicht, indem er in zehn Minuten auf einhunderteinunddreißig verschiedene Verwendungsmöglichkeiten für einen Ziegelstein gekommen war. Milly, obgleich nach dem Skinner-Waxman-Test nicht so schöpferisch wie Boz, konnte ihm, was Klugheit betraf, jederzeit das Wasser reichen (ihr Intelligenzquotient war 136, Boz erreichte 134), und sie war darüber hinaus eine potientielle Führernatur, während Boz sich damit zufriedengab, ein Gefolgsmann zu sein, solange die Richtung einigermaßen stimmte. Sie hätten nicht besser zusammenpassen können, und alle ihre Freunde stimmten darin überein (oder hatten bis vor kurzem darin übereingestimmt), daß Milly und Boz ein perfektes Paar abgaben.

Was war es also dann? War es Eifersucht? Boz glaubte es nicht, aber man konnte nie wissen. Vielleicht war er unbewußt eifersüchtig. Aber man kann nicht eifersüchtig sein, bloß weil jemand Sex hatte, denn das war nur ein mechanischer Akt, und Liebe hatte damit nichts zu tun. Das wäre ungefähr so unvernünftig, als wollte er sich aufregen, weil Milly mit anderen redete. Außerdem hatte auch er mit anderen Sex gehabt, und es hatte Milly nie gestört. Nein, es war nicht Sex, es war etwas Psychologisches, was bedeutete, daß es beinahe alles sein konnte. Seine Versuche, alles das zu analysieren, vertieften seine Depression mit jedem Tag. Manchmal dachte er an Selbstmord. Er kaufte eine Rasierklinge und versteckte sie in seinem Exemplar von ›*Die Nackten und die Toten*‹. Er ließ sich einen Schnurrbart wachsen. Er rasierte den Schnurrbart wieder ab und ließ sich das Haar kurz schneiden. Er ließ das Haar wieder lang wachsen. Es war September, und dann war es März. Milly sagte, sie wolle wirklich die Scheidung, es klappe nicht mit ihnen, und sie könne nicht länger ertragen, wie er auf ihr herumhacke.

Er und herumhacken? Auf ihr?

»Ja, jeden Morgen und jeden Abend gehst du mir mit deinem Gemecker auf die Nerven.«

»Aber morgens bist du doch nie zu Hause, und abends gewöhnlich auch nicht!«

»Siehst du, da geht es schon wieder los! Und wenn du nicht damit herauskommst und offen herumnörgelst, tust du es im stillen. Seit dem Abendessen hast du an mir herumgenörgelt, ohne ein Wort zu sagen.«

»Ich habe ein Buch gelesen.« Er hob es in die Höhe und wedelte ihr anklagend damit zu. »Ich habe nicht mal an dich gedacht. Aber vielleicht regt es dich schon auf, daß ich existiere.«

»Manchmal ja. Jetzt, zum Beispiel.«

Sie waren beide zu erschöpft und müde, um ein witziges Wortgefecht daraus zu machen, und so mußten sie die Einsätze erhöhen, damit es nicht langweilig wurde. Es hörte damit auf, daß Milly kreischte und Boz in Tränen war und seine Sachen in einen Schrank packte, den er mit einem Taxi in die 11. Straße beförderte. Seine Mutter war erfreut, ihn zu sehen. Sie hatte mit Lottie gestritten und erwartete, daß Boz für sie Partei ergreifen werde. Er bekam sein altes Bett im Wohnzimmer, und Amparo mußte bei ihrer Mutter schlafen. Die Luft war von Mrs. Hansons Zigaretten verräuchert, und Boz fühlte sich mehr und mehr elend. Es kostete ihn Überwindung, nicht klein beizugeben und Milly anzurufen. Krabbe kam nicht nach Haus, und Lottie war wie gewöhnlich von Oralin besoffen. Es war kein Leben für einen Menschen.

2

Das heiligste Herz, goldbrauner Bart, rosige Wangen und blaue Augen, die aufmerksam durch vier Meter Wohnraum und zum Fenster hinaus auf lange Fluchten aus gelben Ziegeln blickten. Daneben zeigte der Kalender einer Rekultivierungsgesellschaft Ansichten vom Grand Canyon und anderen Gegenden vor und nach der Sanierung. Boz drehte sich auf die andere Seite, um nicht Jesus, den Kalender und wieder Jesus ansehen zu müssen. Das Sofa hatte Schlagseite nach backbord. Mrs. Hanson hatte daran gedacht, jemanden kommen zu lassen, der das Sofa richtete (das fehlende Bein führte eine unabhängige Existenz im Schrank unter der Spüle), seit die Möbelpacker des Sozialamts es an jenem Tag vor wer weiß wie vielen Jahren beschädigt hatten, als die Hansons in Nr. 334 eingezogen waren. Im Familienkreis oder mit der netten Mrs. Miller vom Sozialamt pflegte sie die Hindernisse zu diskutieren, die diesem Vorhaben im Wege standen und die sich bei näherer Betrachtung als so vielfältig und schwierig erwiesen, daß selbst ihre energischsten Hoffnungen daran zu scheitern drohten. Trotzdem, eines Tages . . .

Sein Neffe, Lotties Jüngster, verfolgte am Fernsehen die Kriegsereignisse. Es war ungewöhnlich, daß Boz so lange schlief. US-Gorillas brannten irgendwo ein Fischerdorf nieder. Die Kamera schwenkte langsam die brennende Dorfstraße entlang zum Strand, wo die Reihe der Fischerboote in Flammen stand, und verweilte dann lange auf dem leeren Blau des Wassers. Dann eine langsame Fahrt zurück, bis alle Boote im Bild waren. Der Horizont schimmerte schwach und seltsam verbogen durch den Vorhang aus Rauch und heißer, flimmernder Luft. Prachtvoll. War es eine Wiederholung? Boz bildete sich ein, er habe die Szene schon mal gesehen.

»Hallo, Mickey.«

»Hallo, Onkel Boz. Großmama sagt, du läßt dich scheiden. Wirst du wieder bei uns wohnen?«

»Deine Großmutter braucht ein Mittel zur Senkung des Blutdrucks. Ich bin nur für ein paar Tage hier. Auf Besuch.«

Ein paar Takte Marschmusik beendeten den Krieg für diesen Mittwochvormittag, und der Lautsprecher legte ein paar Dezibel zu, als die Ford-Werbung für April anfing:

Und schieb ich erst die Pulle rein,
fängt mich so leicht kein Bulle ein,
mit seiner roten Ampel.

Es war ein lustiges kleines Lied, aber wie konnte er fröhlich sein, wenn er wußte, daß Milly wahrscheinlich irgendwo saß und den Film sah und ihren Spaß daran hatte, ohne dabei an Boz zu denken und zu überlegen, wo er stecken und wie ihm zumute sein mochte. Milly kannte die Werbesendungen alle auswendig und konnte einem den Text aufsagen, mit jeder Betonung und Eigenheit der Sprechweise. Nichts Eigenes dabei. Schöpferisch? Wie ein Papagei.

Wie, wenn er ihr das unter die Nase reiben würde? Wenn er ihr klarmachte, daß sie es nie weiter als zu einer zweitklassigen Hygiene-Vorführerin für das Gesundheitsamt bringen würde. Grausam? Das sollte grausam sein? Er schüttelte den Kopf, daß die braunen Locken flogen. »Kindchen, du weißt nicht, was Grausamkeit ist.«

Mickey schaltete den Fernseher aus. »Wenn du denkst, dies

hier sei was gewesen, dann hättest du den Film gestern sehen sollen. Da waren sie in dieser Schule. Pakistanis, glaube ich. Ja. Das hättest du sehen sollen. Das war wirklich grausam. Sie machten alle kalt.«

»Wer?«

»Die erste Kompanie.« Mickey nahm Haltung an und salutierte. Jungen in seinem Alter (sechs) wollten immer Gorillas oder Feuerwehrleute sein. Mit zehn waren es Popsänger. Mit vierzehn, wenn sie helle waren (und irgendwie waren alle Hansons helle), wollten sie schreiben. Boz hatte noch immer ein ganzes Heft voller Anzeigen und Werbetexte, die er während der Schulzeit verfaßt hatte. Und dann, mit zwanzig?

Lieber nicht darüber nachdenken.

»Sie taten dir nicht leid?« fragte Boz.

»Leid? Wer?«

»Nun, die Kinder in dieser Schule.«

»Sie waren Aufständische«, erläuterte Mickey. »Es war in Pakistan, glaube ich.«

Ein Schlappen von ausgetretenen Pantoffeln, und Mrs. Hanson kam mit einer Tasse Kaffee hereingewatschelt. »Politik! Du willst mit einem Sechsjährigen über Politik diskutieren? Hier, trink das.«

Er schlürfte den stark gesüßten, starken Kaffee, und ihm war, als sei mit diesem einen Mundvoll der abgestandene Essengeruch im Treppenhaus, der faulige Gestank der Abfalltonnen, das an Küchenwänden haftende, gelb gewordene Fett, Tabakrauch und schales Bier, Lärm und Geschrei und alles andere, was dieses Gebäude für ihn verkörperte und dem zu entkommen er gehofft hatte, wieder in ihn eingeströmt.

»Er ist zu fein für uns geworden, Mickey. Sieh ihn bloß an.«

»Er ist süßer, als ich ihn sonst rinke. Sonst ist er gut, Mama.«

»Er ist nicht anders, als du ihn immer mochtest. Drei Süßstofftabletten. Gib her, ich werde die Tasse austrinken und dir noch etwas aufgießen. Du wohnst jetzt wieder bei uns, und da sollst du dich wohl fühlen.«

»Nein, ich sagte dir schon gestern abend, daß . . .«

Sie wedelte abwehrend mit der Hand und schrie ihrem Enkel nach: »Wohin willst du?«

»Runter auf die Straße.«

»Dann nimm den Schlüssel und bring zuerst die Post rauf, verstanden? Wenn du es nicht tust . . .«

Er war fort. Sie ließ sich in den grünen Sessel fallen, auf die Wäsche und Kleider, die dort lagen. Dann sprach sie nach einem schnaufenden Seufzer weiter, ob zu ihm oder zu sich selbst, war nicht auszumachen; sie war nicht wählerisch, was ihre Zuhörer anging. Boz hörte keine Worte, sondern das schnarrende, heisere Vibrato ihres Bronchialschleims, sah die vom Nikotin verfärbten Finger, das Zittern ihres schlaffen Doppelkinns, den grau gewordenen Plastik-Zahnersatz. Meine Mutter.

Boz richtete den Blick auf die schäbige Wand, wo ein rosiges NACHHER einem trostlosen VORHER zuzwinkerte und wo Jesus, ein blutendes Herz in der Rechten, den Menschen Fassadenverkleidungen aus gelben Ziegeln vergab, die sich erstreckten, so weit das Auge reichte.

»Die Arbeit, die sie mit nach Hause bringt, du würdest es nicht glauben. Ich habe Lottie gesagt, daß es ein Verbrechen ist, sie sollte sich beschweren. Wie alt ist sie denn? Elf Jahre! Wenn es Krabbe wäre, wenn du es wärst, ich würde kein Wort sagen, aber sie hat die zarte Gesundheit ihrer Mutter und ist sehr empfindlich. Und die Übungen, die sie die Kinder machen lassen, es ist einfach unanständig. Ich bin nicht gegen Sex, ich habe dich und Milly immer tun lassen, was ihr wolltet. Ich habe zur Seite geschaut. Aber solche Dinge sollten unter den zwei Leuten bleiben, die es angeht. Was man heutzutage alles zu sehen bekommt, und ich meine, draußen auf der Straße. Sie gehen nicht mal mehr in einen Hauseingang. Also versuchte ich, Lottie zur Vernunft zu bringen, ich war ganz ruhig, ich hob nicht mal die Stimme. Lottie will es selbst nicht, weißt du, sie wird von der Schule unter Druck gesetzt. Wie oft würde man ihr erlauben, sie zu besuchen? An den Wochenenden. Und einen Monat im Sommer. Es ist alles Krabbes Werk. Ich sagte zu Krabbe, wenn du Balettänzerin werden willst, dann geh hin und lerne es, aber laß Amparo in Ruhe. Aber dann kam der Mann von der Schule, und der war sehr glatt und wortgewandt, und Lottie unterschrieb die Papiere, ich hätte weinen mögen. Natürlich war alles arrangiert. Sie warteten, bis ich aus dem Haus war. Amparo ist dein Kind, sagte ich ihr, laß mich aus der Sache heraus. Wenn du das für sie willst, wenn du meinst, daß sie diese Art von Zukunft verdient, dann übernimm du auch die Verantwortung. Du solltest die Geschichten hören, mit denen die Kleine nach Hause kommt. Elf Jahre alt! Es ist Krabbe, die sie in diese Filme mitnimmt und in den Park. Natürlich kann man das alles auch im Fernsehen haben, auf diesem Kanal 5, ich verstehe nicht, warum sie . . . Aber es geht mich ja nichts an. Niemand kümmert sich um deine Meinung, wenn du alt bist. Laß sie zur Lowen-Schule gehen, mir wird es nicht das Herz brechen.« Sie knetete bekräftigend die linke Seite ihres Kleides: ihr Herz.

»Wir könnten den Raum hier gebrauchen, obwohl ich mich deswegen nicht beschweren würde. Mrs. Miller sagte, wir könnten eine größere Wohnung beantragen, schließlich sind wir zu fünft und mit dir sechs, aber wenn ich ja sagte, und wir zögen um, und dann ginge Amparo auf diese Internatsschule, dann würden wir wieder hierher zurückziehen müssen, weil fünf Personen dort das Minimum sind. Außerdem würde es bedeuten, daß wir bis nach Queens hinüberziehen. Nun, wenn Lottie wieder eins haben würde, aber natürlich ist sie dem gesundheitlich nicht gewachsen, ganz zu schweigen von der geistigen Sache. Und Krabbe? Nun, darauf brauche ich nicht einzugehen. Also sagte ich nein, bleiben wir hier. Außerdem, wenn wir gingen und müßten dann zurückkommen, würden wir wahrscheinlich nicht das Glück haben, dieselbe Wohnung wiederzubekommen. Ich will nicht leugnen, daß vieles darin nicht in Ordnung ist, aber trotzdem. Versuch mal, nach vier Uhr Wasser zu kriegen: wie wenn du an einer trockenen Zitze saugst.«

Heiseres Lachen, eine neue Zigarette. Nachdem der Faden abgerissen war, fand sie sich im Labyrinth verloren; ihre Blicke schossen hierhin und dorthin, kleine Zuchtperlen, die in alle Ecken davonsprangen.

Boz hatte dem Monolog nicht zugehört, aber er war sich der aufquellenden Panik bewußt, welche die plötzliche wundervolle Stille erfüllte. Im Leben mit Milly hatte er diese Seite der Existenz vergessen, die grundlosen, unheilbaren Schrecknisse, die nicht nur seine Mutter heimsuchten, sondern jeden, der südlich der 34. Straße lebte.

Mrs. Hanson schlürfte ihren Kaffee. Das Geräusch (ihr eigenes Geräusch, sie machte es) ermutigte sie, und sie begann wieder zu reden und mehr von ihren eigenen Geräuschen zu machen. Die Panik verebbte. Boz schloß die Augen.

»Diese Mrs. Miller meint es natürlich gut, aber sie versteht meine Lage nicht. Was, glaubst du, schlug sie mir vor, was meinst du? Ich soll dieses Totenhaus in der 12. Straße aufsuchen! Es wäre eine Inspiration, sagte sie. Nicht für mich, für die da drinnen. Wenn sie jemand in meinem Alter und mit meiner Energie als Oberhaupt einer Familie sehen würden. In meinem Alter! Man könnte meinen, ich sei im Begriff, zu Staub zu zerfallen, wie eine von diesen Mumien! Ich wurde 1967 geboren, in dem Jahr, als der erste Mensch auf dem Mond landete. Ich bin noch nicht mal sechzig, aber angenommen, ich wäre es, gibt es ein Gesetz dagegen? Solange ich diese Treppen heraufkomme, brauchen sie sich um mich nicht zu sorgen. Diese Aufzüge sind ja ein Verbrechen! Ich kann mich kaum noch erinnern, wann sie das letzte Mal ... Nein, warte mal, ich kann. Du warst acht Jahre alt, und jedesmal, wenn ich mit dir in eine Kabine ging, fingst du an zu weinen. Du weintest damals wegen allem und jedem. Natürlich, es war meine Schuld, weil ich dich verzog, und deine Schwestern machten es mir nach. Das eine Mal, als ich nach Haus kam, und du hattest Lotties Kleider an, ihren Lippenstift und alles im Gesicht, und zu denken, daß sie dir dabei auch noch half. Nun, das ließ ich nicht zu! Wenn es Krabbe gewesen wäre, hätte ich es verstehen können. Krabbe ist selbst so. Ich sagte immer zu Mrs. Holt, als sie noch lebte, sie hatte sehr altmodische Ideen, diese Mrs. Holt, daß Krabbes Angelegenheiten sie genausowenig angingen wie mich, und überhaupt könnte man dem Mädchen nicht verwehren, daß es auf seine Art glücklich wird. Außerdem muß man zugeben, daß sie ein häusliches Mädchen war, während Lottie, du meine Güte, Lottie war eben so schön. Schon in der Schule. Ihre ganze Zeit verbrachte sie vor dem Spiegel, und man konnte es ihr kaum verdenken. Wie ein Filmstar.«

Sie senkte die Stimme, als vertraue sie dem olivgrünen öligen Belag auf ihrem Ersatzkaffee ein Geheimnis an.

»Und dann hinzugehen und so was zu tun. Ich traute meinen Augen nicht, als ich ihn sah. Ist es Vermessenheit, wenn man möchte, daß die Kinder es einmal besser haben als man selbst? Dann bin ich vermessen. Ein gutaussehender Junge, das will ich nicht leugnen, und in seiner Art sogar klug, nehme ich an. Er schrieb ihr Gedichte. Auf spanisch, damit ich sie nicht verstehen sollte. Ich sagte ihr, es ist dein Leben, Lottie, also mach nur so weiter und ruiniere es, wenn du glaubst, es tun zu müssen, aber sag mir nicht, ich sei voreingenommen. Ihr Kinder habt mich nie solche Worte gebrauchen hören, und ihr werdet sie auch nie hören. Ich mag nur Volksschulbildung haben, aber ich kenne den Unterschied zwischen ... Recht und Unrecht. Bei der Hochzeit trug sie dieses blaue Kleid, und ich sagte kein Wort darüber, wie unanständig kurz es war. Die Hochzeit selbst war ja sehr schön. Ich muß beinahe weinen, wenn ich daran zurückdenke.« Sie hielt inne, dann fügte sie mit großem Nachdruck hinzu, als ob dies die einzige unangreifbare Schlußfolgerung wäre, die sie nicht verschweigen zu dürfen glaubte: »Er war immer sehr höflich.«

Eine zweite, längere Pause.

»Du hörst mir nicht zu, Boz.«

»Doch, ich höre. Du sagtest, er sei immer sehr höflich gewesen.«

»Wer?«

Boz durchsuchte sein inneres Familienalbum nach dem Gesicht von jemandem, der sich seiner Mutter gegenüber höflich benommen haben mochte.

»Mein Schwager?«

Mrs. Hanson nickte. »Genau. Juan. Und sie sagte auch, warum ich es nicht mit Religion versuche.« Sie schüttelte den Kopf vor Verblüffung, daß so etwas erlaubt war.

»Sie? – Wer?«

Die trockenen Lippen schürzten sich in Enttäuschung. Der Gedankensprung war beabsichtigt gewesen, eine Falle, aber Boz war ihr entgangen. Sie wußte, daß er nicht zuhörte, aber sie konnte es nicht beweisen.

»Mrs. Miller. Sie sagte, es würde mir guttun. Ich sagte ihr, ein Fall von religiösem Wahn in der Familie sei genug, und außerdem würde ich das nicht Religion nennen. Ich meine, ich weiß eine Stange Oralin wie jeder andere zu schätzen, aber Religion muß aus dem Herzen kommen.« Wieder knitterte sie die violetten, orangefarbenen und goldenen Flammen ihres Kleids. Irgendwo darunter füllte es sich mit Blut und spritzte es in die Arterien: ihr Herz.

»Bist du immer noch so?« fragte sie.

»Religiös? Nein, davon war ich runter, bevor ich heiratete. Auch Milly ist ganz dagegen. Es ist alles Chemie.«

»Das versuch mal deiner Schwester zu sagen.«

»Ach, für Krabbe ist es eine sinnvolle Erfahrung. Sie versteht recht gut, daß das Leben und alles nur ein Zusammenwirken von chemischen Vorgängen ist. Aber es ist ihr einfach egal, und solange Religion ihr was bringt . . .«

Boz war zu klug, um in einem Familienstreit Partei zu ergreifen. Schon einmal in seinem Leben hatte er sich diesem Knoten entwinden müssen, und er kannte ihre Stärke.

Mickey kehrte mit der Post zurück, legte sie auf den Fernseher und war zur Tür hinaus, ehe seine Großmutter neue Botengänge erfinden konnte.

Ein Umschlag.

»Ist es für mich?« fragte Mrs. Hanson.

Boz rührte sich nicht.

Sie tat einen tiefen, pfeifenden Atemzug und wuchtete sich aus dem Sessel.

»Es ist für Lottie«, verkündete sie, während sie den Umschlag öffnete. »Von der Alexander-Lowen-Schule. Wo Amparo hingehen will.«

»Was steht drin?«

»Sie nehmen sie. Sie hat ein Stipendium für ein Jahr. Sechstausend Dollar.«

»Jesus! Das ist großartig.«

Mrs. Hanson setzte sich auf die Couch, neben Boz' Füße, und weinte. Sie weinte länger als fünf Minuten. Dann ging der Küchenwecker los. ›*Wie die Welt sich dreht.*‹ Seit Jahren hatte sie keine einzige Folge versäumt und Boz auch nicht. Sie hörte auf zu weinen. Gemeinsam sahen sie das Programm.

Wie er so auf dem schmalen Sofa lag, von den Knien abwärts eingezwängt vom breiten Gesäß seiner Mutter, gewärmt von ihrem Fleisch, fühlte er sich wohl. Er konnte auf die Größe einer Briefmarke zusammenschrumpfen, einer Bohne, einer winzig kleinen Perle, unbekümmert und glücklich, kaum noch existent.

3

Krabbe war im Einklang mit Gott, und Gott (davon war sie überzeugt) verstand Krabbe: sie, hier auf dem Dach von Nr. 334; Er, dort draußen in den braunroten und graublauen Schleiern der Abenddämmerung, in der vergifteten Luft über Jersey, allgegenwärtig. Oder vielleicht war es nicht Gott, aber dafür etwas, was sich mehr oder weniger in diese Richtung bewegte. Krabbe war nicht sicher.

Boz ließ die Füße baumeln und betrachtete das doppelte Moirémuster ihrer Haut und ihrer Kleidung. Die spiraligen Muster des bedruckten Stoffs und die Schablonenmalerei auf der Haut darunter schienen in gegenläufiger Bewegung. Der Märzwind spielte mit dem Stoff, und Krabbe schwankte, und die Spiralen drehten sich wie goldene und grüne Strudel, lyrische Illusionen.

Irgendwo auf einem anderen Dach kläffte ein illegaler Hund.

Gewöhnlich versuchte Boz, an der Oberfläche zu bleiben, doch heute abend sah er sich ins Exil seiner Innenwelt gedrängt, wo er sein Problem zu definieren und Wege zur realistischen Lösung zu finden hatte. Im Grunde (dachte er) lag die Schwierigkeit in seinem eigenen Charakter. Er war schwach. Er hatte Milly in allem ihren Willen gelassen, bis sie vergessen hatte, daß er seine legitimen Ansprüche hatte. Selbst Boz hatte das vergessen. Es war eine einseitige Beziehung. Er hatte das Gefühl, dahinzuschwinden, sich in Luft aufzulösen, um von den grüngoldenen Wirbeln eingesogen zu werden. Er fühlte sich beschissen. Die Pillen hatten ihn in genau die falsche Richtung gebracht, und Krabbe, entrückt ins Land der heiligen Theresa, war ihm weder Hilfe noch Trost.

Das Braunrot dunkelte zu einem schmutzigen Violett, und dann war es Nacht. Gott verhüllte seine Herrlichkeit, und Krabbe kehrte von ihrem religiösen Trip zurück. »Armer Boz«, sagte sie.

Er nickte. »Armer Boz.«

»Andererseits bist du dem da entkommen.« Ihre Hand beschrieb eine Geste, die alle Häßlichkeiten der Dachlandschaft umfaßte. Eine zweite, ungeduldigere Bewegung folgte, als habe sie entdeckt, daß das ganze Durcheinander an ihrer Hand festgeklebt sei. Tatsächlich war es ihre Hand, ihr Arm geworden, das ganze steife Ding aus Fleisch und Knochen, dem sie für drei Stunden und fünfzehn Minuten hatte entfliehen können.

»Und arme Krabbe.«

»Ja, arme Krabbe«, pflichtete er bei.

»Weil ich hier festsitze.«

Ihr Achselzucken ließ das scharfkantige Schulterblatt hervortreten. Sie hatte nicht das Gebäude gemeint, sondern ihren eigenen Körper, aber es wäre zu schwierig gewesen, dies dem aufblühenden Narziß klarzumachen. Sie ärgerte sich über Boz, weil er nur sein Elend, seine inneren Konflikte sah. Sie aber hatte ihre eigenen Unzufriedenheiten, die sie zur Sprache bringen wollte, Hunderte.

»Dein Problem ist sehr einfach, Boz. Dein Problem ist, daß du im Grunde ein Warmer bist.«

»Ach, hör bloß auf!«

»Ehrlich. Als ihr anfingt, zusammenzuleben, du und Milly, da konnten Lottie und ich es nicht glauben. Es war uns immer sonnenklar gewesen.«

»Daß ich ein hübsches Gesicht habe, bedeutet noch lange nicht ...«

»Komm schon, Boz, stell dich nicht dümmer, als du bist. Du weißt, das hat nichts damit zu tun. Und ich sage auch nicht, daß du dich für das andere entscheiden solltest, weil ich es tue. Aber ich kann die Zeichen lesen. Wenn du dich selbst mit ein wenig psychoanalytischer Aufmerksamkeit betrachten würdest, müßtest du erkennen, wieviel du unterdrückt hast.«

Er fuhr auf. Es war eine Sache, ein Warmer genannt zu werden, aber niemand sollte ihm nachsagen, er unterdrücke seine eigentlichen Neigungen. »Pech gehabt, Schwester. Wenn du meine Partei wissen willst, sollst du es erfahren. Als ich dreizehn war, pflegte ich mir einen runterzuholen, während ich dir beim Ausziehen zusah, und du kannst mir glauben, man muß schon sehr auf Frauen stehen, um das zu tun.«

»Das ist gemein«, sagte sie.

Es war gemein, und außerdem war es unwahr. In seinen jüngeren Jahren hatte er oft genug über Lottie fantasiert, aber nie über Krabbe. Ihr kurzer, dünner und eckiger Körper stieß ihn ab. Sie war eine gotische Kathedrale voller Ecken, Spitzen und Maßwerk, ein Wald aus entlaubten Bäumen; er wollte sonnige Höfe und blumige Wiesen. Sie war ein Kupferstich von Dürer; er war eine Landschaft von Domenichino. Mit Krabbe ins Bett? Dann lieber ein Warmer, selbst wenn sie seine eigene Schwester war.

»Nicht daß ich gegen Homosexualität wäre«, fügte er diplomatisch hinzu. »Ich bin kein Puritaner. Es macht mir bloß keinen Spaß, es mit anderen Kerlen zu treiben.«

»Du hast es nie versucht«, sagte sie.

»Und ob ich habe. Oft genug.«

»Und warum bricht deine Ehe dann auseinander?«

Tränen begannen zu tropfen. In diesen Tagen weinte er die ganze Zeit, bei jedem Anlaß. Krabbe, geübt in Mitleid, weinte mit ihm, einen drahtigen Arm um seine bloßen, fein modellierten Schultern gelegt.

Schnupfend warf er den Kopf zurück. Braune Locken flogen, breites, tapferes Lächeln. »Was ist mit der Party?«

»Nicht heute abend. Mir ist zu religiös und heilig zumute. Vielleicht später.«

»Ach, Krabbe, komm schon.«

»Wirklich, es ist, wie ich sagte.« Sie lehnte sich an seine Schulter, reckte aber gleichzeitig das Kinn und wartete, daß er bettele.

Der Hund auf dem entfernten Dach fing wieder an zu kläffen.

»Einmal, als ich noch ein kleiner Junge war . . . ich glaube, es war kurz nach unserem Einzug hier . . .«, begann Boz verträumt.

Aber er sah sofort, daß sie nicht zuhörte.

Die Hundehaltung in der Stadt war erst vor kurzem verboten worden, und die Hundebesitzer erfanden Anne-Frank-Nummern, um ihre Lieblinge vor der städtischen Gestapo zu schützen. Sie hörten auf, mit ihnen auf die Straße zu gehen, und das Dach von Nr. 334, das von der Behörde zum Kinderspielplatz erklärt worden war (man hatte ringsherum einen sturmsicheren Zaun errichtet, um dem Dach eine Spielplatzatmosphäre zu geben), bedeckte sich bald knöcheltief mit Hundescheiße. Zwischen den Kindern und Hunden kam es zu einem Krieg über die Frage, wem das Dach in Zukunft gehören sollte. Wenn es dunkel wurde und die Hundebesitzer heraufkamen, um ihre Tiere von der Leine zu lassen, jagten die Jungen, die zuvor in Verstecken gelauert hatten, die Hunde, fingen sie ein und warfen sie über die Dachkante. Deutsche Schäferhunde wehrten sich am mutigsten. Boz hatte mit eigenen Augen gesehen, wie ein Schäferhund einen von Millys Vettern mit sich in die Tiefe gerissen hatte.

All die Dinge, die sich ereignen und zu der Zeit so wichtig erscheinen, und dann vergißt man sie einfach, eins nach dem anderen! Er verspürte eine elegante, beherrschte Traurigkeit, wie wenn er, würde er sich jetzt hinsetzen und damit anfangen, imstande wäre, ein schönes, reifes Stück Philosophie zu schreiben.

»Ich geh' jetzt. In Ordnung?«

»Viel Spaß«, sagte Krabbe.

Er berührte ihr Ohr mit den Lippen, aber es war kein Kuß, nicht einmal in einem brüderlichen Sinn. Eher ein Zeichen für die Distanz zwischen ihnen, ähnlich den Schildern an Fernstraßen, die einem sagen, wie weit es nach New York City ist.

Die Party war in keiner Weise verrückt, aber Boz vergnügte sich in einer stillen, dekorativen Weise, indem er auf einer Bank saß und Knie betrachtete. Dann kam Williken, der Fotograf von Nr. 334, herüber und klärte Boz über den Nuancismus auf. Williken war schon seit den frühen Tagen ein Nuancist, und nun sei eine Renaissance überfällig. Er sah älter aus, als Boz ihn in Erinnerung hatte, eingetrocknet und fleischlos und mitleiderregende dreiundvierzig Jahre alt.

»Dreiundvierzig ist das beste Alter«, sagte Williken zum wiederholten Mal, nachdem er die Betrachtungen über die Kunstgeschichte zu seiner Zufriedenheit abgeschlossen hatte.

»Besser als einundzwanzig?« Was natürlich Boz' Alter war.

Williken nahm es für einen Scherz und hustete. (Williken rauchte Tabak.) Boz blickte weg und bemerkte, daß der Bursche mit dem roten Bart ihn beäugte. An seinem linken Ohrläppchen funkelte ein kleiner goldener Ring.

»Doppelt so gut«, sagte Williken, »und dann noch ein bißchen.« Da auch dies ein Scherz war, hustete er wieder.

Er (der Rotbart mit dem goldenen Ohrring) war nach Boz der ansehnlichste Partygast. Boz erhob sich mit einem Klaps auf die geäderten, abgenutzten Hände des alten Mannes.

»Und wie alt bist du?« fragte er den Rotbart.

»Einsvierundachtzig. Und du?«

»Ich bin ziemlich vielseitig. Wo wohnst du?«

»In den Siebzigern, Ostseite. Und du?«

»Ich bin evakuiert worden.« Boz nahm eine Pose ein: Sebastian, bereit, die Pfeife menschlicher Bewunderung zu empfangen. »Bist du ein Freund von Januar?«

»Ein Freund von einem Freund, aber dieser Freund kam nicht. Und du?«

»Bei mir ist es ähnlich.«

Danny (so hieß er) fuhr ihm mit der Hand ins kastanienbraune Haar.

»Ich mag deine Knie«, sagte Boz.

»Findest du nicht, daß sie zu behaart sind?«

»Nein, ich mag behaarte Knie.«

Als sie gingen, war Januar im Badezimmer. Sie riefen ihre Abschiedsworte durch die Plastiktür. Auf dem ganzen Heimweg – hinunter zur Straße, auf der Straße, in der U-Bahn, im Aufzug von Dannys Haus – küßten und berührten sie einander, aber obwohl Boz es in einer psychologischen Weise aufregend fand, machte es ihn nicht körperlich scharf.

Nichts, was er auch unternahm, gab Boz einen Steifen.

Während Danny hinter dem Wandschirm im Milchtopf rührte, lag Boz allein im Doppelbett und beobachtete die Goldhamster in ihrem Käfig. Die Hamster rammelten in ihrer sprunghaften, nervösen Art und machten zirpende Geräusche dazu. Selbst die Natur wurde Boz zum Vorwurf.

Danny kam mit den Tassen zum Vorschein. »Süßstoff?«

»Danke, nein. Ich sollte deine Zeit nicht so verschwenden.«

»Wer sagt, es sei verschwendete Zeit? Vielleicht in einer halben Stunde . . .« Der Schnurrbart löste sich vom Bart: ein Lächeln.

Boz blickte kläglich an sich herab. »Nein, heute abend ist er außer Dienst.«

»Na, trink deinen Kaffee. Sex ist nicht so wichtig, glaub mir. Es gibt andere Dinge.«

»Kann sein.«

»Wirklich«, bekräftigte Danny. »Bist du immer impotent?« Da, er hatte das gefürchtete Wort ausgesprochen.

»Gott, nein!« (Welch schreckliche Vorstellung!)

»Na und? Eine solche Panne zwischendurch ist kein Grund zur Sorge. Das passiert mir die ganze Zeit, und ich lebe davon. Ich bin Hygienevorführer.«

»Du?«

»Warum nicht? Tagsüber normal, und in meiner Freizeit ein Warmer. Übrigens, wie bist du registriert?«

Boz zuckte die Achseln. »Als normal, aber bevor ich heiratete, war ich Ambi. Darum dachte ich mir nichts dabei, als ich mit dir nach Haus kam. Und – ich muß sagen, du siehst verdammt gut aus, Danny.«

Danny errötete froh. »Hör auf damit. Erzähl mir lieber, was mit deiner Ehe schiefgegangen ist.«

»Es würde dich kaum interessieren«, sagte Boz, und dann erzählte er Danny die ganze Geschichte von Boz und Milly: wie schön und glücklich die Beziehung gewesen sei und wie sie sich dann aus Gründen, die er nicht verstehe, allmählich in ihr Gegenteil verkehrt habe.

»Habt ihr mit einem Eheberater gesprochen?« fragte Danny.

»Was sollte das nützen?«

Danny hatte eine Träne echten Mitleids zustande gebracht und hob Boz' Kinn, damit er sie auch sehe. »Du solltest zu einem Berater gehen. Deine Ehe bedeutet dir immer noch sehr viel, und wenn was schiefgegangen ist, solltest du wenigstens wissen, woran es lag. Ich meine, es könnte ja etwas ganz Nebensächliches sein, so daß ihr beispielsweise nur eure Stoffwechselzyklen zu synchronisieren brauchtet, um alles wieder ins Lot zu bringen.«

»Kann sein, daß du recht hast.«

Danny beugte sich über ihn und drückte ihm ernst den Arm. »Natürlich habe ich recht. Ich will dir was sagen, ich kenne jemand, der auf diesem Gebiet besonders gut sein soll. In der Park Avenue. Ich werde dir seine Nummer geben.« Er küßte Boz schnell auf die Nase, gerade rechtzeitig, daß die Träne seines Mitgefühls auf Boz' Wange fallen konnte.

Später, nach einer entschlossenen letzten Anstrengung, die dennoch ohne Ergebnis blieb, begleitete Danny ihn zur Straße hinunter. Als sie sich verabschiedeten und immer noch beim Händeschütteln waren, fragte Boz scheinbar beiläufig, obwohl er während der letzten halben Stunde kaum an etwas anderes gedacht hatte: »Übrigens, du hast nicht zufällig in der Erasmus-Hall-Schule gearbeitet; oder?«

»Nein, warum? Bist du dort zur Schule gegangen? Zu deiner Zeit war ich selbst noch Schüler.«

»Nein, ich kenne jemand, der dort arbeitet. Und an der Washington-Irving-Schule.«

»Nein, da habe ich auch nicht zu tun. Aber wie heißt er? Vielleicht kennen wir uns von einer Gewerkschaftsversammlung oder was.«

»Es ist eine sie – Milly Hanson.«

»Tut mir leid, nie gehört. Es gibt viele von uns, weißt du. Dies ist eine große Stadt.«

Ihre Hände ließen einander los. Das Lächeln schwand aus ihren Gesichtern, und sie verloren einander aus den Augen, wie Boote, die über das Wasser in dichte Nebel davongleiten.

4

Das Haus Park Avenue 227, in dem McGonagall sein Büro hatte, war ein schlampiges, etwas heruntergekommenes Gebäude aus der großen Zeit der Glas- und Stahl-Bauweise in den sechziger Jahren. Aber dann kam im sechsundneunziger Jahr das Nukleartest-Erdbeben, und das Haus mußte – wie zahlreiche andere – mit Beton ummantelt werden. Jetzt erinnerte es von außen an Millys vorjährige schmutziggelbe Strickweste.

Das Wartezimmer war mit zwei Stühlen, Papiermatratzen und weißgetünchten Wänden sehr einfach eingerichtet. Gegenüber vom Fenster hingen ein paar handsignierte Drucke zeitgenössischer Künstler. Milly hatte ihre alte Pan-Am-Uniform angezogen und gab eine Imitation mädchenhafter Züchtigkeit, Boz hingegen hatte sich für cremefarbene Straßenshorts und ein lässig um den

Hals geknotetes blaugraues Chiffontuch entschieden, das eigentlich zu Millys Uniform gehörte und farblich auf sie abgestimmt war. Wenn er sich bewegte, flatterte es ihm wie ein Schatten nach. Sie standen da und warteten, ohne miteinander zu sprechen.

Eine verdammte halbe Stunde lang.

Der Weg in McGonagalls Büro war wie aus den Annalen der Met. Die Tür schien in einer Projektion von Flammen nach oben zu entschweben, und sie schritten durch, eine Pamina und ein Tamino, angemessen begleitet von Flöte und Trommel. Ein fetter, weißgekleideter Mann hieß sie mit wortlosem Händedruck in seinem preisgünstigen Weisheitstempel willkommen. Offenbar ein Sensitivist.

Er schob sein rosig überhauchtes, ungefähr fünfzigjähriges Gesicht nahe an Boz heran, als versuche er das Kleingedruckte darin zu lesen. »Sie sind Boz«, sagte er beinahe ehrerbietig. Dann, mit einem Blick in ihre Richtung: »Und Sie sind Milly.«

»Nein«, sagte sie verdrießlich (es war diese halbe Stunde): »Ich bin Boz, und sie ist Milly.«

»Manchmal«, sagte McGonagall, zurücktretend, »ist Scheidung die beste Lösung. Ich möchte Ihnen gleich sagen, daß ich nicht zögern werde, es zu sagen, wenn dies in Ihrem Fall meine Meinung sein sollte. Wenn Sie verärgert sind, daß ich Sie so lange warten ließ, so bitte ich um Vergebung, aber es diente einem guten Zweck. Es läßt uns von Anfang an die steife Förmlichkeit gesellschaftlichen Umgangs vergessen. Und was ist das erste, was Sie sagen? Daß Ihr Ehemann eine Frau ist! Was sagen Sie dazu, Boz, daß Milly Ihnen gern die Eier abschneiden und selbst tragen würde?«

Boz zuckte die Achseln mit der Miene eines Mannes, der lange gelitten und es mit Anmut ertragen hat. »Ich fand es komisch.«

»Ha«, lachte McGonagall, »das dachten Sie. Aber was fühlten Sie? Wollten Sie Milly schlagen? Fürchteten Sie sich? Oder waren Sie insgeheim erfreut?«

»Das ist es so ungefähr.«

McGonagall ließ sich in etwas aufgeblasenes Blaues sinken und schwamm dort wie ein riesiger weißer Tintenfisch auf der ruhigen Oberfläche einer sommerlichen See. »Nun, dann erzählen Sie mir einmal von ihrem Geschlechtsleben, Mrs. Hanson.«

»Unser Geschlechtsleben ist hübsch«, sagte Milly.

»Abwechslungsreich«, versicherte Boz.

»Und ziemlich häufig.« Sie verschränkte die hübschen, makellos gerundeten Arme.

»Wenn wir zusammen sind«, fügte Boz hinzu, und ein Anflug echten Selbstmitleids schmückte die Ironie der Feststellung. Schon quetschte sein Inneres müßige Tränen aus den geeigneten Drüsen; während Milly begonnen hatte, in anderen Drüsen aus geringfügigen Verdrießlichkeiten eine schöne glatte Wut anzurühren. In diesem Punkt – wie in manchen anderen – erreichten sie eine Art Symmetrie untereinander, sie ergaben ein Paar.

»Was arbeiten Sie?«

»Was es darüber zu wissen gibt, steht in unseren Fragebogen«, sagte Milly. »Sie haben einen Monat Zeit gehabt, sie durchzusehen. Mindestens aber eine halbe Stunde.«

»Aber in Ihrem Fragebogen, Mrs. Hanson, steht nichts von dieser bemerkenswerten Zurückhaltung, diesem Widerwillen, auch nur ein Wort zu sagen.« Er hob den Zeigefinger und schalt und segnete sie mit einer einzigen Geste. Dann, zu Boz gewandt: »Was machen Sie, Boz?«

»Oh, ich bin nur Ehemann. Milly ist die Brotverdienerin.«

Beide sahen sie Milly an.

»Ich demonstriere Sex an den höheren Schulen«, sagte sie.

»Manchmal«, sagte McGonagall und ließ sich meditierend zurücksinken (wie alle schlauen fetten Männer verstand er es, sich für Buddha auszugeben), »haben vermeintliche Eheprobleme ihren Ursprung in Berufsschwierigkeiten.«

Milly lächelte ein selbstsicheres Porzellanlächeln. »Die Stadt überprüft uns zu Beginn eines jeden Semesters, Mr. McGonagall. Letztes Mal kam ich auf der Ambitionsskala ein wenig hoch hinaus, aber nicht über dem Mittelwert derjenigen, die in die Verwaltung übernommen worden sind. Boz und ich sind hier, weil wir keine zwei Stunden zusammen verbringen können, ohne in Streit zu geraten. Ich kann nicht mehr in einem Bett mit ihm schlafen, und er kriegt Sodbrennen, wenn wir gemeinsam essen.«

»Nun, nehmen wir also einstweilen an, daß Sie Ihrer Arbeit angepaßt sind. Wie ist es mit Ihnen, Boz. Sind Sie als ›Nur-Ehemann‹ glücklich?«

Boz befingerte den Knoten seines Halstuchs. »Also, nein . . . ich glaube, ich bin nicht ganz glücklich, sonst wären wir ja nicht hier. Manchmal werde ich – ach, ich weiß nicht – unruhig. Aber ich weiß, daß ich nicht glücklicher sein würde, wenn ich irgendwo arbeiten ginge. Mit einem Job ist es wie mit dem Kirchgang: es ist ganz nett, einmal oder zweimal im Jahr mitzusingen und etwas zu essen und alles das, aber wenn man nicht wirklich glaubt, daß etwas Heiliges vorgeht, wird es lästig und langweilig, jede Woche hinzugehen.«

»Hatten Sie jemals einen festen Arbeitsplatz?«

»Einige Male. Ich konnte es nicht ausstehen. Ich glaube, die meisten Leute hassen ihre Arbeit. Ich meine, warum würde man sie sonst dafür bezahlen?«

»Doch irgendwas stimmt nicht, Boz. Etwas fehlt in Ihrem Leben, das dasein sollte.«

»Etwas. Ich weiß nicht, was.« Er sah niedergeschlagen aus.

McGonagall beugte sich vor und ergriff seine Hand. Menschlicher Kontakt war in McGonagalls Geschäft von fundamentaler Bedeutung. »Kinder?« fragte er, als er sich nach dieser Episode von Wärme und Gefühl wieder zu Milly wandte.

»Wir können uns keine Kinder leisten.«

»Würden Sie ein Kind wollen, wenn Sie das Gefühl hätten, Sie könnten sich eins leisten?«

Sie schürzte die Lippen. »O ja, sehr sogar.«

»Viele Kinder?«

»Nun hören Sie mal!«

»Es gibt Leute, wissen Sie, die viele Kinder wollen, die sieben oder acht Kinder in die Welt setzen würden, wenn wir keine Bevölkerungsplanung hätten.«

»Meine Mutter«, sagte Boz, »hatte vier Kinder. Natürlich kamen sie alle vor dem Inkrafttreten des Gesetzes zur Welt, mit Ausnahme von mir, und ich durfte nur kommen, weil Jimmy, ihr Ältester, bei einem Krawall oder einem Tanz oder was ums Leben kam, als er vierzehn war.«

»Haben Sie Haustiere?«

»Eine Katze«, sagte Boz, »und einen Gummibaum.«

»Wer von Ihnen kümmert sich überwiegend um die Katze?«

»Ich, aber das liegt daran, daß ich den Tag über zu Haus bin. Seit ich ausgezogen bin, muß Milly sich um die Katze kümmern. Das arme Tier muß sich sehr einsam fühlen.«

»Hat es Junge?«

Boz schüttelte den Kopf.

»Nein«, sagte Milly. »Ich habe sie sterilisieren lassen.«

Boz konnte fast hören, wie McGonagall dachte: *oho*! Er wußte, wie die Sitzung von diesem Punkt an weitergehen würde und daß er aus der Schußlinie war, weil McGonagall Milly aufs Korn nehmen würde. Der Mann mochte recht haben oder nicht, aber er hatte eine Idee und ließ nicht locker: Milly hatte ein Kind nötig (die Erfüllung als Frau), und Boz – nun, es sah ganz danach aus, als ob er die Mutter sein würde.

Und tatsächlich, am Ende der Sitzung lag Milly auf dem elastischen weißen Boden, drückte den Rücken durch, schrie (»Ja, ein Kind! Ich will ein Kind! Ja, ein Kind! Ein Baby!«) und hatte hysterische, simulierte Geburtswehen. Es war schön. Wie lange war es her, daß Milly richtig zusammengebrochen war und geweint hatte? Jahre. Es war hundertprozentig schön.

Danach beschlossen sie, die Treppe hinunterzugehen, die staubig und dunkel und ungemein erotisch war. Sie machten es im achtundzwanzigsten Stock und dann, mit zitternden Beinen, noch einmal im zwölften. Es war wie ein Versprechen, das zu halten sie beide entschlossen waren.

Es war nicht alles Wohlgeschmack und Rosen, ganz gewiß nicht. Sie hatten mehr Papierkrieg zu führen als in ihrem ganzen bisherigen Leben. Hinzu kamen Besuche bei einer Schwangerschaftsberaterin und in der Klinik, um die Verschreibungen zu bekommen, die sie jetzt beide nehmen mußten; und schließlich der feierliche Augenblick im Amt für Bevölkerungsplanung, als Milly das Glas mit dem bitter schmeckenden Mittel trank (den Rest des Tages war ihr schlecht), das die normale Empfängnisfähigkeit wiederherstellen sollte. Die nächsten zwei Wochen durfte sie nichts trinken, was aus der Wasserleitung kam oder mit Leitungswasser zubereitet war, bis ihr morgendlicher Test endlich eine positive Ablesung erbrachte.

Sie beschlossen, daß es ein Mädchen sein werde: Loretta, nach Boz' Schwester. Später überlegten sie es sich anders: Afra, Murray, Albegra, Schnuffel (Boz' Auswahl) und Pamela, Grace, Lulu und Maureen (Millys Auswahl).

Boz strickte eine Art Decke.

Die Tage wurden länger und die Nächte kürzer. Dann umgekehrt. Peanut (das war ihr Name, wann immer sie sich nicht einig werden konnten, welches ihr wirklicher Name sein würde) sollte nach dem Plan am Abend vor dem Weihnachtsfest 2025 zur Welt kommen.

Wichtig aber war in dieser Zeit vor allem das Problem der psychologischen Vorbereitung und Einstimmung auf die Elternschaft, keineswegs eine einfache Sache.

So stellte McGonagall es Boz und Milly in der letzten Beratungsstunde dar:

»Wie wir arbeiten, wie wir sprechen, fernsehen oder die Straße hinuntergehen – jedes ist ein Teil des Problems der Identität. Wir können nichts von alledem authentisch tun, ehe wir entdeckt haben, wer wir wirklich sind, und beschließen, von nun an im Denken und Handeln diese Person zu sein, und nicht jene, die andere Leute in uns sehen wollen. Wenn sie uns wollen, wie wir nicht sind, gebrauchen diese Leute uns gewöhnlich als Laboratorium, um ihre eigenen Identitätsprobleme zu lösen.

Nun, Boz, wir haben gesehen, wie Sie in Ihren persönlichen Beziehungen zu erwarten schienen, bei manchen Gelegenheiten eine bestimmte Art von Person zu sein und bei anderen Gelegenheiten wieder eine völlig andere Art von Person. Oder, um Ihre eigenen Worte zu gebrauchen, Sie sind ›nur Ehemann‹. Dieses eigenartige Phänomen, eine Persönlichkeit gewissermaßen in zwei Teile zu zertrennen, nahm seinen Anfang im vergangenen Jahrhundert mit der Automation. Zuerst wurde die Arbeit leichter und dann rarer – besonders die Arbeit, die man als ›Männerarbeit‹ zu bezeichnen pflegte. Auf jedem Gebiet arbeiteten Männer und Frauen Seite an Seite. Für manche Männer bestand die einzige Möglichkeit, ihre Männlichkeit zur Schau zu stellen, darin, daß sie an Wochenenden Blue jeans trugen und die richtige Zigarettenmarke rauchten, etwa Marlboro.« Er preßte die Lippen zusammen und bewegte nervös die Finger, als das Verlangen in Mund und Lunge wieder den alten, endlosen Kampf gegen die Willenskraft aufnahm: mit der gleichen Mimik hätte ein Säulenheiliger von den Versuchungen des Fleisches gesprochen, hätte sich der alten Genüsse erinnert, um sie zurückzuweisen.

»Aus psychologischer Sicht bedeutete dies, daß Männer nicht länger die alte aggressive Charakterstruktur brauchten, ebensowenig wie sie den athletischen Körperbau benötigten, der zu einem solchen Charakter paßte. Die Folge war denn auch, daß dieser extrem männliche Typ aus der Mode kam. Mädchen begannen, schlanke, mittelgroße Männer von einem eher leptosomen Typ zu bevorzugen. Als ideal wurden Paare wie Sie angesehen, die einander in der körperlichen Erscheinung ähnlich waren. Man kann das auch als eine von den Polen der Sexualität nach innen verlaufenden Bewegung bezeichnen.

Zum ersten Mal in der Menschheitsgeschichte ist es Männern heute möglich, die feminine Komponente ihrer Persönlichkeit auszudrücken. Überspitzt ausgedrückt, könnte man sogar sagen, daß die ökonomischen Bedingungen unserer Zeit es von ihnen verlangen. Selbstverständlich spreche ich nicht von Homosexualität. Ein Mann kann in dem von mir gemeinten Sinne über den Punkt des Transvestitentums hinaus effeminiert sein, ohne vom normalen sexuellen Verhalten abzuweichen.

Nun, das alles werden Sie schon in der Schule gehört haben, aber es ist eine Sache, etwas intellektuell zu verstehen, und eine ganz andere, es im eigenen Körper zu fühlen. Was die meisten Männer damals fühlten – diejenigen, die sich der verweiblichenden Tendenzen der Zeit anschlossen –, war ein erdrückendes, absolutes Schuldgefühl, das in vielen Fällen zu einer schwereren Bürde wurde als die ursprüngliche Repression. Und so folgte der sexuellen Revolution der sechziger Jahre die langweilige Konterrevolution der siebziger und achtziger Jahre, in denen ich aufwuchs. Es war einfach furchtbar. Alle Männer trugen Schwarz oder Grau oder ein lehmiges Braun, wenn sie auffallen wollten. Ihr Haarschnitt war kurz, und sie gingen – man kann es in den Filmen sehen, die damals entstanden – steif wie Roboter.

Ich erwähne das nur am Rande, weil ich nicht glaube, daß junge Leute in Ihrem Alter erkennen, wie glücklich sie sich schätzen können, in einer anderen Zeit herangewachsen zu sein. Das Leben hat noch immer seine Probleme – sonst wäre ich arbeitslos –, aber wer nach einer Lösung dieser Probleme sucht, hat heutzutage wenigstens eine Chance.

Um auf die Entscheidung zurückzukommen, der Sie sich gegenübersehen, Boz: Bis zur Zeit unserer Väter war jeder Mann aus einfachen biologischen Gründen praktisch verpflichtet, seine tief verwurzelten mütterlichen Instinkte zu verleugnen. Mutterschaft ist im Grunde ein psycho-soziales und nicht ein sexuelles Phänomen. Jedes Kind, ob Junge oder Mädchen, wächst auf, indem es lernt, seine Mutter nachzuahmen. Es spielt mit Puppen und bäckt Sandkuchen – wenn es in einer Gegend lebt, wo Sand erhältlich ist. Es fährt wie ein Känguruhjunges mit dem Einkaufswagen durch den Supermakrt. Und so weiter. Es ist nur natürlich, daß Männer, wenn sie erwachsen sind, selbst Mütter sein möchten, sofern ihre gesellschaftlichen und ökonomischen Lebensbedingungen es erlauben – das heißt, wenn sie die Muße haben, denn alle anderen Schwierigkeiten sind heutzutage überwindbar.

Kurzum, Milly, Boz braucht mehr als Ihre oder die Liebe irgendeiner Frau – oder irgendeines Mannes, was das angeht. Wie

Sie selbst, benötigt er eine andere Art von Erfüllung. Er braucht, genauso wie Sie, ein Kind. Und sogar noch mehr als Sie braucht er die Erfahrung der Mutterschaft.«

5

Im November, im Mount-Sinai-Krankenhaus, hatte Boz die Operation – und Milly natürlich auch, denn sie war die Spenderin. Gleichzeitig begann eine langwierige Hormonbehandlung mit dem Ziel, in seinem Körper ein neues biochemisches Gleichgewicht zu schaffen, das Wachstum und Entwicklung der verpflanzten Milchdrüsen unterstützen und sicherstellen sollte, daß sie von Anfang an nahrhafte Milch erzeugten.

Wenn Mutterschaft (wie McGonagall oft erläutert hatte) eine wahrhaft bedeutsame und befreiende Erfahrung sein sollte, mußte sie rückhaltlos angestrebt werden. Sie mußte Teil der Nerven- und Gewebestruktur werden, nicht bloß eine Gewohnheit oder eine gesellschaftliche Rolle.

Jede Stunde dieses ersten Monats war eine Identitätskrise. Ein Blick in den Spiegel konnte Boz zu Lachanfällen reizen oder in stundenlangen Trübsinn versinken lassen. Er erlebte zwei Nervenzusammenbrüche, aber jedesmal halfen ihm Millys Zärtlichkeit und Geduld über den Berg. Oft gingen sie ins Krankenhaus, um Peanut zu sehen, wie sie in ihrer Flasche aus braunem Glas schwamm, hübsch wie eine Seerose. Sie war schon vollkommen ausgebildet und ein menschliches Wesen wie ihre Mutter und ihr Vater. In solchen Augenblicken konnte Boz nicht verstehen, warum er sich mit seiner Selbstquälerei das Leben schwergemacht hatte. Wenn jemand ein Recht hatte, verwirrt und aufgeregt zu sein, dann war es Milly, denn sie war vom Krankenhaus und ihrem Mann der tatsächlichen Erfahrung der Mutterschaft beraubt worden. Dennoch schien sie nur Ehrfurcht vor diesem neuen Leben zu haben, das sie gemeinsam geschaffen hatten. Es war, als ob Milly und nicht Boz Peanuts Vater und die Geburt ein Mysterium wäre, das sie aus einer Distanz bewundern, aber niemals völlig und mit allen Fasern ihres Wesens teilen konnte. Dann, genau wie geplant am Abend des 24. Dezember, wurde Peanut (die nun wohl oder übel für immer mit diesem Namen vorliebnehmen mußte, weil ihre Eltern sich nie auf einen anderen hatten einigen können) aus dem braungläsernen Mutterleib geholt, an den Füßen aufgehoben und aufs Hinterteil geklopft. Mit einem kräftigen Schrei (der ihr bis zu ihrem einundzwanzigsten Jahr, als sie rebellierte und das Tonband verbrannte, das an jedem Geburtstag vorgespielt wurde) schloß Peanut Hanson sich der menschlichen Rasse an.

Was er nicht erwartet hatte und ihm über alle Maßen gefiel, war seine neue Geschäftigkeit. Bisher war es immer seine Hauptsorge gewesen, wie er die Tage ausfüllen sollte, doch nun, in der ersten Ekstase seiner neuen Selbstlosigkeit, reichte die Zeit nicht einmal aus, um die Häfte von alledem zu erledigen, was getan werden mußte. Es ging nicht nur darum, Peanuts Bedürfnisse zu befriedigen, obschon diese von Anfang an erstaunlich waren. Aber mit der Geburt seiner Tochter war er zu einer wählerischen, neuartigen Form von gesundheitsbewußter, natürlicher Ernährungsweise konvertiert. Er begann wieder richtig zu kochen und diesmal ohne steil in die Höhe schießende Lebensmittelrechnungen. Er studierte Joga auf Kanal 3. (Die neue Lebensweise ließ ihm selbstverständlich keine Zeit für die Pornofilme um vier Uhr.) Er reduzierte seinen Kaffeeverbrauch auf eine einzige Tasse, die er mit Milly zum Frühstück trank.

Peanut wuchs unterdessen. Nach zwei Monaten hatte sie ihr Gewicht auf über zwölf Pfund verdoppelt. Sie lächelte Gesichter an und entwickelte ein Repertoire interessanter Geräusche. Sie aß ihre ersten Teelöffel voll Babynahrung, und bald hatte sie alle Geschmacksvarianten kennengelernt, die Boz in den Geschäften finden konnte. Es war der vielversprechende Anfang einer langen und ereignisreichen Karriere als Konsumentin.

An einem Tag im Mai, nach einem kühlen, regnerischen Frühling, stieg die Temperatur plötzlich auf fünfundzwanzig Grad. Ein Seewind hatte das übliche Stumpfgrau vom Himmel gefegt und ließ ihn in sattem Blau leuchten.

Boz hielt die Zeit für gekommen, daß Peanut ihren ersten Ausflug ins Unbekannte machte. Er öffnete die Balkontür und schob den kleinen Stubenwagen ins Freie.

Peanut erwachte. Ihre Augen waren nußbraun mit winzigen goldenen Einsprengseln, ihre Haut rosig wie Krabbensuppe. Sie schaukelte energisch hin und her und versuchte, nach dem Blau des Himmels zu grapschen. Boz sah die kleinen Finger in der Frühlingssonne mit den so nahen und doch ungreifbaren Kulissen der Stadt spielen, und angesteckt von ihrer fröhlichen Stimmung, sang er ihr ein kleines albernes Lied vor, das ihm im Gedächtnis geblieben war, weil seine Schwester Lottie es oft Amparo vorgesungen hatte. Eine Brise bewegte Peanuts dunkles, seidiges Haar und spielte mit Boz' schwereren braunen Locken. Das Sonnenlicht und die Luft waren wie die Filme vor hundert Jahren, so unwahrscheinlich rein. Er schloß die Augen und übte sich im richtigen Atmen.

Um zwei Uhr, pünktlich wie die Nachrichten, begann Peanut zu weinen. Boz hob sie aus dem Korb und gab ihr die Brust. Er fühlte das gewohnte angenehme Kitzeln, aber diesmal ließ es nicht nach, als Peanut in gleichmäßigem Rhythmus saugte und schluckte; es breitete sich über die Oberfläche und in die Tiefe seiner Brust aus und durchdrang in feinen, prickelnden Wellen den ganzen Körper bis in die Beinmuskeln. Für eine Weile war diese seltsam wohlige und doch angspannte Empfindung so stark, daß er dachte, er müsse Peanuts Mahlzeit unterbrechen.

Am Abend versuchte er, es Milly zu erklären, aber sie zeigte nicht mehr als ein höfliches Interesse. Vor einer Woche war sie auf einen wichtigen Posten in ihrer Gewerkschaft gewählt worden, und ihr Kopf war noch voll von der grimmigen, rauhen Freude befriedigten Ehrgeizes. Er sah, daß es keinen Zweck hatte, ausführlich darüber zu sprechen, und so sparte er die Geschichte für Krabbes nächsten Besuch auf. Krabbe hatte im Laufe der Jahre drei Kinder bekommen (ihre Testergebnisse waren so gut und ihre Punktzahlen so hoch, daß die Nationalstiftung für Genetik ihre Schwangerschaften subventionierte), aber ein Gefühl emotionaler Selbstverteidigung hatte Krabbe immer daran gehindert, während ihrer jeweils einjährigen Mutterschaftsperioden (nach denen die Kinder zur weiteren Erziehung in die Heime der Nationalstiftung in Wyoming und Utah geschickt wurden) allzu starke Bindungen zu entwickeln. Sie versicherte Boz, daß die Gefühle, die ihn an jenem Nachmittag auf dem Balkon angewandelt hatten, nichts Außergewöhnliches gewesen seien, ihr passiere das die ganze Zeit, aber Boz wußte, daß es außerordentlich und ungewöhnlich gewesen war. Es war, mit den Worten der Psychologen, ein Offenbarungserlebnis gewesen, ein Blick hinter den Schleier, der die Wahrheiten des Lebens verhüllte. Es war sein Erlebnis gewesen und konnte von niemandem geteilt werden, sowenig wie es sich genauso wiederholen ließ.

Er wiederholte sich nie, dieser Augenblick, nicht einmal in angenäherter Form. Allmählich vergaß er, wie es gewesen war, und erinnerte sich nur an die Erinnerung daran.

Einige Jahre später saßen Boz und Milly zur Zeit des Sonnenuntergangs draußen auf ihrem Balkon.

Keiner der beiden hatte sich seit Peanuts Geburt radikal verändert. Boz war vielleicht ein wenig schwerer als Milly, aber es wäre nicht einfach gewesen zu entscheiden, ob dies daran lag, daß er zugenommen oder Milly abgenommen hatte. Sie war jetzt Inspektorin und gehörte außerdem drei verschiedenen Ausschüssen an.

Boz sagte: »Erinnerst du dich an unser besonderes Haus?«

»Welches Haus?«

»Das dort drüben. Mit den drei Fenstern.« Boz zeigte nach rechts hinüber, wo gigantische Wohnblocks eine Landschaft aus Dächern, Leitungen, Gesimsen und Wassertanks einrahmten. Einige der Gebäude stammten wahrscheinlich noch aus dem neunzehnten Jahrhundert; keines war neu.

Milly schüttelte den Kopf. »Ich sehe viele Häuser.«

»Ich meine das Haus etwas rechts von diesem großen gelben Kasten mit dem komischen Dachaufsatz über dem Wasserbehälter. Siehst du es?«

»Mm. – Das da?«

»Ja. Du erinnerst dich nicht?«

»Kaum. Nein.«

»Wir waren gerade hier eingezogen und konnten uns die Wohnung eigentlich nicht leisten, so daß sie im ersten Jahr praktisch unmöbliert war. Ich drängte immer, wir sollten was kaufen, und du sagtest, wir müßten warten. Erinnerst du dich jetzt?«

»Verschwommen.«

»Nun, wir kamen oft hier heraus und schauten hinüber zu den anderen Gebäuden und versuchten zu bestimmen, an welcher Straße jedes von ihnen stehen mochte und ob wir sie wiedererkennen würden, wenn wir durch diese Straßen gingen.«

»Jetzt fällt es mir ein! Das ist das Haus, dessen Fenster immer geschlossen waren. Aber das ist alles, was ich noch davon weiß.«

»Nun, wir dachten uns dazu eine Geschichte aus. Wir sagten, daß nach vielleicht fünf Jahren eins der Fenster einen Spaltbreit geöffnet würde, gerade genug, daß wir es von hier aus sehen könnten, ein paar Zentimeter oder so. Am nächsten Tag würde es dann wieder geschlossen sein.«

»Und dann?« Sie war jetzt ganz bei der Sache.

»Nach unserer Geschichte würden wir es jeden Tag sehr genau beobachten, um zu sehen, ob es jemals wieder geöffnet würde. So wurde dieses Fenster gewissermaßen der Ersatz für unsere fehlende Wohnungseinrichtung. Es war etwas, mit dem wir uns beschäftigen und um das wir uns in ähnlicher Weise kümmern konnten.«

»Hast du es wirklich immer beobachtet?«

»So ungefähr. Nicht jeden Tag. Immer wenn es mir gerade einfiel.«

»War das die ganze Geschichte?«

»Nein. Das Ende der Geschichte war, daß wir eines Tages, vielleicht weitere fünf Jahre später, eine unbekannte Straße entlanggehen und das Haus wiedererkennen und hinaufgehen und anläuten würden, und der Hauswart würde öffnen, und wir würden ihn fragen, warum dieses Fenster vor fünf Jahren offen gewesen war.«

»Und was würde er sagen?« Ihr Lächeln zeigte, daß sie sich erinnerte, aber sie fragte aus Respekt vor der Ganzheit der Geschichte.

»Daß er überzeugt gewesen sei, niemand habe es bemerkt. Und dann würde er in Tränen der Dankbarkeit ausbrechen.«

»Es ist eine hübsche Geschichte. Ich sollte mich schuldig fühlen, daß ich sie vergessen hatte. Was brachte dich darauf, heute daran zu denken?«

»Das ist das wirkliche Ende der Geschichte. Das Fenster war offen. Das mittlere Fenster.«

»Wirklich? Jetzt ist es geschlossen.«

»Aber heute morgen war es offen. Frag Peanut. Ich habe es ihr gezeigt, damit ich eine Zeugin haben würde.«

»Das ist sicherlich ein glückliches Ende.« Sie berührte mit dem Handrücken seine Wange, wo er mit Bartkoteletten experimentierte.

»Trotzdem, ich frage mich, warum es offen war. Nach all der Zeit.«

»Nun, in fünf Jahren können wir hingehen und fragen.«

Lächelnd wandte er sich zu ihr und berührte mit der gleichen Gebärde sanft ihre Wange, und einstweilen waren sie glücklich. Sie waren wieder beisammen, auf dem Balkon, an einem Sommerabend, und sie waren glücklich.

Boz und Milly. Milly und Boz.

5. Buch

ANGOULÊME

Am Battery-Plan waren sieben Alexandriner beteiligt – Jack, der der Jüngste war und aus der Bronx kam, Celeste Di Cecca, Schnüffler und Mary Jane, Tankred Miller, Amparo (natürlich) und selbstverständlich der Anführer und Kopf des Ganzen, Bill Harper, besser bekannt als Knutschlippe, der leidenschaftlich und hoffnunglos in Amparo verliebt war, die beinahe dreizehn war (im September dieses Jahres würde sie es ganz sein) und unter dem Pullover die ersten Knospen zeigte. Sehr schöne Haut, wie Alabaster. Amparo Martinez.

Ihre erste und unbedeutende Operation fand oben an der Ostseite statt, in den Sechzigern, ein Trödler oder was. Alles was sie ins Netz kriegten, waren Handschellen, eine Uhr, eine lederne Schulmappe, die gar nicht aus Leder war, wie sich später herausstellte, ein paar Knöpfe und der übliche Haufen nutzloser Kreditkarten. Er blieb während der ganzen Sache ruhig, selbst als Schnüffler ihm die Knöpfe abschnitt, und er beruhigte sie sogar. Obwohl sie alle sich die Frage stellten, hatte keiner von ihnen den Nerv, ihn zu fragen, wie oft er dies alles schon mitgemacht habe. Ihre Tat hatte nichts Neuartiges, Originelles. Dieser Mangel und das Bedürfnis, Neuerungen einzuführen, brachten sie darauf, den Plan auszudenken. Der einzige denkwürdige Teil des Überfalls war der Name des Trödler, der – einigermaßen unheimlich – Lowen lautete, Richard W. Ein Omen (der Zusammenhang war, daß sie alle in die Alexander-Lowen-Schule gingen), aber was für eins? Knutschlippe behielt die Handschellen für sich, gab die Knöpfe Amparo (die sie ihrem Onkel schenkte) und warf den Rest (die Uhr taugte nichts) in den Abfallbehälter vor dem Haus, wo er wohnte.

Sein Vater war ein Fernsehmanager, der früh geheiratet hatte, um sich bald darauf wieder scheiden zu lassen, aber nicht, bevor er und Mama ihre Kinderquote ausgeschöpft hatten. Papa heiratete dann wieder, diesmal einen Mann, und die Ehe entwickelte sich um einiges glücklicher. Jedenfalls währte sie lange genug, daß der Sprößling lernen mußte, sich der Situation anzupassen, die ganz auf Dauer angelegt zu sein schien. Mama zog hinunter nach Florida und verschwand in den Everglades, *patsch.*

Mit einem Wort, er kam aus wohlhabendem Haus. Was erklärt, wie er auch ohne besonderes Talent in der Lowen-Schule Aufnahme gefunden hatte. Immerhin hatte er die richtige körperliche Konstitution, so daß es keinen Grund gab, warum er es mit dem notwendigen Minimum an Fleiß und Interesse nicht zu einem Balletttänzer oder Choreographen bringen sollte. An den nötigen Beziehungen fehlte es jedenfalls nicht, wie Papa gern zu erwähnen pflegte.

Einstweilen galten seine Neigungen jedoch mehr der Literatur und Religion als dem Ballett. Er liebte die metaphysischen Hintergründigkeiten eines Dostojewskij, eines Gide, eines Mailer. Er sehnte sich nach der Erfahrung eines anderen Schmerzes als der alltäglichen Leere, die seine Gedärme zusammenzuziehen schien, und keine wöchentliche Gruppentherapie mit dem Gehopse und Geschrei Gleichaltriger konnte ihn den höheren Weihen des Leidens, des Verbrechens und der Auferstehung näherbringen. Nur ein echtes Verbrechen war dazu imstande, und von allen denkbaren Verbrechen genoß Mord zweifellos am meisten Prestige, wie keine Geringere als Loretta Couplard bezeugen konnte, die nicht nur Direktorin und Mitbesitzerin der Lowen-Schule war, sondern auch Autorin zweier weithin bekannter Fernsehfolgen über berühmte Mordfälle des zwanzigsten Jahrhunderts. Im Fach Soziallehre hatten sie sogar Aufsätze über das Thema geschrieben: Die Geschichte des Verbrechens in den Großstädten Amerikas.

Der erste von Lorettas Mordfällen war eine Komödie über eine gewisse Pauline Campbell aus Ann Arbor, Michigan, der im Jahre 1951 von drei betrunkenen Halbstarken der Schädel eingeschlagen worden war. Sie hatten das Mädchen bewußtlos schlagen und vergewaltigen wollen. Die beiden Achtzehnjährigen, Bill Mory und Max Pell, bekamen lebenslänglich; Dave Royal (Lorettas Held) war ein Jahr jünger und kam mit zweiundzwanzig Jahren Gefängnis davon.

Ihr zweiter Mordfall war im Ton tragischer gehalten und flößte infolgedessen mehr Respekt ein, wenn auch nicht den Kritikern. Das mochte daran liegen, daß ihre Heldin, auch eine Pauline (Pauline Wichura), zwar interessanter und komplizierter, aber zu ihrer Zeit auch berühmter gewesen war. So hatte die Fernsehsendung gegen die harte Konkurrenz eines Romanbestsellers und einer ernsthaften Filmbiographie zu kämpfen. Miß Wichura war Sozialarbeiterin in Atlanta, Georgia, gewesen, wo sie direkt mit den drückendsten Umwelt- und Bevölkerungsproblemen konfrontiert wurde. Des nutzlosen Herumkurierens an Symptomen überdrüssig, beschloß Pauline, etwas zu tun und selbst zu einer möglichst fairen Lösung des Problems der Übervölkerung beizutragen. Wann immer eine der von ihr betreuten Familien mehr als die von ihr großzügig zugestandenen zwei Kinder hervorbrachte, fand sie einen Weg, die Kopfzahl der betreffenden Familie unauffällig wieder auf die Maximalgröße von vier zu reduzieren. Zwischen 1989 und 1993 verzeichneten Paulines Tagebücher (Random House, 1994) sechsundzwanzig Morde, dazu vierzehn fehlgeschlagene Versuche. Außerdem hielt sie unter allen Sozialbetreuern der Vereinigten Staaten den Rekord an Abtreibungen und Sterilisationen in den von ihr beratenen Familien.

»Das beweist, glaube ich«, hatte Knutschlippe eines Tages nach der Schule seinem Freund Jack anvertraut, »daß ein Mord nicht jemand Berühmten zum Ziel haben muß, um eine Form von Idealismus zu sein.«

Aber Idealismus war natürlich nur die halbe Geschichte; die andere Hälfte war Neugierde. Und außer Idealismus und Neugierde gab es wahrscheinlich noch eine weitere Hälfte, das unbewußte Bedürfnis des heranwachsenden Jungen, seine Mannbarkeit zu beweisen und jemanden zu töten.

Sie einigten sich auf die Battery, weil es erstens eine Gegend war, wohin sich normalerweise keiner von ihnen je verirrte; weil es zweitens schick und drittens relativ unbelebt war, sobald die Nachtschicht angefangen hatte. Die Leute der Nachtschicht aßen ihre Stullen selten unten im Park.

Und viertens, weil es schön war, besonders jetzt zu Beginn des Sommers. Das dunkle, ölig schillernde Wasser, das gegen die Ufermauern schlug; die Stille, die von der Bucht hereinwehte, eine Stille, die manchmal groß genug war, daß man die verschiedenartigen Geräusche der Stadt einzeln heraushören konnte. Das Summen und Beben der Wolkenkratzer, die mysteriösen Bodenerschütterungen der U-Bahnen und dann und wann die seltsam ursprunglosen Schreie, die das Leitmotiv von New Yorks Erkennungsmelodie sind. Dann die blaurosa Sonnenuntergänge in einem sichtbaren Himmel; die Gesichter der Menschen, beruhigt von der See und der eigenen Todesnähe, aufgereiht auf den grünen Bänken. Selbst die Statuen sahen hier schön aus, als ob einmal jemand an sie geglaubt hätte, wie die Menschen vor so langer Zeit an die mittelalterlichen Statuen in den Kirchen geglaubt haben mußten.

Sein Favorit war der gigantische Todesadler zwischen den Monolithen des Denkmals für die Gefallenen des Zweiten Weltkriegs. Wahrscheinlich der größte Adler von ganz Manhattan. Seine Krallen rissen etwas auseinander, das mit Sicherheit die größte Artischocke von ganz Manhattan war.

Amparo, die einige von Miß Couplards Vorstellungen teilte, bevorzugte die mehr humanistischen Qualitäten des Verrazzano gewidmeten Denkmals (er obendrauf und zu seinen Füßen ein Engel, der mit dem Schwert behutsam in ein riesiges Buch sticht), denn Verrazzano war, wie sich herausstellte, nicht der Bauunternehmer der Brücke, die durch ihren Einsturz so berühmt geworden war. Statt dessen, wie die Bronzetafel auf der Rückseite verkündete:

IM APRIL 1524
ENTDECKTE DER AUS FLORENZ GEBÜRTIGE
SEEFAHRER VERRAZZANO,
DER DIE FRANZÖSISCHE KARAVELLE ›LA DAUPHINE‹
FÜHRTE,
DIESE BUCHT, DIE HEUTE DEN HAFEN VON NEW YORK
BILDET,
UND NANNTE DIESE KÜSTEN ›ANGOULÊME‹
ZU EHREN FRANZ I., KÖNIG VON FRANKREICH

Bis auf Tankred, der den vorherrschenden kürzeren Namen favorisierte, stimmten sie alle darin überein, daß ›Angoulême‹ viel mehr Klasse hatte. Tankred wurde von der Abstimmung ausgeschlossen, und die Entscheidung wurde einstimmig getroffen.

Dort, zu Füßen der Statue, den Blick über die Bucht von Angoulême nach Jersey gerichtet, leisteten sie den Schwur, der sie zu immerwährender Geheimhaltung verpflichtete. Jeder forderte seine Mitverschworenen feierlich auf, ihn mit allen Mitteln zum Schweigen zu bringen, sollte er Dritten gegenüber von ihrem Plan sprechen, es sei denn unter Polizeifolter: Tod. Alle revolutionären Organisationen trafen ähnliche Sicherheitsvorkehrungen, wie der Geschichtsunterricht über moderne Revolutionen klargemacht hatte.

Papa war der Meinung, daß das moderne Leben nach Versüßung

durch altmodische Sentimentalität verlangte. Unter all den Unwürdigkeiten, die aus dieser Theorie erwuchsen, waren es Szenen wie die folgende: »Wer ist mein schnuckeliger kleiner Zuckerjunge?« blökte Papa mitten im Rockefeller Center los (oder in einem Restaurant oder direkt vor der Schule), und er rief zurück: »Ich bin es!« Wenigstens, bis er es besser wußte.

Mama war »mein Herzblatt« oder »mein süßes Puppchen« und (aber dies nur zuletzt) »die Schneekönigin«. Als Erwachsene hatte Mama verschwinden können, ohne eine andere Spur als die Postkarte zu hinterlassen, die noch immer jedes Weihnachten mit dem Poststempel Key Largo kam, aber der schnuckelige kleine Zukkerjunge war der Neuen Sentimentalität auf Gedeih oder Verderb ausgeliefert. Gewiß, im Alter von sieben Jahren war es ihm gelungen, durchzusetzen, daß er im Haus »Bill« genannt wurde (oder, wie Papa es haben wollte: »Nur einfach Bill«). Aber danach hatte er es weiterhin mit den Leuten aus dem Haus und Papas Assistenten und seinen eigenen Schulkameraden zu tun, allen, die den Namen je gehört hatten. Bis zu seinem elften Jahr war der Kindername allmählich in Vergessenheit geraten, aber seitdem hatte seine etwas voll geratene Unterlippe die anderen Kinder zur Erfindung seines neuen und nicht viel schöneren Spitznamens animiert.

Unterdessen war die Neue Sentimentalität auf landesweiter Ebene zu einem überwältigenden Erfolg geworden. Die von Papa produzierte Fernsehserie ›*Die Waisen*‹, deren Drehbuch er unter Pseudonym selbst verfaßt haben sollte, hatte zwei Jahre lang die höchsten Einschaltquoten des Donnerstagabends. Nun wurde sie im Nachmittagsprogramm wiederholt, um mehr Herzenswärme ins Leben der Menschen zu bringen, und manches sprach dafür, daß Papa damit zum Millionär würde. Obwohl Bill Harper im allgemeinen Verachtung für die Art und Weise empfand, wie Geld alles korrumpierte, mußte er zugeben, daß es in bestimmten Fällen keine üble Sache war. Es lief darauf hinaus, daß Papa ein notwendiges Übel war (was er immer schon gewußt hatte).

In dieser Erkenntnis antwortete er jeden Abend, wenn Papa mit dem Ruf: »Wo ist mein kleiner Augapfel?«, in die Wohnung geeilt kam: »Hier, Papa!« Die Kirsche auf diesem Eisbecher von Liebe war ein großer nasser Schmatz und dann noch einer für ihre neue ›Herzallerliebste‹, Jimmy Ness. (Welcher trank und es wahrscheinlich nicht mehr lange machen würde.) Dann setzten sie sich alle zu dem netten Familienabendessen, das Jimmy Ness gekocht hatte, und Papa erzählte ihnen von den fröhlichen und positiven Ereignissen, die an diesem Tag bei der CBS geschehen waren, und Billy Knutschlippe erzählte alles über seine lustigen und netten Erlebnisse, während Jimmy schmollte. Dann pflegten Papa und Jimmy irgendwohin zu gehen oder einfach in die privaten Sümpfe des Sex zu verschwinden, und Knutschlippe machte sich aus dem Staub (Papa war klug genug, wegen der Bettgehzeit nicht repressiv zu sein), und innerhalb einer halben Stunde konnte er dann mit den anderen sechs Alexandrinern (fünf, wenn Celeste den Abendkurs besuchte) bei der Verrazzano-Statue sein, um die Ermordung des Opfers zu planen, auf das sie sich schließlich geeinigt hatten.

Es war ihnen nicht gelungen, seinen Namen in Erfahrung zu bringen, und so nannten sie ihn Aljona Iwanowna, nach der alten Pfandleiherin, die Raskolnikow mit einer Axt erschlägt.

Die Auswahl an möglichen Opfern war nie groß gewesen. Die gewöhnlichen finanziellen Typen der Gegend pflegten wie Lowen, Richard W., Kreditkarten bei sich zu tragen, und die Mehrheit der Rentner, die die Parkbänke füllten, war noch weniger verlockend. Wie Miß Couplard erklärt hatte, machte das Wirtschaftssystem einen Refeudalisierungsprozeß durch, und Bargeld wurde immer rarer, offenbar dazu bestimmt, den Weg der Straußvögel, des Tintenfischs und des Frauenschuhs zu gehen.

Ausgestorbenen Arten wie diesen, besonders aber den Seemöwen, galt die Sorge der ersten Person, die sie in die engere Wahl zogen. Es war eine Miß Kraus, sofern der Name am unteren Rand des selbstgemalten Plakats (STOPPT DEN MORD AN UNSCHULDIGEN!) nicht jemand anderem gehörte. Warum trug sie einen goldenen Ehering, wenn sie Miß Kraus war? Aber das entscheidendere Problem, für das sie keine Lösung sahen, war die Frage, ob der Brillantring an ihrem anderen Finger echt oder bloß eine billige Nachahmung war.

Möglichkeit Nummer zwei war ein altes Original, eine ehemalige Musikerin, die ihre Tage damit verbrachte, daß sie sich als blind ausgab und den Rentnern auf den Bänken Geigenserenaden darbot. Ihr Spiel war voll Pathos und Schmalz, ihr Repertoire archäologisch; aber ihre Einnahmen waren nicht schlecht, besonders bei schönem Wetter. Der Haken bei der Sache war nur, daß Schnüffler (der die Ermittlungen geführt hatte) überzeugt war, sie habe unter ihren Lumpen eine Pistole versteckt.

Nummer drei war die am wenigsten poetische Möglichkeit,

bloß der Konzessionär hinter dem riesigen Adler, der Süßwaren und Postkarten verkaufte. Seine Anziehungskraft war kommerzieller Natur. Aber er hatte einen Weimaraner, und obgleich man mit Weimaranern fertig werden kann, hatte Amparo eine Schwäche für sie.

»Du bist bloß romantisch«, sagte Knutschlippe. »Sag mir einen vernünftigen Grund.«

»Seine Augen«, sagte sie. »Sie sind bernsteinfarben. Sie würden mich bis in meine Träume verfolgen.«

Sie saßen beisammen, ihr Kopf ruhte an seiner Schulter, und er hatte den Arm um sie gelegt. Stille, warme Luft, Sonnenschein auf dem Wasser – es war alles unaussprechlich, als ob nur noch ein dünner Schleier zwischen ihnen und einem Verstehen von etwas wirklich Bedeutsamem wäre. Weil sie dachten, ihre eigene Unschuld sei dafür verantwortlich, wie Nebel in der Atmosphäre ihrer Seelen, wollten sie sie in Augenblicken wie diesem, wo sie sich der Erleuchtung so nahe wähnten, mehr denn je loswerden.

»Warum dann nicht den schmutzigen alten Kerl?« fragte sie und meinte Aljona.

»Weil er ein schmutziger alter Kerl ist.«

»Das ist kein Grund. Er muß genausoviel einnehmen wie diese alte Musikantin.«

»Das meine ich nicht.« Was er meinte, war nicht leicht zu bestimmen. Es war, wie wenn er zu leicht umzubringen wäre. Wenn man einen Typ wie ihn im Fernsehen sah, wußte man gleich, daß er spätestens bei der zweiten Werbeeinblendung umfallen würde. Er war der widerspenstige Kleinsiedler, der dem Fortschritt weichen mußte, der verkrustete Senior eines Forscherteams, der Algol und Fortran verstand, die Geheimnisse seines eigenen Herzens jedoch nicht lesen konnte. Er war der Senator von Süd-Carolina mit seiner besonderen Art von Integrität, aber nichtsdestoweniger ein Rassist. So einen umzubringen, war zu sehr wie eins von Papas Drehbüchern, um eine zufriedenstellende Geste der Rebellion zu sein.

Aber was er schließlich sagte, war: »Weil er es verdient, weil wir der Gesellschaft einen Gefallen tun würden.«

»Nun, das verstehe, wer will; aber weißt du, was ich denke, kleiner Mr. Knutschlippe?« Sie stieß seine Hand weg.

»Du denkst, ich hätte Schiß.«

»Vielleicht solltest du Schiß haben.«

»Vielleicht solltest du die Klappe halten und diese Sache mir überlassen. Ich sagte, daß wir es tun werden. Also werden wir es tun.«

»Also bei ihm?«

»Meinetwegen. Aber wir müssen uns einen anderen Namen als ›schmutziger alter Kerl‹ für diese blöde Sau ausdenken, Amparo!«

Sie wandte sich um und küßte ihn. Winzige Schweißtropfen glänzten überall auf ihrer Haut. Der Sommer begann mit der Erregung der ersten Nacht zu flimmern. Sie hatten so lange gewartet, und nun hob sich der Vorhang.

Die Tat war für das erste Wochenende im Juli geplant, einem patriotischen Festtag, an dem die Battery leerer als sonst sein würde. Einstweilen hatten sie das gleiche Problem, dem sich alle Kinder während der Sommerferien gegenübersehen: wie die Zeit ausfüllen?

Es gab Bücher, es gab das Shakespeare-Puppentheater, wenn man bereit war, sich eine Stunde lang für Eintrittskarten anzustellen, es gab immer das Fernsehen, und wenn man das Herumsitzen nicht mehr aushalten konnte, gab es die Hindernisbahnen im Central Park, aber das Gewimmel dort gemahnte an einen Zug wandernder Lemminge. Der Battery-Park versuchte nicht, jedermanns Bedürfnissen nachzukommen, und war selten so überfüllt. Hätte es mehr Alexandriner gegeben und wären sie alle bereit gewesen, den nötigen Raum freizukämpfen, hätten sie möglicherweise Ball gespielt. Nun, vielleicht nächsten Sommer ...

Was gab es sonst noch? Es gab Märsche und Demonstrationszüge für die politisch Interessierten und Religionen verschiedener Energieebenen für die Unpolitischen. Natürlich gab es auch Tanzvergnügen, aber die Lowen-Schule hatte ihnen mit der Spezialausbildung das Interesse für die meisten Amateurveranstaltungen in der Stadt genommen.

Was den allgemein beliebtesten Zeitvertreib anging, so war es für sie immer noch eine Sache, die sich auf Bildschirmen abspielte, eine geheimnisvolle Hypothese, die des empirischen Beweises ermangelte.

So oder so, alles, was sie hätten tun können, war eine Form von Konsumverhalten, und sie waren es müde (wer ist es nicht?), passiv zu sein. Sie waren elf und zwölf Jahre alt und konnten nicht länger warten. Worauf auch? Die Frage konnte ihnen keiner beantworten.

All diese vermeintlichen Zufluchten und Unterhaltungen wie Bücher, Marionetten, Sport, Kunst, Politik und Religion fielen in die gleiche Nützlichkeitskategorie wie Verdienstabzeichen oder Wochenenden in Kalkutta, welchen Namen man noch immer auf einigen veralteten Karten von Indien finden kann. Ihr Leben kannte keine Erhöhung, und ihre Sommer vergingen, wie Sommer seit jeher für Großstadtkinder vergangen sind. Sie hingen und lungerten herum, zogen einander auf, beklagten sich, hockten mit hängenden Köpfen vor Hauseingängen und verloren sich in sprunghaften, widersinnigen Fantasien oder in langen und sinnlosen Streitgesprächen über die peripheren Tatsachen der Existenz wie etwa die Lebensgewohnheiten von Urwaldtieren oder wie Ziegel gemacht wurden oder welchen Verlauf der Zweite Weltkrieg genommen hätte, wenn . . .

Eines Tages zählten sie alle Namen auf den Gedenksteinen für die Gefallenen und kamen auf eine Endziffer von 4800.

»Kaum zu glauben«, sagte Tankred.

»Aber das können doch nicht alle sein«, erklärte Mary Jane für den Rest. Selbst das ›kaum zu glauben‹ hatte ironisch geklungen.

»Warum nicht?« fragte Tankred, der sich nie einen Widerspruch verkneifen konnte. »Das sind eben nur die von New York, versteht ihr? Die Soldaten kamen aus allen Unionsstaaten. Die Liste muß vollständig sein, oder die Leute, deren Verwandte vergessen wurden, hätten längst protestiert.«

»Aber so wenige? Dann können unsere Leute unmöglich bei mehr als einer Schlacht mitgekämpft haben.«

»Vielleicht . . .«, begann Schnüffler zögernd. Aber er fand selten Gehör.

»Damals waren Kriege anders«, erläuterte Tankred mit der Autorität eines Fersehkommentators. »In jenen Tagen wurden bei Autounfällen mehr Menschen getötet als in Kriegen. Tatsache.«

»Viertausendachthundert?«

» . . . eine Lotterie?«

Celeste wischte mit einer Handbewegung alles beiseite, was Schnüffler gesagt hatte oder jemals sagen würde. »Mary Jane hat recht, Tankred. Es ist einfach eine lächerliche Zahl. Überleg doch mal, im selben Krieg haben die Deutschen sieben Millionen Juden vergast.«

»Sechs Millionen«, berichtigte Knutschlippe. »Aber es läuft auf das gleiche hinaus. Vielleicht sind die hier bei einem besonderen Feldzug gefallen.«

»Dann würde es dabeistehen«, sagte Tankred unerbittlich, und er brachte sie sogar dahin, daß sie schließlich zugaben, viertausendachthundert seien eine recht eindrucksvolle Zahl, besonders wenn jeder Name einzeln in Stein gehauen sei.

Im Park war noch eine andere verblüffende Zahl verewigt: während eines Zeitraums von fünfunddreißig Jahren waren 7,7 Millionen Einwanderer durch den New Yorker Hafen in die Vereinigten Staaten gekommen.

Knutschlippe setzte sich hin und rechnete aus, daß 12800 Steinplatten von der Größe des Kriegerehrenmals nötig wären, um die Namen all dieser Einwanderer mit dem jeweiligen Herkunftsland zu verewigen. Dann rechnete er aus, daß eine Fläche von fünf Quadratmeilen nötig wäre, um so viele Gedenktafeln aufzurichten, oder ganz Manhattan von hier bis zur 26. Straße. Aber würde es der Mühe wert sein?

Aljona Iwanowna:

Auf der gelblichgrauen See seines kahlen Kopfes war ein Archipel unregelmäßiger brauner Inseln verzeichnet. Die Festländer seines Haars waren da und dort zu Tage tretende Marmorschichten, namentlich sein Bart, der weiß und fein gekräuselt war. Das Gebiß war Standardausführung für Sozialhilfeempfänger, die Kleider waren so sauber, wie ein Gewebe solchen Alters sein kann. Auch roch er nicht besonders auffallend. Und doch . . .

Hätte er jeden Morgen gebadet, so würde man ihn trotzdem angesehen und gedacht haben, er sei schmierig, so wie Dielenbretter in alten Mietshäusern kurz nach dem Aufwischen schon wieder der Reinigung bedürftig scheinen. Der Schmutz hatte sich mit der runzligen Haut und den zerknitterten Kleidungsstücken verbunden, und nur Chirurgie und Feuer würden ihn wieder herausbringen.

Seine Gewohnheiten waren so gleichmäßig wie eine Serviette mit Punktmuster. Er wohnte in einem Asyl für ältere Obdachlose, eine Entdeckung, die sie einem Unwetter verdankten, das ihn gezwungen hatte, mit der U-Bahn nach Haus zu fahren statt wie gewöhnlich zu Fuß zu gehen. In heißen Nächten pflegte er manchmal im Park zu schlafen. Er kaufte seine Mahlzeiten in einem kleinen Lebensmittelgeschäft in der Water Street, ›Dumas Fils‹: Käsespezialitäten, importierte und einheimische Früchte, Räucherfisch, Weißbrotstangen und so weiter. Hatte er kein Geld, was recht selten war, so aß er nichts, obwohl das Asyl seinen Bewohnern vermutlich prosaische Notwendigkeiten wie ein einfaches Frühstück bot. Für einen Bettler war es eine seltsame Art und Weise, sein Geld auszugeben, denn für Leute wie ihn waren Drogen der Normalfall.

Seine Arbeitsmethode war durch und durch aggressiv. Zum Beispiel, Hand unter die Nase und: »Also, wie steht's, Jack?« Oder, vertraulich: »Ich brauch' sechzig Cents, um nach Haus zu kommen.« Es war erstaunlich, wie oft er Erfolg hatte, aber tatsächlich war es nicht so erstaunlich: er hatte Charisma.

Und jemand, der sich auf sein Charisma verläßt, trägt keine Waffe mit sich herum.

Altersmäßig mochte er sechzig, siebzig, fünfundsiebzig gewesen sein, vielleicht sogar ein bißchen mehr oder aber viel weniger. Alles hing von der Art von Leben ab, das er geführt hatte und wo er es geführt hatte. Er sprach mit einem Akzent, den keiner von ihnen identifizieren konnte. Es war nicht Englisch, nicht Französisch, nicht Spanisch und wahrscheinlich nicht Russisch.

Es gab zwei bestimmte Stellen, die er gern aufsuchte. Die eine war die breite, gepflasterte Uferpromenade. Hier arbeitete er, wanderte hinauf bis zum nördlichen Ende des Parks und hinunter bis zum Erfrischungsstand. Die Vorbeifahrt eines der großen Kreuzer der Kriegsmarine, der *USS Dana* oder der *USS Melville,* pflegte ihn und die ganze Battery zum Stillstand zu bringen, als ob es eine Parade abzunehmen gelte, weiß, geräuschlos, langsam wie ein Traum. Es war ein Teil der Geschichte, und selbst die Alexandriner waren beeindruckt, obgleich drei von ihnen schon eine Kreuzfahrt hinunter zur Andros-Insel und zurück gemacht hatten. Aber manchmal stand er auch ohne erkennbaren Grund lange Zeit am Geländer und blickte zum Himmel auf oder hinüber nach Jersey. Nach einer Weile fing er dann mit Selbstgesprächen an, unverständlichem, von Hüsteln unterbrochenem Gemurmel, wobei es ihm sehr ernst zu sein schien, wenn man danach urteilte, wie er die Stirn in Falten zog. Niemals sahen sie ihn auf einer der Bänke sitzen.

Der andere Ort, wo er sich gern aufhielt, war das Vogelhaus. An Tagen, an denen das gefiederte Volk wegen regnerischer Witterung oder aus anderen Gründen unbeachtet blieb, trug er mit Erdnüssen und Brotkrumen zum Lebensunterhalt der Vögel bei.

Es gab Tauben, Papageien, eine Rotkehlchenfamilie und einen proletarischen Schwarm von Schwarzmeisen, wie sie auf der erklärenden Tafel genannt wurden, doch sagte Celeste, die zur Bibliothek gegangen war, um sich zu vergewissern, es sei nichts weiter als eine Sperlingsart. Auch hier stationierte sich natürlich die militante Miß Kraus, wenn sie Zeugnis ablegte. Eine ihrer Eigentümlichkeiten (und wahrscheinlich der Grund, warum sie nie aufgefordert wurde, sich zu entfernen) war, daß sie unter keinen Umständen jemals geruhte, sich auf Streitgespräche einzulassen. Selbst Sympathisanten entlockten ihr nicht mehr als ein grimmiges Lächeln und ein knappes Kopfnicken.

An einem Dienstag und eine Woche vor dem Tag X (es war früher Vormittag, und nur drei Alexandriner wurden Zeugen dieser Begegnung) überwand Aljona Iwanowna seine eigene Zurückhaltung und Schweigsamkeit so weit, daß er versuchte, mit Miß Kraus ins Gespräch zu kommen.

Er stellte sich breitbeinig vor ihr auf und begann, indem er laut und langsam mit seinem unbestimmbaren Akzent den Text ihres Protestplakats las: »STOPPT DIE VERNICHTUNG! Das Innenministerium der Vereinigten Staaten vergiftet unter der geheimen Anleitung der zionistischen Ford-Foundation systematisch die Weltmeere durch das Versenken radioaktiven Mülls, während gleichzeitig sogenannte ›Algenfarmen‹ angelegt werden. Ist dies die ›friedliche Anwendung der Atomenergie‹? Können wir es uns leisten, länger gleichgültig zu bleiben? Jeden Tag verenden fünfzehntausend Seemöwen als Opfer einer systematisch betriebenen Ausrottungskampagne, während gewählte Regierungsbeamte das Beweismaterial unterdrücken und verfälschen. Verlangen Sie die Wahrheit! Schreiben Sie den Kongreßabgeordneten! Verschaffen Sie sich Gehör!!«

Während Aljona Iwanowna laut und stockend vorlas, errötete Miß Kraus mehr und mehr. Ihre Finger umklammerten den Besenstiel, an dem das Plakat befestigt war, mit festerem Griff, und sie begann, ihr Schild mit ruckartigen Bewegungen hochzureißen und abwärtszustoßen, als ob dieser Mann mit seinem ausländischen Akzent ein lästiger und zudringlicher Raubvogel wäre, der sich darauf niedergelassen hatte.

»Ist das wirklich wahr?« fragte er, nachdem er trotz ihrer Behinderungsversuche den ganzen Text bis zur Unterschrift gelesen hatte. Er befühlte seinen buschigen weißen Bart, und sein runzeliges Gesicht nahm einen philosophischen Ausdruck an. »Ich würde gern mehr darüber wissen, ja, das möchte ich. Und es würde mich interessieren, was Sie denken.«

Entsetzen lähmte ihre Glieder, und sie stand starr wie eine Salzsäule. Sie schloß fest die Augen, aber dann mußte sie sie wieder öffnen.

»Vielleicht«, fuhr er unerbittlich fort, »können wir diese ganze Sache in Ruhe besprechen. Irgendwann, wenn Ihnen mehr nach Reden zumute ist. In Ordnung?«

Sie bot ihr Lächeln und ein minimales Nicken auf, und er ging fort. Sie war einstweilen in Sicherheit, aber auch so wartete sie, bis er sich auf der Uferpromenade fünfzig Schritte entfernt hatte, ehe sie mit einem Schwall ausatmete. Nachdem sie einmal tief Luft geholt hatte, tauten ihre Muskeln auf, und sie zitterte.

Der Tag X war ein Bilderbuch von einem Sommertag, ein Katalog von allem, was man von einem heiter-impressionistischen Gemälde erwarten darf: kleine weiße Wolken, Flaggen, strahlende Sonne auf Bäumen und Uferpromenade, sonntäglich gekleidete Spaziergänger und im Hintergrund das leere Babyblau über einem dunstigen Seehorizont. Knutschlippe war als erster zur Stelle, und Tankred, der die geklaute Nullacht-Armeepistole unter einer Art Kimono versteckte, war der letzte. Celeste kam überhaupt nicht. (Sie hatte gerade erfahren, daß sie im Schüleraustauschprogramm für ein Jahr nach Sofia gehen durfte.) Sie beschlossen, daß sie die Tat auch ohne Celeste ausführen könnten, aber das andere Nichterscheinen war kritischer. Ihr Opfer hatte versäumt, zum Tage X zu erscheinen. Schnüffler, dessen Stimme am Telefon am ehesten wie die eines Erwachsenen klang, wurde beauftragt, in die Vorhalle der Citybank zu gehen und das Asyl in der 16. Straße anzurufen.

Die Pflegerin am anderen Ende war eine Aushilfe. Schnüffler, immer ein Lügner mit Inspiration, bestand darauf, daß sein Vater ans Telefon gerufen werde. »Mr. Anderson, natürlich lebt er dort, Mr. Henry F. Anderson. Das ist doch das Asyl in der 16. Straße, Nummer 248, nicht?« Die verwirrte Pflegerin erzählte, daß die Rüstigen unter den Insassen des Asyls anläßlich des Nationalfeiertags eine Busfahrt zum Hopatcong-See unternommen hätten, die vom Sozialamt organisiert worden sei. Wenn er früh am nächsten Morgen anrufe, könne er seinen Vater sprechen.

So wurden die Initiationsriten vertagt, weil es sich nicht ändern ließ. Amparo verteilte Pillen, die sie (in weiser Voraussicht?) von zu Hause hatte mitgehen lassen. Nach dem Beipackzettel wirkten sie stabilisierend auf die Psyche und spendeten Trost bei Enttäuschungen. Jack verzog sich mit der Entschuldigung, daß er ein psychotischer Grenzfall sei, und bis September wurde er nicht mehr gesehen. Die Bande zerfiel wie ein Stück Würfelzucker auf der Zunge, das sich mit Speichel vollsaugt und dann zerbröckelt. Aber was, zum Teufel, machte es schon, das Gefieder der Tauben hinter ihrem Maschendraht schillerte nicht weniger bunt, und auch sonst hatte sich nichts geändert.

Dann erwies sich wieder einmal, daß, wenn man segelt, der Wind immer von hinten bläst, und sie entdeckten Terry Rileys ganztägige Fassung des ›*Orfeo*‹ bei 99,5 auf der Ultrakurzwelle. Sie hatten den ›*Orfeo*‹ im Ballett- und Schauspielunterricht studiert, und das Stück war ihnen in Fleisch und Blut übergegangen. Als Orpheus in die Unterwelt hinabstieg, verwandelten die Alexandriner sich mit einer Glaubwürdigkeit, wie sie in den Tagen des Jacopo Peri nicht überzeugender gewesen sein konnte, in eine Gruppe gequälter armer Seelen. Während des Nachmittags bildeten sich immer wieder neue Zuschauertrauben und belohnten sie mit dem berauschenden Getränk der Aufmerksamkeit von Erwachsenen. Sie übertrafen sich selbst, sowohl als einzelne wie auch als Ensemble, und obwohl sie bis zur Apotheose (um 21:30) ohne einen steifen psychochemischen Wind in ihren Segeln nicht ausgehalten hätten, war ihre Leistung doch authentisch und gleichzeitig ihre eigene Schöpfung. Als sie an diesem Abend den Battery Park verließen, fühlten sie sich besser, als sie sich den ganzen Sommer gefühlt hatten. Im gewissen Sinne waren sie exorziert worden.

Aber zu Hause angekommen, konnte Knutschlippe nicht schlafen. Kaum hatte er aufgesperrt, verkrampften sich seine Gedärme schon zu einem chinesischen Puzzle. Erst nachdem er sein Schlafzimmerfenster geöffnet und auf den Sims hinausgekrochen war, wurde er die schlechten Gefühle los. Die Stadt war real. Sein Zimmer war es nicht. Der Steinsims war real, und seine bloßen Hinterbacken nahmen Realität von ihm auf. Er beobachtete langsame Bewegungen in enormen Entfernungen und versuchte, seine Gedanken zu sammeln.

Er wußte, ohne daß er mit den anderen darüber reden mußte, daß der Mord niemals stattfinden würde. Die Idee hatte für sie niemals das bedeutet, was sie für ihn bedeutet hatte. Eine Pille, und sie waren wieder Schauspieler, zufrieden, Bilder in einem Spiegel zu sein. Langsam, während er zusah, schaltete sich die Stadt aus. Langsam teilte die Dämmerung den Himmel in einen Osten und einen Westen. Wäre ein Fußgänger durch die 58. Straße gegangen und hätte er aufgeblickt, so hätte er die bloßen Füße eines Jungen baumeln sehen, engelgleich.

Er würde Aljona Iwanowna selbst töten müssen. Nichts anderes war möglich.

Hinter ihm in der dunklen Wohnung schnarrte das Telefon sein gedämpftes Nachtläuten. Das mußte Tankred (oder Amparo?) mit dem Versuch sein, ihm das Vorhaben auszureden. Er sah ihre Argumente voraus. Celeste und Jack waren nicht mehr vertrauenswürdig. Oder, subtiler: sie hatten sich mit ihrer Aufführung des ›*Orfeo*‹ alle miteinander zu auffällig gemacht. Wenn die Polizei auch nur flüchtig nachforschte, würden die Alten auf den Bänken sich an sie erinnern und erzählen, wie gut sie getanzt hatten, und die Polizei würde wissen, wo sie zu suchen hatte.

Aber der eigentliche Grund, den zu erwähnen wenigstens Amparo sich schämen würde, vor allem jetzt, da die Wirkung der Pillen nachließ, war, daß sie angefangen hatten, für ihr Opfer *Mitleid zu empfinden.* Sie hatten den alten Mann während des letzen Monats zu gut kennengelernt, und ihre Entschlossenheit war vom Mitgefühl ausgehöhlt worden.

Am anderen Morgen wartete er, bis Papa im Bad war, dann schlich er auf Zehenspitzen zu dem alten Sekretär (W. & J. Sloan, 1952) in seinem Schlafzimmer. Papas Schlüsselkette lag auf dem Walnußfurnier. In der Mittelschublade des Sekretärs war eine alte mexikanische Zigarrenkiste, in dieser ein Samtbeutel und in dem Samtbeutel die Nachbildung einer französischen Duellpistole, ca. 1790. Diese Sicherheitsvorkehrungen hatte Papa weniger um seines Sohnes willen getroffen als vielmehr im Hinblick auf Jimmy Ness, der sich immer wieder verpflichtet fühlte zu zeigen, daß seine Selbstmorddrohungen ernst gemeint waren.

Er hatte die Bedienungsanleitung sorgfältig gelesen, als Papa die Pistole gekauft hatte, und konnte rasch und sicher die abgemessene Menge Pulver und dann die Bleikugel in den Lauf stopfen.

Er spannte den Hammer mit dem Daumen, bis er knackte.

Er schloß die Schublade ab und legte die Schlüssel auf den Sekretär, wie er sie gefunden hatte. Dann versteckte er die Pistole in den Stoffen und Kissen der türkisch eingerichteten Ecke, die

Mündung aufwärts gerichtet, damit die Kugel nicht herausrollen konnte. Schließlich sprang er unschuldig und heiter ins Badezimmer und küßte Papas Wange, die von der Morgenwäsche (der Wasserzähler bewilligte pro Person täglich acht Liter) noch feucht war und nach 4711 duftete.

Sie hatten ein fröhliches gemeinsames Frühstück, und Knutschlippe gab einen begeisterten Bericht über die ›*Orfeo*‹-Aufführung der Alexandriner, und Papa tat sein Bestes, um nicht herablassend zu erscheinen. Als er seine Erzählung beendet hatte, ging Knutschlippe Papa um eine zweite Pille an, und weil es besser war, wenn der Junge diese Dinge von seinem Vater als von einem Fremden auf der Straße bekam, ließ Papa sich erweichen.

Gegen Mittag erreichte er die südliche Fährstation, erfüllt vom Bewußtsein der bevorstehenden Selbstbefreiung. Das Wetter war wie am Tage X, als ob die Zeit rückwärts abgelaufen wäre. Er hatte seine unauffälligste kurze Hose angezogen, und die Pistole hing in einem braunen Leinenbeutel von seinem Gürtel.

Aljona Iwanowna saß auf einer der Bänke in der Nähe des Vogelhauses und hörte Miß Kraus zu. Ihre beringte Hand hielt mit festem Griff die Tragestange des Plakats umklammert, während die andere mit ruckartigen Gesten durch die Luft fuhr, gedrängt von der unbeholfenen Beredsamkeit eines Stummen, der nach einer Wunderkur die ersten Worte stammelt.

Knutschlippe ging an ihnen vorbei und kauerte im Schatten seines Lieblingsdenkmals nieder. Es hatte gestern, als alle auf einmal fanden, daß die Statuen albern aussahen, seine Magie verloren. Sie sahen immer noch albern aus. Verrazzano war wie ein viktorianischer Industrieller gekleidet, der in den Alpen Ferien macht. Der Engel trug das zu einem Engel passende bronzene Nachthemd.

Seine guten Gefühle verloren sich nach und nach und ließen seinen Kopf ausgehöhlt zurück, wie äolischer Sandstein vom Wind der Jahrtausende geglättet und ausgehöhlt wird. Er dachte daran, Amparo anzurufen, aber jeder Trost, den sie ihm bringen konnte, würde unwirklich wie eine Luftspiegelung bleiben, solange sein Vorhaben unausgeführt blieb.

Er blickte auf sein Handgelenk, und es fiel ihm ein, daß er die Armbanduhr zu Hause gelassen hatte. Die riesige Werbeuhr an der Fassade der First National Citybank zeigte Viertel nach zwei. Das war nicht möglich.

Miß Kraus lamentierte noch immer.

Er hatte Zeit, eine Wolke zu beobachten, wie sie von Jersey kommend über den Hudson und an der Sonne vorbeiglitt. Ungesehene Winde benagten ihre ausgefransten Ränder. Die Wolke wurde zu seinem Leben, das sich auflösen würde, ohne jemals zu Regen geworden zu sein.

Später ging der alte Mann die Uferpromenade hinauf. Knutschlippe folgte ihm, kilometerweit. Und dann waren sie allein am anderen Ende des Parks.

»Hallo«, sagte er mit dem Lächeln, das für Erwachsene von zweifelhafter Bedeutung reserviert war.

Der Alte blickte direkt auf den Leinenbeutel, aber Knutschlippe verlor nicht die Fassung. Vermutlich überlegte Aljona Iwanowna, ob er ihn um Geld anhauen solle, das möglicherweise in dem Beutel war. Die Pistole sorgte für eine merkliche Ausbauchung auf einer Seite, aber sie war nicht von der Art, die man normalerweise mit einer Pistole in Verbindung bringen würde.

»Tut mir leid«, sagte er kühl. »Ich bin pleite.«

»Hab' ich vielleicht gefragt?«

»Sie wollten es.«

Der alte Mann machte eine Bewegung, als wolle er in die andere Richtung zurückgehen, also mußte er schnell was sagen, irgendeine Bemerkung, die den Alten aufhalten würde.

»Ich sah Sie mit Miß Kraus sprechen.«

Der Alte blieb.

»Meinen Glückwunsch – Sie haben das Eis gebrochen!«

Der alte Mann runzelte die Stirn und zeigte ein ungewisses Lächeln. »Du kennst sie?«

»M-hm. Man könnte sagen, daß wir von ihr wissen.« Das ›wir‹ war ein absichtliches Risiko, ein Hors d' œuvre. Er nahm die Verschlußschnur des Beutels zwischen zwei Finger und ließ ihn träge hin und her pendeln. »Macht es Ihnen was aus, wenn ich Ihnen eine Frage stelle?«

Im Gesicht des Mannes war nichts Nachsichtiges mehr. »Wahrscheinlich ja.«

Die berechnende Härte war aus Knutschlippes Lächeln gewichen. Es war jetzt das gleiche Lächeln, das er für Papa, für Amparo, für Miß Couplard gelächelt haben würde, für jeden, den er mochte. »Von wo kommen Sie? Ich meine, aus welchem Land?«

»Das ist allein meine Sache, nicht wahr?«

»Nun, ich wollte es bloß wissen.«

Der alte Mann (er hatte irgendwie aufgehört, Aljona Iwanowna zu sein) wandte sich ab und ging direkt auf den gedrungenen Steinzylinder der alten Festung zu. Dort angekommen, fummelte er an seiner Hose und pinkelte an die Wand.

Knutschlippe fummelte mit den Schnüren des Beutels. Es war bemerkenswert, wie lange der alte Mann dort stand und pinkelte, denn trotz aller Anstrengungen des blödsinnigen Knotens, sich nicht lösen zu lassen, hatte er die Pistole draußen, bevor das letzte Getröpfel aufhörte.

Er legte das Zündhütchen auf, zog den Hammer ganz zurück und zielte.

Der alte Mann fummelte mit dem Reißverschluß, und erst als er damit fertig war, blickte er wie zufällig in die Richtung des Jungen. Er sah die auf ihn zielende altertümliche Pistole. Sie standen keine zehn Meter auseinander, also mußte er sie gesehen haben.

Er sagte: »Ha!« Und selbst das, statt für den Jungen mit der Waffe bestimmt zu sein, war nur eine Einschaltung in dem unaufhörlichen gekränkten Monolog, den er jeden Tag wiederaufnahm. Er wandte sich ab, und Augenblicke später war er wieder an der Arbeit, die Hand ausgestreckt, und haute einen Passanten um fünfundzwanzig Cents an.

6. Buch

334

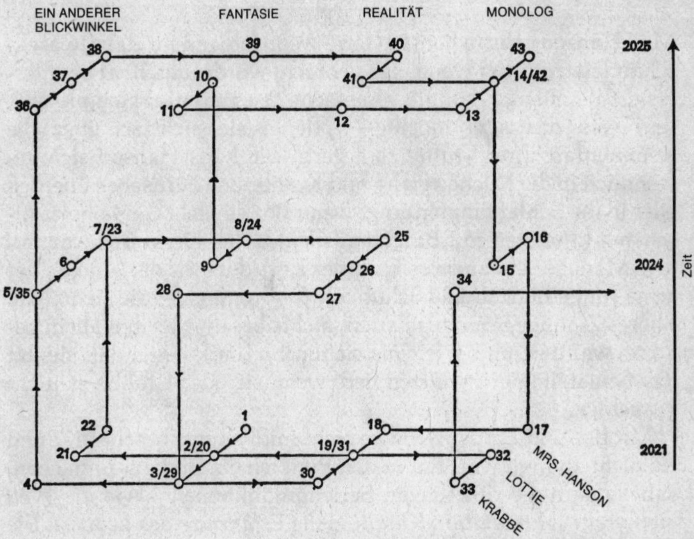

EIN ANDERER BLICKWINKEL
FANTASIE
REALITÄT
MONOLOG
38
39
40
43
37
10
41
14/42
36
11
12
13
7/23
8/24
25
16
6
9
26
15
5/35
28
27
34
1
22
18
17
21
2/20
19/31
32
4
3/29
30
33
MRS. HANSON
LOTTIE
KRABBE
2025
2024
2021
Zeit

Erster Teil

LÜGEN

1. Die Glotze (2021)

Mrs. Hanson sah am liebsten fern, wenn jemand ihr dabei Gesellschaft leistete, aber wenn was gebracht wurde, das Krabbe interessierte – und man konnte von einem Tag zum nächsten nie wissen, was das sein mochte –, pflegte sie sich so über die Kommentare ihrer Mutter zu ärgern, daß Mrs. Hanson sich gewöhnlich in die Küche verzog und Krabbe den Fernseher überließ oder in ihr Schlafzimmer ging, wenn Boz es nicht für seine erotischen Aktivitäten mit Beschlag belegt hatte. Denn Boz war mit dem Mädchen am anderen Ende des Korridors verlobt, und da der arme Junge bis auf eine Schublade der Kommode, die sie in Miß Shores Zimmer gefunden hatten, nichts besaß, was ihm allein gehörte, war das mindeste, was sie für ihn tun konnte, daß sie ihn das Schlafzimmer benützen ließ, wenn sie oder Krabbe es nicht brauchten.

Mit Boz und Lottie, wenn er nicht mit l'amour beschäftigt und sie nicht zu high war, um in den Punkten ein Bild auszumachen, sah sie gern die rührseligen Serienproduktionen. ›*Wie die Welt sich dreht*‹, ›*Endstation Klinik*‹, ›*Alle Erfahrung des Lebens*‹. Sie kannte alle Einzelheiten der verschiedenen Tragödien, aber in ihrer eigenen Erfahrung war das Leben viel einfacher: das Leben war ein Zeitvertreib. Kein Spiel, denn das hätte bedeutet, daß die einen gewannen und die anderen verloren, und sie war sich selten so lebhafter oder bedrohlicher Empfindungen bewußt. Es war wie die Nachmittage ihrer Kindheit, wenn sie mit ihren Brüdern Monopoly gespielt hatte: lange nachdem ihre Hotels, ihre Häuser, ihr Grundbesitz und ihr Bargeld verloren waren, durfte sie ihre kleine Bleifigur weiter um das Spielfeld wandern lassen, wo sie kleine Beträge kassierte, der Gemeindekasse zur Last fiel, ins Gefängnis wanderte und wieder entlassen wurde. Sie gewann nie, aber sie konnte nicht verlieren. Sie wanderte einfach im Kreis herum. So war das Leben.

Aber noch lieber als mit ihren eigenen Kindern saß sie mit Amparo und Mickey vor dem Fernseher. Vor allem mit Mickey, weil Amparo bereits begann, auf Mrs. Hansons Lieblingsprogramme herabzusehen – die Trickfilmserien und die Puppen um fünf Uhr fünfzehn. Sie hätte nicht sagen können, warum es so war. Mickeys Reaktionen waren nicht dazu angetan, sie zu erheitern, denn sie waren selten deutlich erkennbar. Schon mit fünf Jahren war er oft genauso in sich gekehrt wie seine Mutter. Er konnte sich stundenlang in der Badewanne verstecken und dann eine völlige Kehrtwendung machen und vor Aufregung in die Hose pinkeln. Nein, sie erfreute sich an den Trickfilmserien um ihrer selbst willen. Alles war so schön klar und offensichtlich – die hungrigen Raubtiere und ihre Beute, die ihnen immer wieder entging, die gutmütigen Dynamitexplosionen, die hüpfenden Felsblöcke, die stürzenden Bäume, die Schreie und die unwahrscheinlichen Stürze. Sie war nicht dumm, aber sie hatte ihren Spaß daran, jemanden auf Zehenspitzen daherschleichen zu sehen, bis urplötzlich, wie aus dem Nichts – *Rrums, krach!* – etwas Riesiges auf das Monopoly herabschmetterte, daß die Fetzen flogen. »*Paff*!« sagte Mrs. Hanson dann, und Mickey antwortete mit: »*Ding-Dong*!« und schüttete sich vor Lachen aus. Aus irgendeinem Grund war »*Ding-Dong*!« die lustigste Vorstellung, die es gab.

»*Paff*!«

»*Ding–Dong*!«

Und sie standen auf.

2. C & C (2021)

Es war das schönste Erlebnis in wer weiß wie langer Zeit, obwohl es jammerschade schien, daß nichts davon echt war – die Reihen und Stapel und Pyramiden von Konservendosen, die herrlichen Schachteln mit Waschmitteln und Frühstücksflocken, die Molkereierzeugnisse und all das Fleisch in so vielfältiger Form. Das mit dem Fleisch war am schwierigsten zu glauben. Süßigkeiten über Süßigkeiten und dahinter ein Berg von Zigaretten aus echtem Tabak. Brot. Verschiedene Marken waren immer noch vertraut, aber die überging sie und legte statt dessen einen Laib mit einer aufgehenden Sonne und der Inschrift ›Wunder‹ in den Einkaufswagen. Der war schon halb voll. Juan schob ihn vor sich her und bewegte sich im Rhythmus der halb gehörten Melodien, die wie Dunst in der Luft des Museums hingen. Er fuhr um eine Ecke und nahm Kurs auf die Gemüseabteilung, aber Lottie blieb, wo sie war, und gab vor, das Etikett einer andern Brotsorte zu studieren. Sie schloß die Augen und versuchte, diesen Augenblick von allen anderen Augenblicken abzutrennen, damit sie ihn immer bewahren könne. Sie riß Einzelheiten aus ihrem Zusammenhang, um sie festzuhalten – die namenlose Melodie, das schwammige Nachgeben des Brotes (vergessen war im Moment, daß es kein Brot war), das Wachspapier, das helle Klingeln der Registrierkassen. Es gab auch Stimmen und Schritte, aber es gibt immer Stimmen und Schritte, und darum hatte sie keinen Bedarf für diese. Die eigentliche Magie, die mit den Händen nicht zu greifen war, bestand einfach darin, daß Juan glücklich und interessiert und bereit war, vielleicht den ganzen Tag mit ihr zu verbringen.

Das Dumme war, daß es einem zwischen den Fingern zerrann, wenn man so angestrengt versuchte, es festzuhalten, und schließlich hatte man nur Luft in der Hand. Sie würde das Falsche sagen, und Juan würde in die Luft gehen und sie verlassen, wie letztes Mal. Also legte sie das sogenannte Brot zurück und wandte sich dem Sonnenschein des Hier und Jetzt und Juan zu, der am Gemüsestand war und mit einer Karotte spielte.

»Ich könnte schwören, daß es eine echte Karotte ist«, sagte er.

»Aber es ist keine, weißt du. Wenn es eine Karotte wäre, könntest du sie essen, und es wäre keine Kunst.«

(Während sie am Eingang auf einen Einkaufswagen gewartet hatten, waren sie von einer Stimme aufgeklärt worden, was sie sehen und wie sie es zu würdigen hätten. Sie machte Angaben über die verschiedenen Gesellschaften, die in Zusammenarbeit dieses Museum gestiftet hatten, nannten Tatsachen über einige der ungewöhnlicheren Produkte wie etwa Wäschestärke und rechnete vor, wieviel der durchschnittliche Wocheneinkauf an Lebensmitteln in heutigem Geld kosten würde. Dann warnte die Stimme, daß es sich ausschließlich um Attrappen handle – die Konservendosen, Packungen, Flaschen, die appetitlich aussehenden Wurstwaren und Steaks, alles sei Imitation, egal, wie realistisch und echt es aussehen mochte. Für all jene, die immer noch daran dachten, irgendwas als Erinnerungsstück mitgehen zu lassen, erläuterte die Stimme schließlich das chemisch funktionierende Alarmsystem.)

»Fühl mal an«, sagte er.

Es fühlte sich genau wie eine Karotte an, vielleicht nicht ganz frisch, aber eßbar.

»Aber es ist Plastik oder was«, beharrte sie, treu dem Tonband der Met ergeben.

»Es ist eine Karotte, da wette ich einen Dollar. Es fühlt sich wie eine an, es riecht wie eine . . .« Er betrachtete sie kritisch, biß hinein. Sie knackte. Er kaute. »Es *ist* eine Karotte.«

Unter den Leuten, die zugesehen hatten, breitete sich Enttäuschung aus. Die banale Realität war dort eingedrungen, wo sie nichts zu suchen hatte.

Ein Museumswächter kam und sagte ihnen, daß sie das Gebäude verlassen müßten. Es sei ihnen nicht einmal gestattet, die bereits ausgewählten Artikel im Wagen zu einem der Kassenschalter zu fahren. Juan wurde ungemütlich und verlangte sein Geld zurück.

»Wo ist der Direktor?« brüllte er. Juan, der geborene Unterhalter. »Ich will mit dem Direktor sprechen.« Schließlich gaben sie tatsächlich das Eintrittsgeld zurück, nur um ihn loszuwerden.

Lottie hatte sich während des ganzen Auftritts elend und unglücklich gefühlt, aber selbst danach, als sie in der Bar unter dem Flugplatz saßen, machte sie sich nicht die Mühe, seiner Version zu widersprechen. Juan hatte recht, der Museumswächter war ein Hurensohn, und das Museum gehörte bombardiert.

Er griff in die Jackentasche und zog die Karotte heraus.

»Ist es eine Karotte«, wollte er wissen, »oder ist es keine?«

Gehorsam stellte sie ihr Bier zurück und biß ab. Es schmeckte wie Plastik.

3. Die weiße Uniform (2021)

Krabbe versuchte, sich auf die Musik zu konzentrieren – Musik war die Quelle, aus der ihr Leben seinen Sinn bezog –, aber sie konnte nur an Januar denken. Januars Gesicht und ihre dicken Hände, die rosigen, schwieligen Handflächen. Januars Nacken, dessen gespannte Muskeln unter dem Druck der Fingerspitzen allmählich schmolzen. Oder, in der entgegengesetzten Richtung: Januars dicke Schenkel, die sich gegen den Benzintank eines Motorrads preßten, nacktes schwarzes Fleisch, nacktes schwarzes Metall. Das schwindelerregende Geräusch, wenn die Maschine im Leerlauf blubbernd vor der Ampel wartete und dann, noch ehe sie ganz auf Grün umgeschaltet hatte, mit wildem Aufbrüllen davonjagte, die Ausfallstraße entlang ... Was würde ein geeignetes Ziel sein? Alabama? Spokane? St. Paul?

Oder dies: Januar in Schwesternuniform – lebhaft, frisch gestärkt, blendend weiß. Krabbe auf der Bahre im Ambulanzwagen. Januars kleine weiße Kappe zwischen ihr und der niedrigen Decke. Die dunklen Finger suchten die Innenseite ihres Arms nach einer Vene ab. Ein Wattebausch mit Alkohol, eine momentane Kühle, dann die Spritze und Januars Lächeln. »Jetzt wird es gleich ein wenig weh tun.« An diesem Punkt wollte Krabbe ohnmächtig werden. Einfach wegsacken.

Sie nahm die Ohrenstöpsel heraus und ließ die Musik in dem kleinen Plastikkasten ungehört weiterlaufen, denn ein Wagen hatte die Straße verlassen und rollte an den kleinen roten Auflader heran. Januar kam aus der Station, nahm dem Fahrer die Kreditkarte aus der Hand und steckte sie in den Schlitz der Registriermaschine, die mit »Ding« antwortete. Sie arbeitete wie ein Vorführmodell in einem Kaufhausfenster, ohne innezuhalten, ohne auch nur einmal den Blick zu heben, entrückt in ihre eigene Welt, obwohl Krabbe wußte, daß Januar wußte, daß sie hier auf dieser Bank saß, zu ihr hinüberschaute und nach ihr verlangte.

Sieh mich an! dachte sie wild zu Januar. Mach mich existieren!

Aber der niemals abreißende Verkehrsstrom zwischen ihnen löste die Gedankenbotschaft auf, als ob sie Rauch wäre. Vielleicht blickte irgendein Fahrer in plötzlichem Erschrecken auf, oder eine Frau, die mit der Buslinie 17 von der Arbeit nach Haus fuhr, fragte sich auf einmal, was sie an irgendeinen Jungen denken ließ, den sie vor zwanzig Jahren geliebt zu haben glaubte.

Drei Tage.

Und jeden Tag, wenn sie von dieser Wache zurückkehrte, kam Krabbe zu einem staubigen grauen Laden mit dem primitiv gemalten Schild: MYERS UNIFORMEN & ABZEICHEN. Im Schaufenster schwang ein staubiger, schnurrbärtiger Polizist aus einer anderen Stadt (die Litzen und Rangabzeichen an seiner Jacke waren für New York nicht richtig) in einer schüchtern anmutenden Art einen hölzernen Schlagstock. Handschellen und Tränengaskanister baumelten von seinem schwarzen Ledergürtel. In Tuchfühlung mit ihm, doch scheinbar ohne es zu bemerken, stand ein Feuerwehrmann in gelb und schwarz gestreiftem Anzug (auch er von auswärts) und lächelte ein langbeiniges schwarzes Mädchen in weißer Schwesternuniform an. Krabbe pflegte langsam vorbei und bis zur Ampel zu gehen, um dann wie ein Boot mit Maschinenschaden, das nicht länger gegen die Strömung ankommt, zum Schaufenster und der weißen Uniform zurückzutreiben.

Am dritten Tag ging sie hinein. Eine Glocke klimperte. Der Verkäufer fragte, ob er ihr helfen könne.

»Ich hätte gern . . .«. Sie räusperte sich. »Eine Uniform. Für eine Krankenschwester.«

Er nahm ein gelbes Bandmaß von einem Stapel Schirmmützen. »Sie haben . . . 38 oder 40?«

»Es ist nicht – nicht für mich, sondern für eine Freundin. Weil ich immer hier vorbeikomme, sagte ich ihr . . .«

»In welchem Krankenhaus arbeitet sie? Jedes Krankenhaus hat seine kleinen Besonderheiten, wissen Sie.«

Krabbe blickte in sein junges und doch schon ältliches Gesicht auf. Ein weißes Hemd mit zu engem Kragen. Eine schwarze Krawatte mit kleinem, sauber gebundenem Knoten. Er schien in der gleichen undefinierbaren Art und Weise wie die Schaufensterpuppen in einer Uniform zu stecken.

»Es ist kein Krankenhaus. Eine Privatklinik. Sie kann dort tragen . . . was ihr gefällt.«

»Gut, gut. Und welche Größe hat Ihre Freundin?«

»Eine große Nummer. 46, oder 48. Sie ist groß.«

»Nun, dann will ich Ihnen zeigen, was wir haben.« Und er führte die entzückte Krabbe in das tiefere Zwielicht des Ladens.

4. Januar (2021)

Sie hatte Krabbe bei einer der öffentlichen Veranstaltungen des Asyls kennengelernt, wohin sie gegangen war, um Mitglieder für die Organisation zu werben, und statt dessen in der beschämendsten Art und Weise selbst angeworben worden war, wenn man es so nennen konnte – bis hin zu Tränen und Geständnissen. Bei der nächsten Zusammenkunft der Zelle berichtete sie alles wahrheitsgetreu. Außer ihr selbst gab es vier Zellenmitglieder, alle zwischen zwanzig und dreißig, alle sehr ernst bei der Sache, obwohl sie weder Intellektuelle oder auch nur verkrachte Studenten waren: Jerry und Lee Lighthall, Ada Miller und Graham X. Graham war der Verbindungsmann zu den oberen Ebenen der Organisation, aber im übrigen nicht ihr Leiter oder Anführer, denn sie waren entschieden gegen hierarchische Strukturen.

Lee, der fett und schwarz war und gern redete, sagte, was sie alle dachten, nämlich, daß es eine völlig gesunde Sache sei, Gefühle zu haben und sie zu zeigen. »Oder hast du was über uns gesagt?«

»Nein, wir redeten eigentlich nur über persönliche Dinge.«

»Dann sehe ich nicht, warum du hier davon angefangen hast.«

»Vielleicht solltest du uns ein bißchen mehr darüber erzählen, Jan«, schlug Graham vor.

»Also, was im Asyl gemacht wird . . .«

»Wissen wir«, sagte Lee Lighthall. »Wir waren alle schon mal dort.«

»Sei nicht so verdammt tyrannisch, Lee«, sagte seine Frau.

»Aber Lee hat recht – unsere ganze Zeit geht dabei drauf. Also, ich war früh dort und sah mir die Leute an, als sie reinkamen, und als diese auftauchte – ihr Name ist Hanson –, konnte ich sofort sehen, daß sie nicht zu den Regulären gehörte. Ich glaube, sie sah mich auch gleich. Wir fingen dann in derselben Gruppe an, machten Atemübungen und hielten uns bei den Händen und so weiter.« Normalerweise hätte Januar eine Erzählung dieser Länge mit einigen Verwünschungen und Obszönitäten gewürzt, aber alles, was irgendwie an Prahlerei gemahnte, wäre ihr jetzt nur noch alberner vorgekommen, als sie sich ohnehin schon fühlte. »Dann fing sie an, meinen Nacken zu massieren, ich weiß nicht, in einer besonderen Art. Und ich fing an zu heulen. Ohne allen Grund fing ich zu heulen an.«

»Warst du von irgendwas high?« fragte Ada.

Januar, die in diesem Punkt völlige Enthaltsamkeit übte (sie trank nicht einmal Koffee), konnte mit Recht den Kopf aufwerfen. »Ja, von deinem Vibrator!«

»Hör mal, Jan«, sagte Graham.

»Aber sie war high«, fuhr Januar fort. »Schwer angetörnt. Mittlerweile umschwärmten die Regulären uns wie Vampire, also verzogen wir uns in eine der Kammern. Ich dachte, sie wollte eine Nummer, und damit hätte sich's, aber statt dessen fingen wir an zu reden. Das heißt, ich redete; sie hörte zu.« Sie erinnerte sich an die Scham, die sie wie der Schmerz eines zu hastigen Schlucks Wasser in der Kehle gewürgt hatte. »Ich sprach über meine Eltern, über Sex, über das Alleinsein. Solche Sachen.«

»Solche Sachen also«, meinte Lee.

Januar holte tief Atem. »Über meine Eltern sagte ich, daß sie

Republikaner sind, wogegen natürlich nichts zu sagen ist, aber ich sagte auch, daß ich sexuelle Empfindungen niemals mit Liebe in Verbindung bringen könnte, weil sie beide Männer sind. Ich weiß, es klingt jetzt nicht nach viel, doch als ich es sagte, erschien es mir wichtig. Und über das Alleinsein sagte ich, daß ich mich einsam fühle.« Sie zuckte die Achseln und schloß dabei für einen Moment die Augen. »Ich sagte, daß alle einsam seien. Dann fing ich wieder zu weinen an.«

»Du hast eine weite Strecke zurückgelegt.«

Sie blickte umher. Niemand schien verärgert, obgleich sie die letzte Erklärung als eine Anklage hätten aufnehmen können. »Wir redeten fast die ganze verdammte Nacht.«

»Du hast uns immer noch nichts über sie gesagt«, bemerkte Ada.

»Ihr Name ist Hanson. Ihre Freunde nennen sie Krabbe. Sie sagte, sie sei dreißig, aber ich würde sagen, vierunddreißig oder noch älter. Wohnt irgendwo in der 11. Straße, ich hab's aufgeschrieben, mit einer Mutter und ich weiß nicht wievielen anderen. Einer Familie.« Dies war natürlich genau das, was die Organisation am schärfsten verurteilte. Autoritäre politische Strukturen existieren nur, weil die Menschen durch autoritäre Familienstrukturen konditioniert sind. »Und sie hat keinen Job, bloß ihre Sozialhilfe.«

»Weiß?« fragte Jerry. Es war passend und diplomatisch, daß sie als die einzige Nichtschwarze in der Gruppe die Frage stellte.

»Wie verdammter Schnee.«

»Politisch?«

»Kein bißchen. Aber ich glaube, sie könnte dafür interessiert werden. Oder, wenn ich es mir genau überlege . . .«

»Wie empfindest du jetzt ihr gegenüber?« fragte Graham.

Offenbar dachte er, sie sei verliebt. War sie es? Vielleicht. Aber genauso vielleicht nicht. Krabbe hatte sie in Tränen gebracht; sie wollte es ihr zurückzahlen. Was waren überhaupt Gefühle? Worte, die einem durch den Kopf gingen, oder Hormone in irgendeiner Drüse. »Ich weiß nicht, was ich empfinde.«

»Was willst du uns dann erzählen?« fragte Lee. »Ob du sie wiedersehen solltest? Oder ob du verliebt bist? Oder es sein solltest? Gott, Mädchen!« Dies mit einem seufzenden Aufwärtsbranden der ganzen gutmütigen Fettpolster und Speckrollen. »Nur zu. Hab' deinen Spaß. Fick dich dumm und dämlich oder wein dir die Augen aus, was immer du willst. Aber denk daran, wenn du dich verliebst, dann behandle es als deine Privatsache und bring es nicht in unsere Arbeit herein.«

Sie waren sich alle einig, daß dies der beste Rat sei, und Januar fühlte, daß sie genau das hatte hören wollen. Jetzt war die Bahn frei, um auf wichtigere und grundsätzlichere Themen überzugehen – Quoten und Verhaftungen und die Gründe, warum die Revolution, obgleich sie so lange hatte auf sich warten lassen, der nächste unausweichliche Schritt sei. Dann verließen sie die Bänke und verbrachten die nächste Stunde damit, sich zu amüsieren. Hätte man sie gesehen, so wäre man nie auf den Gedanken gekommen, daß sie sich von anderen Besuchern der Rollschuhbahn unterschieden.

5. Richard M. Williken (2024)

Sie pflegten zusammen in der Dunkelkammer zu sitzen, die offiziell das Schlafzimmer seines Sohnes Richard M. Williken Junior war. Richard junior existierte nur in den und für die Akten der verschiedenen Verwaltungsbehörden, obgleich im Notfall ein Junge dieses Namens leihweise von der Cousine seiner Frau beschafft werden konnte. Ohne ihren imaginären Sohn hätten die Willikens nun, da ihre wirklichen Kinder das Elternhaus verlassen hatten, niemals ihre Dreizimmerwohnung behalten können.

Manchmal hörten sie sich Bänder an, die kopiert wurden, und weil sie seine Spezialität waren, handelte es sich gewöhnlich um Sachen von Alkan oder Gottschalk oder Boagni. Die Musik war ein scheinbarer Grund unter anderen scheinbaren Gründen, wie etwa Freundschaft, daß sie bei Williken herumhing. Er rauchte oder malte Männchen oder sah zu, wie der Sekundenzeiger einen weiteren Tag vereinfachte. Sein vorgeblicher Grund war, daß er arbeitete, und in dem Sinne, daß er Tonbänder kopierte und Botschaften annahm und gelegentlich für dreimal nichts die Stunde das Bett seines fiktiven Sohnes vermietete, arbeitete er. Aber in dem Sinne, der zählte, tat er es nicht.

Wenn das Telefon läutete, nahm Williken den Hörer auf und sagte: »Eins-fünf, fünf-sechs.« Krabbe umschlang sich mit ihren dünnen Armen und beobachtete ihn, bis das Senken seiner Augenlider signalisierte, daß der Anruf nicht aus Seattle kam.

Wenn der Mangel an beiderseitiger Anerkennung störend zu werden drohte, pflegten sie sich auf angenehme kleine Debatten über Kunst zu verlegen. Kunst: Krabbe liebte das Wort (es gehörte in dieselben höheren Regionen wie ›Mystik‹, ›Mythologie‹ und ›Tiffany‹), und der arme Williken konnte es nicht in Ruhe lassen. Obwohl sie sich alle Mühe gaben, niemals auf die Ebene rechtschaffener Klage herabzusteigen, fand ihr getrenntes, heimliches Unglücklichsein immer wieder Wege, um in die langen Perioden des Stillschweigens einzudringen und mit notdürftiger Tarnung zum eigentlichen Gegenstand der kleinen Debatten zu werden, wie etwa, als Williken, zu verbraucht, um etwas anderes als ernst zu sein, verkündet hatte: »Kunst? Kunst ist einfach das Gegenteil, verstehst du? Sie ist Flickwerk. Was du denkst, ist alles Überfluß und Kraft . . .«

». . . und Vergnügen«, ergänzte sie.

»Diese Dinge sind eine Illusion«, sagte er. »Der Künstler kann sie nicht teilen. Er weiß es besser.«

»So wie Prostituierte angeblich nie einen Orgasmus haben? Ich habe mal mit einer Prostituierten geredet, ich will keine Namen nennen, die sagte, sie hätte die ganze Zeit Orgasmen.«

»Das klingt nicht sehr professionell. Wenn ein Künstler anfängt, sich zu unterhalten, leidet seine Arbeit.«

»Ja, ja, das trifft sicherlich zu«, sagte sie ungeduldig, fegte die Idee wie Krumen vom Tisch, »für dich. Aber man sollte meinen, daß es für jemanden wie . . .« – sie zeigte zu der elektrisch bewegten Maschinerie der vier langsam rotierenden Mandalas hinauf – »John Herbert MacDowell etwas anderes ist, um nur ein Beispiel zu nennen. Für ihn muß es ein Zustand wie Verliebtheit sein. Mit dem Unterschied, daß seine Liebe sich in alle Richtungen ausbreitet, statt auf eine Person konzentriert zu sein.«

Williken machte ein mürrisches Gesicht. »Ich stimme zu, daß Kunst wie Liebe ist. Aber das widerspricht nicht dem, was ich zuvor sagte. Alles ist Flickwerk und Geduld, in der Kunst wie in der Liebe.«

»Und Leidenschaft? Spielt die überhaupt keine Rolle?«

»Nur für die Jungen.« Er überließ ihr zu entscheiden, ob dieser Schuh paßte.

So ging es fast einen Monat lang, und in dieser ganzen Zeit verübte er nur eine einzige bewußte Grausamkeit. Denn bei all seiner persönlichen Schmierigkeit – den Kleidern, die wie schmutzige Bandagen aussahen, dem krätzigen Bart, dem Geruch – war Williken ein großer Umstandskrämer, und es war sein Stil, die Zeugnisse seiner eigenen unerwünschten Persönlichkeit auszulöschen, die Fingerabdrücke wegzuwischen und seine Verfolger zu narren. So gewann jeder Gegenstand, der in seiner Wohnung sichtbar sein durfte, die erhöhte Bedeutung von Totenschädeln in einer Mönchszelle: das rosa Telefon, Richard juniors durchlegenes Bett, die Lautsprecher, der lange, verchromte Schwanenhals des Wasserhahns, der Kalender, der ein im Schnee tobendes junges Paar und ›Januar 2024‹ zeigte. Seine Grausamkeit bestand einfach darin, daß er den Monat nicht veränderte.

Sie sagte nie, wie sie es hätte tun können: »Willy, wir haben den zehnten Mai, verdammt noch mal.« Vielleicht bereitete ihr der Schmerz, der in seiner Mahnung steckte, eine masochistische Befriedigung; jedenfalls machte er ihr zu schaffen. Er hingegen wußte aus erster Hand nichts von solchen Empfindungen. Das ganze Drama ihrer Gefühlsverwirrungen erschien ihm lächerlich. Seelenschmerz als Selbstzweck.

So hätte es bis zum Sommer weitergehen können, aber dann war eines Tages der Kalender verschwunden, und an seiner Stelle war eine von Willikens Fotografien.

»Hast du sie gemacht?« fragte sie.

Seine Verlegenheit war echt. Er nickte.

»Ich sah sie sofort, als ich reinkam.«

Die Fotografie eines halbgefüllten Wasserglases, das auf einem nassen Glasregal stand. Ein zweites, leeres Glas außerhalb des Bilds warf einen Schatten über die weißen Kacheln der Wand.

Krabbe ging nahe heran, das Bild zu betrachten. »Es ist traurig, nicht wahr?«

»Ich weiß nicht«, sagte Williken. Er fühlte sich verwirrt, beleidigt; schmerzlich berührt. »Gewöhnlich mag ich meine eigenen Sachen nicht herumhängen haben. Sie verlieren das Leben, das in ihnen ist. Aber ich dachte . . .«

»Es gefällt mir. Wirklich.«

6. Amparo (2024)

An ihrem Geburtstag, dem 29. Mai, hatte Amparo erkannt, daß sie ihre Mutter haßte. An ihrem elften Geburtstag. Es war eine schreckliche Erkenntnis, aber man durfte sich nichts vormachen. Es gab einfach nichts an Mama, was man bewundern konnte, und so viel zu verabscheuen. Sie schurigelte Amparo und Mickey erbarmungslos, aber noch schlimmer war es, wenn sie sich mit ihren blödsinnigen Pillen verrechnete, in eine ihrer Depressionen abschleimte und ihnen mit Schluchzgeschichten über ihr verpfuschtes Leben die Ohren vollsabberte. Es war ganz gewiß ein verpfuschtes Leben, aber Amparo konnte nicht sehen, daß sie jemals irgendeine Anstrengung gemacht hätte, es nicht zu verpfuschen. Sie wußte nicht, was Arbeit war. Selbst zu Hause ließ sie die arme alte Großmama alles tun. Sie selbst lag wie ein Tier im Zoo einfach verdrießlich herum und kratzte ihren ranzigen Balg. Amparo haßte sie.

In der scheinbar mitleidigen Art, die sie manchmal hatte, sagte Krabbe vor dem Abendessen zu ihr, daß sie miteinander was besprechen müßten, und dachte sich eine fadenscheinige Lüge aus, um sie aus der Wohnung zu bringen. Sie gingen hinunter zur 15. Straße, wo eine Chinesin einen neuen Laden aufgemacht hatte, und Krabbe kaufte das Shampoo, in das sie so vernarrt war.

Dann zur unvermeidlichen Gardinenpredigt aufs Dach. Der Sonnenschein hatte die Hälfte der Bewohner heraufgelockt, aber sie fanden eine Stelle, wo sie fast ungestört waren. Krabbe zog sich die Bluse aus, um Sonnenbräune einzufangen, und Amparo sah, was für ein gewaltiger Unterschied zwischen ihr und ihrer Mutter war, obwohl Krabbe tatsächlich die Ältere der beiden war. Keine schlaffen Fettrollen, keine Runzeln und Falten, die Haut glatt und nur ein wenig sulzig. Wogegen Lottie, die jeden Anfangsvorteil auf ihrer Seite gehabt hatte, sich zu einem Ungeheuer von Fettleibigkeit hatte werden lassen. Jedenfalls (›Ungeheuer‹ war vielleicht eine Übertreibung) ging es rasch bergab mit ihr.

»Ist das alles?« fragte Amparo, sobald Krabbe ihre letzte fromme Entschuldigung für Lotties verschiedene Furchtbarkeiten vorgebracht hatte. »Können wir jetzt, nachdem ich gebührend getadelt worden bin, wieder hinuntergehen?«

»Es sei denn, du willst mir deine Seite der Geschichte erzählen.«

»Ich wußte nicht, daß man mir zugesteht, meine Seite zu haben.«

»Nun, mit elf Jahren kannst du schon deinen eigenen Standpunkt haben.«

Die gute alte demokratische Tante! Amparo grinste, dann, als sie den abwartenden Blick der anderen sah, wurde sie ernst. »Mama haßt mich, mehr ist dazu nicht zu sagen.« Sie nannte Beispiele.

Krabbe schien unbeeindruckt. »Statt von ihr tyrannisiert zu werden, würdest du lieber sie tyrannisieren – ist es das, was du meinst?«

»Nein.« Aber sie kicherte. »Es wäre wenigstens mal was anderes.«

»Du tust es, weißt du. Du tyrannisierst sie manchmal schrecklich. Du bist ein schlimmerer Tyrann als sie.«

»Ich?« rief Amparo entgeistert.

»Ja, du! Sogar Mickey sieht es, aber er hat Angst, was zu sagen, weil du gleich auf ihn losgehen würdest. Wir haben alle Angst.«

»Sei nicht albern. Ich weiß überhaupt nicht, wovon du redest. Weil ich hin und wieder sarkastische Bemerkungen mache?«

»Hin und wieder und wieder«, äffte Krabbe sie nach. »Du bist so unberechenbar wie ein Flugplan. Du wartest, bis sie ganz unten ist, und dann gehst du ihr an die Kehle. Was sagtest du erst heute morgen über sie?«

»Ich kann mich nicht erinnern, was ich heute morgen sagte.«

»Über das Nilpferd im Schlamm?«

»Das sagte ich zu Großmama. Sie hat es nicht gehört. Sie war im Bett, wie gewöhnlich.«

»Sie hat es gehört.«

»Tut mir leid. Was soll ich tun? Mich entschuldigen?«

»Du solltest aufhören, ihr das Leben noch schwerer zu machen als es so schon ist.«

Amparo zuckte die Achseln. »Was sie hat, würde ich nicht ein schweres Leben nennen. Aber sie sollte aufhören, mir das Leben schwer zu machen. Ich fang' nicht gern immer wieder davon an, aber ich möchte wirklich auf die Lowen-Schule gehen. Und warum sollte ich nicht? Es ist ja nicht so, als ob ich um Erlaubnis bitten würde, nach Mexiko auszuwandern.«

»Richtig. Es ist wahrscheinlich eine gute Schule. Aber du gehst auf eine gute Schule.«

»Aber ich will auf die Lowen-Schule gehen. Es würde der Anfang einer Laufbahn sein, aber das versteht Mama natürlich nicht.«

»Sie will nicht, daß du von zu Hause fortgehst. Ist das so grausam?«

»Weil sie nur noch Mickey tyrannisieren könnte, wenn ich fortginge. Außerdem würde ich offiziell hier gemeldet bleiben, und darauf allein kommt es ihr in Wirklichkeit an.«

Krabbe blieb eine Weile still, als dächte sie nach. Aber was gab es da nachzudenken? Es war alles so offensichtlich. Amparo regte sich ungeduldig.

Endlich sagte Krabbe: »Laß uns einen Handel machen. Wenn du versprichst, nicht so unleidlich und ekelhaft zu sein, werde ich versuchen, sie zu überreden, daß sie dich anmeldet.«

»Wirst du das tun? Wirst du das wirklich tun?«

»Wirst du es tun? Das frage ich dich.«

»Ich werde ihr zu Füßen kriechen. Alles.«

»Wenn du es nicht tust, Amparo, wenn du so weitermachst wie bisher, dann werde ich ihr sagen, daß die Lowen-Schule nach meiner Meinung nur geeignet wäre, deinen Charakter zu verderben, wenn es da überhaupt noch was zu verderben gibt. Das ist mein Ernst.«

»Ich verspreche es. Ich verspreche, daß ich so nett sein werde wie – wie was?«

»Wie eine Geburtstagstorte?« schlug Krabbe vor.

»So nett wie eine Geburtstagstorte, ganz bestimmt!«

Sie gaben sich darauf die Hände und gingen hinunter, wo eine wirkliche, ziemlich traurige und ziemlich schlampige Geburtstagstorte auf sie wartete. So sehr sie sich bemühte, die arme alte Großmama konnte einfach weder kochen noch backen. Während sie auf dem Dach gewesen waren, war Juan vorbeigekommen, was eine nette Überraschung war, mehr als eins von ihren krümeligen Geschenken. Die Kerzen wurden angezündet, und alle sangen ›Hoch soll sie leben‹: Juan, Großmama, Mama, Mickey, Krabbe.

»Wünsch dir was«, sagte Mickey.

Amparo dachte ihren Wunsch, dann blies sie mit einer mächtigen Anstrengung alle zwölf Kerzen aus. Krabbe zwinkerte ihr zu. »Sag niemandem, was es war, sonst kriegst du es nicht.«

Tatsächlich hatte sie sich nicht die Lowen-Schule gewünscht, denn die stand ihr von Rechts wegen zu. Statt dessen hatte sie sich gewünscht, daß Lottie sterben solle.

Wünsche bewahrheiten sich nie so, wie man denkt. Einen Monat später war ihr Vater tot. Juan, der in seinem ganzen Leben nicht einen Tag unglücklich gewesen war, hatte Selbstmord begangen.

7. Len Rude (2024)

Einige Wochen nach dem Ärger mit dem alten Anderson, als er sich endlich eingeredet hatte, daß es keine unangenehmen Folgen geben würde, bestellte Mrs. Miller ihn auf »ein kleines Gespräch« zu sich. Obgleich langfristig gesehen ein Niemand (ihre Position erreichte kaum die Ebene des mittleren Managements), würde Mrs. Miller bald die Beurteilung seiner Praktikantenzeit schreiben, was sie – wenigstens einstweilen – zu einem ziemlichen gottähnlichen Niemand machte.

Len Rude war in Panik. Den ganzen Morgen quälte er sich mit dem Gedanken, was er anziehen solle. Endlich entschied er sich für einen braunen Pullover mit V-Ausschnitt und einen dunkelgrünen Schlips zum weißen Hemd. Adrett, nicht sexy, aber auch nicht ausgesprochen bieder und spießig.

Vor dem Zimmer der Dame mußte er zwanzig Minuten lang warten. Gewöhnlich war er im Warten gut. Schnellrestaurants, Toiletten, Waschsalons – sein Leben war reich an Gelegenheiten, die Fertigkeit des Wartens zu erlernen. Aber diesmal erschien ihm die bevorstehende schmachvolle Entlassung so gewiß, daß er drauf und dran war, seine Lieblingsfantasie zur Bewältigung von Krisen auszuführen: Ich werde aufstehen und hinausgehen. Ohne ein Wort des Abschieds oder einen Blick zurück. Und dann? Ja, das war der Haken. Wäre er einmal draußen, wohin könnte er gehen, ohne daß ihm seine Identität, die ganze geschwollene Personalakte seines Lebens nachklapperte wie die an den Schwanz des Katers gebundene Konservendose? Also wartete er, und dann war das Gespräch vorüber, und Mrs. Miller schüttelte ihm die Hand und sagte etwas Anekdotenhaftes über Brown, dessen Buch seinen Schoß geziert hatte. Dann bedankte er sich, und sie bedankte sich, daß er gekommen war, und sie verabschiedeten sich.

Was war der Grund der Vorladung gewesen? Sie hatte Anderson nur beiläufig erwähnt und gesagt, daß der arme Mann natürlich im Krankenhaus sein sollte und daß Pannen wie diese jedem einmal passieren könnten. Es war besser abgegangen, als er erwartet und verdient hatte.

Anstelle des Rausschmisses hatte er einen neuen Auftrag: Hanson, Nora, Wohnung Nr. 1812, Haus Nr. 334, 11. Straße. Mrs. Miller sagte, sie sei eine nette alte Dame – »wenn auch manchmal ein wenig schwierig.« Aber alle Fälle, die er dieses Jahr zur Betreuung erhielt, waren nett und alt und schwierig, weil er sich im Rahmen seines Studiums dieses Jahr (vielleicht ein wenig voreilig) auf das Fachgebiet ›Probleme des Alterns‹ spezialisiert hatte. Die einzige Besonderheit an dieser Hanson war, daß sie eine recht zahlreiche Brut unter ihren Flügeln hatte (wenn auch nicht so zahlreich, wie der Computerausdruck angegeben hatte; der Sohn war inzwischen verheiratet) und daher nicht unter gefährlicher Einsamkeit zu leiden schien. Immerhin hatte die Eheschließung ihres Sohnes sie nach Mrs. Millers Worten »erschüttert« (ominöses Wort!), weshalb sie jetzt vier Stunden pro Woche seiner Wärme und Aufmerksamkeit bedurfte.

Je länger er darüber nachdachte, desto mehr verstärkte sich sein Eindruck, daß diese Hanson-Sache von drohendem Unheil umwittert sei. Wahrscheinlich hatte Mrs. Miller ihn mit der Betreuung beauftragt, um sich selbst zu decken, und wenn dieser Fall schiefginge, wie der Fall Anderson schiefgegangen war, würde es allein seine Schuld sein, nicht die Schuld der netten alten schwierigen Dame und schon gar nicht die Schuld Alexa Millers.

Wahrscheinlich schrieb sie gerade jetzt, während er herumgrübelte, eine ausführliche Aktennotiz zur Selbstsicherung, wenn sie es nicht schon im voraus getan hatte.

Alles das für elende zwei Dollar die Stunde. Herr im Himmel, wenn er vor vier Jahren gewußt hätte, worauf er sich da einließ, dann wäre er beim Hauptfach Englisch geblieben. Immer noch besser, Arschlöchern das Lesen von Stellenanzeigen beizubringen, als ein emotionales Kindermädchen für senile Psychotiker zu sein.

Das war die Schattenseite. Es gab aber auch eine Sonnenseite. Bis zum Beginn des Wintersemesters würde er das vorgeschriebene Praktikum abgeleistet haben. Dann zwei Jahre in ruhigen akademischen Gewässern, und dann, o Tag der Glückseligkeit, würde Leonard Rude ein Doktor der Philosophie sein, was, wie wir alle wissen, der nächstbeste Zustand nach absoluter Freiheit ist.

8. Die Liebesgeschichte (2024)

Das Sozialamt hatte einen überhöflichen, langhaarigen Jungen mit unreiner Haut und einem winselnden mittelwestlichen Akzent vorbeigeschickt. Sie konnte nicht aus ihm herausbringen, warum er geschickt worden war, sie zu besuchen. Er behauptete, es sei ihm genauso schleierhaft wie ihr, wahrscheinlich eine plötzliche Geistesstörung irgendeines Bürokraten, diese Projekte hätten nie irgendeinen Sinn, aber er hoffe, sie würde um seinetwillen mitspielen. Schließlich sei es sein Job, sich um andere Leute zu kümmern, und außerdem tue er die Arbeit für sein Examen.

Ob er an der Universität studiere?

Ja, aber nicht daß er hergekommen wäre, sie zu studieren, versicherte er ihr sofort. Studenten würden diesen Arbeitsbeschaffungsprojekten zugeteilt, weil es nicht genug wirkliche Sozialarbeit für alle gebe. Das sei eben ein Aspekt des Wohlfahrtsstaates. Er hoffe, sie würden Freunde sein.

Mrs. Hanson brachte es nicht über sich, unfreundlich zu werden, aber was, fragte sie ihn geradeheraus, sollten sie tun, als Freunde? Len – sie vergaß dauernd seinen Namen, und er erinnerte sie dauernd, daß er Len hieß – schlug vor, daß er ihr aus einem Buch vorlese.

»Laut?«

»Ja, warum nicht? Es ist eins, das ich in diesem Semester sowieso lesen muß. Es ist ein tolles Buch.«

»Ja, das glaube ich gern«, sagte sie, wieder besorgt. »Bestimmt würde ich alles mögliche lernen. Aber trotzdem . . .« Sie legte den Kopf auf die Seite und las mit zusammengekniffenen Augen den goldgeprägten Titel eines dickleibigen schwarzen Buches, das er auf den Küchentisch gelegt hatte. Irgend etwas mit OLOGIE. »Trotzdem . . .«

Len lachte. »Unsinn, Mrs. Hanson, nicht dieses! Das kann ich selbst kaum lesen.«

Das Buch, das er ihr vorlesen wollte, war eine Erzählung, die er für sein Nebenfach Englisch lesen mußte. Er zog es aus der Tasche. Das Titelbild zeigte eine schwangere Frau, die nackt auf dem Schoß eines Mannes in einem blauen Anzug saß.

»Was für ein seltsames Umschlagbild«, sagte sie der Höflichkeit halber.

Len nahm es als ein weiteres Zeichen von Widerwillen. Er erläuterte ihr, daß sie die Erzählung ganz alltäglich und normal finden werde, wenn sie nur bereit sei, das Thema zu akzeptieren. Es handle sich um eine Liebesgeschichte. Das sei alles. Sie würde ihr bestimmt gefallen. Allen Leuten gefiele sie. »Es ist ein tolles Buch«, sagte er wieder.

Sie sah, daß er entschlossen war, daraus vorzulesen, also führte sie ihn ins Wohnzimmer und setzte sich in eine Ecke des Sofas und

Len in die andere. Sie fand die Oralin-Schachtel in ihrer Handtasche. Da nur noch drei Pastillen übrig waren, bot sie ihm keine an. Sie faltete die Hände auf dem Bauch und begann selbstzufrieden zu lutschen. Er begann zu lesen, und schon von Seite eins an war es Sex. Das allein hätte sie nicht aus der Fassung gebracht. Sie hatte immer an Sex geglaubt und Spaß daran gehabt, und obwohl sie der Meinung war, daß es eine Privatangelegenheit sein sollte, konnte eine freimütige Diskussion ganz gewiß nicht schaden. Das Peinliche an der Sache war, daß die ganze Szene sich auf einem Sofa abspielte, das wackelte, weil ein Bein fehlte. Das Sofa, auf dem sie und Len saßen, wackelte auch wegen eines fehlenden Beins, und es schien Mrs. Hanson, daß sich dadurch unpassende Vergleiche aufdrängten.

Die Sofaszene zog sich endlos hin. Dann passierte seitenlang überhaupt nichts, nur Gerede und Beschreibungen. Warum, fragte sie sich immer wieder, konnte die Regierung ein Interesse daran haben, Universitätsstudenten zu bezahlen, damit sie Leute in ihren Wohnungen aufsuchten und ihnen Pornografie vorlasen? Hatte die Universität nicht einzig und allein den Zweck, soviele junge Leute wie möglich zu beschäftigen und vom Arbeitsmarkt fernzuhalten?

Aber vielleicht war dies ein Experiment. Ein Experiment auf dem Gebiet der Erwachsenenbildung! Wenn sie darüber nachdachte, paßte keine andere Erklärung so gut zu den Tatsachen. In diesem Licht gesehen, wurde ihr das Buch plötzlich zur Herausforderung, und sie versuchte, besser aufzupassen. Jemand war gestorben, und die Frau, von der die Geschichte handelte – ihr Name war Linda –, sollte ein Vermögen erben. Mrs. Hanson hatte eine Schulkameradin namens Linda gehabt, ein stumpfsinniges Negermädchen, dessen Vater zwei Lebensmittelgeschäfte gehabt hatte. Sie hatte seitdem eine Abneigung gegen den Namen. Len hörte auf zu lesen.

»Oh, lesen Sie nur weiter«, sagte sie. »Es gefällt mir.«

»Mir auch, Mrs. Hanson, aber es ist vier Uhr.«

Sie fühlte sich verpflichtet, etwas Intelligentes zu sagen, bevor er fortging, zugleich aber wollte sie nicht zeigen, daß sie den Zweck des Experiments erraten hatte. »Es ist eine sehr ungewöhnliche Handlung.«

Len zeigte in einem zustimmenden Lächeln kleine, verfärbte Zähne.

»Ich sage immer, nichts geht über eine gute Liebesgeschichte.«

Und ehe sie ihren kleinen Scherz hinzufügen konnte (»Außer vielleicht ein bißchen Schmutz.«), war Len mit: »Da haben Sie recht, Mrs. Hanson. Also dann bis Freitag, um zwei Uhr, ja?« eingefallen. Aber der Scherz stammte sowieso von Krabbe.

Mrs. Hanson hatte den Eindruck, sich nicht von der vorteilhaftesten Seite gezeigt zu haben, aber es war zu spät. Len sammelte seine Sachen ein, seinen Schirm, das schwarze Buch, während er unaufhörlich redete. Er erinnerte sich sogar an seine nasse Mütze, die sie zum Trocknen an den Türhaken gehängt hatte. Dann war er gegangen.

Das Herz schien ihr im Brustkorb anzuschwellen und hämmerte, als ob ihm der Gang herausgerutscht wäre, *ker-wup*! *ker-wam*! Sie ging zurück zum Sofa. An dem Ende, wo der junge Mann gesessen hatte, waren die Polster noch niedergedrückt. Plötzlich sah sie den Raum, wie er ihn gesehen haben mußte: das Linoleum so schmutzig, daß man die Muster nicht erkennen konnte, das Fenster schmierig, mit verzogenem Rahmen und zerbrochener Jalousie, überall herumliegendes Spielzeug und unsaubere Kleider und Lappen. Dann, wie um den verheerenden Eindruck zu vervollständigen, kam Lottie aus dem Schlafzimmer gewankt, stinkend und eingehüllt in ein schmutziges Laken.

»Ist Milch da?«

»Ob Milch da ist!«

»Ach, Mama. Was ist jetzt schon wieder los?«

»Da fragst du noch? Sieh dich um. Sieht aus, als ob eine Bombe eingeschlagen hätte.«

Lottie zeigte ein mattes, verwirrtes Lächeln. »Ich habe geschlafen. Hat eine Bombe eingeschlagen?«

Die arme dumme Lottie, wer konnte schon böse mit ihr sein? Mrs. Hanson lachte nachsichtig, dann fing sie an, von Len und dem Experiment zu erzählen, aber Lottie war schon wieder in ihrer eigenen kleinen Welt und hörte nicht zu. Was für ein Leben, dachte Mrs. Hanson und ging hinaus in die Küche, um ein Glas Milch zu trinken.

9. Die Klimaanlage (2024)

Lottie konnte Dinge hören. Wenn sie in der Nähe des Wandschranks saß, der früher die Diele gewesen war, konnte sie ganze Gespräche verstehen, die draußen im Treppenhaus stattfanden.

Vom Schlafzimmer aus hörte sie alles, was in der Wohnung vorging – das Stimmengewirr im Fernseher, oder Mickey, der in einer Sprache, die er für Spanisch hielt, seine Puppe abkanzelte, oder das Geklapper und Gebrabbel ihrer Mutter. Solche Geräusche hatten den Vorteil, in einer menschlichen Skala zu sein. Was sie fürchtete, waren die Geräusche, die hinter jenen lagen, und sie waren immer da und schienen nur darauf zu warten, daß die mehr zufälligen, vordergründigen Geräusche ausblieben, um sich dann auf sie zu stürzen. Eines Abends, als sie mit Amparo im fünften Monat gewesen war, war sie noch sehr spät spazierengegangen, über den Washington Square und vorbei an den Instituten der Staatsuniversität. Am Broadway blieb sie vor dem Schaufenster ihres Lieblingsgeschäfts stehen, wo die geschliffenen Kristalle eines im Dunklen hängenden Kronleuchters im Scheinwerferlicht vorbeirollender Wagen aufglitzerten. Es war vier Uhr dreißig, die ruhigste Stunde des Morgens. Ein Diesel brüllte vorbei und bog nach Westen ab, und seinem verhallenden Lärm folgte Totenstille. Dann hörte sie jenes andere Geräusch, ein ursprungloses, weit entferntes Grollen und Rumoren, wie die erste schwache Vorahnung eines Kataraktes, während man noch in ruhiger Strömung dahingleitet. Seit damals war das Geräusch jener entfernten Katarakte immer mit ihr gewesen, manchmal deutlich, manchmal, gleich Sternen über dem Dunst der Großstadt, als eine kaum fühlbare Gegenwart, ein Glaubensartikel.

Widerstand war möglich. Das Fernsehen war eine gute Barriere, wenn sie sich konzentrieren konnte und wenn die Programme selbst einen nicht aus der Fassung brachten. Oder Gespräche, wenn ihr etwas einfiel und sie jemanden fand, der ihr zuhörte. Aber sie war von zu vielen Monologen ihrer Mutter überschwemmt worden, um nicht ein empfindliches Gespür für Anzeichen von Langeweile zu haben, und anders als ihre Mutter konnte Lottie nicht ohne Rücksicht darauf weitermachen. Bücher verlangten zuviel und waren keine Hilfe. Früher hatte sie Spaß an den einfachen romantischen Liebesgeschichten in den Comic-Heften gehabt, die Amparo nach Haus brachte, aber inzwischen war Amparo den Comic-Heften entwachsen, und Lottie war es zu peinlich, welche für sich selbst zu kaufen. Außerdem waren sie viel zu teuer, als sie sich diesem Vergnügen hätte hingeben können.

Meistens mußte sie sich mit Tabletten begnügen, und meistens konnte sie es auch.

Dann, im August des Jahres, in dem Amparo in die Lowen-Schule aufgenommen werden sollte, gab Mrs. Hanson den zweiten Fernseher, der seit Jahren nicht funktioniert hatte, für eine King-Kool-Klimaanlage von Ab Holt her, die auch seit Jahren nicht funktioniert hatte, außer als Ventilator. Lottie hatte sich immer beklagt, wie stickig es im Schlafzimmer sei. Eingezwängt zwischen Küche und dem Schlafzimmer der Kinder wurde es nur durch ein unwirksames Fenster über der Verbindungstür zum Wohnzimmer be- und entlüftet. Krabbe, die wieder zu Haus war, brachte ihren Fotografenfreund von unten dazu, daß er das Fenster herausnahm und die Klimaanlage installierte.

Der Ventilator machte ein sanft schnurrendes Geräusch, dann und wann unterbrochen von einem winzigen Schluckauf. Lottie konnte stundenlang im Bett liegen, lange nachdem die Kinder schlafengegangen waren, und einfach dem lieblichen Schnurren zuhören. Es war so beruhigend wie Brandungsgeräusch, und wie dieses schien es zuweilen Worte oder Bruchstücke von Worten zu murmeln, doch wie sehr sie sich auch anstrengte, um die Bedeutung dieser Worte herauszuhören, kam nie etwas klar heraus. »Elf, elf, elf«, pflegte der Ventilator ihr zuzuflüstern, »Sechsunddreißig, drei, elf.«

10. Lippenstift (2026)

Sie vermutete, daß Amparo mit ihrem Make-up herummanschte, war sogar so weit gegangen, die Angelegenheit einmal beim Abendessen zu erwähnen, nur die üblichen warnenden Worte. Amparo hatte geschworen, sie habe nicht einmal eine Schublade aufgemacht, aber danach waren keine Lippenstiftflecken mehr am Spiegel, kein verschütteter Puder im Waschbecken, kein Problem. Dann, eines Donnerstags, als sie verbraucht und erschöpft von einer der spiritistischen Sitzungen bei Bruder Cary zurückkam, fand sie Mickey vor dem Frisierspiegel, wo er sorgfältig einen Fond auflegte. Seine glotzende Bestürzung über ihre unzeitige Rückkehr war so lächerlich, daß sie laut herausplatzte. Auch Mickey begann zu lachen, ohne allerdings seinen Ausdruck komischen Erschreckens zu verlieren.

»Also du warst es die ganze Zeit, wie?«

Er nickte und griff nach der Gesichtscreme, aber Lottie mißverstand, bekam seine Hand zu fassen und quetschte sie. Sie versuchte sich zu erinnern, wann sie das erste Mal bemerkt hatte, daß ihre Kosmetikartikel in Unordnung waren, aber das gehörte zu jenen trivialen Einzelheiten wie etwa der Frage, wann ein bestimmter Schlager populär gewesen war, die in ihrem Gedächtnis nicht chronologisch geordnet waren. Mickey war zehn, fast elf. Er mußte dies seit Monaten getrieben haben, ohne daß sie etwas gemerkt hatte.

»Du sagtest«, winselte er in einem Versuch zur Selbstrechtfertigung, »daß du es mit Onkel Boz genauso machtest. Jeder zog vom anderen die Kleider an und tat so als ob. Das hast du gesagt.«

»Wann sagte ich das?«

»Nicht zu mir. Du sagtest es zu ihm, und ich hörte es.«

Sie versuchte zu überlegen, wie sie sich richtig verhalten solle.

»Ich habe Männer mit Make-up gesehen. Schon oft.«

»Mickey, habe ich was dagegen gesagt?«

»Nein, aber . . .«

»Setz dich.« Sie gab sich munter und geschäftsmäßig, doch wenn sie sein Gesicht im Spiegel betrachtete, war sie wieder nahe daran, die Fassung zu verlieren. Die Leute, die in Schönheitssalons arbeiteten, hatten dieses Problem wahrscheinlich die ganze Zeit. Sie drehte ihn herum, daß sein Rücken dem Spiegel zugekehrt war, und wischte ihm das Gesicht mit einem Taschentuch ab.

»Also, um es richtig zu machen, eine Person mit deiner schönen Haut braucht überhaupt keinen Fond oder so gut wie keinen. Es ist nicht das gleiche wie mit einer Kuchenglasur, weißt du.«

Sie fuhr fort, ihn mit kenntnisreichem Geplapper einzudecken, während sie ihn schminkte: wie man die Lippen auszog, so daß immer ein kleines Lächeln in den Mundwinkeln zu lauern scheint, wie man die Übergänge der Lidschatten sauber und gleichmäßig aufträgt, die Notwendigkeit, beim Nachziehen der Augenbrauen die Wirkung im Profil und Halbprofil zu kontrollieren. Und währenddessen schuf sie im Widerspruch zu ihren eigenen vernünftigen Ratschlägen eine kraß übertriebene Puppenmaske. Als sie den letzten Pinselstrich aufgetragen hatte, umrahmte sie das Resultat mit Ohrgehängen und einer Perücke. Das Ergebnis war unheimlich. Mickey verlangte, sich im Spiegel sehen zu dürfen. Wie könnte sie nein sagen?

Ihr Gesicht über dem seinen und sein Gesicht unter dem ihren verschmolzen im Spiegel miteinander und wurden ein Gesicht. Es war nicht einfach so, daß sie ihre eigenen Züge auf sein ungeschriebenes Blatt übertragen hätte oder daß der eine die Parodie des anderen gewesen wäre. Es gab eine schlimmere Wahrheit – daß dies die Gesamtheit dessen war, was Mickey als ihr Erbe übernehmen und weitertragen würde: nichts als diese Zeichen von Schmerz und Schrecken und sicherer Niederlage. Hätte sie die Worte mit dem Augenbrauenstift auf seine Stirn geschrieben, es hätte nicht klarer sein können. Sie legte sich aufs Bett und begann verhalten zu schluchzen. Mickey starrte sie eine Weile an, dann ging er hinaus, hinunter auf die Straße.

11. Überfahrt mit der Brooklyn-Fähre (2026)

Die ganze Familie hatte sich eingefunden, das Programm zu sehen – Krabbe und Lottie auf dem Sofa, mit Mickey zwischen ihnen, Mrs. Hanson im Schaukelstuhl, Milly mit dem kleinen Peanut auf dem Schoß im geblümten Sessel und Boz auf einem der Küchenstühle neben ihnen. Amparo, deren Triumph dies sein sollte, war überall zugleich, aufgeregt und zappelig.

Die Auftraggeber der Sendung waren Pfizer und die Verwertungsgesellschaft. Da keine der beiden etwas zu verkaufen hatte, was die Leute nicht schon kauften, waren die Werbeeinschaltungen plump und langweilig, aber, wie sich herausstellte, nicht plumper und langweiliger als ›Grashalme‹. Während der ersten halben Stunde versuchte Krabbe entschlossen, irgendwelche Aspekte zu finden, die sie bewundern könnte – die Kostüme waren absolut authentisch, die Blaskapelle machte sehr schön *Ump-pa-pa,* und es gab eine schöne Sequenz, wie ein paar muskulöse Schwarze ein Holzhaus zusammennagelten. Aber dann erschien wieder Don Hershey als Whitman und bellte seine schrecklichen Gedichte, und sie schämte sich für ihn, daß sie beinahe verging. Für Krabbe war Don Hershey das Idol ihrer Jugend gewesen, und ihn zu so etwas reduziert zu sehen! Ein schmutziger alter Mann, der hinter Backfischen hersabberte. Es war kaum zu ertragen.

»Macht einen irgendwie froh, daß er ein Demokrat ist«, sagte Boz gedehnt, als die nächste Werbeeinschaltung kam, aber Krabbe warf ihm einen warnenden Blick zu: egal, wie furchtbar es war, sie waren um Amparos willen verpflichtet, es zu preisen.

»Ich finde, es ist wundervoll«, sagte Krabbe. »Ich halte es für sehr künstlerisch. Allein die Farben!« Es war das Äußerste, dessen sie fähig war.

Milly füllte den Rest der Stationsansage mit schülerhaften Fragen über Whitman aus, doch Amparo wischte sie beiseite. Sie versuchte nicht länger den Anschein aufrechtzuerhalten, daß die Schau jemand anderen als sie selbst betreffe.

»Ich glaube, ich bin im nächsten Teil. Ja, ich bin sicher, sie sagten Teil zwei.«

Aber die zweite halbe Stunde beschäftigte sich mit dem Bürgerkrieg und Lincolns Ermordung:

O mächtiger, gefallener Stern im Westen!
O Schatten der Nacht! O schwermütige, tränenreiche Nacht!
O großer, entschwundener Stern – o schwarze Düsternis,
die ihn verbirgt!

Und das eine halbe Stunde lang.

»Könnte es vielleicht sein, daß sie deine Szene rausgeschnitten haben, Amparo?« sagte Boz, um sie aufzuziehen. Obwohl sie alle das gleiche gedacht haben mußten, fielen sie gemeinsam über ihn her.

»Es ist möglich«, sagte Amparo nach einer Weile tonlos. Sie saß wie erstarrt.

»Warten wir ab«, sagte Krabbe, als ob sie etwas anderes hätten tun können.

Die Wortklauberei von Pfizer verblaßte, und da war wieder Don Hershey mit seinem Nikolausbart und stürzte sich mit brüllendem Pathos in ein neues, schier endloses Gedicht:

»Die unfaßbare Lebensnahrung, mir zuströmend von allen
Dingen zu allen Stunden,
Der einfache und wohlgefügte Plan, das Ich zerfallen,
Auflösung jedes einzelnen, doch Teil des Plans,
Die Ähnlichkeiten der Vergangenheit und die der Zukunft,
Die Herrlichkeiten aufgereiht wie Perlen an kleinsten
Wahrnehmungen, beim Gang auf der Straße und der
Fahrt über den Fluß . . .«

Und so weiter und so weiter, endlos, während die Kamera über die Straßen und über das Wasser schwenkte und Schuhe betrachtete – Springfluten von Schuhen, Jahrhunderte von Schuhen. Dann, so abrupt wie das Umschalten auf einen anderen Kanal, war es zweitausendsechsundzwanzig, und eine gewöhnliche Menschenmenge drängte sich in der Wartehalle der Südfähre.

Amparo zog sich zu einem festen Ball von angestrengter Aufmerksamkeit zusammen. »Das ist es jetzt, gleich werdet ihr sehen!«

Don Hershey dröhnte unerschütterlich weiter:

»Es nützt nichts, Zeit noch Ort – Entfernung nützt nichts,
Ich bin mit euch, ihr Männer und Frauen einer Generation,
oder noch so vieler künftiger Generationen,
So wie ihr fühlt, wenn ihr auf Fluß und Himmel blickt,
so fühlte ich,
So wie ein jeder unter euch Teil ist der lebenden Menge,
so war ich einer daraus,
So wie die Freude des Flusses euch erfrischt . . .«

Die Kamera glitt über Ansammlungen lächelnder, winkender, schwatzender Leute, die an Bord der Fähre gingen, machte hin und wieder halt, um Details herauszuholen – eine Hand, die nervös an einem Ärmel zupfte, ein gelbes Halstuch, das in der Brise flatterte, ein einzelnes Gesicht . . .

Amparos.

»*Da* bin ich! *Da*!« kreischte Amparo.

Die Kamera verweilte auf ihr. Sie stand an der Reling und lächelte ein verträumtes Lächeln, das keiner von denen, die es auf der Bildröhre sahen, wiedererkennen konnte. Als Don Hershey die Stimme senkte und fragte:

»Was also liegt zwischen uns?
Was zählen die Dutzende oder Hunderte von Jahren
zwischen uns?«

betrachtete Amparo, und die Kamera mit ihr, die ziehende, spiegelnde Wasseroberfläche. Krabbe war zumute, als zerplatze ihr Herz wie ein Plastiksack voll Müll, der von einem hohen Dach auf die Straße fällt. Giftiger Neid ergoß sich durch ihre Adern. Amparo war so schön, so jung und so verdammenswert schön, daß sie sterben wollte.

Zweiter Teil

GESPRÄCHE

12. Das Schlafzimmer (2026)

Im Querschnitt war das Gebäude ein Hakenkreuz, dessen Arme sich entgegengesetzt zum Uhrzeigersinn drehten, wie man es bei aztekischen Reliefs findet. 1812, die Wohnung der Hansons, befand sich im inneren Unterarm vom Nordwestflügel des Hakenkreuzes, so daß die Fenster einen freien Ausblick von mehreren Graden südwestwärts über die Dächer der niedrigeren Gebäude bis zu den fensterlosen, megalithischen Massen des Cooper-Union-Komplexes gewährten. Oben: blauer Himmel und ziehende Wolken, Kondensstreifen und Rauchfahnen aus den Schornsteinen von 320 und 328. Allerdings mußte man direkt am Fenster sein, um diesen Ausblick zu genießen. Vom Bett aus konnte Krabbe nur eine Einförmigkeit aus schmutziggelben Ziegeln und Fenstern sehen, belebt von verschiedenen Arten von Vorhängen, Jalousien und Rollos. Jetzt im Mai – und von zwei bis kurz vor sechs, wenn sie es am meisten brauchte – gab es direkten, gelben Sonnenschein. Es war der einzige Vorteil, den das Wohnen so nahe unter dem Dach bot. An warmen Tagen stand das Fenster einen Spaltbreit offen, und der Wind konnte mit den Vorhängen spielen. Auf und ab wogend wie das flache, ungleichmäßige Atmen eines Asthmatikers, sich aufbauschend und wieder zusammenfallend, wurden die Vorhänge – wie alles, was man aufmerksam genug beobachtete – zur Geschichte ihres Lebens. Verbargen irgendwelche von diesen anderen Vorhängen, Jalousien oder Rollos eine traurigere Geschichte? Sie bezweifelte es.

Aber so traurig es war, das Leben war auch unbezähmbar komisch, und auch das spiegelten die Vorhänge wider. Das Material war Baumwolle in saftigen Eiskremefarben, gemustert mit Zweigen und Girlanden aus Genitalien, seinen und ihren, Himbeeren, Zitronen und Pfirsich. Ein Geschenk von Januar, aus alter Zeit. Krabbe hatte es brav nach Hause getragen und ihre Mutter gebeten, ihr einen Schlafanzug daraus zu nähen, aber dazu war Mrs. Hanson, ohne das Ansinnen offen zu mißbilligen, aus diesen oder jenen Gründen nie gekommen. Dann, als Krabbe im Krankenhaus gewesen war, hatte Mrs. Hanson aus dem Stoff ein paar Vorhänge genäht und sie als Überraschung und Friedensangebot in ihrem Schlafzimmer aufgehängt. Krabbe mußte zugeben, daß der Stoff sich dort gut machte.

Sie schien zufrieden, ziel- und ideenlos durch jeden Tag zu treiben, den Reigen der vom Wind bewegten Genitalien zu betrachten oder die anderen winzigen Ereignisse zu registrieren, mit denen der leere Raum aufwartete. Das Fernsehen war ihr lästig, Bücher langweilten sie, und Besuchern hatte sie nichts zu sagen. Williken brachte ihr ein Puzzlespiel, das sie auf einer umgedrehten Kommodenschublade zusammensetzte, aber sobald die Umrandung zusammengesetzt war, zeigte sich, daß die Schublade, obgleich im voraus abgemessen, zwei Zentimeter zu kurz war. Mit einem Seufzen gab sie auf und fegte die Teile wieder in die Schachtel. Ihre Genesung war in jeder Hinsicht unerklärlich und ruhig.

Dann klopfte es eines Tages an die Tür. Sie sagte prophetisch: »Herein.« Und herein kam Januar, naß vom Regen und atemlos vom Treppensteigen. Es war eine Überraschung. Januars Adresse an der Westküste war ein gutgehütetes Geheimnis gewesen. Auch so war die Überraschung nicht groß genug. Aber was ist es schon?

»Jan!«

»Hallo. Ich war schon gestern da, aber deine Mutter sagte, du schliefst. Vielleicht hätte ich warten sollen, aber ich wußte nicht, ob . . .«

»Zieh deinen Mantel aus. Du bist ganz naß.«

Januar kam weit genug in den Raum, um die Tür schließen zu können, aber sie näherte sich nicht dem Bett und zog auch nicht den Mantel aus.

»Wie hast du erfahren . . .«

»Deine Schwester erwähnte es Jerry gegenüber, und Jerry rief mich an. Aber ich konnte nicht gleich kommen, ich hatte das Geld nicht. Deine Mutter sagt, daß du jetzt wieder in Ordnung seist, im großen und ganzen.«

»Ach ja, ich fühle mich gut. Es war nicht die Operation, weißt du. Das war nicht viel anders als das Ziehen eines Weisheitszahns. Aber ungeduldig wie ich bin, konnte ich nicht im Bett bleiben, und so . . .« Sie lachte und machte einen schwächlichen Scherz. »Aber ich kann jetzt wieder. Ganz behutsam.«

Januar zog die Brauen zusammen. Den ganzen gestrigen Tag und noch heute, als sie in die Stadt gefahren und dann die endlosen Treppen heraufgestiegen war, hatte sie etwas wie frohe Erwartung verspürt, waren zärtliche und besorgte Gefühle in ihr durcheinandergepurzelt wie Kleider in einer Wäschetrommel. Aber nun, da sie Krabbe gegenüberstand und sah, wie sie die gleiche alte Masche wieder versuchte, konnte sie nichts als Verstimmung und aufkommenden Ärger empfinden, als ob seit jenem letzten Zusammentreffen vor zwei Jahren erst Stunden vergangen wären.

»Ich bin froh, daß du gekommen bist«, sagte Krabbe halbherzig.

»Wirklich?«

»Ja.«

Der Ärger verflog, und Schuldgefühle stahlen sich unversehens in den Vordergrund. »Die Operation, war sie für . . . Hatte sie damit zu tun, was ich über das Kinderkriegen gesagt hatte?«

»Ich weiß nicht, Januar. Wenn ich zurückblicke, sind meine Gründe noch immer verwirrt. Sicherlich muß ich von Dingen beeinflußt gewesen sein, die du sagtest. Moralisch hatte ich kein Recht, Kinder zu haben.«

»Nein, ich war es, die kein Recht hatte, dir auf diese Art und Weise Vorschriften zu machen. Wegen meiner Prinzipien! Ich sehe es jetzt ein.«

»Schon gut.« Krabbe trank aus dem Wasserglas. Es war eine himmlische Erfrischung. »Es geht tiefer als Politik. Und schließlich war ich nicht in unmittelbarer Gefahr, die Bevölkerung zu vermehren. Meine Quote war erfüllt. Es war eine lächerliche, melodramatische Geste . . .«

Januar hatte ihren Regenmantel abgelegt und kam näher ans Bett. Sie trug die Schwesternuniform, die Krabbe ihr vor Gott weiß wievielen Jahren gekauft hatte. Sie platzte fast aus den Nähten.

»Erinnerst du dich?« sagte Januar.

Krabbe nickte. Sie hatte nicht das Herz, ihr zu sagen, daß ihr nicht nach Sex oder irgend etwas anderem zumute war. Die Horrorschau im Bellevue-Krankenhaus hatte es aus ihr herausgenommen – Gefühle, Sex und alles.

Januar schob die Finger unter Krabbes Handgelenk, um ihr den Puls zu fühlen. »Er ist langsam«, bemerkte sie.

Krabbe zog die Hand fort. »Ich will keine Spiele spielen.«

Januar begann zu weinen.

»Weißt du was, ich möchte ihn wieder funktionieren sehen, so wie es gedacht war. Das klingt vielleicht nach weniger als der ganzen Revolution, aber es ist was, das ich tun kann, für das ich mich einsetzen kann. Verstehst du? Denn ein Gebäude ist wie . . . Es ist ein Symbol des Lebens, das du darin führst.

Ein funktionsfähiger Aufzug. Er brauchte nicht mal den ganzen Tag lang zu funktionieren. Vielleicht nur eine Stunde am Morgen und eine Stunde am Spätnachmittag, wenn genug Energie übrig ist. Was würde es für Leute wie uns hier oben ausmachen. Wie oft hast du entschieden, nicht heraufzukommen und mich zu besuchen, nur weil du das Treppensteigen scheutest? Oder wie oft blieb ich deswegen zu Hause. Das ist keine Art zu leben. Aber am meisten leiden die alten Leute darunter. Ich wette, meine Mutter geht heutzutage nicht einmal in der Woche auf die Straße, und mit Lottie ist es beinahe genauso. Mickey und ich müssen die Post, die Lebensmittel und alles andere unten holen, und das ist uns gegenüber auch nicht fair, oder?

Aber das ist noch gar nichts; wußtest du, daß es zwei Leute gibt, die davon leben, daß sie von früh bis spät Botengänge und Besorgungen für die in ihren Wohnungen gestrandeten Leute erledigen, die keine andere Hilfe haben? Das ist nicht übertrieben. Sie werden ›Hilfstruppen‹ genannt! Stell dir vor, was das kosten muß.

Oder wenn es einen Notfall gibt? Sie schicken lieber einen Arzt ins Haus, als jemanden so viele Treppen hinunterzutragen. Hätten meine Blutungen angefangen, als ich hier oben statt in der Klinik war, wäre ich heute womöglich nicht mehr am Leben. Ich hatte Glück, das ist alles. Stell dir das vor – ich könnte tot sein, nur weil niemand auch bloß daran denkt, die verdammten Aufzüge in Ordnung zu bringen! Also ist es jetzt meine Verantwortung, denke ich. Handeln oder Maulhalten, richtig?

Ich habe eine Bittschrift in Umlauf gebracht, die natürlich jeder unterschreiben wird. Das kostet keine Mühe. Die Schwierigkeiten fangen bei den Leuten an, die die Sache in die Hand nehmen müßten. Ich habe mit einigen von ihnen gesprochen, und sie sind auch der Meinung, daß das Botensystem eine lächerliche Verschwendung ist, aber sie meinen, daß es trotzdem teurer käme, einen Aufzug in Betrieb zu halten, weil es genug Arbeitslose gibt. Ich sagte ihnen, daß die Bewohner bereit sein würden, für Aufzugfahrkarten zu bezahlen, wenn Geld das einzige Problem ist. Und sie sagten ja, natürlich, zweifellos. Und dann – haben sie vielen Dank für Ihr Interesse, Miß Hanson, und jetzt hauen Sie endlich ab.

Da war einer, der Schlimmste von ihnen bisher, ein Giftpilz namens R. M. Blake im Sozialamt, der ständig sagte, was für ein wundervolles Verantwortungsgefühl ich hätte. Genauso: Was für ein wundervolles Verantwortungsgefühl Sie haben, Miß Hanson. Wieviel Mut und Initiative Sie haben, Miß Hanson. Am liebsten hätte ich zu ihm gesagt, ja, jedenfalls genug, um dich zu erschlagen, Opa. Der alte geile Gichtnacken.

Es ist komisch, nicht, wie wir getauscht haben? Es ist so symmetrisch. Früher war ich religiös, und du warst politisch, jetzt ist es genau umgekehrt. Es ist wie in diesem Film, den sie kürzlich brachten, ›Die Waisen‹. Hast du ihn gesehen? Es spielte irgendwann im neunzehnten Jahrhundert, und da war dieses verheiratete Paar, sehr liebevoll und sehr arm, aber jeder der beiden hatte etwas, worauf er stolz sein konnte. Der Mann hatte eine goldene Taschenuhr, und die Frau, das arme Kind, hatte ihr Haar. Und was passierte? Er versetzte die Uhr, um ihr einen schönen Kamm zu kaufen, und sie ließ sich ihr Haar abschneiden und verkaufte es, um ihm eine Uhrkette zu kaufen. Eine wirklich geistreiche Geschichte.

Aber wenn du darüber nachdenkst, dann ist es genau, was wir getan haben. Findest du nicht, Januar?

Januar, schläfst du?«

14. Lottie, im Krankenhaus (2026)

»Die Leute reden über das Ende der Welt, die Bomben und alles, oder wenn nicht über die Bomben, dann über die sterbenden Ozeane und die verendenden Fische, aber haben sie sich je den Ozean angesehen? Früher machte ich mir auch Sorgen, wirklich, aber heutzutage sage ich mir – na und? Was soll schon sein, wenn die Welt untergeht? Meine Schwester ist da ganz anders – wenn Wahlen sind, muß sie aufbleiben und alles verfolgen. Oder Erdbeben, alles mögliche. Aber wozu?

Der Weltuntergang . . . Ich will Ihnen was über den Weltuntergang sagen. Der war schon vor fünfzig Jahren. Vielleicht schon vor hundert. Und seitdem ist alles in Butter. Das ist mein Ernst.

Niemand versucht einen zu behelligen. Der Druck ist weg. Man kann sich entspannen. Wissen Sie was? Mir *gefällt* der Weltuntergang. Das wollte ich Ihnen sagen.«

15. Lottie, in der Bar (2024)

»Dann ist da natürlich noch was. Wenn man was so sehr möchte, sagen wir mal, jemand mit Krebs oder ich mit meinem Rücken, dann redet man sich ein, man wäre davon befreit. Und es stimmt nicht. Aber wenn es die echte Sache ist, kann man es merken. Etwas passiert mit den Gesichtern. Die Verwirrung, die Aggression ist weg. Es ist kein entspanntes Wegsacken wie beim Einschlafen, aber es kommt auch plötzlich. Man weiß, daß noch jemand da ist, ein Geist, der sie berührt und lindert, was sie so gequält hat. Dabei ist es ganz gleich, ob es Kopfschmerzen von einem Tumor sind oder ob einer seelische Qualen leidet. Der Geist ist jedenfalls sehr deutlich, obwohl die Höheren manchmal schwieriger zu verstehen sind. Es gibt eben nicht immer Worte, die erklären können, was sie auf den höheren Ebenen erfahren. Aber das sind diejenigen, die heilen können, nicht die niedrigen Geister, die erst vor kurzem unsere Ebene verlassen haben. Die sind nicht so stark. Sie können uns nicht viel helfen, weil sie selbst noch immer verwirrt sind. Sie sollten selbst einmal hingehen. Es macht ihr nichts aus, wenn Sie skeptisch sind. Jeder ist es am Anfang, besonders die Männer. Sogar ich denke manchmal – sie bescheißt uns, sie denkt sich alles selbst aus. Es gibt keine Geister, du stirbst, und das ist alles. Meine Schwester, die mich das erste Mal hinbrachte – und sie mußte mich praktisch hinschleppen –, also sie kann nicht mehr daran glauben. Aber schließlich hat sie auch nie irgendeine echte Wohltat davon empfangen, während ich – danke, ich nehme gern noch einen.

Also gut. Als ich das erste Mal hinkam, ungefähr vor einem Jahr, hielten sie eine regelmäßige Heilsandacht. Das war aber nicht die Frau, von der ich sprach. Die Universalen Freunde hatten sich im ›Americana‹ versammelt. Zuerst wurde über das Ka geredet, und dann, gleich am Anfang der Andacht, fühlte ich, wie ein Geist die Hände auf meinen Kopf legte. Ungefähr so. Sehr fest. Und kalt, wie ein feuchter Waschlappen, wenn man Fieber hat. Ich konzentrierte mich auf meine Rückenschmerzen, die damals besonders schlimm waren. Ich versuchte herauszubringen, ob es einen Unterschied gab, denn ich wußte, daß ich in irgendeiner Weise geheilt worden war. Erst nach der Versammlung wurde mir draußen auf der Sixth Avenue klar, was geschehen war. Sie wissen, wie es ist, wenn man spätabends eine leere Straße hinunterschaut und sieht, wie alle Ampeln gleichzeitig von Rot auf Grün schalten, nicht? Nun, ich war mein Leben lang farbenblind, aber in jener Nacht konnte ich die Farben sehen, wie sie wirklich sind. So hell und klar, es war wie – ich kann es nicht beschreiben. Ich blieb die ganze Nacht auf, ging herum, obwohl Winter war und die Sonne, als sie aufging! Ich war gerade draußen auf der Brücke, und – Gott! – es war einfach wunderbar. Aber während der nächsten Woche ließ es dann allmählich wieder nach. Es war ein zu großes Geschenk. Ich war noch nicht bereit. Aber manchmal, wenn ich dieses sehr klare Gefühl im Kopf habe und mich nicht fürchte, glaube ich, daß es zurückgekommen ist. Bloß für einen Augenblick. Dann ist es weg.

Das zweite Mal – danke.

Das zweite Mal war nicht so einfach. Es war bei einer Anrufungsversammlung. Ungefähr vor fünf Wochen. Oder einem Monat? Es kommt mir länger vor, aber – egal.

Die Anordnung war so, man konnte drei Fragen aufschreiben und das gefaltete Papier dann abgeben, aber noch ehe Reverend Ribera meinen Zettel angenommen hatte, war er schon da und – ich weiß nicht, wie ich es beschreiben soll. Er schüttelte sie. Heftig. Sehr gewalttätig. Es gab eine Art Kampf, als ob er die Herrschaft über ihren Körper gewinnen wollte. Gewöhnlich, wissen Sie, spricht sie einfach mit ihnen, aber Juan war so ungeduldig und besorgt. Sie kannten ihn ja und wissen, wie er war, wenn er sich was in den Kopf gesetzt hatte. Mehrmals rief er mit dieser schrecklichen, halberstickten Stimme meinen Namen. Einen Augenblick dachte ich, ja, das ist Juan, er versucht, mich zu erreichen, und im nächsten Augenblick dachte ich, nein, es kann nicht sein, Juan ist ja tot. Sehen Sie, die ganze Zeit hatte ich versucht, ihn zu erreichen – und nun war er da, und ich wollte es nicht annehmen.

Endlich schien er zu verstehen, daß er Reverend Riberas Kooperation brauchte, und er wurde ruhiger. Er erzählte von dem Leben auf der anderen Seite und wie schwer es ihm fiele, sich anzupassen. Es gebe so viele Dinge, die er hier nicht zu Ende gebracht habe. In der letzten Minute, sagte er, habe er seine Meinung ändern wollen, aber da sei es zu spät gewesen. Ich wollte so sehr glauben, daß es wahr sei und daß er wirklich dort sei, aber ich konnte es nicht.

Dann, kurz bevor er uns verließ, veränderte sich Reverend Riberas Gesicht. Es wurde viel jünger, und sie sprach Zeilen aus einem Gedicht. Auf spanisch – alles war natürlich auf spanisch gewesen. Ich erinnere mich nicht mehr an die genauen Worte, aber der Sinn des Ganzen war, daß er es nicht ertragen könne, mich zu verlieren. Selbst wenn dies das lezte Herzeleid wäre, das ich ihm jemals zufügen würde – *el ultimo dolor*. Selbst wenn dies das letzte Gedicht wäre, das er mir schreiben würde.

Sie müssen wissen, früher pflegte Juan Gedichte für mich zu schreiben. Als ich nun an jenem Abend nach Haus kam, sah ich die alten Gedichte von ihm durch, die ich aufbewahrt hatte, und es war darunter, dasselbe Gedicht. Er hatte es mir vor vielen Jahren geschrieben, nachdem wir das erste Mal Schluß gemacht hatten.

Das ist der Grund, warum ich nicht zustimmen kann, wenn jemand sagt, es gebe keine wissenschaftlichen Beweise für ein Weiterleben nach dem Tod.«

16. Mrs. Hanson, in Wohnung Nr. 1812 (2024)

»Ja, der April. April ist der schlimmste Monat für Erkältungen. Man sieht den Sonnenschein und denkt, es sei schon Wetter für kurze Ärmel, und wenn man erst unten auf der Straße ist, dann ist es zu spät, sich die Sache anders zu überlegen. Weil wir gerade von kurzen Ärmeln sprechen, Sie haben doch Psychologie studiert. Ich frage mich, was Sie dazu sagen werden. Lotties Junge, Sie haben ihn gesehen, Mickey, er ist jetzt acht – und er will absolut keine kurzen Ärmel tragen, nicht mal hier in der Wohnung. Er will nicht, daß andere irgendeinen Teil seines Körpers sehen. Würden Sie das nicht krankhaft nennen? Oder neurotisch? Für einen Achtjährigen?

Da, trinken Sie das. Ich habe daran gedacht und diesmal nicht so viel Zucker hineingetan.

Man muß sich fragen, wo die Kinder ihre Ideen hernehmen. Bei Ihnen wird es wohl anders gewesen sein, Sie sind ohne Familie aufgewachsen. Ohne ein Heim. So ein reglementiertes Leben. Ich finde, man sollte die Kinder nicht . . . Aber vielleicht gibt es andere Faktoren. Vorteile? Nun, dazu kann ich nichts sagen, davon verstehe ich zu wenig. Aber ein Schlafsaal, wo es keine Zurückgezogenheit gibt, und Sie mit all Ihrem Studieren! Ich frage mich wirklich, wie Sie es machen. Und wer kümmert sich um Sie, wenn Sie krank werden?

Ist es zu heiß? Ihr armer Hals. Aber es ist auch kein Wunder, daß Sie heiser sind. Dieses Buch, das nimmt ja kein Ende! Mißverstehen Sie mich bitte nicht, Mr. Len, ich höre es ganz gern. Ja, es macht mir sogar Spaß. Dieses Kapitel, wo sie den französischen Jungen kennenlernt, den mit dem roten Haar, in der Kathedrale Notre-Dame. Das war sehr . . . Wie würden Sie sagen? Romantisch? Und was dann passiert, wie sie oben auf dem Turm sind, das war ein echter Schocker. Ich wundere mich, daß sie noch keinen Film darüber gedreht haben. Oder gibt es schon einen? Natürlich ist es mir viel lieber, wenn Sie vorlesen, selbst wenn . . . Aber es ist nicht richtig. Ihr armer Hals.

Ich bin auch katholisch, wußten Sie das? Da ist das Heiligste Herz Jesu, direkt hinter Ihnen. Natürlich, heutzutage! Aber ich bin katholisch erzogen worden. Dann, kurz bevor meine Firmung sein sollte, gab es diesen Aufruhr über die Frage, wem die Kirchen gehörten.

Es war wirklich zum Lachen, wissen Sie. Da stand ich in meinem ersten wollenen Kostüm mit meinen Eltern auf der Fifth Avenue, und weil es regnete, hatten mein Vater und meine Mutter jeder seinen Schirm aufgespannt. Und da war diese Gruppe von aufgeregten Priestern, die uns förmlich anschrien, wir sollten nicht hineingehen, während die anderen Priester versuchten, uns über die auf den Stufen liegenen Gestalten zu zerren. Das muß Neunzehnhundert . . . äh . . . einundachtzig gewesen sein. Oder war es zweiundachtzig? Jetzt kann man in Geschichtsbüchern davon lesen, aber ich war damals mitten in einer richtiggehenden Schlacht und konnte immer nur denken, R. B. wird noch den Schirm zerbrechen. R. B., das ist mein Vater.

Aber was hat mich bloß darauf gebracht? Ach ja, die Kathedrale. Als Sie diesen Teil der Geschichte vorlasen, konnte ich es mir so gut vorstellen. Als es hieß, die Steinsäulen hätten wie Baumstämme im Wald ausgesehen, fiel mir ein, daß ich das gleiche dachte, als ich in der St.-Patricks-Kathedrale war.

Wissen Sie, ich versuche mit meinen Töchtern über diese Dinge zu reden, aber die sind nicht interessiert. Die Vergangenheit bedeutet ihnen nichts, und es würde ihnen nicht einfallen, ein Buch wie dieses zu lesen. Und meine Enkelkinder sind zu jung, als daß man mit ihnen reden könnte. Mein Sohn, der Boz, der würde zuhören, aber er ist jetzt nie hier.

Wenn man in einem Waisenhaus aufgezogen wird – aber ich weiß nicht, ob man es ein Waisenhaus nennt, wenn die Eltern der Kinder noch leben –, wird man da heutzutage noch mit Religion und all diesen Dingen bekanntgemacht? Nicht von der Regierung, nehme ich an.

Ich finde, jeder braucht einen Glauben, ob man es jetzt Religion oder geistige Erleuchtung oder sonstwie nennt. Aber mein Boz sagt, es koste mehr Kraft, an nichts zu glauben. Das ist mehr die Idee eines Mannes. Boz würde Ihnen gefallen. Er ist im gleichen Alter wie Sie, und Sie haben die gleichen Interessen und . . .

Ich will Ihnen was sagen, Lenny, warum bleiben Sie nicht über Nacht hier? Sie haben doch morgen keinen Unterricht, oder? Und warum bei diesem schrecklichen Wetter hinausgehen? Krabbe wird nicht da sein, sie ist nie da, aber das nur im Vertrauen. Ich werde ihr Bett frisch beziehen, und Sie können das Zimmer ganz für sich haben. Oder wenn nicht heute nacht, dann ein anderes Mal. Es ist eine Dauereinladung. Es wird Ihnen gefallen, zur Abwechslung ein bißchen Zurückgezogenheit zu haben, und für mich ist es schön, jemanden zu haben, mit dem ich reden kann.«

17. Mrs. Hanson, in der Klinik (2021)

»Bin ich das? Tatsächlich. Ich kann es nicht glauben. Und wer ist das bei mir? Das bist doch nicht du, oder? Hattest du damals einen Schnurrbart? Wo sind wir, daß es so grün ist? Es kann nicht in Elizabeth sein. Ist es der Park? Auf der Rückseite steht ›4. Juli‹, aber es steht nicht dabei, wo es ist.

Ist es so bequem? Möchtest du mehr aufrecht sitzen? Ich weiß, wie es besser ist. So, ist das nicht bequemer?

Und sieh mal – dies ist dasselbe Picknick, und da ist dein Vater! Was für ein komisches Gesicht. Die Farben sind auf all diesen Bildern so komisch, so unecht.

Und Bobby hier. Du meine Güte!

Mutter.

Und wer ist das? Auf der Rückseite steht: ›Wo das herkommt, habe ich noch mehr!‹, aber ein Name steht nicht dabei. Ist es jemand von den Schearls? Oder jemand, mit dem du arbeitetest?

Hier ist er wieder. Ich glaube nicht, daß ich dieses Gesicht je . . .

Oh, das ist der Wagen, mit dem wir zum Hopatcong-See fuhren, und George Washington wurde es schlecht, und er kotzte den ganzen Rücksitz voll. Erinnerst du dich noch? Du warst so wütend.

Hier sind die Zwillinge.

Wieder die Zwillinge.

Hier ist Gary. Nein, es ist Boz! Aber ja doch, es ist Gary. Er sieht in Wirklichkeit gar nicht wie Boz aus, aber Boz hatte auch so einen kleinen Plastikeimer mit einem roten Streifen.

Mutter. Ist sie nicht hübsch in diesem Kleid?

Und hier seid ihr zusammen, sieh nur. Wie ihr beide lacht. Ich frage mich, worüber, hm? Das ist ein hübsches Bild, nicht? Ich will dir was sagen, ich lasse es dir hier, auf diesem Brief von . . .? Tony? Ist er von Tony? Nun, das ist aber aufmerksam. Ach ja, Lottie sagte mir, ich solle ja nicht vergessen, dir einen Kuß von ihr zu geben.

Ist es schon Zeit?

Nein, es ist noch nicht drei. Ich dachte, es wäre schon drei Uhr. Möchtest du noch ein paar Bilder ansehen? Oder langweilt es dich? Ich könnte es dir nicht verdenken, wie du dasitzen mußt, unfähig, einen Muskel zu bewegen, und dir mein Geplapper anhörst. Und ich kann schwatzen. Ich würde es dir bestimmt nicht übelnehmen, wenn du dich langweiltest.«

Dritter Teil

MRS. HANSON

18. Die neuamerikanische katholische Bibel (2021)

Jahre bevor sie in 334 einzogen, als sie noch in einem einzigen, düsteren Kellerraum in der Mott Street gewohnt hatten, war ein Vertreter zu ihnen gekommen, der die neuamerikanische katholische Bibel verkauft hatte und nicht bloß die Bibel, sondern einen ganzen Anleitungskurs dazu, der sie in ihrer eigenen Religion auf den neuesten Stand bringen sollte. Als er das nächste Mal gekommen war, um seine Sachen wieder mitzunehmen, hatte sie schon alle wichtigen Daten der Familiengeschichte vorn in die Bibel geschrieben:

Name	Verw.-Grad	geboren	gestorben
Nora Ann Hanson		15. 11. 1967	
Dwight Frederic Hanson	Ehemann	10. 1. 1965	20. 12. 1997
Robert Benjamin O'Meara	Vater	2. 2. 1940	
Shirley Ann O'Meara, (geb. Schearl)	Mutter	28. 9. 1943	5. 7. 1978
Robert Benjamin O'Meara, jr.	Bruder	9. 10. 1962	5. 7. 1978
Gary William O'Meara	Bruder	28. 9. 1963	
Barry Daniel O'Meara	Bruder	28. 9. 1963	
Jimmy Tom Hanson	Sohn	1. 11. 1984	
Shirley Ann Hanson	Tochter	9. 2. 1986	
Loretta Hester Hanson	Tochter	24. 12. 1989	

Der Vertreter ließ sie daraufhin die Bibel für den Anzahlungsbetrag und zusätzlich fünf Dollar behalten, nahm aber die Studienpläne und die Loseblattmappe wieder an sich.

Das war 1999. Wann immer sich die Familie in späteren Jahren vergrößerte oder verkleinerte, trug sie die Tatsache noch am Tage des Geschehens getreulich in die neuamerikanische katholische Bibel ein.

Am 30. Juni 2001 wurde Jimmy Tom während einer tumulthaften Protestkundgebung gegen die Verhängung der Zehn-Uhr-Ausgangssperre, die der Präsident während der Agrarkrise angeordnet hatte, von der Polizei zusammengeschlagen. Er starb noch in derselben Nacht.

Am 11. April 2003, sechs Jahre nach dem Tod seines Vaters, wurde Boz im Bellevue-Krankenhaus geboren. Dwight hatte der Fernfahrergewerkschaft angehört, der ersten Gewerkschaft, der es gelungen war, für ihre beruflich besonders gefährdeten Mitglieder einen Familienschutz durch Samenkonservierung tarifvertraglich zu verankern.

Am 29. Mai 2013 wurde Amparo im Haus Nr. 334 geboren. Erst als sie Amparos Nachnamen als Hanson in die Bibel eingetragen hatte, war ihr klargeworden, daß die Bibel bisher keinen Hinweis auf Amparos Vater enthielt. Aber inzwischen hatte die offizielle Aufstellung ohnedies eine Art Schatten von ausgelassenen Verwandten erworben: ihre eigene Mutter Sue-Ellen, die ungezählten

Leute, mit denen sie irgendwie verschwägert war, sowie die beiden Vertragsbabys, die Krabbe in Ausschöpfung ihrer staatlich genehmigten Quote gehabt hatte. Juans Fall war heikler als die anderen, aber schließlich entschied sie, daß, obgleich Amparos Name Martinez war, Lottie immerhin vor dem Gesetz eine Hanson geblieben war. Und so wurde Juan dazu verurteilt, sich den übrigen Grenzfällen zuzugesellen.

Am 6. Juli 2016 wurde Mickey geboren, auch im Haus Nr. 334.

Dann, am 6. März 2021, rief die Klinik in Elizabeth den alten Williken an, der die Botschaft heraufbrachte, daß R. B. O'Meara tot war. Er war im Alter von einundachtzig Jahren friedlich und freiwillig aus dem Leben geschieden. Ihr Vater – tot!

Beim Eintragen dieses neuen Datums fiel Mrs. Hanson ein, daß sie den religiösen Teil des Buches nicht angeschaut hatte, seit der Vertreter die Unterweisungsblätter wieder mitgenommen hatte. Sie schlug die Bibel willkürlich auf und las unter der Überschrift *Die Sprüche Salomos*: ›Verachtung für die Verächter, ja; aber für die Unglücklichen Gnade.‹

Später erwähnte sie diese Botschaft Krabbe gegenüber, die bis zum Hals in Mystizismus steckte, und hoffte, ihre Tochter werde mehr aus dem Spruch herauslesen, als sie es getan hatte.

Krabbe las ihn laut, dann las sie ihn ein zweites Mal. Ihrer Meinung nach hatte er keine tiefere Bedeutung als die, welche er ausdrückte: ›Verachtung für die Verächter, ja; aber für die Unglücklichen Gnade.‹

19. Ein begehrenswerter Job (2021)

Lottie war in der zehnten Klasse von der Schule abgegangen, nachdem ihre Lehrerin für Menschheitskunde, die alte Mrs. Sills, sich über ihre Beine lustig gemacht hatte. Mrs. Hanson hatte sie nicht gedrängt, in die Schule zurückzukehren, denn sie hatte mit Gewißheit angenommen, daß die Verbindung von Langeweile und Klaustrophobie (es war in den Tagen der Mott Street gewesen) den verwundeten Stolz bis zum Beginn des nächsten Schuljahrs bezwingen würde. Aber als der Herbst kam, zeigte Lottie sich unnachgiebig, und ihre Mutter unterschrieb bereitwillig ein Erlaubnisformular, um sie im Haus zu behalten. Sie hatte selbst nur sechs Jahre die Schule besucht und konnte sich noch lebhaft erinnern, wie sehr sie es gehaßt hatte, dazusitzen und dem Geseire der

Lehrer zu lauschen oder in langweilige Lehrbücher zu starren, bis die Zeilen zu tanzen anfingen. Außerdem war es recht angenehm, Lottie im Haus zu haben, wo sie alle die lästigen Kleinarbeiten wie Waschen, Flicken, Putzen übernehmen und die Katzen fernhalten konnte, die Mrs. Hanson zuwider waren. Mit Boz war Lottie besser als ein Pfund Beruhigungspillen: Tag für Tag, Jahr für Jahr kümmerte sie sich um ihn, spielte mit ihm und übernahm einen guten Teil seiner Erziehung.

Mit achtzehn bekam Lottie dann ihren eigenen Sozialausweis und ein Ultimatum: wenn sie nach Ablauf von sechs Monaten keinen festen Arbeitsplatz mit Vollzeitbeschäftigung hätte oder entsprechende Bemühungen nachweisen könnte, würden ihr die Vergünstigungen für Abhängige gestrichen, und sie müßte in einen der Silos für Arbeitsunwillige und Dauerarbeitslose an der Roebling Plaza übersiedeln. Außerdem würden die Hansons ihren Platz auf der Warteliste für Nr. 334 verlieren.

Lottie ließ sich mit derselben grimmigen Gleichgültigkeit, mit der sie relativ unbeschädigt die Schule überstanden hatte, von einem Job zum nächsten treiben. Sie bediente hinter Ladentischen. Sie sortierte Plastikperlen. Sie schrieb Zahlen auf, die telefonisch aus Chicago durchgegeben wurden. Sie wickelte Schachteln ein. Sie spülte, füllte und verschloß im Keller eines Kaufhauses Vierliterbehälter. Im allgemeinen brachte sie es fertig, im Mai oder Juni zu kündigen oder gekündigt zu werden, so daß sie ein paar Monate von dem haben konnte, was das Leben ausmachte, ehe es Zeit wurde, wieder in den langsamen Tod eines Jobs hineinzusterben.

Eines schönen Tages, kurz nachdem die Hansons endlich in Nr. 334 eingezogen waren, hatte sie auf dem Dach Juan Martinez kennengelernt, und die Sommerzeit wurde offiziell und unbefristet: Sie war eine Mutter! Eine Frau! Und wieder eine Mutter! Juan arbeitete mit Ab Holt, der am anderen Ende des Korridors wohnte, in der Leichenhalle des Bellevue-Krankenhauses. Es war eine feste Stelle, die er schon seit Jahren hatte, und so konnte Lottie sich in ihrer Frau-Mutter-Identität entspannen und das Leben ein Schwimmbad mit vollbezahlter Jahreskarte sein lassen. Sie war glücklich, jedenfalls für lange Zeit.

Nicht für immer. Sie war ein Steinbock, Juan war Schütze: von Anfang an hatte sie gewußt, daß es enden würde, und wie. Juans Vergnügen wurde zur Pflicht. Seine Besuche wurden seltener. Das Geld, das vier, beinahe fünf Jahre lang so wundervoll gleichmäßig geflossen war, wurde zu einem Rinnsal und dann zu einem stets vom Versiegen bedrohten Tröpfeln. Die Familie mußte mit Mrs. Hansons monatlichen Sozialhilfeschecks, den Sondergutscheinen für Amparo und Mickey und Krabbes unverhofften Einnahmen auskommen. Die Lage erreichte jenen Punkt knapp unterhalb der Verzweiflung, wo die Miete von nominellen $ 37.50 zu erdrückenden $ 37.50 wurde. In dieser Situation ergab sich für Lottie die Möglichkeit, einen großartigen und vielbegehrten Job zu kriegen.

Cece Benn, die Wohnung Nr. 1438 bewohnte, war die Straßenfegerin für die 11. Straße zwischen der First und der Second Avenue, eine Konzession, die gut für zwanzig bis dreißig Dollar an wöchentlichen Trinkgeldern und eine Menge guter Dinge zu Weihnachten war. Aber der eigentliche Vorzug bestand darin, daß die Einkünfte unversteuert blieben, beim Sozialamt nicht angegeben werden mußten und so zu keiner Kürzung der Unterhaltszahlungen führten. Cece hatte Rinnstein und Gehsteig der 11. Straße seit den neunziger Jahren des letzten Jahrhunderts gefegt, aber nun verließen sie die Kräfte, und sie hatte beschlossen, sich um einen Platz im Altersheim zu bewerben.

Bei gutem Wetter war Lottie oft an der Ecke stehengeblieben, um mit Cece zu schwatzen, aber sie hatte nie angenommen, daß die alte Frau solche Aufmerksamkeiten als ein Zeichen wahrer Freundschaft ansehen würde. Als Cece ihr zu verstehen gab, daß sie daran denke, die Lizenz ihr zu vermachen, war Lottie vor Dankbarkeit fassungslos.

»Das heißt, nur wenn du willst«, hatte Cece mit einem scheuen kleinen Lächeln hinzugefügt.

»Ob ich es *will*? *Ob* ich es will! Oh, Mrs. Benn!«

Monate vergingen mit Hangen und Bangen, weil Cece nicht gewillt war, sich die weihnachtlichen Aufmerksamkeiten entgehen zu lassen. Lottie bemühte sich, ihr Verhalten gegenüber Cece nicht allzusehr von ihren hochfliegenden Hoffnungen beeinflussen zu lassen, fühlte sich aber zu einer tätigeren Herzlichkeit gedrängt, die so weit ging, daß sie Besorgungen für Cece machte und zu ihr hinauftrug. Der Anblick von Ceces hübsch eingerichteter Wohnung und die Vorstellung, was alles das gekostet haben mußte, verstärkten ihren Wunsch nach dieser Lizenz zu leidenschaftlichem Verlangen. Als der Dezember kam, kroch sie vor Cece.

Über die Feiertage lag Lottie mit Grippe und Erkältung im Bett. Als es ihr wieder besser ging, wohnten neue Leute in Nr. 1438, und Mrs. Levin von 1726 saß mit Kanne und Besen unten an der Ecke. Später erfuhr Lottie von ihrer Mutter, die es von Leda Holt gehört hatte, daß Mrs. Levin Cece sechshundert Dollar für ihre Lizenz bezahlt hatte.

Von da an konnte sie auf der Straße nie an Mrs. Levin vorbeigehen, ohne daß ihr Magen sich mit dem Bewußtsein dessen, was sie verloren hatte, schmerzhaft zusammenkrampfte. Sie war inzwischen dreiunddreißig und hatte sich nie dazu erniedrigt, eine Lohnarbeit wirklich zu wollen. Sie hatte gearbeitet, wenn sie hatte arbeiten müssen, aber nie hatte sie sich herbeigelassen, es zu wollen.

Cece Benns Job hatte sie gewollt. Sie wollte ihn noch immer. Sie würde ihn noch mit sechzig wollen. Sie fühlte sich betrogen und ruiniert.

20. C & C, Fortsetzung (2021)

Nach ihren Bieren unter dem Flughafen gingen Juan und Lottie zur Kunsteisbahn und liefen eine Stunde lang Schlittschuh. Herum und herum, Walzer, Tangos, vollkommenes Vergnügen. Durch das Scharren und Kratzen der ungezählten Schlittschuhe konnte man die Musik kaum hören. Lottie verließ die Eisbahn mit einem aufgeschlagenen Knie und fühlte sich zehn Jahre jünger.

»Ist das nicht besser als ein Museum?«

»Es war herrlich.« Sie zog ihn zu sich und küßte das braune Muttermal an seinem Hals.

Er sagte: »He.«

Und dann: »Ich muß jetzt ins Krankenhaus.«

»Schon?«

»Wie meinst du das, ›schon‹? Es ist elf Uhr. Soll ich dich in die Stadt fahren?«

Juans Motiv für eine Ortsveränderung erschöpfte sich meist darin, daß er zum Ziel und wieder zurück fahren konnte. Er war seinem Auto ergeben, und Lottie gab vor, seine Ergebenheit zu teilen. Statt die einfache Wahrheit auszusprechen, daß sie allein zum Museum zurückgehen wollte, sagte sie: »Ich würde zu gern mit dir fahren, aber nicht, wenn es nur bis zum Krankenhaus ist. Dann bliebe mir nichts übrig, als nach Haus zu gehen. Nein, dann setze ich mich lieber irgendwo auf eine Bank.«

Juan zog zufrieden ab, und sie warf das abgebissene Ende der

Souvenir-Karotte in einen Abfallbehälter. Dann durch einen Seiteneingang hinter dem ägyptischen Tempel (wohin sie im zweiten, vierten, siebten und neunten Schuljahr zur Verehrung der Mumien und Basaltgötter geführt worden war) ins Museum.

Menschentrauben umlagerten die Postkarten, nahmen sie aus den Ständern, betrachteten sie und steckten sie in die Fächer zurück. Lottie gesellte sich zu ihnen. Gesichter aus Gemälden, Bäume, Menschen in Kostümierungen, das Meer, Maria mit dem Jesuskind, eine Glasschüssel mit Goldfischen, eine Farm, patriotische Motive mit vielen Fahnen, aber nirgendwo eine Karte, die das Innere des C & C-Museums zeigte. Sie mußte fragen, und ein Mädchen mit geklammerten Zähnen zeigte ihr, wo mehrere dieser Karten versteckt waren. Lottie kaufte eine, auf der die Warenregale sich am Horizont verloren.

»Warten Sie!« sagte das Mädchen mit den Zahnklammern, als sie fortging. Sie dachte schon, man habe sie als die Begleiterin des renitenten Museumsbesuchers wiedererkannt und werde sie an die Luft setzen, aber das Mädchen wollte ihr nur die Kassenquittung über fünfundzwanzig Cents geben.

Später, auf einer ruhigen Parkbank, schrieb sie auf die Anschriftseite: »Heute war ich hier und dachte, dies würde dir die alten Zeiten wiederbringen.« Erst danach überlegte sie, wem sie die Karte schicken solle. Ihr Großvater war tot, und ihr fiel niemand sonst ein, der alt genug wäre, um sich an so fern liegende Zeiten zu erinnern. Schließlich adressierte sie die Karte an ihre Mutter und fügte der Botschaft hinzu: »Nie fahre ich durch Elizabeth, ohne an dich zu denken.«

Dann nahm sie die anderen Postkarten aus ihrer Handtasche: ein Porträt, einen Blumenstrauß, einen Heiligen, eine kunstvoll verschnörkelte alte Kommode, ein weiteres Porträt, Bauern, die auf dem Feld arbeiteten, ein Sarkophag und ein paar hübsche Landschaftsbilder. Insgesamt elf. Sie nahm den Kugelschreiber und addierte die Beträge auf der Rückseite der Karte mit dem Sarkophag. Gesamtwert $ 2.75. Ein bißchen Ladendiebstahl heiterte sie immer auf.

Sie fand, daß die Karte mit dem Blumenstrauß – ›Schwertlilien‹ – die netteste sei und adressierte sie an Juan:

Juan Martinez
Abingdon Garage
312 Perry Street
New York 10014

Er war mit seinen wöchentlichen Zahlungen nicht etwa in Rückstand, weil er eine Abneigung gegen Lottie und seine Spößlinge gefaßt hätte. Es war bloß, daß Prinzessin Cass sein Geld auffraß, bevor er es anderweitig ausgeben konnte. Prinzessin Cass war sein Traum auf Rädern, eine jungfräuliche 15er Replik des letzten großen Straßenkreuzers, Chevrolets ›Vega Fascination‹, Modell 79. Um den Hals dieser Schönheit hatte er fünf Jahre Schweiß und Tränen gehängt: hochgezüchtete Stärke mit allen guten Zutaten, wie einem Original 69er Weber-Doppelvergaser, Jaguar – Sportgetriebe mit Knüppelschaltung, echten Lederpolstern und dem Clou des Ganzen: sieben schwarzen perspektivischen Auflagen, die dem Äußeren eine scheinbare Feldtiefe von vollen zwölf Zentimetern verliehen. Die bloße Berührung dieses Schmuckstücks war ein Liebesakt.

Prinzessin Cass residierte im dritten Stock der Abingdon Garage in der Perry Street, und da die Monatsmiete plus Steuer mehr ausmachte, als er für ein Hotel würde ausgeben müssen, wohnte Juan dort mit und in der Prinzessin. Außer den Wagen, die in der Abingdon Garage bloß parkten oder begraben waren, gab es drei andere Rechtgläubige: einen japanischen Werbemann in einem ziemlich neuen Rolls-Royce Electric, ›Gramps‹ Gardiner in einem häßlichen Eigenbau, der nicht viel mehr war als ein fahrbares Bett; und – allergrößte Seltenheit – ein Hillman Minx von anno dazumal, ohne alle späteren Zutaten, ein Juwel, das Liz Kreiner gehörte, die ihn von ihrem Vater Max geerbt hatte.

Juan liebte Lottie. Er liebte Lottie wirklich, aber was er für Prinzession Cass empfand, ging über Liebe hinaus – es war Loyalität. Es ging auch darüber hinaus – es war Symbiose. Ein Wagen repräsentierte in einer Art und Weise, die Lottie mit all ihrem Gejammer und ihren Protesten niemals verstehen würde, eine Lebensform. Wenn sie nämlich verstanden hätte, würde sie ihre einfältige Karte nicht an die Abingdon Garage adressiert haben. Ein unscharfes Durcheinander von irgendwelchen dummen Blumen, die wahrscheinlich längst ausgestorben waren! Er machte sich keine Sorgen wegen einer behördlichen Inspektion, aber die Garagenbesitzer kriegten jedesmal Schißanfälle, wenn jemand ihr Unternehmen als Adresse verwendete, und er wollte die Prinzessin nicht auf der Straße schlafen sehen.

Wenn Prinzessin Cass sein Stolz war, so war sie insgeheim auch seine Scham. Da er seinen dürftigen Lohn durch unversteuerte Schwarzarbeit und Glegenheitseinkünfte aufzubessern suchte, mußte er, um nicht aufzufallen, Notwendigkeiten wie Benzin, Öl und Glasfiber auf dem Schwarzen Markt kaufen – und der kam nie mit dem Geld aus, obwohl er in jeder anderen Richtung knauserte. An fünf von sieben Abenden mußte die Prinzessin zu Haus bleiben, und Juan blieb gewöhnlich bei ihr, fummelte in ihren Eingeweiden, polierte sie, las Gedichte oder schärfte seinen Verstand an Liz Kreiners Schachbrett; er nahm alles auf sich und harrte bei seiner Prinzessin aus, nur um nicht eines Tages von irgendeinem grinsenden Klugscheißer hören zu müssen: »He, Romeo, wo ist deine Julia geblieben?«

Die zwei anderen Nächte rechtfertigten jedes Leiden. Am besten und schönsten war es, wenn er jemand kennenlernte, der Größe zu schätzen wußte. Dann nahm er den Betreffenden mit, und sie fuhren hinaus auf den Rundkurs. Die ganze Nacht durch, ohne anzuhalten, außer zum Auftanken, weiter und weiter und weiter. Das war kolossal, aber er konnte es nicht die ganze Zeit machen, auch nicht zweimal mit demselben Jemand. Unausweichlich wollten sie mehr wissen, und er konnte es nicht ertragen, einzugestehen, daß dies schon alles war – die Prinzessin, er und die weißen Striche in der Mitte der Straße, die ihnen entgegengeschossen kamen. Sobald sie merkten, daß dies alles war, begann das Mitleid zu fließen, und Juan besaß keine Abwehrmittel gegen Mitleid.

Lottie hatte ihn niemals bemitleidet noch war sie jemals auf Prinzessin Cass eifersüchtig gewesen, und deshalb konnten sie, waren sie und würden sie Mann und Frau sein. Acht verdammte Jahre. Wie bei Liz Kreiners Hillman war die Blüte ihrer Jugend verwelkt, aber die Gedärme waren immer noch gesund. Wenn er bei ihr war und alles richtig lief, war es wie Butter auf Toast. Ein Schmelzen. Die Ecken und Kanten verschwanden. Er vergaß, wer er war oder daß es irgend etwas zu tun gab. Er war der Regen, und sie war ein See, und er fiel langsam, weich, mühelos.

Was konnte einer mehr verlangen?

Lottie vielleicht. Manchmal wunderte er sich, warum sie nicht mehr verlangte. Er wußte, daß die Kinder sie mehr kosteten als er ihr gab, doch die einzigen Ansprüche, die zu stellen sie versuchte, betrafen seine Zeit und Anwesenheit. Sie wollte, daß er wenigstens einen Teil seiner Zeit in Nr. 334 lebte, und soweit er es beurteilen konnte, wollte sie es aus keinem anderen Grund als dem, daß sie seine Nähe suchte. Sie pflegte ihm zu erklären, wieviel Geld er sparen würde und welche anderen Vorteile es mit sich brächte, wenn er bei ihr lebte; zum Beispiel hätte er all seine Kleider an einem Ort beisammen, statt sie an vier oder fünf verschiedenen Stellen herumliegen zu haben.

Er liebte Lottie. Er liebte sie wirklich und brauchte sie auch, aber es war ihnen nicht möglich, zusammenzuleben. Es war schwierig zu erklären, warum es so war. Er war in einer siebenköpfigen Familie aufgewachsen, alle in einem Zimmer. Ein solches Leben macht Menschen zu Tieren. Menschen brauchen Zurückgezogenheit. Aber wenn Lottie das nicht verstand, wußte Juan nicht, was er noch sagen sollte. Jeder Mensch mußte ein wenig Zurückgezogenheit haben, und Juan brauchte davon einfach mehr als die meisten anderen.

22. Leda Holt (2021)

Während sie mischte, ließ Nora das Ei fallen, das sie offensichtlich seit längerem ausgebrütet hatte. »Gestern sah ich diesen farbigen Jungen auf der Treppe.«

»Farbigen Jungen?« Das sah dieser Hanson wieder mal ähnlich; immer diese negative Art, etwas auszudrücken. »Seit wann interessierst du dich für farbige Jungen?«

Nora hob ab. »Millys Kerl.«

Leda schwamm in Kissen, Laken und Decken herum, bis sie beinahe aufrecht saß. »Ach so«, sagte sie schlau, »*dieser* farbige Junge.« Sie teilte die Karten aus und legte den verbleibenden Stoß auf die niedrige Kommode, die ihnen als Tisch diente.

Nora ordnete die Karten in ihrer Hand. »Mir wäre fast der Kragen geplatzt. Zu wissen, daß die beiden die ganze Zeit in meinem Zimmer waren . . .« Sie schüttelte mißbilligend den Kopf. »Und wie er aussieht! Er verzehrt sich förmlich.« Sie zupfte zwei Karten aus ihrem Blatt und legte sie verdeckt ab. »Der dumme Kerl!«

Leda war vorsichtiger. Sie hatte eine Zwei, ein Paar Dreien, eine Vier und zwei Sieben. Aber wenn sie ihre beiden Paare behielt und beim Abnehmen nichts Brauchbares dazukam . . . sie beschloß, das Risiko einzugehen, und legte die Sieben ab.

Nora hob wieder ab, und Leda nahm die Pikdame auf. Sie verbarg ihre Unzufriedenheit mit einem Kopfschütteln und der Meinung: »Sechs!«

»Weißt du was, Leda?« sagte Nora, während sie eine Sieben ausspielte. »Ich kann mich nicht mal erinnern, was eigentlich so besonders daran war.«

Leda spielte die Vier aus. »Ich weiß, was du meinst. Manchmal wünschte ich, Ab hätte diese Einstellung dazu.«

Eine Sechs. »Siebzehn«, zählte Nora. »Das sagst du so, aber du bist jung, und du hast Ab.«

Wenn sie eine Drei spielte, käme Nora mit einer Bildkarte auf einunddreißig. Sie spielte die Zwei. »Neunzehn. Ich bin nicht jung.«

»Und fünf macht vierundzwanzig.«

»Und drei. Siebenundzwanzig?«

»Nein, ich kann nicht.«

Leda legte ihre letzte Karte auf die Kommode. »Und drei ist dreißig.« Sie rückte ein Loch vor.

»Fünf«, sagte Nora. Dann endlich kam der Widerspruch, auf den Leda gewartet hatte. »Ich bin vierundfünfzig, und du bist was? Fünfundvierzig? Das ist ein gewaltiger Unterschied.« Sie breitete ihre Karten neben der Königin aus. »Und es gibt noch einen wesentlichen Unterschied – Dwight ist jetzt zwanzig Jahre tot. Nicht daß ich nicht dann und wann meine Gelegenheiten gehabt hätte – sehn wir mal, was habe ich da? Fünfzehn, zwei, fünfzehn, vier, und ein Paar ist sechs, und noch eins ist sechs, ist zwölf.« Sie streckte das zweite Streichholz vor. »Aber dann und wann ist nicht das gleiche wie eine regelmäßige . . .«

»Prahlst du, oder beklagst du dich?« sagte Leda und breitete ihre Karten aus.

»Ich prahle, was sonst?«

»Fünfzehn-zwei, Fünfzehn-vier, und ein Paar ist sechs, und noch eins, sieh mal, es ist genau das gleiche – zwölf.«

»Sex macht die Leute verrückt. Wie diesen armen Dummkopf auf der Treppe. Es macht mehr Ärger und Schwierigkeiten, als es wert ist. Ich bin froh, daß ich da raus bin.«

Leda steckte ihr Streichholz in ein Loch nur vier vor dem Ziel. »Genau das sagte Carney über Portugal, und du weißt, was dann geschah.«

»Es gibt wichtigere Dinge«, sagte Nora unbeirrt.

»Willst du nicht zählen?« fragte Leda.

»Da ist nur das Paar, das du mir gegeben hast. Danke.« Sie

steckte zwei Löcher vor. »Die Familie – das ist das einzig Wichtige. Sie beisammenhalten.«

»Richtig, das ist wahr. Nun mach weiter; du bist dran.«

Doch statt die Karten zu nehmen und zu mischen, studierte Nora das Spielbrett. »Ich dachte, du sagtest, du hättest zwölf gehabt?«

»Habe ich mich geirrt?« In süßem Ton.

»Nein, glaube ich nicht.« Sie zog Ledas Streichholz heraus und steckte es zwei Löcher zurück. »Du hast gemogelt.«

23. Len Rude, Fortsetzung (2024)

Als er nach anfänglichem Unglauben merkte, daß sie ihn wirklich als Logiergast wollte, dachte er: *Ärggh*! Aber schließlich, warum nicht? Bei ihr konnte er nicht viel schlechter daran sein als inmitten des lärmenden Studentenhaufens, der gegenwärig seine häusliche Umgebung bildete. Er könnte seine Essengutscheine für Lebensmittelmarken eintauschen. Wie Mrs. Hanson selbst gesagt hatte, es brauchte nicht offiziell zu sein, obwohl die Aussicht bestand, bei Fulke die Anerkennung des Logierverhältnisses als individuelles Feldprojekt für seine Arbeit zu erwirken. Fulke hielt ihm immer seine kärgliche Fallarbeit vor. Er würde zustimmen müssen. Es kam wirklich nur darauf an, das richtige Etikett zu finden. Nicht wieder ›Probleme des Alterns‹, es sei denn, er wollte schon jetzt als Spezialist für Geriatrie und Altenfürsorge abgestempelt werden. ›Familienstrukturen in einer Umgebung von Sozialhilfeempfängern‹. Zu allgemein, aber das war die Richtung, in die er zielen mußte. Wie könnte Fulke ihm die Anerkennung verweigern, wenn er seine Heimerziehung erwähnte und darauf hinwies, daß dies eine günstige Gelegenheit sei, die Dynamik familiärer Beziehungen aus nächster Nähe und sozusagen von innen her zu untersuchen?

Es kam ihm nicht in den Sinn, sich zu fragen, warum Mrs. Hanson die Einladung ausgesprochen hatte. Er wußte, daß er nett und sympathisch wirkte, und war nie überrascht, wenn Leute ihn mochten. Außerdem war die alte Dame, wie Mrs. Miller betont hatte, von der Eheschließung und dem Wegzug ihres Sohnes verstört. In gewisser Weise würde er den Sohn ersetzen, den sie verloren hatte. Es war nur natürlich.

»Hier ist der Schlüssel«, sagte sie und gab ihn Amparo. »Nicht nötig, alles raufzubringen, aber wenn ein persönlicher Brief für mich im Kasten sein sollte ...« (Aber würde er ihr nicht auf amtlichem Briefpapier schreiben?) »Nein, wir machen es so: Wenn irgendwas da ist, schwenkst du die Arme einfach so ...« Mrs. Hanson schwenkte energisch die Arme auf und ab, und ihre Wamme zitterte und bebte. »Ich werde aufpassen.«

»Was erwartest du, Großmama? Es muß furchtbar wichtig sein.«

Mrs. Hanson lächelte ihr freundlichstes und liebevollstes Großmutterlächeln. Liebe machte sie schlau. »Etwas vom Sozialamt, Kind. Und du hast recht, es könnte sehr wichtig werden – für uns alle.«

Nun lauf! dachte sie. Lauf schnell die Treppe runter!

Sie nahm einen der Küchenstühle und stellte ihn ans Wohnzimmerfenster. Sie setzte sich. Sie stand auf. Sie preßte die Fingerspitzen an ihre Schläfen, um ihre Selbstbeherrschung zu wahren.

Er hatte versprochen, daß er schreiben würde, ob er an diesem Abend käme oder nicht, aber sie war überzeugt, daß er sein Versprechen vergessen würde, wenn er nicht vorhatte zu kommen. Wenn ein Brief im Kasten war, konnte es nur eins bedeuten.

Amparo mußte inzwischen die Briefkästen im Hauseingang erreicht haben. Es sei denn, sie hatte auf der Treppe eine Freundin getroffen. Es sei denn, sie ... Würde der Brief dasein? Mrs. Hanson suchte den grauen Himmel nach einem Omen ab, aber die Wolken hingen zu niedrig, als daß Flugzeuge sichtbar gewesen wären. Sie drückte die Stirn gegen das kühle Glas, konzentrierte ihre Willenskraft auf Amparo und darauf, daß sie um die Hausecke käme.

Und da war sie! Amparos Arme machten ein V, dann X, wieder ein V und ein weiteres X. Mrs. Hanson signalisierte zurück. Eine tödliche Freude überkroch ihre Haut und durchfuhr sie mit fröstelnden Schauern. Er hatte geschrieben! Er würde kommen!

Sie war aus der Tür und auf dem Treppenabsatz, bevor ihr die Handtasche einfiel. Vor zwei Tagen hatte sie vorsorglich die Kreditkarte aus ihrem Versteck in der neuamerikanischen katholischen Bibel genommen und in die Handtasche gesteckt. Seit sie vor zwei Jahren – oder waren es schon drei? – den Kranz für ihren Vater gekauft hatte, hatte sie von der Kreditkarte keinen Gebrauch mehr gemacht. $ 225, und trotzdem war es noch einer von den kleinsten und schlichtesten gewesen. Was die Zwillinge für ihren Kranz bezahlt haben mußten! Es hatte länger als ein Jahr gedauert, bis die Summe ganz zurückgezahlt war, und die ganze Zeit hatte der Computer die schrecklichsten Drohungen gemacht. Wie, wenn die Karte nicht mehr gültig wäre?

Sie hatte ihre Handtasche, und die Liste und die Karte waren darin. Einen Regenmantel. Gab es sonst noch was? Und die Tür, sollte sie zusperren? Lottie war in der Wohnung und schlief, aber bei ihrem Schlaf konnte sie Opfer einer Massenvergewaltigung werden, ohne davon aufzuwachen. Um sicherzugehen, schloß sie ab.

Ich darf nicht laufen, sagte sie sich nach dem dritten Treppenabsatz, so erwischte es den alten Mr . . . Ich darf nicht laufen, aber es war nicht die Eile, die ihr Herz so heftig pochen machte – es war Liebe! Sie war lebendig und wunderbarerweise wieder verliebt. Noch wunderbarer aber war, daß jemand sie liebte. Jemand liebte sie! Wahnsinn.

Neun Stockwerke tiefer mußte sie haltmachen und verschnaufen. Im Korridor schnarchte ein vorübergehend Obdachloser in einem numerierten Schlafsack des Sozialamts. Unter gewöhnlichen Umständen wäre sie nur ärgerlich gewesen, aber heute verschaffte ihr der Anblick ein köstliches Gefühl von Mitleid und Gemeinsamkeit. Ich lobe mir die Müden und Bedrängten, dachte sie in gehobener Stimmung, die Armen und Niedergedrückten, erfüllt von der Sehnsucht, frei zu atmen. Wie ihr alles wieder in den Sinn kam! Einzelheiten aus einer Zeit, die eine Generation zurücklag, Erinnerungen an alte Gesichter und alte Gefühle. Und nun, Poesie!

Als sie unten anlangte, zitterten ihre Beine so, daß sie kaum aufrecht stehen konnte. Da war der Briefkasten mit ihrer Wohnungsnummer, und durch den transparenten Plastikstreifen am unteren Ende der Klappe konnte sie sehen, daß ein Brief darin lag. Es mußte Lens Brief sein. Wenn es irgend etwas anderes wäre, würde sie sterben.

Der Briefkastenschlüssel war, wo Amparo ihn immer zu hinterlegen pflegte: hinter der Überwachungskamera, die lediglich die Funktion einer Vogelscheuche hatte.

Der Brief lautete:

›Liebe Mrs. Hanson: Sie können am Donnerstag zum Abendessen einen Teller mehr auf den Tisch stellen. Ich bin froh, Ihnen zu sagen, daß ich Ihre freundliche Einladung annehmen kann. Werde meinen Koffer mitbringen. Herzlichst, Len.‹

Herzlichst! Dann war es sicherlich kein Irrtum: *Liebe*! Sie hatte es von Anfang an gefühlt, aber wer hätte geglaubt – in ihrem Alter, mit siebenundfünfzig! (Gewiß, wenn sie sich ein wenig zurechtmachte, konnte sie mit ihren siebenundfünfzig jünger aussehen als Leda Holt mit ihren sechsundvierzig. Aber trotzdem.) *Liebe*!

Unmöglich.

Natürlich war es unmöglich, doch wann immer ihr dieser Gedanke kam, mußte sie an den Untertitel auf dem Umschlag des Buches denken, auf den sein Finger beim Vorlesen wie zufällig gezeigt hatte: ›Die Geschichte einer unmöglichen Liebe.‹ Wo es Liebe gab, war nichts unmöglich.

Sie las den Brief wieder und immer wieder. In seiner Einfachheit war er eleganter als ein Gedicht. ›Ich bin froh, Ihnen zu sagen, daß ich Ihre freundliche Einladung annehmen kann.‹ Wer würde beim Lesen dieser Zeilen die Bedeutung vermuten, die für sie und Len so offensichtlich war?

Und dann, beinahe unverhüllt: ›Herzlichst, Len!‹

Elf Uhr, und noch nichts getan – die Lebensmittel, Wein, ein neues Kleid, und, wenn sie es wagte . . . aber was hätte sie jetzt nicht gewagt?

Ich werde gleich als erstes hingehen, beschloß sie. Als das Mädchen ihr die Karte mit den verschiedenen Farbtönen zeigte, war sie nicht weniger entschieden. Sie zeigte auf das leuchtendste Orange und sagte: »Das.«

25. Das Abendessen (2024)

Lottie öffnete die Tür, die doch nicht abgeschlossen gewesen war, und sagte: »Mama!«

Während sie die Treppe heraufgekeucht war, hatte sie sich überlegt, welchen Ton sie anschlagen sollte, und nun schlug sie ihn an. »Gefällt es dir?« Sie ließ die Schlüssel in ihre Handtasche fallen, die Gelassenheit selbst.

»Dein Haar!«

»Ja, ich hab's färben lassen. Gefällt es dir?« Sie hob ihre Einkaufstaschen auf und kam herein. Das Heraufschleppen der Sachen hatte sie erschöpft, und Rücken und Schultern waren ein einziger Schmerz. Ihre Kopfhaut prickelte noch immer wie von tausend Stecknadeln. Die Füße schmerzten sie, und ihre Augen fühlten sich wie staubbedeckte Glühbirnen an. Aber sie sah gut aus.

Lottie nahm die Taschen, und sie hielt nach einem rettenden Stuhl Ausschau. Aber es blieb bei dem Blick; wenn sie sich jetzt niedersetzte, würde sie nicht mehr hochkommen.

»Es ist so neu und überraschend. Ich weiß nicht. Dreh dich um.«

»Du sollst ja sagen, Dummerchen. Einfach: ›Ja, Mama, es sieht fein aus.‹« Aber sie drehte sich gehorsam um.

»Es gefällt mir wirklich«, sagte Lottie im empfohlenen Ton. »Ja, ehrlich. Auch das Kleid ist – ach, Mama, geh doch nicht rein.« Sie hielt inne, die Hand auf der Klinke der Wohnzimmertür, und wartete auf die Katastrophennachricht, was immer es sein mochte.

»Krabbe ist in deinem Schlafzimmer. Es geht ihr sehr schlecht. Ich gab ihr ein bißchen erste Hilfe. Wahrscheinlich schläft sie jetzt.«

»Was ist mit ihr los?«

»Es gab Krach, und sie haben Schluß gemacht. Der Grund war anscheinend, daß Krabbe Schwangerenbeihilfe beantragte und bewilligt bekam.«

»Ach du lieber Gott!«

»Das dachte ich mir auch.«

»Ein drittes Mal? Ich dachte, das sei nicht erlaubt.«

»Nun, ihre Punktzahl, weiß du. Und ich nehme an, die beiden ersten müssen inzwischen ihre eigene Punktzahl haben. Jedenfalls, als sie es Januar erzählte, gab es Streit. Januar versuchte, sie zu erstechen – es ist nicht schlimm, nur ein Kratzer an der Schulter.«

»Mit einem Messer?«

Lottie kicherte. »Nein, stell dir vor, mit einer Gabel. Januar hat irgendwelche politischen Ideen, daß man für die Regierung keine Kinder zur Welt bringen solle. Oder vielleicht ist es anders, Krabbe drückte sich nicht klar aus.«

»Aber sie ist doch nicht gekommen, um hier zu bleiben, oder?«

»Für eine Weile.«

»Sie kann nicht bleiben. Oh, ich kenne sie. Sie wird wieder zu Kreuze kriechen, und es wird eine tränenreiche Versöhnung geben. Wäre nicht das erste Mal. Aber du hättest ihr keine Pillen geben sollen.«

»Sie wird bleiben müssen, Mama. Januar ist nach Seattle gegangen und hat das Zimmer irgendwelchen Freunden überlassen. Sie wollten Krabbe nicht mal zum Packen reinlassen. Ihr Koffer, ihre Platten, alles stand im Treppenhaus. Ich glaube, das regte sie mehr auf als alles andere.«

»Und sie hat das ganze Zeug hierher gebracht?« Ein Blick ins Wohnzimmer beantwortete die Frage. Krabbe hatte sich überall mit Schichten von Schuhen und Unterwäsche, Trödelkram und schmutzigen Laken ausgebreitet.

»Sie hatte ein Geschenk gesucht, das sie für mich mitgebracht hatte«, erklärte Lottie. »Deshalb ist alles ausgepackt. Sieh mal, eine uralte Pepsiflasche, ist sie nicht hübsch?«

»O mein Gott.«

»Sie hat uns allen Geschenke mitgebracht. Sie hat jetzt Geld, weißt du. Die Beihilfe ist wie ein reguläres Einkommen.«

»Dann braucht sie nicht hier zu bleiben.«

»Mama, sei vernünftig.«

»Sie kann nicht bleiben. Ich habe das Zimmer vermietet. Ich sagte dir, daß ich es vielleicht tun würde. Der Mann zieht heute abend ein. Deswegen habe ich diese Lebensmittel gekauft. Ich werde eine anständige Mahlzeit kochen, um der Sache gleich einen richtigen Anfang zu geben.«

»Wenn es eine Geldfrage ist, kann Krabbe wahrscheinlich . . .«

»Es ist keine Geldfrage. Ich habe ihm gesagt, daß das Zimmer sein ist, und er kommt heute abend. Mein Gott, dieses Durcheinander! Und heute morgen war alles so sauber und aufgeräumt, wie, wie . . .«

»Krabbe könnte hier auf der Couch schlafen«, schlug Lottie vor und hob einen der Kartons auf.

»Und wo soll ich schlafen?«

»Nun, wo soll sie schlafen?«

»Soll sie sich doch obdachlos melden und einen Schlafsack geben lassen!«

»Mutter!«

»Warum nicht? Ich wette, es würde für sie nichts Neues sein. All die Nächte, die sie nicht nach Haus gekommen ist! Du willst mir doch nicht erzählen, daß sie in jemandes Bett war, oder? Hausflure und Rinnsteine, da gehört sie hin. Sie hat dort schon die Hälfte ihres Lebens verbracht, dann kann sie jetzt auch hingehen.«

»Wenn Krabbe hört, was du da sagt . . .«

»Ich hoffe, daß sie es hört.« Mrs. Hanson marschierte zur Tür des Schlafzimmers und rief: »Hausflure und Rinnsteine! Hausflure und Rinnsteine!«

»Mama, es ist nicht nötig, daß du . . . Ich werde dir sagen, was wir machen. Mickey kann heute nacht in meinem Bett schlafen, er bettelt sowieso immer, und Krabbe kann seine Koje haben. Vielleicht kann sie in ein oder zwei Tagen ein Zimmer in einem Hotel oder sonstwo finden. Aber mach jetzt keine Szene. Sie ist sehr aufgeregt.«

»*Ich* bin sehr aufgeregt!«

Aber sie ließ sich besänftigen – unter der Bedingung, daß Lottie die Sachen ihrer Schwester aufräumte.

Mrs. Hanson bereitete inzwischen das Abendessen vor. Zuerst die Nachspeise, da sie nach dem Kochen abkühlen mußte. Stachelbeergrütze mit Vanilleüberguß. Len hatte erwähnt, daß er als kleiner Junge in Nebraska gern Stachelbeergrütze gegessen habe, bevor er in ein Heim gekommen war. Als die Nachspeise fertig war, füllte sie sie in zwei Glasschüsseln. Lottie leckte die Töpfe aus.

Dann transportierten sie Krabbe vom vorderen Schlafzimmer zu Mickeys Koje. Krabbe wollte das Kissen nicht loslassen, das Mrs. Hanson für Len bereitgelegt hatte, und sie ließ es ihr, um nicht zu riskieren, daß sie aufwachte. Die Gabel hatte vier winzige, dunkelrote Stellen wie von ausgedrückten Pickeln hinterlassen, schön in einer Reihe.

Das Schmorgericht, dem eine dreisprachige Kochanweisung beigefügt war, hätte nur wenig Zeit in Anspruch genommen, aber Mrs. Hanson beabsichtigte, es mit Fleisch zu bereichern. Sie hatte acht Würfel für $ 3.20 gekauft, nicht gerade billig, aber wann war Rindfleisch schon billig? Die Würfel, dunkelrot und vom Blut schleimig, waren in zwei kleinen Folienbeuteln, aber in der Bratpfanne bekamen sie bald eine hübsche braune Kruste. Trotzdem beschloß Mrs. Hanson, sie erst zuletzt dem Schmorgericht beizufügen, um das Aroma nicht zu beeinträchtigen.

Ein frischer Salat aus Karotten und Pastinaken und einer kleinen Zwiebel – es war ihr gelungen, dieses Gemüse auf ihre regulären Lebensmittelmarken zu bekommen –, und sie war fertig.

Es war sieben Uhr.

Lottie kam in die Küche und schnupperte an den gebratenen

Rindfleischwürfeln. »Du scheust wirklich keine Mühe.« Womit sie Ausgaben meinte.

»Der erste Eindruck ist immer wichtig.«

»Wie lange wird er hier bleiben?«

»Kommt darauf an. Ach, mach schon – iß einen.«

»Wenn du meinst.« Lottie nahm sich den kleinsten Würfel und benagte ihn genießerisch. »*Mm. Mmm!*«

»Wirst du heute abend spät nach Haus kommen?« fragte Mrs. Hanson.

Lottie wedelte mit der Hand (›Ich kann jetzt nicht reden‹) und nickte.

»Bis wann wirst du ausbleiben?«

Sie schloß die Augen und schluckte. »Bis morgen früh irgendwann, wenn Juan da ist. Danke, das war gut.«

Lottie ging. Amparo war mit ein paar Bissen abgefüttert und aufs Dach geschickt worden. Mickey kauerte vor dem Fernseher und war so gut wie unsichtbar. Bis Len käme, war sie praktisch allein.

Die Liebesempfindungen, die sie den ganzen Tag auf der Straße und in Geschäften gefühlt hatte, kehrten zurück wie ein scheues Kind, das sich versteckt, wenn Besuch da ist, um danach desto ausgelassener zu toben. Der kleine Schlingel tanzte kreischend durch die Wohnung, streckte die Zunge heraus, legte Reißzwekken auf Stühle und ließ Bilder wie jene flüchtigen Wahrnehmungen aufblitzen, die man machte, wenn man nachmittags an Kanal 5 vorbeischaltete: von Fingern, die an einem Bein aufwärts glitten, oder Lippen, die eine Brustwarze umschlossen. Oh, die Angst! Sie machte sich über Lotties Make-up-Schublade her, legte ein wenig Puder auf und tupfte einen Tropfen Molly Bloom hinter jedes Ohrläppchen. Und Lippenstift? Eine Spur. Nein, es sah makaber aus. Sie wischte ihn weg.

Es war acht Uhr.

Er würde nicht kommen.

Er klopfte.

Sie öffnete die Tür, und er stand vor ihr, ein Lächeln in den Augen. Seine Brust hob und senkte sich keuchend unter dem braunen Pullover. Inmitten der Abstraktionen der Liebe hatte sie die Realität seiner Körperlichkeit vergessen. Ihre erotischen Fantasien von zuvor waren nur Bilder gewesen, aber die Person, die jetzt mit einem schwarzen Koffer und einer Tragetasche voller Bücher in die Küche kam, existierte in drei Dimensionen. Sie hatte das Verlangen, um ihn herumzugehen, als ob er eine Statue auf dem Washington Square wäre.

Er schüttelte ihr die Hand und sagte: »Hallo.« Nicht mehr.

Seine Schweigsamkeit steckte sie an. Sie konnte seinem Blick nicht begegnen. Sie versuchte, zu ihm zu sprechen, aber was herauskam, waren triviale Floskeln und unbehagliche Pausen. Sie führte ihn zu seinem Zimmer.

Seine Hand strich über den Bettbezug, und am liebsten hätte sie sich ihm auf der Stelle hier und jetzt hingegeben, aber sein Verhalten erlaubte es nicht. Er hatte Angst. Anfangs hatten alle Männer Angst.

»Ich bin so glücklich«, sagte sie. »Wenn ich denke, daß Sie wirklich hier wohnen werden.«

»Ja, ich bin auch froh.«

»Sie müssen mich jetzt entschuldigen; ich muß in die Küche. Es gibt ein Schmorgericht und Frühlingssalat.«

»Das klingt großartig, Mrs. Hanson.«

»Ich hoffe, es wird Ihnen schmecken.«

Sie tat die gebratenen Fleischwürfel ins brodelnde Schmorgericht und nahm Salat und Wein aus dem Kühlschrank. Als sie sich umwandte, stand er in der Türöffnung und sah sie an. Sie hielt den Wein mit einer verheißungsvollen Geste in die Höhe. Die Müdigkeit war aus ihrem Rücken und ihren Schultern gewichen, als ob die Berührung seines Blicks alle Versteifungen und Verkrampfungen aus den Muskeln genommen hätte. Welch ein Geschenk ist es zu lieben.

»Haben Sie Ihr Haar nicht anders frisiert?«

»Ich dachte, Sie würden es nicht merken.«

»Oh, ich sah es sofort, als Sie die Tür öffneten.«

Sie fing an zu lachen, brach aber ab. Ihr Lachen, obwohl es seine Quelle in ihrem Glück hatte, war ihr selbst rauh und unschön vorgekommen.

»Es gefällt mir«, sagte er.

»Danke.«

Der Rotwein, der aus der abgeschnittenen Spitze eines mit dem gallischen Hahn geschmückten Tetraeders in die Gläser floß, schien aus den gleichen Tiefen hervorzukommen wie ihr Lachen.

»Es gefällt mir wirklich«, beharrte Len.

»Ich glaube, das Essen ist jetzt fertig. Bitte, setzen Sie sich.«

Sie füllte die Teller am Herd, um zu verbergen, daß sie ihm das ganze Fleisch gab. Schließlich nahm sie doch noch einen Würfel für sich.

Sie setzten sich. Mrs. Hanson hob ihr Glas. »Worauf sollen wir trinken?«

»Worauf?« Er lächelte unsicher und verlegen, als er sein Glas hob. Dann fühlte er ihre Neigung und sagte: »Auf das Leben?«

»Ja! Ja, auf das Leben!«

So tranken sie auf das Leben, aßen ihr Schmorgericht und den Salat, tranken den Rotwein. Sie sprachen wenig, aber ihre Blicke begegneten einander oft in verwickelten und anmutigen Dialogen. Alle Worte, die einer von ihnen an diesem Punkt hätte aussprechen können, wären irgendwie unwahr gewesen; aber ihre Augen konnten nicht lügen.

Sie hatten die Mahlzeit beendet, und Mrs. Hanson hatte gerade die gekühlte Nachspeise auf den Tisch gebracht, als ein dumpfer Schlag und ein lauter Schrei aus Lotties Zimmer drangen. Krabbe war aufgewacht!

Len blickte Mrs. Hanson fragend an.

»Ich vergaß es zu sagen. Meine Tochter ist nach Haus gekommen. Aber das braucht Sie nicht zu . . .«

Es war zu spät. In einem von Lotties zerrissenen, durchsichtigen Nachthemden kam Krabbe in die Küche gestolpert, offenherzig wie aus einer Anzeige für Badeschaum. Erst als sie den Kühlschrank erreicht hatte, bemerkte sie Len, und dann dauerte es noch eine Weile, bis sie daran dachte, ihre Attraktionen mit den schmutziggelben Schleiern des Nachthemds zu verhüllen.

Mrs. Hanson machte bekannt. Len bestand darauf, daß Krabbe sich zu ihnen an den Tisch setze, und nahm es auf sich, etwas von der Nachspeise in eine dritte Kompottschale zu füllen.

»Warum war ich in Mickeys Bett?« fragte Krabbe.

Es ließ sich nicht vermeiden: mit knappen Worten erklärte sie Krabbe, was es mit Len, und Len, was es mit Krabbe auf sich hatte. Als Len das Maß an höflichem Interesse zum Ausdruck brachte, das die Situation zu erfordern schien, ging Krabbe ungeniert in die schmutzigen Details und entblößte die Schulter, um die winzigen Stichwunden vorzuzeigen.

Mrs. Hanson sagte: »Bitte, Shirley.«

Krabbe sagte: »Ich schäme mich nicht, Mutter, nicht mehr.« Und fuhr unerschrocken fort. Mrs. Hanson starrte auf die Gabel, die auf ihrem fettigen Teller ruhte. Sie hätte sie nehmen und Krabbe damit in Stücke reißen können.

Dann gingen Krabbe und Len ins Wohnzimmer, und Mrs. Hanson nahm sich geräuschvoll des Geschirrs an, um nicht mehr hören zu müssen.

Len hatte drei Rindfleischwürfel unberührt am Tellerrand zurückgelassen. Die Nachspeise war in seiner Schale durcheinandergerührt und kaum zur Hälfte gegessen. Es hatte ihm nicht geschmeckt.

Sein Weinglas war sogar noch dreiviertelvoll. Sie überlegte, ob sie den Wein in den Ausguß schütten solle. Sie wollte es tun, aber es schien eine solche Verschwendung. Sie trank ihn.

Endlich kehrte Len mit der Nachricht in die Küche zurück, daß Krabbe wieder ins Bett gegangen sei. Sie konnte es nicht ertragen, ihn anzusehen. Sie wartete nur auf das Niedersausen der Klinge, und sie brauchte nicht lange zu warten.

»Mrs. Hanson«, sagte er, »es liegt auf der Hand, daß ich nun nicht hierbleiben kann, nicht wenn es bedeutet, daß Ihre schwangere Tochter meinetwegen auf die Straße gesetzt wird.«

»Meine Tochter! Ha!«

»Ich bin enttäuscht und . . .«

»Sie sind enttäuscht!«

»Natürlich bin ich es.«

»Oh, natürlich, natürlich!«

Er wandte sich von ihr weg. Sie konnte es nicht ertragen. Sie würde alles tun, um ihn zu halten. »Len!« rief sie ihm nach.

Gleich darauf kam er mit seinem Koffer und der Tragetasche mit Büchern zurück. Er bewegte sich mit der unheimlichen, hektischen Schnelligkeit der Fünf-Uhr-fünfzehn-Puppen.

»Len!« Sie streckte die Hand aus, um ihm zu vergeben, um Vergebung zu erbitten.

Die Schnelligkeit! Die schreckliche Geschwindigkeit, mit der alles ablief!

Sie folgte ihm hinaus in den Korridor, weinend, unglücklich, angstvoll. »Len«, bat sie, »sehen Sie mich an.«

Er eilte aus der Wohnung, ohne ihre Bitte zu beachten, aber kaum hatte er die Treppe erreicht, als seine Tragetasche gegen das Treppengeländer schlug und aufplatzte. Bücher polterten heraus.

»Ich hol' Ihnen eine andere«, sagte sie hoffnungsvoll.

Er zögerte.

»Len, bitte gehen Sie nicht.« Sie ergriff eine Handvoll vom braunen Pullover. »Len, ich liebe Sie!«

»Heiliger Jesus, dachte ich mir's doch!«

Er riß sich los. Sie dachte, er werde die Treppe hinunterfallen, und schrie. Dann waren nur noch die Bücher da, verstreut über den Treppenabsatz und die obersten Stufen. Sie erkannte das dickleibige schwarze Buch, das er bei seinem ersten Besuch mitgebracht hatte, und stieß es durch eine Lücke zwischen den Gitterstäben des Geländers. Dann die übrigen, einige die Treppe hinunter, andere in den Abgrund des Treppenhauses. Für immer.

Als Lottie sie am nächsten Tag fragte, was aus dem Logiergast geworden sei, sagte sie: »Er war Vegetarier. Er konnte nicht bei Leuten wohnen, wo es Fleisch gibt.«

»Das hätte er dir sagen sollen, ehe er kam.«

»Ja«, pflichtete Mrs. Hanson ihr bitter bei. »Das habe ich mir auch gedacht.«

Vierter Teil

LOTTIE

26. Botschaften werden empfangen (2024)

Finanziell gesehen, war es viel lohnender, eine Witwe zu sein als eine Frau. Lottie konnte Jerry Lighthall anrufen und ihr sagen, daß sie ihren Job jetzt nicht mehr brauchte, so wenig wie irgendeinen anderen. Sie war frei. Außer dem jetzt absolut ungefährdeten Anspruch auf Sozialhilfeunterstützung und Kinderbeihilfe bekam sie vom Bellevue-Krankenhaus zur Ablösung ihrer Ansprüche auf einen Teil von Juans Altersruhegeld einen Pauschalbetrag von fünftausend Dollar. Mit Lotties Einwilligung verkaufte der Besitzer der Abingdon-Garage für $ 860, was von Prinzessin Cass übrig geblieben war, wobei er nicht mehr als üblich für sich absahnte. Selbst nachdem sie ein kleines Vermögen für den Gedenkgottesdienst ausgab, zu dem niemand kam, und darüber hinaus die verschiedenen Schulden der Familie getilgt hatte, blieben Lottie mehr als viertausend Dollar, mit denen sie nach Belieben verfahren konnte. Viertausend Dollar: ihre erste Reaktion war Angst. Sie brachte das Geld zur Bank und versuchte, es zu vergessen.

Mehrere Wochen vergingen, ehe sie von ihrer Tochter die wahrscheinliche Erklärung für Juans Selbstmord erfuhr. Amparo hatte sie von Beth Holt, die sie aus verschiedenen Bemerkungen ihres Vaters und bereits bekannten Einzelheiten zusammengestückelt hatte. Juan war seit Jahren mit Leichenräubern im Geschäft gewesen. Entweder war man ihm im Krankenhaus auf die Schliche gekommen, was wenig wahrscheinlich schien, oder die Polizei hatte unauffällig Ermittlungen angestellt und den Schuldigen gefunden: Juan. Anscheinend hatte er es kommen sehen, und statt sich in sein Schicksal zu fügen (es wäre auf höchstens zwei oder drei Jahre hinausgelaufen), hatte er diesen Weg gefunden, um mit unbefleckter Ehre davonzukommen. Ehre: jahrelang hatte er versucht, Lottie die Feinheiten seines privaten Rechensystems zu erklären, das Fragen der Ethik nach Art eines Schachspiels regelte, aber sie hatte davon genausowenig verstanden wie von der Maschine unter Prinzessin Cass' Kühlerhaube. Diese Dinge fielen für sie in eine Männerwelt der Mathematik, die willkürlich, unnötig kompliziert und tödlich war.

Emotional gesehen, war es nicht so schlimm, wie sie erwartet hatte. Sie weinte viel, aber ihr Kummer blieb in Grenzen. Juans zärtliche Gleichgültigkeit schien auf sie abgefärbt zu haben, ohne daß sie es gemerkt hatte. Zwischen den Anwandlungen von Trauer erlebte sie unerklärliche Hochstimmungen. Sie unternahm lange Spaziergänge in unvertraute Stadtviertel. Zweimal besuchte sie Stätten, wo sie früher einmal gearbeitet hatte, doch gelang es ihr nie, mehr als eine Quelle der Verlegenheit zu sein. Sie vermehrte ihre Seancen bei den ›Universalen Freunden‹ auf zwei Abende in der Woche, während sie zugleich Fühler in andere Richtungen ausstreckte.

Eines Tages wanderte sie aus dem einzigen Grund, daß es gerade vor ihr an der 14. Straße war und ein wenig kühler als die Septemberhitze sein mochte, ins Kaufhaus Bonwit. Der Anblick der Regale und Ladentische im Innern traf sie wie eine Lunge voll Amylnitrit mit Morbihanin. Die Farben, die enorme Weite der Räume, der gedämpfte Lärm überwältigten sie – zuerst mit Schrecken, dann mit wachsendem Entzücken. Sie hatte annähernd ein Jahr lang hier gearbeitet, ohne beeindruckt gewesen zu sein, und die Abteilungen hatten sich nicht merklich verändert. Aber jetzt war es, als ginge sie in einen gigantischen Hochzeitskuchen, in dem alle Wünsche einer Lebenszeit ihre Verkörperung gefunden hatten und sie eingeladen war, zu berühren, zu kosten und zu genießen. Zögernd strich sie über die schmiegsamen Stoffe – glattes Schwarz, rustikales Braun, Grautöne, die wie eine Brise vom Fluß schmeichelten. Sie wollte alles davon.

Sie begann, Dinge von Kleiderständern und aus Regalen zu nehmen und in ihren Einkaufswagen zu legen. Wie praktisch, daß sie einen genommen hatte! Sie ging in den zweiten Stock, wo die Schuhabteilung war: gelbe Schuhe, rote Schuhe mit breiten Riemen, zarte Schuhe aus silbrigem Netzgewebe und Schuhe passend zu Hüten. Und wieder Kleider! Das ganze Haus schien vollgestopft mit Kleidern aller Formen, Farben und Längen, die gleich körperlosen Geistern warteten, daß sie zur Erde herabgerufen und mit Namen versehen würden. Sie nahm Kleider.

Als sie aus ihrem Rausch erwachte, merkte sie, daß man sie beobachtete. Tatsächlich wurde sie verfolgt und nicht nur vom Warenhausdetektiv. Ein Kreis undeutlicher Gesichter umringte sie, als sie den übervollen Einkaufswagen zur Kasse schob und zusah, wie ein Angestellter die Registrierkasse mit Preisen fütterte. Die Summe stieg höher und höher, schwindelerregend, bis der Mann mit schläfrigem Sarkasmus fragte: »Zahlen Sie bar, oder wollen Sie eine Rechnung?«

»Ich zahle bar«, sagte sie und schwenkte das nagelneue Scheckbuch vor seinem schäbigen kleinen Bart. Als er ihren Ausweis sehen wollte, wühlte sie zwischen den Zetteln und Fetzen am Boden ihrer Handtasche, bis sie die verblichene und zerdrückte Kennkarte fand, die sie als Betriebsangehörige des Kaufhauses Bonwit auswies. Beim Verlassen des Hauses tippte sie an ihren neuen Hut, ein großes, gutmütiges, schlaffes Ding mit viel schwarzem Seidenband (weil sie Witwe war) und schenkte dem Hausdetektiv, der ihr auf Schritt und Tritt gefolgt war, ein breites Lächeln.

Zu Hause entdeckte sie, daß die Kleider, Blusen und Röcke allesamt Lichtjahre zu klein für sie waren. Sie gab Krabbe das Kleid, das auch in der Nüchternheit des Alltags noch etwas vom anfänglichen Zauber bewahrt hatte, und schickte den Rest am nächsten Tag mit Amparo zurück, die sich als Elfjährige bereits darauf verstand, in den Geschäften zu erreichen, was sie wollte.

(Seit Lottie ihren Aufnahmeantrag für die Lowen-Schule ausgefüllt hatte, war Amparos Benehmen gegenüber ihrer Mutter toleranter geworden. Außerdem machten ihr die Auseinandersetzungen an der Rückerstattungskasse Spaß. Es gelang ihr nicht, den Kaufpreis zurückzuerhalten, aber sie erlangte etwas für ihren

Zweck noch Besseres, eine Einkaufsgutschrift, die in allen Abteilungen des Kaufhauses angenommen wurde. Den Rest des Tages verbrachte sie mit der Auswahl einer Garderobe für sich selbst, deren Geschmack mit Rücksicht auf die Schule von einem sorgfältig ausgewählten Mezzoforte bestimmt war. Sie hoffte, daß ihre Mutter nach der ersten Explosion einsehen werde, wie vernünftig es war, sie mit richtigen Kleidern in die Welt hinauszuschicken, und ihr wenigstens die Hälfte der Beute ließe.

Lotties Explosion war beträchtlich, mit Gekreisch und ein paar Hieben mit dem Gürtel, aber zum Zeitpunkt der Spätnachrichten schien alles vergessen, als ob Amparo nichts weiter getan hätte, als die Schaufensterauslagen betrachtet. Noch am selben Abend räumte Lottie eine ganze Schublade der Komode für die neuen Kleider aus. Himmel, dachte Amparo, was für eine verückte Alte!

Nicht lange nach diesem Abenteuer bemerkte Lottie, daß sie ihr Gewicht von hundertfünfundsiebzig Pfund nicht länger halten konnte; sie nahm zu. Sie kaufte eine Colamaschine und pflegte im Bett zu liegen und sich das Getränk durch die Kehle prickeln zu lassen, doch so kalorienarm dieses Vergnügen war, sie nahm nichtsdestoweniger alarmierend zu. Die Erklärung war physiologisch: sie aß zu viel. Bald würde Krabbe ihre höfliche Fiktion von der Rubensfigur ihrer Schwester aufgeben und einräumen müssen, daß sie einfach fett war. Dann würde auch Lottie es zugeben müssen. Du bist fett, sagte sie sich mißbilligend, wenn sie in den dunklen Spiegel des Wohnzimmerfensters blickte. Fett! Aber es half nicht oder jedenfalls nicht genug: sie konnte nicht glauben, daß sie wirklich die Person sei, deren Spiegelbild sie dort sah. Sie war Lottie Hanson, das von den Männern umworbene, üppig-attraktive Mädchen; die fette Frau war jemand anders.

Eines frühen Morgens im Spätherbst, als die ganze Wohnung nach Rost roch (während der Nacht war die Dampfheizung eingeschaltet worden), ergab sich wie von selbst die Erklärung für alles, was schiefging und schiefgegangen war: »Es ist nichts mehr da.« Sie wiederholte die Erkenntnis wie ein Gebet, und mit jeder Wiederholung erweiterte sich der Umfang ihrer Bedeutung. Langsam sickerte der Schrecken dieser Erkenntnis durch das Gewirr ihrer Gefühle, bis er in sein Gegenteil umschlug. »Es ist nichts mehr da«, wurde ein Anlaß zum Frohlocken. Was hatte sie je gehabt, daß der Verlust nicht eine Befreiung gewesen wäre?

Wirklich, zu viel hing noch immer an ihr. Es würde lange dauern, bis sie sagen könnte, daß nichts übrig sei, absolut nichts mehr. Dann verblaßte der Glanz der Erleuchtung und ließ sie mit der Asche der bloßen Tatsache allein. Ihre Gedanken wurden unscharf, und sie bekam Kopfschmerzen vom Rostgeruch.

Andere Morgen brachten andere Erkenntnisse. Ihr gemeinsamer Zug war, daß sie Lottie an den Rand eines momentanen Ereignisses zu führen schienen, aber verkehrt herum, so daß sie in die falsche Richtung blickte, wie jene Touristen auf dem Kalenderbild im Wohnzimmer, die vor dem Grand Canyon in die Kamera lächelten, ohne zu beachten, was hinter ihnen lag. Sie wußte nur, daß etwas von ihr verlangt würde, eine größere Tat als alles, was sie bisher zu tun aufgefordert worden war, eine Art Opfer. Aber was? Und wann?

Unterdessen hatte sich ihre religiöse Erfahrung erweitert und hatte die spiritistischen Sitzungen im Albert-Hotel als festen Bestandteil integriert. Das Medium, Reverend Inez Ribera aus Houston, Texas, war die weibliche Seite der Medaille, deren Rückseite Lotties Nemesis aus ferner Schulzeit war, der alte Mr. Sills. Wenn sie nicht in Trance war, sprach sie im gleichen lehrerhaften Tonfall, und ihre weniger inspirierten Botschaften waren die gleiche saure Mischung aus verhüllten Drohungen und unbesonnenen Andeutungen. Doch während Sills seine Lieblinge gehabt hatte, vernichtete Reverend Riberas Spott unparteiisch, was sie vielleicht nicht liebenswerter, aber doch erträglicher machte.

Außerdem konnte Lottie die Bitterkeit verstehen, die sie veranlaßte, um sich zu schlagen. Reverend Ribera war ein echtes Medium. Wirkliche Verbindung mit den Geistern der Verstorbenen erlangte sie nur hin und wieder, aber wenn es geschah, war es unverkennbar. Die Geister, die sie so beschwor, waren selten sanft und freundlich, doch sobald sie ihre Gegenwart hinreichend deutlich gemacht hatten, wurden der Spott und die Drohungen mit verunstaltenden Geschwüren und finanziellem Ruin von milden und weitschweifigen Beschreibungen der anderen Seite abgelöst. Statt des gewohnten Überflusses von Ratschlägen waren die Botschaften dieser Geister unsicher und tastend, sogar verwirrt und bekümmert. Sie machten kleine Gesten der Freundschaft und Versöhnung, dann huschten sie davon, als erwarteten sie, abgelehnt zu werden. Während dieser Heimsuchungen, wenn Reverend Ribera so offensichtlich nicht in ihrem gewöhnlichen Selbst war, pflegte sie dann das geheime Wort zu verkünden oder die bedeutsame Einzelheit zu erwähnen, die bewiesen, daß ihre Worte nicht bloß die Ergüsse irgendeines unbestimmten Etwas, sondern einzigartige Botschaften von den Geistern bekannter Verstorbener waren. Die erste Botschaft von Juan, zum Beispiel, war ohne jeden Zweifel von ihm selbst gekommen, denn Lottie hatte danach heimgehen und dieselben Worte in einem der Briefe finden können, die er ihr vor zwölf Jahren geschrieben hatte:

Ya no la quiero, es cierto, pero tal vez la quiero.
Es tan corto el amor, y es tan largo el olvido.

Porque en noches como esta la tuve entre mis brazos,
mi alma no se contenta con haberla perdido.

Aunque este sea el ultimo dolor que ella me causa,
y estos sean los ultimos versos que yo le escribo.*

Das Gedicht war nicht Juans in dem Sinne, daß er es geschrieben hätte, obwohl Lottie ihm taktvoll verschwiegen hatte, daß sie es wußte. Doch selbst wenn die Worte von jemand anderem kamen, die Gefühle waren sein gewesen und waren es jetzt mit noch größerer Bestimmtheit als damals, da er sie in den Brief geschrieben hatte. Wie könnte Reverend Ribera bei all den vielen Gedichten, die es im Spanischen gab, gerade dieses eine ausgewählt haben? Es gab nur die Erklärung, daß Juan an jenem Abend wirklich dagewesen war. Er hatte diese Form gewählt, um ihr zu zeigen, daß sie getrost an seine Gegenwart glauben konnte.

Jans spätere Botschaften pflegten weniger deutlich an sie gerichtet zu sein und entwickelten sich zu einer Art geisterhafter Autobiographie. Er beschrieb sein Fortschreiten von einer Existenzebene, die vorherrschend dunkelbraun war, zu einer höheren, grünen Ebene, wo er seinem Großvater Rafael und einer Frau in einem Brautkleid begegnete, die nicht viel mehr als ein Mäd-

---

*Ich liebe sie nicht mehr, gewiß, aber vielleicht tue ich's doch.
So kurz ist die Liebe, und so lang das Vergessen.

Weil ich sie in Nächten wie dieser in meinen Armen hielt,
gibt meine Seele sich nicht mit ihrem Verlust zufrieden.

So sei dies denn der letzte Schmerz, den sie mir verursacht,
und dies seien die letzten Verse, die ich ihr widme.

chen war und deren Name als Rita oder ›Nita‹ durchkam. Die geisterhafte Braut schien entschlossen, mit Lottie in Verbindung zu treten, denn sie kehrte bei mehreren Anlässen wieder, aber Lottie verstand nie, von welcher Art der Zusammenhang zwischen ihr und dieser Rita oder ›Nita war. Als Juan zu höheren Existenzebenen aufstieg, wurde es schwieriger, seine Stimme von jenen der anderen Geister zu unterscheiden. Seine Botschaften schwankten zwischen Sehnsucht und Prahlerei. Er wollte, daß Lottie Gewicht verlöre. Er wollte, daß sie die Lighthalls besuche. Schließlich wurde Lottie klar, daß Reverend Ribera den Kontakt mit Juan verloren hatte und ihn nur noch vorspiegelte. Sie ging nicht mehr zu den privaten Seancen, und bald darauf begannen Rafael und andere entfernte Verwandte, alle möglichen Gefahren vorauszusehen, die ihr drohten. Eine Person, der sie vertraute, würde sie verraten. Sie würde große Geldsummen verlieren. Irgendwann in der Zukunft würde es ein Feuer geben, möglicherweise ein nur symbolisches, aber vielleicht doch real.

Was das Geld betraf, hatten sie sich wohlinformiert gezeigt. Am ersten Jahrestag von Juans Tod waren von den viertausend Dollar nur wenig mehr als vierhundert übrig.

Schließlich fiel es ihr weniger schwer als erwartet, von Juan und den anderen Abschied zu nehmen, denn sie hatte angefangen, ihre eigenen und direkteren Kommunikationsleitungen zur anderen Seite zu errichten. Im Laufe der Jahre hatte Lottie hin und wieder Evangeliumsversammlungen der ›Pfingstlichen Kirche vom Jüngsten Tag‹ beigewohnt, die in einem gemieteten Saal in der First Avenue stattfanden. Sie ging um der Musik und der Unterhaltung willen hin, denn was die Mehrheit der anderen zu den Gottesdiensten zu ziehen schien – das Drama von Sünde und Erlösung –, beschäftigte sie nicht sonderlich. Lottie glaubte in einer sehr allgemeinen Art und Weise an die Sünde, die sie als einen mehr oder weniger schicksalhaften Zustand ansah, aber wenn sie nach eigenen Sünden in sich selbst umherfühlte, zog sie eine Niete. Einem Schuldgefühl am nächsten kam es, wenn sie darüber nachdachte, wie sie Mickeys und Amparos Leben verpfuscht hatte, und selbst dies war eher ein Anlaß zu Unbehagen als zu offenen Selbstvorwürfen.

Dann, eines schrecklichen Augustabends im Jahre 2025 (eine Inversionsschicht lag seit Tagen erstickend über der Stadt, und die Luft war kaum noch zu atmen), war Lottie mitten in einem Gebet um geistliche Erleuchtung aufgestanden und hatte angefangen zu prophezeien und in Zungen zu sprechen. Das erste Mal hatte es nur einen Augenblick gedauert, und Lottie fragte sich, ob es nicht einfach an der Hitze und der schlechten Luft gelegen habe, aber das nächste Mal war es viel klarer. Es begann mit einem Gefühl von Beengung, dem Eindruck, zugedeckt und eingeschlossen zu sein, und dann kämpfte eine andere Kraft dagegen an und brach durch.

»Wie ein Feuer?« hatte Bruder Cary sie gefragt.

Sie erinnerte sich an die Warnung von Juans Großvater vor einem Feuer, das symbolisch oder auch wirklich sein mochte. Vielleicht war es dies.

Es war absolut zuverlässig. Wann immer sie zu den Gottesdiensten der ›Pfingstlichen Kirche vom Jüngsten Tag‹ kam, sprach sie in Zungen, zu anderer Zeit und Gelegenheit nie. Wenn sie fühlte, daß die Wolken sich um sie her verdichteten, stand sie auf, gleichgültig, was sonst gerade geschehen mochte, eine Predigt, eine Taufe, und die Gemeinde bildete einen großen Kreis um sie, während Bruder Cary sie stützte und betete, daß das Feuer der Erleuchtung herabkomme. Wenn sie es kommen fühlte, begann sie zu zittern, doch wenn es sie berührte, fühlte sie die Kraft und sprach mit einer Stimme, die den Lobpreisungen Klang und Klarheit verlieh.

Fünfter Teil

KRABBE

27. Kinderkriegen (2024)

Krabbes Tick war das Kinderkriegen – zuerst das Zeugen mit dem Sperm, dann das Wachsen des Fötus in ihr; schließlich das Herauskommen des fertigen Säuglings. Seit Einführung des Kontrollsystems war es ein ziemlich verbreitetes Syndrom, denn der Zwang zur Empfängnisverhütung hatte viele alte und geheiligte Vorstellungen mit Sturmesgewalt getroffen, aber bei Krabbe nahm es eine besondere Form an. Sie verstand genug von Psychoanalyse, um ihre Perversion zu verstehen, aber sie ließ trotzdem nicht vom Kinderkriegen ab.

Sie war dreizehn Jahre alt und noch Jungfrau gewesen, als ihre

Mutter ins Krankenhaus gegangen war, um sich einen neuen Sohn injizieren zu lassen. Die Operation war von einer doppelt übernatürlichen Qualität gewesen – das Sperma stammte von einem Mann, der seit fünf Jahren tot war, und das Resultat war eindeutig als Ersatz für den Sohn gedacht, den Mrs. Hanson in den Unruhen verloren hatte: Boz war Jimmy Toms Wiedergeburt. Wenn Krabbe sich in ihren Fantasien als Objekt der gleichen Prozedur sah, dann war es ein Geist, der sie erfüllte, und sein Name war Inzest. Die Tatsache, daß es von einer Frau getan werden mußte, damit sie etwas empfand, machte es wahrscheinlich zu einem vervielfältigten Inzest.

Die beiden ersten, die Zwillinge, waren auf der rationalen Ebene kein Problem gewesen. Krabbe konnte sich sagen, daß Millionen Frauen es genauso machten, daß es für Homosexuelle die einzige ethische Fortpflanzungsart sei, daß die Kinder selbst glücklicher und bessergestellt seien, wenn sie unter der Fürsorge gelernter Erzieher auf dem Land oder wo immer aufwüchsen, und so weiter, durch ein Dutzend anderer Rationalisierungen, einschließlich der besten von allen, dem Geld. Subventionierte Mutterschaft war allemal dem Hungerlohn vorzuziehen, den sie kriegen konnte, wenn sie sich an Nähmaschine oder Montageband für die Reichen zu Tode rackerte, wie sie es eine Zeitlang getan hatte. Und was konnte besser sein als für das bezahlt zu werden, nach dem man sich sehnte?

Trotzdem hatte sie während der Schwangerschaft und der vertraglichen Monate ihrer Mutterschaft Anwandlungen eines so unvernünftigen und zugleich intensiven Schamgefühls erlebt, daß sie oft daran gedacht hatte, sich selbst und die Zwillinge der Wohltätigkeit des Flusses zu übergeben.

Das dritte Kind war eine andere Geschichte. Januar, obschon bereit, die Sache auf der Ebene der Fantasie zu tolerieren, war entschieden gegen jede Verwirklichung der Fantasie. Aber was war das Hineingehen und Ausfüllen der Antragsformulare anderes, als sich der Fantasie auf einer institutionellen Ebene zu erfreuen? Angesichts ihres Alters und der Tatsache, daß sie schon zwei Kinder gehabt hatte, sprach wenig für eine Genehmigung ihres Antrags, und als sie dann doch kam, war die Versuchung, zum Vorgespräch zu gehen, unwiderstehlich. Es war alles unwiderstehlich, bis hin zu dem Augenblick, als sie ausgebreitet auf der weißen Plattform lag, die Füße in verchromten Steigbügeln. Der Motor schnurrte, und es war, als öffnete sich der Himmel und eine

Hand käme herab, um die Quelle aller Freude im Zentrum ihres Gehirns zu streicheln. Bloßer Sex bot nichts Vergleichbares.

Erst als sie von ihrem Wochenende in der Karibik der Wonne nach Haus zurückgekehrt war, begann sie sich Gedanken über die möglichen Folgen zu machen. Januar hatte gedroht, sie zu verlassen, als sie von den Zwillingen gehört hatte, die damals schon eine längst vergangene Affäre gewesen waren. Was würde sie in diesem Fall tun? Sie würde sie verlassen.

Sie machte ihr Geständnis an einem besonders schönen Donnerstag im April, nach einem späten Frühstück. Sie war im fünften Monat und konnte ihre Schwangerschaft nicht viel länger Menopause nennen.

»Warum?« fragte Januar mit unglücklicher Miene. »Warum hast du es getan?«

Krabbe, auf einen Wutausbruch vorbereitet, ärgert sich über diesen Umweg ins Pathos. »Weil . . . Ach, du weißt schon. Ich habe es dir erklärt.«

»Du konntest dich nicht zurückhalten?«

»Ich konnte es nicht. Es war wie das andere Mal – als ob ich in Trance wäre.«

»Aber jetzt bist du darüber weg?«

Krabbe nickte, verblüfft, daß sie so leicht davonkommen sollte.

»Dann laß eine Abtreibung machen.«

Krabbe schob mit der Spitze des Teelöffels einen Brotkrumen auf dem Teller herum und versuchte zu entscheiden, ob es einen Sinn hätte, für ein paar Tage scheinbar auf die Idee einzugehen.

Januar mißverstand ihr Stillschweigen und hielt es für ein Zeichen von Nachgiebigkeit. »Du weiß selber, es ist die einzig vernünftige Lösung. Wir haben die Sache diskutiert, und du warst der gleichen Meinung.«

»Ich weiß. Aber die Verträge sind unterschrieben.«

»Mit anderen Worten, du willst nicht. Du willst wieder ein verdammtes Baby!« Januar drehte durch. Bevor sie wußte, was sie tat, war es getan, und sie standen beide da und starrten auf die vier winzigen Blutkügelchen, die aus der weißen Haut quollen, größer wurden, sich vereinigten und als dünnes Rinnsal in die Dunkelheit von Krabbes linker Achselhöhle hinabflossen. Die schuldige Gabel war noch immer in Januars Hand. Krabbe stieß einen verspäteten Schrei aus und rannte ins Badezimmer.

In Sicherheit, drückte sie weitere Blutstropfen aus der Wunde.

Januar tobte und schlug gegen die Tür.

»Jan?« sagte sie durch den Sprung in der verriegelten Tür.

»Bleib lieber da drinnen. Nächstes Mal nehme ich ein Messer.«

»Jan, ich weiß, daß du wütend bist. Du hast ein Recht darauf. Ich gebe zu, daß ich dir Unrecht getan habe. Aber warte, Jan. Warte, bis du sie siehst, bevor du was sagt. Die ersten sechs Monate sind so wundervoll. Du wirst es sehen. Ich kann sogar eine Ausdehnung der Vertragsdauer auf das ganze erste Jahr bekommen, wenn du willst. Wir werden wie eine kleine Familie sein, nur wir . . .«

Ein Stuhl krachte splitternd durch die dünne Sperrholztafel der Tür. Krabbe verstummte. Als sie nicht viel später den Mut aufbrachte, durch die zerfetzte Tür zu spähen, war der Raum ein wüstes Durcheinander, aber leer. Januar hatte einen der Schränke und noch manches andere umgeworfen, doch zweifelte Krabbe keinen Augenblick daran, daß sie wiederkommen würde und wenn auch nur, um sie hinauszuwerfen. Das Zimmer gehörte schließlich Januar, nicht ihr. Aber als sie am Spätnachmittag von der Therapie einer Kino-Doppelvorstellung (›Das schwarze Kaninchen‹ und ›Billy McGlory in der Unterwelt‹) zurückkam, war der Rausschmiß bereits bewerkstelligt, aber nicht von Januar, die nach Westen gegangen war und die Liebe aus Krabbes Leben genommen hatte, wie sie vermutete, für immer.

In Nr. 334 wurde sie nicht so herzlich willkommen geheißen, wie sie es sich gewünscht haben mochte, aber nach einigen Tagen begann Mrs. Hanson einzusehen, daß Krabbes Verlust ihr eigener Gewinn war. Der Geist des alten Familienglücks kehrte offiziell an dem Tag zurück, als Mrs. Hanson fragte: »Wie willst du dieses nennen?«

»Das Baby, meinst du?«

»Ja, es. Du wirst es irgendwie nennen müssen, nicht wahr? Wie wär's mit Puttel? Oder Schmuddel?« Mrs. Hanson, die ihren eigenen Kindern untadelige Namen gegeben hatte, war sehr dagegen gewesen, daß Krabbe ihre Zwillinge Tiger und Puffer genannt hatte, obgleich die Namen inoffiziell waren und nicht an den Kindern hängenblieben, wenn sie in die Heimerziehung kamen.

»Nein, Puttel ist nur für ein Mädchen nett, und Schmuddel ist vulgär. Ich hätte lieber was mit mehr Klasse.«

»Wie wär's dann mit Schlapperdudel?«

»Schlapperdudel!« Krabbe ging auf den Scherz ein, dankbar für jeden Scherz, auf den sie eingehen konnte. »Wunderbar! Schlapperdudel soll es heißen! Schlapperdudel Hanson.«

28. 53 Filme (2024)

Schlapperdudel Hanson wurde am 29. August 2024 geboren, da sie aber von Anfang an ein kränkliches Gewächs gewesen war und sich nicht hatte durchrappeln können, kehrte Krabbe allein nach Haus zurück. Sie erhielt auch so ihren wöchentlichen Scheck, und der Rest war ihr gleichgültig. Die Idee mit dem Kinderkriegen hatte ihren Reiz verloren. Sie verstand die traditionelle Betrachtungsweise, daß Frauen ihre Kinder in Kummer und Schmerzen zur Welt bringen.

Am 18. September sprang Williken aus dem Fenster seiner Wohnung oder wurde hinausgestoßen. Die Theorie seiner Frau war, daß er den Verwalter nicht für das Vorrecht bezahlt habe, seine verschiedenen kleinen Geschäfte in der Dunkelkammer zu betreiben, aber welche Ehefrau wird ohne beschönigende Theorien zugeben, daß ihr Mann sich umgebracht hat? Juans Selbstmord, der kaum mehr als zwei Monate zurücklag, ließ Willikens vergleichsweise gerechtfertigt erscheinen.

Sie hatte sich nie Rechenschaft gegeben, wie oft sie nach ihrer Rückkehr im April ihre Abende bei Williken verbracht hatte und davon abhängig geworden war. Lottie war bei ihren Geistern oder trank sich vom Abfindungsgeld unter den Tisch. Die ewigen Geistlosigkeiten ihrer Mutter wirkten auf sie wie eine chinesische Wasserfolter, und das Fernsehen war auch keine Hilfe. Charlotte, Kiri und alle die anderen gehörten endgültig der Vergangenheit an – dafür hatte Januar gesorgt.

Um der Wohnung zu entfliehen, begann sie, ins Kino zu gehen, meistens in die kleinen Häuser an der First Avenue oder in der Nähe der Universität, weil dort Doppelprogramme gespielt wurden. Manchmal ging sie um vier ins Kino und sah sich ein und dasselbe Doppelprogramm zweimal an, um schließlich gegen zehn oder elf Uhr wieder herauszukommen. Sie fand, daß sie in den Filmen ganz aufgehen konnte, egal, wovon sie handelten, und daß sie sich danach mit unheimlicher Genauigkeit an Einzelheiten, Bilder, Dialoge und Melodien erinnern konnte. Wenn sie dann durch das Gedränge auf der 8. Straße nach Haus ging, mußte sie immer wieder stehenbleiben, weil ihr ein Gesicht, eine Handbewegung oder irgendeine reizvolle Landschaft aus der Vergangenheit in den Sinn kam und alles andere auslöschte. Sie fühlte sich zugleich leidenschaftlich bewegt und völlig von allen Menschen abgeschlossen.

Doppelbesuche nicht mitgezählt, sah sie in der Zeit vom 1. Oktober bis 16. November insgesamt dreiundfünzig Filme: *Das Mädchen von Limberlost* und *Fremde im Zug*; Don Hershey als *Melmoth* und *Stanford White*; Penns *Abgrund der Hölle; Die Geschichte von Vernon und Irene Castle; Die Flucht aus Cuernavaca* und *Zwei im Regen*; Colton in den *Bekenntnissen des heiligen Augustinus*; beide Teile von *Daniel Deronda; Candide; Schneewittchen* und *Romeo und Julia*; Brando in *Die Faust im Nacken* und *Hier Unten*; Robert Mitchum in *Die Nacht des Jägers*; Nicholas Rays *König der Könige* und Mai Zetterling in *Die Männer;* beide Versionen der *Zehn Gebote*; Loren und Mastroianni in *Sonnenblume* und *Schwarze Augen* und *Limonade;* Rainer Murrays *Owens und Darwin; Die verrückte Welt von Abbott + Costello; Die Berge der Schweiz* und *Musik, Musik*; Greta Garbo in *Camille* und *Anna Christie; Zarlah, der König des Mars;* Emschwilers *Walden* und *Bild, Fleisch und Stimme;* die Neuverfilmung von *Equinox; Casablanca* und *Die große Uhr; Der Tempel des goldenen Pavillons; Die Untertanen* und *Valentinstag; Judy Canova; Fahles Feuer; Felix Krull; Entscheidung vor Morgengrauen* und *Der Tag der Heuschrecke;* Sam Blazers *Die drei Christen von Ypsilanti; Auf der Straße; Mittwochs frei;* beide Teile von *Stinkys Abenteuer;* das vollständige Zehnstundenepos *Les Vampires; Die Möglichkeit des Todes;* und die gekürzte Version von *Dinge in der Welt.* An diesem Punkt verlor Krabbe plötzlich das Interesse an weiteren Filmen.

29. Die weiße Uniform, Fortsetzung (2021)

Sie wurde von einem nachlässigen Botenjungen geliefert. Januar wußte nicht, was sie davon denken sollte, aber die Karte, die Krabbe beigelegt hatte, schmeichelte ihrer Eitelkeit. Sie zeigte sie den Arbeitskollegen, den Lighthalls, die immer Freude an einem Scherz hatten, und ihrem Bruder Ned, und alle schmunzelten darüber. Die Außenseite der Karte zeigte einen fröhlichen, vulgären kleinen Spatzen. Darunter war in Noten die Melodie, die er zwitscherte, und auf der Innenseite stand: ›ICH BIN GUT ZU VÖGELN. DU AUCH?‹

Anfangs geriet Januar in Verlegenheit, wenn sie Krankenschwester spielen sollte. Sie war ein ziemlich großes Mädchen, und obwohl Krabbe ihre Größe richtig erraten hatte, wollte die Uniform sich nicht wie ihr Körper bewegen. Wenn sie sie anhatte, schämte sie sich wie lange nicht mehr ihres wirklichen Berufs.

Als sie einander näher kennenlernten, fand Januar Mittel und Wege, die mehr abstrakten Aspekte von Krabbes Fantasien mit der Mechanik des gewöhnlichen Sex zu verbinden. Sie pflegte mit einer ausgedehnten ›Untersuchung‹ zu beginnen. Sie fühlte der schlaff und mit geschlossenen oder verbundenen Augen auf dem Bett liegenden Krabbe den Puls, massierte sie und begann allmählich mit den Fingern und allerlei ›Instrumenten‹, ihr Geschlecht zu erforschen. Eines Tages gelang es ihr, in einem Geschäft für Ärztebedarf eine authentische Pipette zu erstehen, die an einer gewöhnlichen Spritze befestigt werden konnte. Die Pipette kitzelte schrecklich. Januar pflegte vorzugeben, daß Krabbe zu eng oder zu nervös sei und mit einem der anderen Instrumente weiter geöffnet werden müsse. War das Szenario erst vervollkommnet, unterschied sich das Ganze nicht allzu sehr von irgendeiner anderen Art von Sex.

Während dies alles vor sich ging, schwankte Krabbe zwischen quälenden Lust- und ebenso quälenden Schuldgefühlen. Die Lust war einfach und absolut; die Schuld war kompliziert. Sie liebte Januar und tat alles mit ihr, was jedes andere Paar Frauen auch getan haben würde. Aber sie wußte – und Januar wußte es auch –, daß ihre Übungen aus einem ›Gesundheit und Sex‹ betitelten Lehrbuch stammten und nicht dem Blitzschlag wahrer erotischer Fantasie. Krabbe absolvierte das Programm, aber die ganze Zeit spulten sich in ihrem armen Kopf die alten Porno-Klassiker ab, Filme wie *Der geheimnisvolle Krankenwagen, Die weiße Uniform, Die Dame und die Nadel* und *Das künstliche Kind*. Sie waren nicht so aufregend, wie sie sie erinnerte, aber es wurde nichts anderes gespielt, nirgendwo.

30. La bella et la bête (2021)

Krabbe sah sich selbst als einen künstlerisch veranlagten Menschen. Ihre Augen sahen die Farben, wie ein Maler Farben sieht.

Als Beobachterin der menschlichen Komödie der Irrungen und Wirrungen betrachtete sie sich als Deb Potter oder Oscar Stevenson ebenbürtig. Eine zufällig mitgehörte, scheinbar beiläufige Bemerkung konnte ihre Fantasie zur Erfindung eines ganzen Filmdrehbuchs anregen. Sie war empfindsam, intelligent (ihre Tests bewiesen es) und auf dem laufenden. Was ihr nach eigener Erkenntnis fehlte, war allein eine Richtung, und um dem abzuhelfen, brauchte man schließlich nur mit dem Finger zu zeigen.

Das Künstlertum lag der Hanson-Familie im Blut. Jimmy Tom war auf dem besten Wege gewesen, ein Sänger zu werden. Boz, wenngleich unstet und ziellos wie Krabbe selbst, war sehr sprachbegabt. Amparo fertigte in der Schule schon mit acht Jahren so unglaublich detaillierte und psychologische Zeichnungen an, daß sie vielleicht das Zeug zu einer wirklichen Künstlerin hatte.

Und so war es nicht bloß in ihrer Familie. Viele, wenn nicht die meisten ihrer Freundinnen und Freunde waren Künstler von dieser oder jener Art: Charlotte Blethen hatte Gedichte veröffentlicht; Kiri Johns kannte alle großen Opern so gut wie auswendig; Mona Rosen und Patrick Shawn hatten beide bei Aufführungen mitgewirkt. Und andere. Aber am stolzesten war sie auf ihre Freundschaft mit Richard M. Williken, dessen Fotos die ganze Welt gesehen hatte.

Kunst war die Luft, die sie atmete, der Weg, auf dem sie zum geheimen Garten ihrer Seele ging, und mit Januar zu leben, war wie einen Hund zu haben, der ständig auf diesen Weg schiß. Ein unschuldiger, liebenswerter, zu Liebkosungen einladender Hund – man mußte ihn einfach lieben, aber – o je.

Wäre Januars Einstellung zur Kunst einfach von Gleichgültigkeit bestimmt gewesen, so hätte es nichts ausgemacht. In gewisser Weise hätte es Krabbe sogar gefallen. Aber leider hatte Januar in allen Dingen ihren eigenen fürchterlichen Geschmack und erwartete von Krabbe, daß sie ihn teilte. Aus der Leihbibliothek brachte sie Tonbandkassetten mit, die Krabbes schlimmste Befürchtungen noch übertrafen: Teile aus Popschlagern und Themen aus Sinfonien waren aneinandergereiht und mit Klangeffekten unterlegt, um rostige Geschichten wie ›Ferien in Vermont‹ oder ›Kleopatra auf dem Nil‹ zu erzählen.

Januar nahm Krabbes Naserümpfen und ihre beißenden und spöttischen Bemerkungen im Geist der Toleranz und Gutmütigkeit hin, in dem sie gemeint schienen. Krabbe scherzte, weil sie eine Hanson war, und alle Hansons waren sarkastisch. Januar konnte nicht glauben, daß andere als abscheulich empfinden könnten, was ihr so viel Freude machte. Sie verstand, daß Krabbes Musik eine bessere Art von Musik war, der sie gern zuhörte, wenn sie eingeschaltet war, aber die ganze Zeit und sonst nichts? Es würde einen verrückt machen.

Ihre Augen waren wie ihre Ohren. Sie beschenkte Krabbe mit wohlgemeinten Geschmacklosigkeiten von Schmuckstücken und Kleidern, und Krabbe trug sie zum Zeichen ihrer Hörigkeit und Erniedrigung. Die Wände ihres Zimmers waren bedeckt mit unaussprechlich sentimentalem oder verkrampft-nettem Kitsch und großspurigen Propagandaplakaten wie diesem Juwel von den Lippen eines schwarzen Spartakus: »Eine Nation von Sklaven ist immer bereit, der Milde ihrer Herren zu applaudieren, welche im Genuß der absoluten Macht auf die letzten Extreme von Ungerechtigkeit und Bedrückung verzichten können.« Sehr schön gesagt. Aber was konnte Krabbe tun? Hineingehen und die Sachen von den Wänden reißen? Januar schätzte ihren Scheiß.

Was soll man tun, wenn man eine durchschnittliche, untalentierte Person liebt? Krabbe versuchte, sich anzupassen. Sie schwelgte fleißig in Banalitäten und verlor dabei die meisten ihrer alten Freunde. Dafür wurde sie durch die Freundschaften, die Januar als Mitgift brachte, mehr als entschädigt. Nicht daß sie jemals besonderes Gefallen an ihnen gefunden hätte, aber durch ihre Augen lernte sie allmählich, daß Januar nicht nur Reize, sondern auch Tugenden und Probleme hatte; und darüber hinaus einen Geist mit seinen eigenen Gedanken, Erinnerungen, Plänen und einer eigenen persönlichen Geschichte, die in ihrer Weise nicht weniger ergreifend war als alles, was Chopin oder Liszt ausgedrückt hatten. Kurzum, sie war ein menschliches Wesen, und wenn es auch eines Tages mit der klarsten Luft und dem strahlendsten Sonnenschein bedurfte, um diesen Zug von Januars Landschaft sichtbar zu machen, war sein Anblick, wenn er sich bot, so schön und herzerfrischend, daß er alle Unzulänglichkeiten vergessen machte.

31. Ein begehrenswerter Job, Fortsetzung (2021)

Nachdem ihre Hoffnungen auf die Lizenz als Straßenfegerin zunichte geworden waren, hatte Lottie eine ihrer schlechten Perioden. Sie schlief bis zu fünfzehn Stunden am Tag, tyrannisierte

Amparo, machte sich über Mickey lustig, lebte tagelang von Tabletten und leerte dann in einer Freßorgie den Kühlschrank. Sie verlor jeden Halt. Diesmal war ihre Schwester der rettende Engel, der sie herauszog. Das Zusammenleben mit Januar schien Krabbe hundert Prozent menschlicher gemacht zu haben. Lottie brachte es sogar über sich, ihr das zu sagen.

»Es ist das Leiden«, sagte Krabbe. »Davon kommt es. Ich leide viel.«

Sie sprachen, sie spielten Spiele, sie gingen gemeinsam zu allen Veranstaltungen, für die Krabbe Freikarten kriegen konnte. Meistens redeten sie: auf dem Stuyvesant Square, auf dem Dach, im Park am Tompking Square, überall. Sie sprachen über das Altwerden, über das Verliebtsein, über das Nichtverliebtsein, über das Leben und den Tod. Sie kamen überein, daß es schrecklich sei, alt zu werden, obgleich Krabbe meinte, daß sie beide noch ein gutes Stück vor sich hätten, bevor es wirklich schlimm würde. Sie kamen überein, daß es schrecklich sei, verliebt zu sein, daß es aber noch viel schrecklicher sei, es nicht zu sein. Sie stimmten überein, daß das Leben saumäßig sei. Über den Tod stritten sie nicht. Krabbe glaubte, wenn auch nicht buchstäblich, an Wiedergeburt und parapsychologische Phänomene. Lottie sah im Tod keinen Sinn, aber sie fürchtete ihn weniger als die Qual des Sterbens.

»Es hilft, wenn man miteinander redet, nicht wahr?« sagte Krabbe während eines großartigen Sonnenuntergangs oben auf dem Dach, als rosafarbene Schäfchenwolken die ganze Stadt überspannten.

»Nein«, erwiderte Lottie mit einem säuerlichen Da-bin-ich-wieder-Lächeln, das Krabbe zu verstehen geben sollte, daß sie sich gefangen hatte, keine Sorge, »das tut es nicht.«

An diesem Abend war es, daß Krabbe die Möglichkeit der Prostitution erwähnte.

»Ich? Sei nicht albern!«

»Warum nicht? Du hast es doch schon gemacht.«

»Vor zehn Jahren. Und selbst dann verdiente ich nie genug, daß es sich gelohnt hätte.«

»Du gabst dir keine Mühe.«

»Krabbe, um Himmels willen, sieh mich doch an!«

»Viele Männer fühlen sich von stattlichen Frauen mit Rubensfiguren angezogen. Aber ich erwähne es nur. Und ich wollte sagen, daß, wenn . . .«

»Wenn!« kicherte Lottie.

»Wenn du deine Meinung änderst, Januar ein Paar kennt, das solche Sachen vermittelt. Es ist sicherer, als einfach so auf den Strich zu gehen, sagte man mir, und auch mehr geschäftsmäßig.«

Das Paar, das Januar kannte, waren die Lighthalls, Jerry und Lee. Lee war fett und schwarz und hatte etwas von einem Onkel Tom. Jerry war geisterhaft und neigte zu jähen Stimmungsumschwüngen, die sich durch bedeutungsvolles Stillschweigen äußerten. Lottie wußte nie zu sagen, wer von ihnen tatsächlich die Leitung hatte. Sie arbeiteten von einem Anwaltsbüro aus, das Lottie monatelang für eine falsche Fassade hielt, bis sie herausbekam, daß Jerry tatsächlich der New Yorker Anwaltskammer angehörte. Die Klienten, die ins Büro kamen, benahmen sich ernst und bedächtig, als ob sie schließlich doch wegen einer Rechtsauskunft gekommen wären und nicht, um sich zu amüsieren. Die meisten von ihnen waren Leute eines Typs, mit dem Lottie keine persönlichen Erfahrungen hatte – Ingenieure, Programmierer, was Lee »unsere technologische Elite« nannte.

Die Lighthalls hatten sich auf Kundschaft aus »besseren Kreisen« spezialisiert, darunter viele Leute, die besondere Wünsche hatten, aber als Lottie das herausgebracht hatte, war sie schon entschlossen, sich durch nichts abschrecken zu lassen, komme was da wolle. Das erste Mal war schrecklich. Der Mann bestand darauf, daß sie die ganze Zeit sein Gesicht beobachtete, während er sagte: »Ich scheiß auf dich, Lottie. Ich scheiß auf dich.« Als ob sie es nicht so schon gewußt hätte.

Jerry machte ihr den Vorschlag, daß sie ein paar Stunden vorher eine rosa Pille, und dann, wenn es losging, eine grüne nehme, wodurch es möglich sei, die Erfahrung auf einer unpersönlichen Ebene zu halten, als ob es etwas wäre, das im Fernsehen stattfand. Lottie versuchte es, aber das Ergebnis war für sie nicht so sehr unpersönlich als vielmehr unwirklich, so daß sie sich nicht mehr zurechtfand.

Der einzige und zugleich entscheidende Vorteil des Jobs war, daß ihre Einkünfte nicht offiziell waren. Die Lighthalls glaubten nicht ans Steuerzahlen, und so operierten sie illegal, obgleich das bedeutete, daß sie weit unter den Preisen der konzessionierten Bordells bleiben mußten. Lottie brauchte nicht auf ihre Unterstützung und die sonstigen Vergünstigungen der Sozialhilfe zu verzichten, und die Notwendigkeit, ihre Einnahmen auf dem Schwarzen Markt auszugeben, bedeutete, daß sie statt der langweiligen Dinge, die sie haben sollte, die schönen und lustigen Dinge kaufen konnte, die sie wollte. Ihre Garderobe verdreifachte sich. Sie aß in Restaurants. Ihr Zimmer füllte sich mit Tand und Spielzeug und dem süßlich-penetranten Fruchtbonbongeruch von Fabergés ›Molly Bloom‹.

Als die Lighthalls sie besser kennenlernten und ihr vertrauten, wurde sie öfters in die Wohnungen der Kunden geschickt, wo sie nicht selten die Nacht verbrachte. Solche Anlässe führten unausweichlich über das Übliche hinaus, und sie konnte sehen, daß es ein Job war, an dem sie noch Gefallen finden könnte. Nicht wegen des Sex, der Sex war nichts, aber manchmal, besonders bei Hausbesuchen, wurden die Kunden hinterher gesprächig und redeten über andere Dinge als ihre ewig gleichen Vorlieben. Dies war der Aspekt, der Lottie gefiel – die menschlichen Kontakte.

32. Lottie, auf dem Stuyvesant Square (2021)

»Himmel. Ich bin im Himmel.

Ich meine, jeder, der mit offenen Augen umhergeht und versteht, was er sieht . . . Was ich sagen wollte, ist, daß ich mit dem zufrieden sein sollte, was ich habe, weil ich nicht mehr kriegen werde. Aber andererseits, wenn ich mich zufriedengebe und nicht mehr verlange . . . Es ist ein Teufelskreis.

Himmel. Was ist Himmel? Himmel ist ein Supermarkt. Wie der, den sie im Museum aufgebaut haben. Voll von allem, was man sich nur denken kann. Voller Frischfleisch – in einem vegetarischen Himmel würde ich nicht leben wollen –, voller Kuchenmischungen, Milchpackungen und Sprudel in Dosen. Ach, alles das. Ich würde wie in Trance mit meinem großen Einkaufswagen durch die Gänge an den Regalen vorbeifahren, wie die Hausfrauen es damals getan haben sollen, ohne zu überlegen, was die Sachen kosten würden. Ohne zu denken. Neunzehnhundertdreiundfünfzig – du hast recht, das ist der Himmel.

Nein. Nein, ich glaube nicht. Das ist das Dumme mit dem Himmel. Man sagt was, und es hört sich gut an, aber dann überlegt man, ob man es wirklich ein zweites oder ein drittes Mal mögen würde. Es ist wie mit diesen Autobahnen, einmal würde es großartig sein, aber dann? Was dann?

Du siehst, es muß von innen kommen.

Also, was ich will, was ich wirklich will . . . Ich weiß nicht, wie ich es sagen soll. Ich möchte einmal wirklich etwas wollen. Weißt du, wie ein Baby etwas will. Es streckt die kleinen Arme danach aus, und man sieht, daß ihm nur dies wichtig ist. Ich möchte etwas sehen und so die Arme danach ausstrecken. Nicht wissen, daß ich es nicht haben könnte, oder daß ich nicht an der Reihe bin. Aber natürlich müßte der Himmel größer sein als das.

Ich weiß! Der Film, den wir neulich im Fernsehen sahen, als Mama ewig nicht den Mund halten wollte, der japanische Film, weißt du noch? Erinnerst du dich an das Feuerfest und das Lied, das sie sangen? Ich habe die Worte vergessen, aber die Idee war, daß man sich vom Leben ganz in Brand setzen lassen sollte. Das ist, was ich möchte. Ich möchte, daß das Leben mich in Brand setzt, mich verzehrt.

Das ungefähr ist also der Himmel. Der Himmel ist das Feuer, ein riesiges, prasselndes Freudenfeuer, um das viele kleine Japanerinnen herumtanzen, und immer wieder schreien sie im Chor auf, und eine von ihnen stürzt sich hinein. *Wuuf!*«

33. Krabbe, auf dem Stuyvesant Square (2021)

»Eine der Regeln in der Zeitschrift war, daß man andere Leute nicht beim Namen nennen darf. Andernfalls könnte ich einfach sagen: der Himmel würde sein, wenn ich mit Januar lebte, und das dann beschreiben. Aber wenn man eine Beziehung beschreibt, kann man der Fantasie nicht freien Lauf lassen und lernt nichts.

Was soll ich also tun?

Man soll es sich vorstellen, hieß es.

Also gut. Nun, im Himmel gibt es Gras, weil ich mich auf einer Wiese sehen kann. Aber es ist nicht wie auf dem Land, nicht mit Kühen und so. Und es kann kein Park sein, denn in den Parks ist das Gras entweder zertrampelt, oder man darf es nicht betreten. Es ist neben einer Autobahn. Einer Autobahn in Texas! Sagen wir mal, im Jahr neunzehnhundertdreiundfünfzig. Es ist ein klarer, sonniger Tag im Jahr 1953, und ich kann sehen, wie sich die Autobahn in gerader Linie bis zum Horizont erstreckt.

Endlos.

Was dann? Dann würde ich auf der Autobahn fahren wollen, nehme ich an. Aber nicht allein, das würde mir Angst machen. Also verletze ich die Spielregel und lasse Januar fahren. Wenn wir auf einem Motarrad sind, ist es kaum eine Beziehung, oder?

Nun, unser Motorrad fährt schnell, unheimlich schnell, und auf der Autobahn sind Wagen und riesige Laster, die beinahe so schnell sind wie wir. Und wir fahren auf diesen Horizont zu. Wir überholen und schlängeln uns durch den Verkehr, raus und rein, raus und rein. Wir fahren schneller und schneller.

Was dann? Ich weiß nicht. Ich kann es nur so weit sehen.

Jetzt bist du wieder an der Reihe.«

34. Krabbe, im Asyl (2024)

»Was ich empfinde? Zorn. Furcht. Selbstmitleid. Ich weiß nicht. Ich fühle ein bißchen von allem, aber nicht . . . ach, es ist zu albern. Ich will euch nicht mit solchem Zeug langweilen . . .

Also gut, ich werde es versuchen. Bloß das eine sagen und ständig wiederholen, bis – aber was soll passieren?

Ich liebe dich. Nun, das war nicht so schlecht. Ich liebe dich. Ich liebe dich, Januar. Ich liebe dich, Januar. Januar, ich liebe dich. Januar, ich liebe dich. Wenn sie hier wäre, wäre es viel einfacher, wißt ihr. Schon gut, schon gut. Ich liebe dich. Ich liebe dich. Ich liebe deine großen warmen Titten. Ich möchte sie drücken. Ich liebe alles an dir. Ich wünschte, wir wären wieder zusammen. Ich wünschte, ich wüßte, wo du bist, damit ich es dir sagen könnte. Ich will das Kind nicht, will überhaupt keine Kinder, nur dich. Ich will verheiratet sein. Mit dir. Für immer. Ich liebe dich.

Soll ich noch weitermachen?

Ich liebe dich. Ich liebe dich. Ich liebe dich unwahrscheinlich. Aber das ist gelogen. Ich hasse dich. Ich kann dich nicht ertragen. Du stößt mich ab mit deiner Dummheit, deiner Gemeinheit, deinen Ideen aus dritter Hand, die du der Parteilinie nachplapperst. Du langweilst mich. Du ödest mich an, du dummer Niggerabschaum! Niggerhure. Dummes Stück! Und es ist mir ganz egal, wenn . . .

Nein, ich kann nicht. Es ist nicht da. Ich sage die Worte bloß, weil ich weiß, daß ihr sie hören wollt. Liebe, Haß, Liebe, Haß – bloße Worte.

Es ist nicht so, daß ich widerstrebe, aber ich empfinde nicht, was ich sage, und das ist die Wahrheit. Ich bin müde, das ist alles, was ich fühle. Ich wünschte, ich wäre zu Haus vor dem Fernseher, statt hier eure Zeit zu vergeuden. Wofür ich mich entschuldige.

Jetzt soll ein anderer reden, und ich halte die Schnauze.«

»Dein Problem ist«, sagte er, als sie nach dem großen Nichtdurchbruch mit der U-Bahn nach Haus fuhren, »daß du nicht bereit bist, deine eigene Mittelmäßigkeit zu akzeptieren.«

»Ach, hör bloß damit auf«, sagte sie. »Das ist mein Ernst.«

»Es ist genauso mein Problem. Vielleicht sogar noch mehr. Warum, meinst du, hänge ich jetzt schon so lange herum, ohne was zu arbeiten? Es ist nicht so, daß nichts passieren würde, wenn ich anfinge. Aber wenn ich dann fertig bin und mir ansehe, was ich gemacht habe, muß ich mir sagen: ›Nein, nicht gut genug.‹ Und das entspricht ziemlich genau dem, was du heute abend sagtest.«

»Ich weiß, du versuchst, nett zu sein und mir zu helfen, Willi, aber es nützt nichts. Es gibt keinen Vergleich zwischen deiner Situation und der meinen.«

»Und ob es einen gibt. Ich kann nicht an meine Bilder glauben. Du kannst nicht an deine Liebesaffären glauben.«

»Eine Liebesaffäre ist kein verdammtes Kunstwerk!« Der Widerspruchsgeist hatte Krabbe erfaßt. Williken sah, wie sie sich aus ihrem Trübsinn kämpfte, als ob er nicht mehr als ein nasser Badeanzug wäre. Gute alte Krabbe!

»Wirklich nicht?« fragte er.

Sie stürzte sich auf den Köder, ohne nachzudenken. »Du versuchst wenigstens, was zu tun. Bei dir gibt es ein Bemühen. So weit bin ich nie gekommen. Ich glaube, wenn ich etwas unternähme, würde ich sein, was du sagst – mittelmäßig.«

»Du bemühst dich auch – man kann es dir anmerken.«

»Was kann man mir anmerken?« fragte sie.

Sie wollte zusammengestaucht oder in Stücke gerissen werden (niemand hatte sie auch nur angeschrien), aber Williken ging über Ironie nicht hinaus. »Ich versuche, etwas zu tun; du versuchst, etwas zu fühlen. Du willst ein inneres Leben, ein geistiges Leben, wenn dir das lieber ist. Und du hast es. Doch was du auch tust, wie du dich auch drehst und windest, um der Tatsache auszuweichen, es ist und bleibt mittelmäßig. Nicht schlecht. Nicht minderwertig.«

»Gesegnet sind die Armen im Geiste, wie?«

»Genau. Aber du glaubst nicht daran, und ich auch nicht. Weißt du, wer wir sind? Wir sind die Schriftgelehrten und Pharisäer.«

»Oh, das ist gut.«

»Du scheinst jetzt ein wenig heiterer zu sein.«

Krabbe zog ein langes Gesicht. »Ich lache nur nach außen.«

»Weißt du, es könnte viel schlimmer sein.«

»Wie?«

»Du könntest ein Verlierer sein. Wie ich.«

»Und du meinst, ich sei statt dessen ein Gewinner? Daß ich nicht lache! Nachdem du mich heute abend dort gesehen hast?«

»Wart's ab«, versprach er ihr. »Wart's einfach ab.«

Sechster Teil

2026

36. Boz

»Bulgarien!« rief Milly, und man bedurfte keiner besonderen Antennen, um zu wissen, daß ihre nächsten Worte sein würden: »In Bulgarien bin ich schon gewesen.«

»Warum holst du nicht deine Dias raus und zeigst es uns«, sagte Boz und drückte sanft den Deckel auf ihre Eitelkeit. Dann fragte er, obwohl er es gut wußte: »Wer ist an der Reihe?«

Januar fuhr zusammen und würfelte. »Sieben!« Sie rückte unter lautem Abzählen sieben Felder vor und kam auf ›Gehen Sie ins Gefängnis‹. »Ich hoffe, ich kann dort bleiben«, sagte sie fröhlich. »Wenn ich wieder auf der Strandpromenade lande, ist das Spiel für mich zu Ende.« Sie sagte es hoffnungsvoll.

»Ich versuche, mich zu erinnern«, sagte Milly, die Ellbogen auf den Tisch gestützt, den Würfelbecher in der erhobenen Hand, die Zeit und das Spiel unterbrechend, »wie es war. Aber ich weiß nur noch, daß die Leute dort Witze erzählten. Man mußte dasitzen und sich stundenlang Witze anhören. Über Brüste.« Ein Blick ging zwischen ihnen hin und her, und ein weiterer Blick wurde zwischen Januar und Krabbe gewechselt.

Obgleich Boz gern mit etwas Derbem zurückgeschlagen hätte, erhob er sich darüber. Er nahm auf seinem Stuhl eine aufrechtere Haltung ein, während seine Linke in lässigem Kontrast in die Schüssel mit Kartoffelchips griff.

Milly schüttelte den Becher. Vier: ihre Spielfigur, eine kleine Bleikanone, landete auf einem Grundstück, das Krabbe gehörte.

Sie zahlte ihr zweihundert Spieldollar und würfelte wieder. Elf: diesmal erreichte sie eines ihrer eigenen Besitztümer.

Das Monopoly-Spiel war ein Erbstück von der O'Meara-Seite der Familie. Die Häuser und Hotels waren aus Holz, die Spielfiguren aus Blei, wobei nicht ganz sicher war, ob sie ursprünglich zum Spiel gehört hatten oder nicht. Milly hatte wie immer die Kanone, Krabbe den kleinen Rennwagen, Boz das Kriegsschiff und Januar das Bügeleisen. Milly und Krabbe waren am Gewinnen, Boz und Januar am Verlieren. C'est la vie.

»Bulgarien«, sagte Boz, weil es sich so schön anhörte, aber auch weil es seine Pflicht als Gastgeber war, die Konversation zum unterbrochenen Gast zurückzuleiten. »Aber warum?«

Krabbe, die die Rückseiten ihrer Hypothekenurkunden studierte, um zu sehen, wie viele weitere Häuser sie kaufen könnte, wenn sie die verschiedenen Grundstücke belastete, erläuterte das Austauschsystem zwischen den beiden Schulen.

»War das nicht die Sache, wegen der sie im letzten Frühling so übermütig war?« fragte Milly. »Ich dachte, ein anderes Mädchen hätte damals das Stipendium gekriegt.«

»Celeste Di Cecca. Sie war diejenige, die beim Flugzeugabsturz ums Leben kam.«

»Oh!« sagte Milly, als sie begriff. »Ich hatte das nicht miteinander in Verbindung gebracht.«

»Du dachtest, Krabbe habe ihren Spaß daran, über die Flugzeugabstürze auf dem laufenden zu sein?« fragte Boz.

»Ich weiß nicht, was ich dachte, Boz. Und nun wird doch noch was daraus. Sie kann von Glück sagen!«

Krabbe kaufte drei weitere Häuser. Dann sauste der Rennwagen durch die Park Avenue, den Broadway, den Zentralbahnhof und über das Feld mit der Einkommensteuer, um auf der Vermont Avenue zu landen. Die Grundstücke waren an die Bank verpfändet.

»Du kannst auch von Glück sagen!« sagte Januar.

Das Gerede über Glück dauerte mit Unterbrechungen während der nächsten Runden an – wer es hatte und wem es fehlte und ob es so was überhaupt gebe, abgesehen vom Monopoly. Boz fragte, ob einer von ihnen jemals irgend jemanden gekannt habe, der beim Lotto oder in der Lotterie gewonnen hatte. Januars Bruder hatte vor drei Jahren fünfhundert Dollar gewonnen.

»Aber auf lange Sicht«, fügte Januar gewissenhaft hinzu, »hat er natürlich mehr als das verloren.«

»Für die Passagiere ist ein Flugzeugabsturz nur ein Glück«, erklärte Milly.

»Dachtest du oft an Abstürze, als du Stewardeß warst?« Januar stellte die Frage mit derselben bleiernen Gleichgültigkeit, mit der sie sich am Spiel beteiligte.

Während Milly ihre Geschichte von der großen Flugzeugkatastrophe von 2021 erzählte, verließ Boz seinen Platz, um nach der Mandelmilch zu sehen und Eiswürfel hineinzutun. Tabby sah zu, wie winzige Spieler im Fernsehen stumm Fußball spielten, und Peanut schlief friedlich. Als er mit dem Tablett zurückkehrte, war die Geschichte der Flugzeugkatastrophe beendet und Krabbe verkündete ihre Lebensphilosophie:

»Es mag an der Oberfläche wie Glück aussehen, aber wenn man tiefer geht, wird man finden, daß die Leute gewöhnlich kriegen, was sie verdient haben. Hätte Amparo nicht dieses Stipendium bekommen, dann wäre es was anderes gewesen. Sie hat dafür gearbeitet.«

»Und Mickey?« fragte Januar.

»Der arme Mickey«, fiel Milly ein.

»Mickey hat genau das gekriegt, was er verdiente.«

Diesmal mußte Boz seiner Schwester zustimmen. »Wenn sie solche Sachen machen, suchen die Leute oft Bestrafung.«

Ausgerechnet in diesem Augenblick mußte Januar ihr Glas Mandelmilch umstoßen. Milly konnte das Spiel noch rechtzeitig hochheben, und nur eine Ecke wurde naß. Januar hatte so wenig Geld vor sich liegen, daß auch das kein Verlust war. Boz war verlegener als sie, denn seine letzte Bemerkung schien anzudeuten, daß sie ihr Glas absichtlich umgeworfen habe. Und sie hatte weiß Gott allen Grund, es zu tun. Nichts ist so langweilig und fade wie zwei Stunden ständigen Verlierens.

Zwei Runden später erfüllte sich Januars Wunsch. Sie landete auf der Strandpromenade und war aus dem Spiel. Boz, der langsamer, aber genauso sicher in den Staub getreten wurde, gab gleich danach auf und ging mit Januar auf den Balkon hinaus.

»Du hättest nicht aufzugeben brauchen, bloß um mir Gesellschaft zu leisten, weißt du.«

»Ach, sie sind ohne uns glücklicher da drinnen. Jetzt können sie es miteinander ausmachen.«

»Kannst du dir vorstellen, daß ich beim Monopoly noch nie gewonnen habe? Nicht einmal in meinem Leben?« Sie seufzte.

Dann, um nicht undankbar zu scheinen, sagte sie: »Du hast eine wunderschöne Aussicht.«

Schweigend genossen sie den Blick über die nächtliche Straße: Lichter, die sich bewegten, Autos und Flugzeuge; Lichter die sich nicht bewegten, Sterne, Fenster, Straßenlaternen. Dann, als ihm das Schweigen zu lang dauerte, machte Boz seinen üblichen Witz für Balkonbesucher: »Ja – am Morgen habe ich die Sonne und am Nachmittag die Wolken.«

Januar schien den uralten Schlager nicht zu kennen, auf den sein Scherz anspielte; jedenfalls sagte sie ernst: »Boz, vielleicht könntest du mir einen Rat geben.«

»Ich? Unsinn!« Boz erteilte liebend gern Ratschläge. »In welcher Sache?«

»In dem, was wir tun.«

»Ich dachte, das sei bereits in Begriff, getan zu werden.«

»Was?«

»Ich meine, nach der Art und Weise zu urteilen, wie Krabbe redet, hielt ich es für ein ...« Aber er konnte nicht sagen, fait accompli, also übersetzte er: » ... eine vollendete Tatsache.«

»Das stimmt wohl, soweit es unsere Aufnahme betrifft. Die anderen dort sind sehr nett zu uns gewesen. Aber ich mache mir nicht so sehr Sorgen um uns als vielmehr um ihre Mutter.«

»Mama? Ach, die wird zurechtkommen.«

»Gestern abend schien sie sehr aufgeregt zu sein.«

»Sie regt sich leicht auf, aber sie erholt sich auch rasch, das ist bei unserer Mutter so. Alle Hansons sind große Stehaufmännchen. Wie du bemerkt haben mußt.« Das war nicht nett, aber wie seine anderen Hintersinnigkeiten schien Januar auch diese zu entgehen.

»Sie wird immer noch Lottie bei sich haben. Und Mickey, wenn er zurückkommt.«

»Das stimmt.« Aber seine Zustimmung hatte einen ironischen Beigeschmack. Januars plumpe Reinwaschungsversuche gingen ihm allmählich auf die Nerven. »Und außerdem, selbst wenn es so schlimm ist, wie sie zu denken scheint, könnt ihr euch dadurch nicht aufhalten lassen. Selbst wenn Mama sonst niemanden hätte, sollte das eure Entscheidung nicht beeinflussen.«

»Wirklich nicht?«

»Wenn ich anders dächte, müßte ich wieder zu ihr ziehen, nicht wahr? Ich meine, wenn es soweit käme, daß sie die Wohnung verlieren würde. Oh, sieh mal, wer da ist!«

Es war Tabby, die Katze. Boz hob sie auf und kraulte sie hinter den Ohren.

»Aber du hast deine eigene . . . Familie«, beharrte Januar.

»Nein, ich habe mein eigenes Leben. Genauso wie du oder Krabbe.«

»Also meinst du wirklich, daß wir richtig handeln?«

So leicht wollte er es ihr auch nicht machen. »Tust du es, weil du es willst? Ja oder nein?«

»Ja.«

»Dann ist es so richtig.« Mit der Verkündung dieses Urteils wandte er seine Aufmerksamkeit der Katze zu. »Was geht da drinnen vor, he, kleiner Kerl? Sind diese Leute immer noch bei ihrem stumpfsinnigen Spiel? He? Wer wird gewinnen? Na?«

Januar, die nicht wußte, daß die Katze vor dem Fernseher gesessen hatte, beantwortete die Frage geradeheraus. »Ich glaube, Krabbe wird gewinnen.«

»So?« Warum hatte Krabbe jemals mit dieser . . .? Er hatte es nie verstanden.

»Ja. Sie gewinnt immer. Es ist unglaublich. Das Glück.«

Deshalb also.

37. Mickey

Er wollte Baseballspieler werden. Am liebsten ein Fänger für die Mets, aber wenn das nicht ging, würde er sich auch mit einem anderen Posten zufriedengeben, Hauptsache, er wäre in einer Oberligamannschaft. Wenn seine Schwester Ballerina werden konnte, gab es keinen Grund, warum er nicht ein berühmter Sportler werden sollte. Er hatte die gleichen genetischen Voraussetzungen, schnelle Reflexe, einen guten Verstand. Er konnte es schaffen. Doktor Sullivan sagte, er könne es schaffen, und Greg Lincoln, der Leiter der Sportabteilung, sagte, er habe so gute Chancen wie jeder andere Junge, möglicherweise bessere. Es erforderte endloses Üben, strenge Disziplin und einen eisernen Willen, aber wenn Dr. Sullivan ihm half, seine schlechten geistigen Gewohnheiten auszurotten, gab es keinen Grund, warum er an diesen Anforderungen scheitern sollte.

Aber wie sollte er das alles in einer halben Stunde im Besuchszimmer erklären? Seiner Mutter, die Baseball nicht von Fußball unterscheiden konnte? Seiner Mutter, die (das verstand er jetzt) der Ursprung seiner falschen Denkart war. Also sagte er es ihr einfach.

»Ich will nicht nach Nr. 334 zurück. Nicht diese Woche, nicht nächste Woche . . .« Er brach ab, als ihm das Wort ›niemals‹ schon auf den Lippen war. »Nicht für eine lange Zeit.«

Gemütsbewegungen zuckten wie elektrische Entladungen über ihr Gesicht. Mickey schaute weg. Sie sagte: »Warum, Mickey? Was habe ich getan?«

»Nichts. Das ist es nicht.«

»Warum dann? Du mußt doch einen Grund haben.«

»Du redest im Schlaf. Die ganze Nacht redest du.«

»Das ist kein Grund. Du kannst im Wohnzimmer schlafen, wie Boz es zu tun pflegte, wenn ich dich wachhalte.«

»Dann eben, weil du verrückt bist. Ist das ein Grund? Ihr seid verrückt, alle miteinander.«

Das brachte sie zum Schweigen, aber nicht lange. Dann fing sie wieder an, unverdrossen. »Vielleicht ist jeder verrückt, ein bißchen. Aber dieses Haus, Mickey, du kannst doch nicht den Wunsch haben – ich meine, sieh es dir doch an!«

»Mir gefällt's hier. Was die Jungen hier angeht, die gefallen mir auch. Ich bin wie sie. Und das ist eben, was ich will. Ich will nicht zurückgehen und bei dir wohnen. Nie. Wenn du mich zwingst, werde ich das gleiche noch mal tun. Ich schwöre es. Und diesmal werde ich genug Flüssigkeit nehmen und ihn wirklich umbringen, nicht bloß so tun.«

»In Ordnung, Mickey; es ist dein Leben.«

»Da hast du verdammt recht.« Diese Worte und die Tränen, zu denen sie sich hinneigten, waren wie eine Ladung Zement in das rohe Fundament seines neuen Lebens. Bis morgen früh würde der nasse Gefühlsbrei fest wie Felsgestein sein, und in einem Jahr würde ein Wolkenkratzer stehen, wo es jetzt nichts als ein gähnendes Loch gab.

38. Pater Charmain

Reverend Cox hatte gerade Bunyans ›Kerygma‹ aus dem Regal genommen und es sich zu einem gemütlich warmen Eintauchen in seine schwerfällig-solide, ermutigende Prosa bequem gemacht, als die Türglocke *Ding-Dong* machte, und bevor sie aufstehen konnte, wieder *Ding-Dong*. Jemand war außer Fassung.

Eine untersetzte alte Frau mit einem verquollenen und entgleisten Gesicht, geronnenes Fleisch, das linke Augenlid herabhängend, das rechte Auge vorquellend. Als die Tür aufging, zeigten die schlecht zusammenpassenden Augen die vertrauten Reaktionen von Überraschung, Mißtrauen, Rückzug.

»Bitte kommen Sie herein.« Sie machte eine einladende Handbewegung zum Lichtschein des Büros am Ende des Korridors.

»Ich wollte Pater Cox sprechen.« Sie hielt einen der vervielfältigten Briefe in die Höhe, die das Kirchenbüro verschickt hatte: ›Sollten Sie jemals das Bedürfnis fühlen . . .‹

Charmain bot ihr die Hand. »Ich bin Charmain Cox.«

Die Frau wollte nicht unhöflich sein und nahm die angebotene Hand. »Ich bin Nora Hanson. Sind Sie . . .?«

»Seine Frau?« Sie lächelte. »Nein, ich bin der Pfarrer, fürchte ich. Ist das besser oder schlechter? Aber kommen Sie doch herein; draußen ist es schrecklich kalt. Wenn Sie meinen, Sie könnten Ihr Anliegen besser einem Mann vortragen, kann ich meinen Kollegen von St. Markus anrufen, Reverend Gogardin. Es ist nicht weit von hier, nur um die Ecke.« Sie steuerte die alte Frau ins Büro und in den bequemen Beichtstuhl des braunen Ohrensessels.

»Es ist so lange her, seit ich zuletzt in der Kirche war . . . Nach Ihrem Brief wäre ich nie auf die Idee gekommen . . .«

»Ja, vielleicht ist es ein Versäumnis meinerseits, nur meine Initialen zu verwenden.« Und sie erzählte ihre wenig originellen, aber nützlichen Anekdoten über die Frau, die in Ohnmacht gefallen war, und den Mann, der ihr das Brustkreuz heruntergerissen hatte. Dann erneuerte sie ihr Angebot, den Kollegen von St. Markus anzurufen, aber inzwischen hatte Mrs. Hanson sich damit abgefunden, einem Priester des falschen Geschlechts gegenüberzusitzen.

Ihre Geschichte war ein Mosaik aus kleinen Verfehlungen und Unwürdigkeiten, Schwächen und Kümmernissen, aber das Bild, das dabei zum Vorschein kam, war nur allzu deutlich der Zerfall einer Familie. Charmain begann, alle die Argumente zusammenzusuchen, warum es ihr nicht möglich sein würde, in Mrs. Hansons Ringen gegen das große, vielarmige Ungeheuer Bürokratie eine aktive Rolle zu übernehmen, aber dann zeigte es sich, daß die Kirche und sagar Gott in Mrs. Hansons Probleme verstrickt waren. Die ältere Tochter und ihre Partnerin verließen die sinkende Familie, um in den Orden der Klarissinnen einzutreten. In dem

Streit, der die alte Frau aus ihrer Wohnung und in dieses Büro getrieben hatte, hatte die besagte Partnerin sich nicht gescheut, die Bibel der armen Alten als Munition zu verwenden. Mrs. Hansons extrem parteiischer Bericht machte es schwierig, die anstößige Passage ausfindig zu machen, aber endlich konnte Charmain sie bei Markus, drittes Kapitel, dreiunddreißigster bis fünfunddreißigster Vers aufspüren:

> Und Er antwortete ihnen und sprach: Wer ist meine Mutter und meine Brüder?
> Und er sah rings um sich auf die, die um Ihn im Kreise saßen, und sprach: Siehe, das ist meine Mutter und meine Brüder!
> Wer Gottes Willen tut, der ist mein Bruder und meine Schwester und meine Mutter!

»Jetzt frage ich Sie!«

»Selbstverständlich«, erklärte Charmain, »sagt Christus dort nicht, daß jemand ein Recht habe, seine natürlichen Eltern zu beschimpfen oder zu beleidigen.«

»Natürlich sagt er es nicht!«

»Aber haben Sie schon daran gedacht, daß diese . . . ist ihr Name Januar?«

»Ja. Es ist ein lächerlicher Name.«

»Haben Sie schon daran gedacht, daß Januar und Ihre Tochter recht haben könnten?«

»Wie meinen Sie das?«

»Drücken wir es so aus: was ist wirklich der Wille Gottes?«

Mrs. Hanson zuckte die Achseln. »Woher soll ich das wissen?« Dann, nachdem sie die Frage eine Weile betrachtet hatte, fügte sie hinzu: »Aber wenn Sie glauben, Krabbe wüßte es – ha!«

Charmain fand, daß der heilige Markus bereits genug Unheil angerichtet hatte, und stolperte durch ihre üblichen guten Ratschläge für Katastrophensituationen, aber wenn sie eine Verkäuferin gewesen wäre, die der Frau bei der Auswahl eines Hutes half, hätte sie sich nicht überflüssiger oder lächerlicher vorkommen können. Was Mrs. Hanson auch anprobierte, es verlieh ihr ein groteskes Aussehen.

»Mit anderen Worten«, resümierte Mrs. Hanson, »Sie denken, ich sei im Unrecht.«

»Nein. Aber auf der anderen Seite bin ich nicht sicher, daß Ihre Tochter unrecht hat. Haben Sie wirklich einmal versucht, die

Dinge von ihrer Seite aus zu sehen? Zu überlegen, warum sie in einen Orden eintreten will?«

»Ja. Ich habe. Es gefällt ihr, auf mich zu scheißen und es Kuchen zu nennen.«

Charmain lachte ohne viel Vergnügen. »Nun, vielleicht haben Sie recht. Ich hoffe, wir können wieder darüber reden, nachdem wir beide Gelegenheit hatten, die ganze Sache zu überdenken.«

»Sie meinen, ich soll gehen.«

»Ja, ich glaube, das ist, was ich meine. Es ist spät, ich habe einen Beruf.«

»Schon gut, ich gehe. Aber was ich noch fragen wollte: dieses Buch auf dem Boden . . .«

»Kerygma?«

»Was bedeutet es?«

»Es ist griechisch und bedeutet ›Botschaft‹. Es will das gleiche wie die Kirche, es bringt eine Botschaft.«

»Welche Botschaft?«

»Kurz zusammengefaßt – Christus ist auferstanden. Wir sind erlöst.«

»Und das glauben Sie?«

»Ich weiß nicht, Mrs. Hanson. Aber was ich glaube, ist nicht wichtig – ich bin nur der Bote.«

»Darf ich Ihnen mal was sagen?«

»Was?«

»Ich finde, Sie sind kein besonders guter Priester.«

»Danke, Mrs. Hanson. Ich weiß das.«

39. Die Fünf-Uhr-fünfzehn-Puppen

Allein in der Wohnung, die Türen abgesperrt, den Geist verriegelt, saß Mrs. Hanson mit entschlossener, aber immer wieder abgelenkter Aufmerksamkeit vor dem Fernseher. Leute klopften, aber sie beachtete sie nicht. Sogar Ab Holt, der klüger hätte sein sollen, als ihr Spiel mitzuspielen. »Nur eine Diskussion, Nora.« *Nora*! Noch nie hatte er sie ›Nora‹ genannt. Seine laute Stimme dröhnte durch die Tür des Wandschranks, der einmal die Diele gewesen war. Sie konnte nicht glauben, daß sie wirklich Gewalt anwenden würden, um sie auszuweisen. Nach fünfzehn Jahren! Sie konnte hundert Leute im Haus nennen, die die Belegungsvorschriften nicht erfüllten. Die jeden Obdachlosen aus dem Treppenhaus holten und dann Untermieter nannten. »Mrs. Hanson, ich möchte Sie mit meiner neuen Schwiegertochter bekanntmachen.« Ach ja! Die Korruption war nicht nur ganz oben – sie sikkerte durch das ganze System. Und als sie gefragt hatte: »Warum mich?«, hatte diese Schlampe den Nerv gehabt, zu sagen: »Che sera sera, Mrs. Hanson.« Das war bestimmt diese Mrs. Miller gewesen. Aber es gab jemand, der wirklich teilnehmend war, der nicht Mitleid heuchelte und mit hämischem Vergnügen »Che sera sera« sagte. Vielleicht, wenn sie ihn anrief? Aber bei Williken gab es kein Telefon mehr, und sie war auch so entschlossen, keinen Zoll nachzugeben. Sie würden sie herausschleifen müssen. Würden sie es wagen, so weit zu gehen? Sie würden den Strom abschalten, das ist immer der erste Schritt. Gott allein wußte, was sie ohne den Fernseher anfangen würde. Ein blondes Mädchen zeigte ihr, wie einfach etwas zu tun war, bloß eins, zwei, drei. Dann vier, fünf, sechs, und es würde zerbrochen im Abfalleimer liegen. ›*Endstation Klinik*‹ begann. Der neue Arzt befehdete sich immer noch mit Schwester Loughtis. Haar wie eine Hexe, diese Person, und man konnte ihr kein Wort glauben. Dieser böse Blick von ihr, und dann: »Gegen das Rathaus kommen Sie nicht auf, Doktor.« Natürlich, das wollten sie einen glauben machen, daß der einzelne hilflos sei. Sie schaltete durch die Kanäle. Ficken auf 5. Kochen auf 4. Sie hielt inne. Hände kneteten und zogen einen mächtigen Teigball. Essen! Aber die nette spanische Dame – eigentlich konnte man nicht sagen, daß sie spanisch war, es war nur ihr Name – vom Mieterausschuß hatte ihr versprochen, daß sie nicht verhungern würde. Was das Wasser betraf, so hatte sie schon vor Tagen jeden geeigneten Behälter in der Wohnung gefüllt.

Es war ungerecht. Mrs. Manuel, wenn das ihr Name war, hatte gesagt, sie hänge in einer Schlinge. Jemand mußte schon vor langer Zeit ein Auge auf die Wohnung geworfen und auf diese Gelegenheit gewartet haben. Aber wenn man versuchte, es von diesem Arschloch Blake zu erfahren – oh nein, das war ›vertraulich‹. Nach einem Blick in seine glänzenden kleinen Augen hatte sie gewußt, daß er verstand, zu dem zu kommen, was er wollte.

Es war nur eine Frage des Durchhaltens. In ein paar Tagen würde Lottie nach Hause kommen. Sie war schon früher so davongelaufen und immer zurückgekommen. Ihre Kleider waren alle hier, nur den einen kleinen Koffer hatte sie mitgenommen, ein Detail, auf das sie Miß Slime hingewiesen hatte. Wenn ihr kleiner

Nervenzusammenbruch – oder was immer es war – vorbei wäre, würde Lottie nach Hause kommen, und sie wären zu zweit, und das Sozialamt würde ihnen die vorgeschriebene Zusatzfrist von sechs Monaten gewähren müssen. Mrs. Manuel hatte das betont – sechs Monate. Und sechs Monate würde Krabbe es nicht in diesem sogenannten Kloster aushalten. Religion war für sie ein Hobby. In sechs Monaten würde sie alles satt haben und mit etwas Neuem anfangen, und dann wären sie zu dritt, und das Sozialamt hätte überhaupt keine Handhabe mehr, sie auf die Straße zu setzen.

Die Räumungstermine, die sie einem gaben, waren bloß Bluff, das sah sie jetzt. Der angegebene Termin war schon seit einer Woche überschritten. Sollten sie an die Tür klopfen, soviel sie mochten, obwohl sie das Gehämmer kaum ertragen konnte. Und Ab Holt half ihnen. Wer hätte das gedacht!

»Ich möchte eine Zigarette«, sagte sie ruhig, als ob man sich das immer um fünf Uhr sagte, wenn die Nachrichten kamen, und sie ging ins Schlafzimmer und nahm die Zigaretten und Zündhölzer aus der obersten Nachttischschublade. Alles war so aufgeräumt, so sauber. Die Kleider zusammengelegt. Sie hatte sogar die zerbrochene Jalousie repariert, obwohl die Stäbe jetzt klemmten. Sie setzte sich auf die Bettkante und zündete sich eine Zigarette an. Sie brauchte zwei Zündhölzer, und dann: puh, der Geschmack! Ausgetrocknet? Aber der Rauch bewirkte etwas Notwendiges in ihrem Kopf. Sie hörte auf, sich mit ihren Sorgen im Kreis zu drehen, und dachte an ihre Geheimwaffe.

Ihre Geheimwaffe, das waren die Möbel. Im Laufe der Jahre hatte sie so viel angehäuft, meistens aus anderen Wohnungen, wenn die Leute starben oder auszogen, und sie konnten sie nicht ausweisen, ohne alles bis zum letzten Lappen auszuräumen. Das war gesetzlich verankert. Und nicht bloß ins Treppenhaus, o nein, sie mußten das Zeug bis hinunter auf die Straße bringen. Was konnten sie also tun? Eine Armee anheuern, um die Möbel achtzehn Stockwerke hinunterzutragen? Nein, solange sie auf ihren Rechten bestand, war sie sicher wie in einer Burg. Und das ganze Getue und der ganze Hokuspokus hatten nur den Zweck gehabt, psychologischen Druck auszuüben, damit sie ihre verdammten Formulare unterschreibe.

Im Fernsehen veranstaltete eine Gruppe von Tänzern eine Party im Büro einer Versicherungsgesellschaft in Greenwich Village. Die Nachrichten waren vorbei, und Mrs. Hanson ging ins Wohnzimmer zurück, die zweite stinkende Zigarette in den Fingern und das Lied ›Wir lernen uns kennen‹ in den Ohren. Es schien eine Ironie. Endlich kamen die Puppen. Ihre alten Freunde. Ihre einzigen Freunde. Es war Schlapperdudels Geburtstag. Bowser brachte ein Geschenk in einer riesigen Schachtel herein. »Ist es für mich?« quietschte Schlapperdudel. »Mach's auf«, sagte Bowser, und man konnte seiner Stimme anhören, daß es nichts Gutes sein würde. »Für mich, oh, Junge! Es ist was für mich!« In der Schachtel war eine weitere Schachtel und in der wieder eine und dann noch eine Schachtel. Bowser wurde immer ungeduldiger. »Vorwärts, mach schon, öffne die nächste.«

»Ach, es langweilt mich«, sagte der kleine Schlapperdudel. »Warte, ich will dir zeigen, wie es geht«, sagte Bowser, und aus der letzten Schachtel sprang ein mächtiger Hammer an einer Spiralfeder und schlug ihm auf den Kopf. Mrs. Hanson lachte, bis sie nicht mehr konnte, und Asche und Funken von der Zigarette fielen auf ihren Schoß.

40. Hunt's Tomatenketchup

Noch ehe es hell wurde, hatte der Verwalter zwei von ihnen mit seinem Schlüssel eingelassen. Helfer. Nun packten sie und wikkelten ein und ruinierten die ganze Wohnung. Mrs. Hanson forderte sie höflich zum Gehen auf, dann schrie sie die beiden an, doch sie kümmerten sich nicht darum.

Auf dem Weg nach unten, um die Frau vom Mieterausschuß zu finden, begegnete sie dem Verwalter. »Was ist mit meinen Möbeln?« fragte sie ihn.

»Was soll mit Ihren Möbeln sein?«

»Sie können mich nicht ohne meine Sachen ausweisen. Das ist gesetzliche Vorschrift.«

»Gehen Sie und reden Sie mit dem Büro. Ich habe damit nichts zu tun.«

»Sie haben sie eingelassen. Sie sind jetzt hier, und Sie sollten sehen, was für ein Durcheinander sie anrichten. Sie können mir nicht sagen, daß es legal sei – anderer Leute Habseligkeiten. Nicht bloß meine, sondern die einer ganzen Familie.«

»Na und? Dann ist es eben illegal – fühlen Sie sich jetzt besser?« Er drehte um und ging die Treppe hinunter.

Als sie sich an das Chaos oben in der Wohnung erinnerte –

Kleider aus dem Schrank hängend, Bilder von den Wänden, Teller drunter und drüber in billige Tragekartons gesteckt –, entschied sie, daß es nicht der Mühe wert war. Mrs. Manuel würde nichts für die Hansons riskieren, was sie selbst in Gefahr bringen könnte. Außerdem war ungewiß, ob sie die Frau in ihrer Wohnung antreffen würde. Als sie wieder in 1812 war, pißte der Rothaarige in den Küchenausguß.

»Ach, Sie brauchen sich nicht zu entschuldigen!« sagte sie, als er verlegen anfing. »Ein Job ist ein Job, nicht wahr? Sie müssen tun, was man Ihnen sagt.«

Sie hatte ständig das Gefühl, schreien oder herumwirbeln oder einfach explodieren zu müssen, aber die Erkenntnis, daß nichts davon irgendeine Wirkung haben würde, hielt sie zurück. Das Fernsehen hatte sie mit Modellen für beinah alle Lebenssituationen versorgt, denen sie sich in der Wirklichkeit jemals zu stellen hatte – Glück, Unglück und Punkte dazwischen –, aber an diesem Morgen war sie allein und ohne Drehbuch, ohne auch nur eine Ahnung, was als nächstes geschehen würde. Oder was sie tun sollte. Mit dem verdammten Dampfwalzen zusammenarbeiten? Das schienen die Dampfwalzen zu erwarten, Miß Slime und alle die anderen in den Büros, mit ihren Formblättern und ihren guten Manieren. Lieber wollte sie verdammt sein, als denen auch noch zur Hand zu gehen.

Sie würde Widerstand leisten. Sollten sie ihr alle zusammen einreden, daß es ihr nichts nützen würde, sie würde nicht nachlassen. Mit dieser Entscheidung erkannte sie, daß sie ihre Rolle gefunden hatte und daß es schließlich sogar eine vertraute Rolle in einer bekannten Geschichte war: sie würde kämpfend untergehen. Wenn man nur lang genug ausharrte, selbst in der hoffnungslosesten Lage, pflegte sich das Blatt in solchen Fällen sehr oft noch zu wenden. Sie hatte es immer wieder erlebt.

Um zehn Uhr kam Miß Slime vorbei und fertigte eine Abhakliste der Zerstörungen und Beschädigungen an, die die Helfer angerichtet hatten. Sie versuchte, Mrs. Hanson zu überreden, daß sie ein Papier unterschrieb, nach dem verschiedene Truhen und Schränke und anderes Mobiliar auf Kosten der Stadt eingelagert werden sollten. Der Rest wurde offenbar als Abfall oder Sperrmüll betrachtet. Mrs. Hanson erklärte darauf, daß die Wohnung noch immer ihr gehöre, solange sie nicht ausgewiesen sei, und Miß Slime solle also bitte gehen und ihre zwei Ausgußpisser mitnehmen.

Dann setzte sie sich neben den toten Fernseher (der Strom war abgeschaltet, endlich) und rauchte eine weitere Zigarette. Hunt's Tomatenketchup, stand auf der Streichholzschachtel. Auf der Rückseite war ein Rezept für Waikiki-Bohnen, das sie immer hatte ausprobieren wollen, sie war bloß nie dazu gekommen. Man vermischt Rindfleisch- oder Schweinefleischstückchen mit zerdrückten Ananasscheiben, einem Eßlöffel Öl, reichlich Ketchup, erwärmt das Ganze und serviert es auf Toast. Sie schlief im Lehnstuhl ein, beschäftigt mit Plänen für Waikiki-Bohnen und ein ganzes Abendessen nach hawaiischer Art.

Um vier Uhr war Gepolter und Gehämmer an der Tür zu hören. Die Umzugsleute. Mrs. Hanson hatte Zeit, sich frisch zu machen, bevor sie den Verwalter fanden, der ihnen aufsperrte. Grimmig sah sie zu, wie die Männer die Küche leerräumten, Kästen, Regale und alles übrige hinaustrugen. Die abgenutzten Stellen auf dem Linoleum, die Flecken an den Wänden wiesen noch den leeren Raum als die Küche der Hansons aus.

Der Inhalt der Küche war auf dem Treppenabsatz gestapelt. Dies war der Teil, auf den sie gewartet hatte. Nur zu, dachte sie, brecht euch die Rücken!

Ein Ächzen und Rumpeln entfernter Maschinerien wurde laut. Der Aufzug arbeitete. Es war Krabbes Schuld, ihre lächerliche Kampagne, ein letzter Schlag ins Gesicht. Mrs. Hansons Geheimwaffe hatte versagt. Im Nu war die Küche in den Aufzug verladen, und die Umzugsleute zwängten sich mit hinein und drückten auf den Knopf. Die äußeren und dann die inneren Türen schlossen sich. Die Scheibe trübgelben Lichts glitt abwärts außer Sicht. Mrs. Hanson trat an die schmutzige Scheibe und sah die Stahlkabel wie gigantische Bogensehnen zittern. Nach langer, langer Zeit erhob sich das massive schwarze Gegengewicht aus der Dunkelheit.

Die Wohnung oder die Möbel? Eins oder das andere mußte es sein. Sie entschied sich – und die anderen mußten es gewußt haben – für die Möbel.

Sie kehrte ein letztes Mal in die Wohnung zurück und raffte den braunen Mantel, die Wollmütze und ihre Handtasche zusammen. In der tiefen Dämmerung, ohne Licht, außer jenem, das durch die nackten, ihrer Gardinen und Jalousien beraubten Fenster drang, zwischen den leeren Wänden und den großen versiegelten Kisten, gab es bis auf den Schaukelstuhl, den Fernseher und das Sofa niemanden und nichts, dem sie hätte Lebewohl sagen können –

und diese drei würden früh genug mit ihr auf der Straße stehen.

Als sie ging, schloß sie zweimal ab. Auf dem Treppenabsatz hörte sie den Aufzug heraufstöhnen und hielt inne. Warum sich umbringen? Sie ging in den Aufzug, als die Umzugsleute herauskamen. »Was dagegen?« fragte sie. Die Türen schlossen sich, und Mrs. Hanson sank abwärts, ehe die Männer entdeckten, daß sie nicht in die Wohnung konnten.

»Hoffentlich stürzt er ab«, sagte sie laut, ein wenig ängstlich, es könne geschehen.

Miß Slime hielt Wache bei der Küche, die in der kleinen Lichtinsel unter einer Straßenlaterne zu einem armseligen Häuflein zusammengeschoben worden war. Es war fast dunkel. Ein scharfer Wind mit trockenen Schneeflocken fegte aus dem Westen die 11. Straße herunter. Mit einem finsteren Blick zu Miß Slime setzte sich Mrs. Hanson auf einen der Küchenstühle. Sie hoffte nur, daß die andere auch versuchen würde, sich zu setzen.

Die zweite Ladung traf ein – Sessel, die auseinandergenommenen Betten, Kleiderschränke, der Fernseher. Neben dem ersten begann sich ein zweiter hypothetischer Raum zu bilden. Mrs. Hanson zog auf ihren Lehnstuhl um und versuchte, mit den Händen in die Manteltaschen, die Finger zwischen den Beinen zu wärmen.

Nun hielt Miß Slime die Zeit für gekommen, unter dem Druck der äußeren Umstände einen neuen Versuch zu machen. Die Formulare kamen aus der Aktentasche. Mrs. Hanson wurde sie sehr elegant los. Sie zündete sich eine Zigarette an. Miß Slime wich vor dem Rauch zurück, als habe man ihr einen Teelöffel von Krebs angeboten. Sozialarbeiter!

Die sperrigsten Sachen kamen mit der dritten Ladung – das Sofa, der Schaukelstuhl, das dritte Bett, die Frisierkommode mit der fehlenden Schublade. Die Umzugsleute sagten Miß Slime, daß sie bei der nächsten Fahrt den Rest bringen würden. Als sie im Haus verschwunden waren, kam Miß Slime wieder mit ihren Formblättern und dem Kugelschreiber.

»Ich kann Ihre Verärgerung verstehen, und ich sympathisiere mit Ihnen, Mrs. Hanson, glauben Sie mir. Aber jemand muß sich um diese Dinge kümmern und dafür sorgen, daß alles so ordnungsgemäß abläuft, wie die Situation es erlaubt. Jetzt unterschreiben Sie bitte diese Formulare, damit wir, wenn der Lastwagen kommt . . .«

Mrs. Hanson stand auf, nahm die Papiere, riß sie in der Mitte durch, riß die Hälften noch einmal durch und gab die Fetzen Miß Slime zurück, die nichts mehr sagte. »Nun, gibt es sonst noch was?« fragte sie im gleichen Ton wie die andere.

»Ich versuche doch nur zu helfen, Mrs. Hanson.«

»Wenn Sie noch eine Minute zu helfen versuchen, dann, so wahr mir Gott helfe, werde ich Sie auf dieses Trottoir schmieren wie – wie Ketchup!«

»Drohungen mit Gewalt lösen keine Probleme, Mrs. Hanson.«

Mrs. Hanson nahm die obere Hälfte der Stehlampe von der Sitzfläche des Schaukelstuhls und holte aus. Sie zielte in die Mitte von Miß Slimes dickem Wintermantel, und es gab ein zufriedenstellendes dumpfes Klatschen. Der Plastikschirm, der ihr immer ein Dorn im Auge gewesen war, brach ab. Ohne ein weiteres Wort ging Miß Slime in Richtung First Avenue davon.

Die letzten Kisten wurden aus dem Hauseingang gebracht und bei den anderen Sachen abgestellt. Die Räume waren jetzt in einem riesigen, unvernünftigen Durcheinander zusammengeschoben. Zwei farbige Bälger aus dem Haus hatten angefangen, auf dem Matratzenstapel herumzuhopsen. Mrs. Hanson verjagte sie mit dem Lampenständer. Die zwei schlossen sich der kleinen Menge Schaulustiger an, die sich auf dem Gehsteig versammelt hatte, knapp außerhalb der imaginären Wände der imaginären Wohnung. Aus den Fenstern der unteren Stockwerke beobachteten Silhouetten die Vorgänge auf der Straße.

Sie konnte ihnen nicht einfach so freie Hand lassen. Als ob sie tot wäre und sie ihre Taschen durchwühlen könnten. Diese Möbel waren ihr Privateigentum, und die Leute standen herum und warteten, daß Miß Slime mit Verstärkungen zurückkäme und sie fortbrächte. Wie Geier warteten sie.

Nun, sie konnten warten, bis sie tot umfielen – sie sollten nichts kriegen!

Sie suchte in der kalten Handtasche nach den Zigaretten, den Zündhölzern. Es waren nur noch drei übrig. Sie mußte achtgeben. Sie fand die Schublade für die Frisierkommode, die aus Miß Shores Wohnung gekommen war, als Miß Shore gestorben war. Ihr bestes Stück. Eiche. Bevor sie die Schubladen in die Kommode schob, stieß sie mit dem Lampenständer Löcher durch die Pappböden. Dann brach sie die versiegelten Kartons auf und suchte nach brennbarem Material. Sie fand Badezimmerartikel, Bettwäsche und Kissen, ihre Blumen. Sie leerte die Blumen aus und riß den Karton in Streifen. Die Streifen kamen in die unterste Schublade der Kommode. Sie wartete, bis der Wind vorübergehend eingeschlafen war. Auch so brauchte sie alle drei Zündhölzer, um das Feuer in Gang zu bringen.

Die Zuschauermenge – noch immer in der Mehrzahl Kinder – war angewachsen, aber sie hielt Abstand. Mrs. Hanson suchte nach weiterem Brennmaterial. Seiten aus Büchern, die Reste des Kalenders und Mickeys Wasserfarbenbilder aus der dritten Klasse wurden in die Schubladen gestopft. Nicht lange, und das Innere der Kommode war ein hübscher kleiner Ofen. Das Problem war jetzt, wie das übrige Mobiliar in Brand zu setzen war. Sie konnte nicht alles in die Schubladen stopfen.

Mit dem Lampenständer gelang es ihr, die Frisierkommode umzustürzen. Funkenschauer schossen in die Höhe und wurden vom Wind mitgenommen. Die Menge, die sich enger um das Freudenfeuer geschart hatte, wich zurück. Mrs. Hanson schob den Küchentisch und die Stühle in die Flammen. Es waren die letzten größeren Stücke, die noch aus den Tagen der Mott Street stammten. Sie verbrennen zu sehen, war schmerzlich.

Sobald die Stühle Feuer gefangen hatten, gebrauchte sie sie als Fackeln, um den Rest des Mobiliars anzuzünden. Die Schränke und Küchenregale, lose aufeinanderliegend und aus billigem Material gemacht, wurden feurige Fontänen. Bewegung kam in die Menge, als die Flammen unter schwärzlich brodelndem Rauch hervorbrachen und aufwärtsschossen. Ah! Was ist schon mit einem guten Feuer zu vergleichen? Das Sofa, die Sessel und Matratzen waren widerspenstiger. Die Bezüge schwelten, die Füllungen stanken und qualmten, aber das Zeug wollte nicht richtig brennen. Stück für Stück (bis auf das Sofa, das ihr immer zu schwer gewesen war) zerrte Mrs. Hanson diese Gegenstände zum Scheiterhaufen. Die letzte Matratze brachte sie nur bis zum Fernseher, dann verließen sie ihre Kräfte.

Eine Gestalt kam von der Menge her auf sie zu, aber wenn sie sie jetzt noch aufhalten wollten, war es zu spät. Eine fette Frau mit einem kleinen Koffer.

»Mama?« sagte sie.

»Lottie!«

»Weißt du was? Ich bin nach Haus gekommen. Was machst du mit . . .«

Ein Kleiderschrank fiel auseinander, und Funken stoben in alle Richtungen.

»Ich sagte es ihnen. Ich sagte ihnen, daß du zurückkommen würdest!«

»Sind das nicht unsere Möbel?«

»Bleib hier.« Mrs. Hanson nahm den Koffer aus Lotties Hand, die ganz zerschnitten und zerkratzt war, das arme Kind, und stellte ihn auf den Beton. »Geh nicht fort, verstehst du? Ich hole jemand, aber ich werde gleich zurück sein. Wir haben eine Schlacht verloren, aber wir werden den Krieg gewinnen.«

»Fühlst du dich gut, Mama?«

»Ich fühle mich gut. Warte einfach hier, ja? Und mach dir keine Sorgen. Nicht jetzt. Sechs Monate sind uns jetzt sicher. Sie können uns jetzt nicht mehr einfach so auf die Straße setzen.«

41. Am Abgrund

Es schien unglaublich. Ihre Mutter rannte durch die Flammen davon wie eine Operndarstellerin, die vom Beifall auf die Bühne gerufen wird. Ihr Koffer hatte die Plastikblumen zerdrückt. Sie bückte sich und hob eine auf. Eine Iris. Sie warf sie in die Flammen, ungefähr in die Richtung, in der ihre Mutter verschwunden war.

Und war es nicht eine großartige Aufführung? Lottie hatte von Ehrfurcht ergriffen zugesehen, wie sie alles in Brand gesetzt hatte. Der Schaukelstuhl brannte. Das doppelstöckige Kinderbett lehnte in zwei Teilen an den verkohlten Resten des Küchentischs und brannte lichterloh. Sogar der Fernseher, über den Lotties eigene Matratze gebreitet war, hatte Feuer gefangen, obwohl er wegen der Matratze nicht so gut brannte, wie er eigentlich sollte. Die ganze Hanson-Wohnung stand in Flammen. Die Kraft! dachte Lottie. Die Kraft, die sich darin ausdrückt.

Aber warum Kraft? War es nicht genauso sehr ein Nachgeben? Das Bemerkenswerteste daran war jedenfalls die Schönheit. Die Möbel auf der Straße stehen zu sehen, war schön gewesen. Aber erst wenn sie brannten!

Der geblümte Sessel, der bisher nur geschwelt hatte, fing plötzlich Feuer, und sein ganzes Wesen drückte sich in einer hohen, orangefarbenen Flammensäule aus. Prachtvoll!

Sollte sie?

Wenigstens konnte sie versuchen, es ihrer Mutter gleichzutun. Sie fummelte die Schlösser des Koffers auf. Sie hatte schon so viel verloren, alle die kleinen Dinge und Erinnerungsstücke aus ihrer Vergangenheit, die ihr nie etwas von den Gefühlen zurückgegeben hatten, die sie bewahren sollten. Postkarten, die sie nie abgeschickt hatte. Babykleider. Das Autogrammbuch, das sie in der achten Klasse angefangen hatte. Nun, was sie an Krempel noch hatte, würde sie mit Freuden geben.

Oben im Koffer ein weißes Kleid. Sie warf es dem brennenden Sessel in den Schoß. Als es die Flammen berührte, verdichteten sich Jahre von Weiße im wilden Aufflammen eines Augenblicks.

Schuhe, ein Pullover. Sie schrumpelten in fahlen Heiligenscheinen aus grünem Feuer.

Blumenmuster. Streifen.

Die meisten von diesen Sachen paßten ihr nicht mal! Sie verlor die Geduld und schüttete den Rest in einem Haufen ins Feuer, alles bis auf die Fotografien und das Bündel mit Briefen, die sie einzeln hineinwarf. Die Bilder flammten auf wie Blitzlichtlampen, verließen die Welt, wie sie sie betreten hatten. Die Briefe, aus leichterem Papier, verbrannten noch schneller: ein kurzes Verpuffen, und schon wirbelten sie in der aufsteigenden heißen Luft aufwärts, schwarze, gewichtlose Vögel, Gedicht um Gedicht, Lüge um Lüge – die Erinnerung an Juan und seine Liebe.

War sie jetzt frei?

Die Kleider, die sie am Leib trug, waren ohne Bedeutung. Noch vor einer Woche hätte sie in einem solchen Augenblick gedacht, daß sie auch ihre Kleider ausziehen müsse. Inzwischen wußte sie mehr.

Sie selbst war die Kleidung, die sie ablegen mußte.

Sie ging dahin, wo auf dem Fernseher ihr Bett bereitet war. Alles andere war jetzt in Flammen, nur die Matratze schwelte noch. Sie legte sich darauf nieder. Es war nicht unbehaglicher als in ein sehr heißes Bad zu steigen, und in der Hitze schmolzen die Wunden und Spannungen der letzten traurigen Tage und Wochen und lösten sich auf. Es war so einfach!

Als sie sich entspannte, begann sie die Geräusche der Flammen zu hören, ein Brüllen überall um sie her, als ob sie endlich ans obere Ende der Fälle gekommen sei, die sie so lange schon gehört hatte, während ihr kleines Boot auf diesen Augenblick zugetrieben war. Aber diese Wasser waren Flammen und fielen aufwärts. Wenn sie den Kopf zurücklegte, konnte sie sehen, wie die Funken sich im Aufwind zu einem einzigen unaufhörlichen Lichterstrom vereinigten, der sich triumphierend über den fahlen, statischen

Widerschein der Hauswand erhob. Vor diesem Widerschein, der von den Rechtecken der Ziegel gemustert war, standen Leute und beobachteten das Feuer, warteten mit Lottie, daß die Matratze in Flammen aufgehe.

Die ersten Flammen züngelten und leckten um die Ränder, und durch sie sah Lottie den Ring der Zuschauer. Jedes Gesicht schien in seiner Abgesondertheit, in der Gier seines Blicks darauf zu bestehen, daß Lotties Tat in einer besonderen Art und Weise ihm allein gelte. Sie konnte ihnen nicht sagen, daß dies nicht um ihretwillen geschah, sondern allein um der reinigenden Flammen willen.

Im gleichen Augenblick, da sie erkannte, daß sie nicht weitermachen konnte, daß ihre Stärke nicht ausreichte, verschwanden ihre Gesichter. Sie versuchte den Oberkörper aufzurichten, erhob sich auf die Ellenbogen: der Fernseher brach zusammen, und sie fiel in ihrem kleinen Boot durch die weiße Gischt ihrer Angst in die Herrlichkeit hinab.

Aber dann, ehe sie ganz durch den Vorhang ihrer Angst sehen konnte, erschien ein anderes Gesicht. Ein Mann. Er zielte mit einem Feuerwehrschlauch auf sie. Ein Strom von weißem Plastikschaum schoß heraus und bedeckte Lottie und das Bett, und die ganze Zeit war sie gezwungen, in seinen Augen, auf seinen Lippen und überall einen Ausdruck unerträglicher Verlegenheit zu beobachten.

42. Lottie, im Krankenhaus, Fortsetzung

»Und außerdem hört die Welt nicht auf. Selbst wenn man genug hat und sie zum Teufel wünscht – es geht nicht. Immer gibt es irgendwo einen armen Kerl, der glaubt, er brauche was, das er nicht hat, und schon gehen fünf Jahre, zehn Jahre drauf, bis er es kriegt. Und dann muß es wieder was anderes sein, und man wartet immer noch, daß die Welt aufhört.

Manchmal, wissen Sie, muß ich lachen. Wenn ich denke ... Wie das erste Mal, wenn man wirklich verliebt ist und sich sagt: He! Ich bin *wirklich* verliebt! Und dann verläßt er einen, und man kann es nicht glauben. Ich weiß, wie das ist. Oder noch schlimmer, man verliert es allmählich aus den Augen. Merkt, wie es nachläßt. Man ist verliebt, bloß ist es nicht so wunderbar, wie man es von früher in Erinnerung hat. Vielleicht ist man nicht mal verliebt und will es nur sein. Und vielleicht will man es nicht mal sein. Man hört auf, die Schlager im Radio zu hören, und schließlich will man nichts als schlafen. Kennen Sie das? Aber man kann nur so lange schlafen, und dann ist ein neuer Tag. Der Kühlschrank ist leer, und man muß überlegen, von wem man noch kein Geld geborgt hat, und die Luft im Zimmer ist abgestanden und stinkt, und man steht gerade rechtzeitig auf, um den tollsten Sonnenaufgang zu sehen. Also war es doch nicht das Ende der Welt, es hat bloß ein weiterer Tag angefangen.

Wissen Sie, als ich hierherkam, war ein Teil von mir so glücklich wie am ersten Schultag, obwohl das vielleicht nicht mehr beängstigend war, ich kann mich nicht erinnern. Jedenfalls war ich so glücklich, weil ich dachte, hier bin ich, dies ist ganz unten. Endlich! Das Ende der Welt, nicht wahr? Und dann, nur einen Tag später, war ich oben auf der Veranda, und da war es wieder, dieser prächtige Sonnununtergang, und Brooklyn ganz groß und geheimnisvoll, und der Fluß. Und dann war es, als ob ich von mir selbst einen Schritt zurücktreten könnte, wie wenn man in der U-Bahn jemandem gegenübersitzt, und er weiß nicht, daß man ihn beobachtet, so ungefähr konnte ich mich selbst sehen. Und ich dachte, nun, du Dummkopf! Jetzt bist du erst einen Tag hier, und schon erfreust du dich an einem gottverdammten Sonnenuntergang.

Natürlich ist auch wahr, was wir vorhin sagten, über die Leute. Leute sind Scheiße. Hier drinnen genauso wie draußen. Ihre Gesichter. Und wie sie nach Dingen grapschen. Es ist wie . . . ich weiß nicht, ob Sie jemals Kinder hatten, aber es ist wie am Eßtisch mit Kindern. Zuerst kann es einem Spaß machen. Wie wenn man einer Maus beim Knabbern zusieht. Aber die Mahlzeiten wiederholen sich immer und immer wieder, und die Bälger scheinen aus nichts als einem endlosen Appetit zu bestehen. Nun, und genau das ist es, was so beängstigend sein kann, finde ich, wenn man jemanden anschaut und nichts als sein hungriges Gesicht sehen kann. Das einen ansieht.

Geht es Ihnen manchmal auch so? Wenn man etwas sehr stark empfindet, glaubt man immer, andere Leute müßten genauso empfinden, aber wissen Sie was? Ich bin achtunddreißig Jahre alt, morgen werde ich neununddreißig, und ich frage mich immer noch, ob das so ist. Ob wirklich alle gleich empfinden.

Ach, da fällt mir was ein, das lustigste Ding, ich muß es Ihnen erzählen. Heute morgen, wie ich auf dem Klo sitze, kommt plötzlich Miß Soundso rein, die Nette, und fragt mich ganz selbstverständlich, als ob es mein Büro wäre oder was, ob ich einen Geburtstagskuchen mit Schokolade oder mit Zuckerguß will? Für meinen Geburtstag! Einen Kuchen mit Schokoladenguß oder einen weißen? Weil sie ihn heute bestellen müßten. Gott, ich lachte so, daß ich dachte, ich würde vom Klo fallen. ›Ein Geburtstagskuchen mit Schokoladenüberzug oder ein Geburtstagskuchen mit Zuckerguß. Was soll es sein, Lottie?‹

Schokolade, sagte ich ihr, und genauso ernsthaft, wie sie mich gefragt hatte. Zum Geburtstag muß es Schokolade sein. Was anderes kommt nicht in Frage.«

43. Mrs. Hanson, in Zimmer 7

»Ich habe darüber nachgedacht. Seit Jahren. Ich rede nicht davon, weil ich nicht glaube, daß es was ist, worüber man diskutieren kann. Einmal kam ich mit einer Dame im Park ins Gespräch, das ist lange her. Wir sprachen darüber, aber ich glaube nicht, daß jede von uns ... Damals nicht. Wenn es einem ernst ist, dann redet man nicht gern darüber. Hier ist es eine andere Situation, ich weiß. Es macht mir nichts aus, mit Ihnen darüber zu reden. Es ist Ihr Job, und Sie müssen es tun. Aber mit meiner Familie, sehen Sie, das ist eine andere Sache. Sie würden versuchen, dagegen anzureden, aber nur weil sie das Gefühl hätten, es tun zu müssen. Und ich verstehe das. Ich war genauso. Ich erinnere mich noch, wie ich meinen Vater besuchte, als er im Krankenhaus war – das war zweiundzwanzig oder einundzwanzig, und die ganze Zeit über redete ich wie ein Wasserfall auf ihn ein. Mein Gott. Aber konnte ich ihm ins Auge sehen? Nicht für einen Moment! Ich zeigte ihm Fotografien, als ob ... Aber schon damals wußte ich, was er gedacht haben mußte.

Aber ich nehme an, Sie werden für das Formular, das Sie ausfüllen, bessere Gründe brauchen. Nun, schreiben Sie einfach Krebs hin. Sie müssen eine Kopie von meinem medizinischen Untersuchungsbericht haben. Ich bin nur einmal operiert worden, als mir der Blinddarm herausgenommen wurde, und das war genug. Die Ärzte erklärten mir, was ich erwarten kann und daß meine Chancen besser als fünzig zu fünfzig sind, und ich glaube ihnen. Es ist nicht das Risiko, was ich fürchte. Das wäre albern, nicht wahr?

Was ich fürchte, ist, daß ich so eine alte Kartoffel werden könnte. Wo ich jetzt bin, gibt es so viele von der Sorte. Manche von ihnen sind völlig . . . Manchmal gaffe ich sie an. Ich weiß, es gehört sich nicht, aber ich kann mir nicht helfen.

Und sie merken es nicht. Sie haben nichts mehr im Kopf. Da ist einer, der in der Zeit, seit ich dort bin, so geworden ist. Früher war er jeden Tag unterwegs, allein und fast unabhängig, und dann – ein Schlaganfall. Und jetzt hat er keine Kontrolle mehr. Sie fahren ihn mit uns anderen auf die Terrasse hinaus, und plötzlich hört man ihn in seinen Blechtopf pinkeln. Ja, es ist zum Lachen.

Dann sagt man sich, das könnte dir auch so gehen. Ich will nicht sagen, daß Pissen so wichtig sei. Aber die geistige Veränderung! Der alte Pißpott war so ein hitziger Querkopf, bissig, voll Kampfgeist. Aber jetzt? Es macht mir nichts aus, mein Bett naßzumachen, aber ich will nicht, daß mein Gehirn weich wird.

Die Pfleger machen sich immer über diesen oder jenen lustig. Es ist nicht wirklich bösartig. Manchmal muß ich selbst über das lachen, was sie sagen. Und dann denke ich nach. Nach meiner Operation könnte ich diejenige sein, über die sie ihre Witze machen. Und dann würde es zu spät sein. Man kann das manchmal in den Augen dieser Alten sehen. Die Tatsache, daß sie ihre Chance verpaßt haben, und daß sie es wissen.

Nach einem gewissen Punkt fragt man sich, warum. Warum weitermachen? Warum sich plagen? Wofür? Ich glaube, der Zeitpunkt ist gekommen, wenn man aufhört, sich an den Dingen zu erfreuen. Den alltäglichen Dingen. Nicht daß es dort viel gäbe, woran man sich erfreuen könnte. Nicht dort. Das Essen? Essen ist mir jetzt eine Mühsal wie das Schuhanziehen. Ich tue es, das ist alles. Oder die Leute? Nun, ich rede mit ihnen, sie reden mit mir, aber hört einer zu, wenn der andere redet? Sie – hören Sie zu? He?! Und wenn Sie reden, wer hört Ihnen zu? Und wieviel kriegen diese Leute bezahlt?

Wovon redete ich eigentlich! Ach ja, Freundschaft. Also, ich habe meine Gedanken darüber ausgedrückt. Was bleibt übrig? Was bleibt uns übrig? Fernsehen. Früher habe ich immer viel ferngesehen. Vielleicht wenn ich meinen eigenen Apparat wiederhätte und mein eigenes Privatzimmer, vielleicht könnte ich dann allmählich alles andere vergessen. Aber wenn man in diesem Fernsehraum sitzt, und ringsum die anderen mit ihrem Geniese und Gehuste und Geplapper und ich weiß nicht was, dann kann man sich nicht auf den Bildschirm konzentrieren. Daß die Handlung einen in den Bann zieht, das gibt es da nicht.

Und das ist es. Das ist mein Leben, und ich sage, wer braucht es noch? Ach ja, ich vergaß die Bäder zu erwähnen. Zweimal die Woche kriege ich für fünfzehn Minuten ein schönes warmes Bad, und das gefällt mir. Und wenn ich schlafe, bin ich auch froh. Ich schlafe ungefähr vier Stunden in der Nacht. Das ist nicht genug.

Was ich gesagt habe, ist doch zu verstehen, nicht wahr? Ich habe mich vernünftig ausgedrückt, oder? Bevor ich hierherkam, machte ich eine Liste der Dinge, die ich sagen wollte, und nun habe ich sie gesagt. Es sind alles gute Gründe, jeder einzelne. Ich habe sie in Ihrem kleinen Buch nachgeprüft. Habe ich welche ausgelassen?

Ach ja, familiäre Beziehungen. Richtig. Nun, ich habe keine mehr, die zählen. Nach einem gewissen Alter gilt das für jeden, und ich habe dieses Alter erreicht, nehme ich an. Es dauerte eine Weile, aber nun bin ich so weit.

Wenn ich richtig verstanden habe, müssen Sie meinen Antrag genehmigen. Wenn Sie es nicht tun, werde ich Berufung einlegen, wie es mein gutes Recht ist. Und ich werde damit durchkommen. Ich bin nicht dumm, wissen Sie. Wenn ich schlau sein muß, bin ich es. Meine ganze Familie war intelligent, mit sehr hohen Punktzahlen. Ich muß gestehen, daß ich mit meiner Intelligenz nie viel getan habe, aber dies werde ich tun. Ich werde kriegen, was ich will und worauf ich ein Recht habe. Und ehrlich, Miß Latham, ich will es. Ich will sterben. So wie manche Leute Sex wollen, so will ich den Tod. Ich träume davon. Und ich denke darüber nach. Und das ist es, was ich will.«